Lecciones de química

Bonnie Garmus (California) es directora creativa y ha trabajado en los sectores médico, educativo y tecnológico. Aclamada unánimemente por la crítica y el público, *Lecciones de química*, su ópera prima, se ha traducido a treinta y nueve idiomas y se convirtió en una serie de Apple TV+ con Brie Larson en el papel de Elizabeth Zott. Garmus reside en la actualidad en Londres con su marido y su perro 99.

BONNIE GARMUS

Lecciones de química

Traducción de
Victoria Alonso Blanco

DEBOLS!LLO

Papel certificado por el Forest Stewardship Council®

Penguin
Random House
Grupo Editorial

Título original: *Lessons in Chemistry*

Primera edición en Debolsillo: marzo de 2026

© 2022, Bonnie Garmus
© 2023, 2026, Penguin Random House Grupo Editorial, S.A.U.
Travessera de Gràcia, 47-49. 08021 Barcelona
© 2023, Victoria Alonso Blanco, por la traducción
Diseño de la cubierta: Penguin Random House Grupo Editorial
basado en el diseño original de Beci Kelly / TW
Imagen de la cubierta: © Colin Thomas

Printed in Spain – Impreso en España

ISBN: 978-84-663-8937-2
Depósito legal: B-1.065-2026

Impreso en Black Print CPI Ibérica
Sant Andreu de la Barca (Barcelona)

P 38937 A

A mi madre, Mary Swallow Garmus

1

Noviembre de 1961

Allá por 1961, cuando las mujeres lucían vestidos camiseros, asistían a clubs de jardinería y transportaban a legiones de niños en automóviles desprovistos de cinturón de seguridad sin pensárselo dos veces, cuando nadie sabía siquiera los movimientos sociales que traería consigo la década de los sesenta, y menos aún que sus integrantes dedicarían los sesenta años siguientes a relatarlos, cuando las grandes guerras ya quedaban atrás y las clandestinas acababan de iniciarse y el mundo empezaba a pensar de otra manera y a creer que todo era posible, la treintañera madre de Madeline Zott se levantaba cada día al rayar el alba con una sola certeza: su vida había terminado.

Pese a todo, cada mañana se abría paso hasta el laboratorio para prepararle la fiambrera a su hija.

«Carburante para el cerebro», escribió en un papelito antes de encajarlo dentro de la fiambrera de la niña. Luego se detuvo un instante, con el lápiz suspendido en el aire, como reflexionando. «Participa en los deportes durante el recreo, pero no dejes que los niños ganen porque sí», anotó en otro papel. «No son imaginaciones tuyas: la mayoría de la gente es horrible.» Colocó las dos últimas notas en lo alto.

En la primera infancia la mayoría de los niños aún no han aprendido a leer, si acaso alguna palabra aislada como «mamá» o «casa». Madeline, sin embargo, leía desde los tres años, y ahora, cumplidos los cinco, ya había despachado casi toda la obra de Dickens.

Madeline era esa clase de niña; una niña capaz de tararear un concierto de Bach, pero incapaz de atarse los cordones de los zapatos; una niña que podía explicarte la rotación de la tierra y sin embargo tenía dificultades para jugar al tres en raya. Ahí estaba el problema, porque si bien a los niños superdotados para la música siempre se los celebra, a los lectores precoces, no. Y por la sencilla razón de que si destacan es gracias a una habilidad que los demás terminan desarrollando más adelante. Su precocidad no se considera especial, sino molesta sin más.

Madeline era consciente de su diferencia. De ahí que cada mañana, después de que su madre saliera de casa dejándola al cuidado de su vecina, Harriet, y mientras ésta estaba atareada en sus cosas, se preocupaba de sacar aquellas notas de la fiambrera y, tras haberlas leído, las ponía a buen recaudo junto con las demás, que guardaba dentro de una caja de zapatos escondida en el fondo de su armario. Después, en el colegio, fingía ser como los demás niños; es decir, prácticamente analfabeta. Para Madeline lo más importante del mundo era encajar. Había aprendido la irrefutable lección gracias a su madre, que nunca había encajado y así le había ido en la vida.

En Commons, una población del sur de California donde solía hacer calor, pero no en exceso, donde el cielo solía estar despejado pero no en exceso, y el aire era limpio, por la sencilla razón de que en aquellos tiempos el aire siempre era limpio, Madeline, acostada en la cama con los ojos cerrados, esperaba. Sabía que el tierno beso en la frente no tardaría en llegar, que luego la arroparían con mimo y murmurarían «*carpe diem*» a su oído. Un minuto después oiría el motor del coche al arrancar y el crujido de los neumáticos sobre la grava, mientras el Plymouth reculaba por el caminillo de entrada al garaje, seguido del chirrido de la caja de cambios al meter la primera. Luego su madre, que no salía de su decaimiento, se encaminaría hacia el estudio de televisión, donde se pondría el delantal y saldría a un plató.

El programa se llamaba *Cena a las seis*, y Elizabeth Zott era su estrella indiscutible.

2

Pine

Elizabeth Zott, en otro tiempo investigadora química, era una mujer con una tez impecable y el porte inconfundible de una persona que ni era ni sería nunca mediocre.

Como todas las grandes estrellas de la pantalla, Elizabeth había sido descubierta. En su caso, sin embargo, ese descubrimiento no se produjo porque alguien se fijara en ella en un bar, como suele suceder, o mientras estaba sentada en un banco, ni porque mediara una presentación oportuna. No, el descubrimiento de Elizabeth se debió a un robo; un robo de comida para ser exactos.

Ocurrió de la manera más tonta: a una niña llamada Amanda Pine, cuyo voraz apetito a juicio de algunos psicólogos rozaría lo patológico, le había dado por comerse el contenido de la fiambrera que Madeline llevaba al colegio para el almuerzo. Y es que su almuerzo era especial. Mientras los demás niños mascaban sándwiches untados con mantequilla de cacahuete y gelatina, Madeline, al abrir su fiambrera, podía encontrarse ante una contundente porción de sobras de lasaña con guarnición de calabacines rehogados en mantequilla, un exótico kiwi cortado en cuartos y cinco tomatitos cherry tipo pera, encajonados entre un salero minúsculo con sal de Morton, dos galletas con pepitas de chocolate todavía calientes y un termo rojo con estampado de cuadros escoceses lleno de leche bien fría.

A ese contenido se debía que todos ansiaran el almuerzo de Madeline, Madeline incluida. Pero la niña se lo cedía a Amanda, no sólo porque la amistad exige de ciertos sacrificios, sino también porque Amanda era la única compañera de todo el colegio que no se burlaba de la niña extraña que Madeline ya era consciente de ser.

Elizabeth no empezó a escamarse hasta que reparó en que a su flacucha hija la ropa le colgaba como unas cortinas mal hechas. Según sus cálculos, la niña ingería la cantidad diaria exacta que requería su desarrollo óptimo; luego, científicamente era imposible que hubiera perdido peso. ¿Tal vez algún estirón propio de la edad? No. Había tenido en cuenta el factor del crecimiento en sus cálculos. ¿Acaso un trastorno alimenticio precoz? En absoluto. En la cena Madeline comía como una lima. ¿Leucemia? Imposible. Elizabeth no era alarmista, no era de esas madres que se pasan la noche en vela imaginando a su hija aquejada de algún padecimiento incurable. Como buena científica, ella siempre procuraba encontrar explicaciones razonables para todo, y tan pronto como conoció a Amanda Pine, con su boquita manchada de roja salsa de tomate, supo que la había encontrado.

—¡Señor Pine! —exclamó Elizabeth un miércoles por la tarde irrumpiendo en el estudio de la televisión local tras pasar de largo por delante de la secretaria—, llevo tres días llamándolo por teléfono y no ha tenido la gentileza de devolverme la llamada ni una sola vez. Me llamo Elizabeth Zott, soy la madre de Madeline Zott. Nuestras hijas son compañeras de clase en Woody Elementary, y vengo a comunicarle que su hija se está aprovechando de su amistad con la mía. —Al ver el desconcierto del señor Pine, añadió—: Le roba la fiambrera.

—¿La... fiambrera? —acertó a decir Walter Pine, y miró de hito en hito a la deslumbrante mujer que tenía ante sí, con aquella blanca bata de laboratorio que irradiaba un aura de luz sagrada, salvo por un detalle: las iniciales «E.Z.», estampadas en rojo justo por encima del bolsillo.

—Su hija, Amanda —arremetió Elizabeth de nuevo—, se está comiendo la comida de mi hija. Según parece, viene sucediendo desde hace meses.

Walter seguía atónito. Elizabeth, alta y angulosa, el pelo del color de una tostada quemada untada de mantequilla, recogido con un lápiz, estaba plantada ante él con los brazos en jarras, los labios de un rojo descarado, la tez luminosa y la nariz recta. Lo contemplaba como un médico en un campo de batalla, evaluando si merecía o no la pena salvarle la vida.

—Y que encima pretenda hacerse pasar por amiga de Madeline —prosiguió— me parece de todo punto censurable.

—¿Quién... quién ha dicho usted que era? —farfulló Walter.

—¡Elizabeth Zott! —exclamó ella de mal talante—. ¡La madre de Madeline Zott!

Walter asintió con la cabeza, sin salir de su desconcierto. Como productor televisivo curtido en la programación de tarde estaba acostumbrado a los melodramas. Pero ¿tanta intensidad? Siguió mirándola de hito en hito. Era una mujer apabullante. Lo tenía literalmente apabullado. ¿Se había presentado allí para un casting o algo por el estilo?

—Lo siento —acertó a decir por fin—, pero ya tenemos asignados todos los papeles de enfermera.

—¿Cómo ha dicho? —saltó Elizabeth.

Se produjo un largo silencio.

—Amanda Pine —repitió Elizabeth.

Walter parpadeó.

—¿Mi hija? ¡Ah! —exclamó él, nervioso de pronto—. ¿Le ha ocurrido algo? ¿Es usted médico? ¿La envían del colegio? —dijo saltando del asiento.

—Qué colegio ni qué colegio —replicó Elizabeth impaciente—. Yo soy química. He tenido que desplazarme desde Hastings porque no se ha molestado en contestar a mis llamadas. —Al ver el semblante desconcertado del señor Pine, aclaró—: ¿Conoce el Instituto de Investigación Hastings? ¿El centro innovador en la innovación científica? —aclaró haciendo mofa de la ridícula coletilla publicitaria—. El caso es que yo procuro que el almuerzo de Madeline sea nutritivo, y seguro que usted hace lo mismo por su hija... —como Pine seguía con semblante inexpresivo, añadió—: porque le importa el desarrollo físico y cognitivo de Amanda. Porque sabe que ese desarrollo pasa por ofrecerle el aporte óptimo de vitaminas y minerales.

—El problema es que la señora Pine está...

—Sí, ya lo sé. Desaparecida en combate. He intentado ponerme en contacto con ella, pero me han dicho que reside en Nueva York.

—Estamos divorciados.

—Lo siento, pero eso no afecta a su comida.

—Podría parecer que no, pero...

—Preparar una fiambrera está al alcance de cualquier hombre, señor Pine. No es una imposibilidad biológica.

—Por supuesto que no —convino Walter, mientras intentaba torpemente ofrecerle una silla—. Siéntese, por favor, señora Zott.

—Tengo el ciclotrón esperando —respondió ella exasperada echando una ojeada al reloj—. ¿Nos hemos entendido o no?

—Ciclo...

—El acelerador de partículas subatómicas.

Elizabeth recorrió con la mirada las paredes de aquel despacho. Estaban forradas de carteles que anunciaban melodramáticos culebrones y efectistas concursos televisivos.

—Mi trabajo... —aclaró Walter, de pronto avergonzado por la vulgaridad de aquellas imágenes—. A lo mejor ha visto alguno de esos programas.

Elizabeth se volvió hacia él y lo miró a los ojos.

—Señor Pine —dijo con un talante algo más conciliador—, lamento no disponer de tiempo ni de recursos para prepararle el almuerzo a su hija. Tanto usted como yo sabemos que la alimentación es el catalizador que activa nuestro cerebro, que une a las familias y determina nuestro futuro. Sin embargo... —Elizabeth se interrumpió al reparar de repente en el cartel publicitario de un culebrón ilustrado con la imagen de una enfermera que ofrecía cuidados singulares a un paciente—. ¿Acaso alguien dispone de tiempo para enseñar a todo el país a cocinar como es debido? Ojalá yo pudiera, pero no es así. ¿Usted sí?

Cuando Elizabeth se volvió para salir del despacho, Pine, tratando de evitar su marcha y sin saber a ciencia cierta lo que su mente estaba urdiendo, dijo a toda prisa:

—Espere, por favor, espere un momento... se lo ruego. ¿Cómo... cómo ha dicho? ¿Qué era eso de enseñar a todo el país a cocinar como... como es debido?

Cena a las seis se estrenó cuatro semanas después. Y a pesar de que a Elizabeth en un principio no le entusiasmó la idea —ella era una investigadora química—, aceptó el puesto por las razones consabidas: un aumento de sueldo y una hija que mantener.

Desde el primer día que apareció en el plató luciendo aquel delantal, se puso de manifiesto que Elizabeth poseía ese «duende», esa cualidad inefable que la dotaba de un magnetismo absoluto para la pantalla. No sólo eso, sino que además era una mujer de carácter, tan franca y directa que descolocaba a los televidentes. A diferencia de lo que sucedía en otros programas de cocina, protagonizados por cocineros simpaticones que empinaban copitas de jerez alegremente, Elizabeth Zott era una presentadora seria. Nunca sonreía. Nunca hacía bromas. Y los platos que preparaba eran tan sencillos y naturales como ella misma.

En menos de seis meses el programa de Elizabeth había saltado a la fama. En menos de un año, había pasado a ser una institución. Y en menos de dos, había demostrado poseer una capacidad asombrosa no sólo para unir a padres e hijos, sino a los ciudadanos con su país. No sería una exageración afirmar que cuando Elizabeth Zott terminaba de cocinar, todo un país se sentaba a comer.

El mismísimo vicepresidente Lyndon Johnson era asiduo al programa. «¿Quiere saber lo que pienso? —le contestó a un reportero pertinaz para quitárselo de encima—. Pienso que debería usted escribir menos y ver más televisión. Empiece con *Cena a la seis*, esa mujer sabe lo que hace.»

Efectivamente. A Elizabeth Zott nunca la verías explicando cómo preparar minúsculos sándwiches de pepino o delicados suflés. Sus recetas eran contundentes: estofados, guisos, cosas que requerían grandes cazuelas de acero. Siempre hacía hincapié en los cuatro grupos básicos de alimentos. Creía en raciones consistentes. Insistía en que sólo merecía la pena cocinar platos cuya elaboración no llevara más de una hora. E invariablemente concluía el programa con su característica coletilla: «Y ahora, niños, a poner la mesa, que vuestra madre necesita un descanso.»

Pero luego un periodista de renombre publicó un reportaje titulado «Por qué estamos dispuestos a comernos todo lo que ella nos sirva», en el que la apodaba «Lujuriosa Lizzie», un mote tan apropiado como eufónico que se le pegó con la misma rapidez que al papel donde iba impreso. A partir de aquel día los desconocidos la llamaron «la Lujuriosa», pero su hija, Madeline, la llamaba «mamá», y aunque no era más que una niña ya intuía que el adjetivo menoscababa el talento de su madre. Su madre era química, no una cocinera de televisión. Y Elizabeth, cohibida ante su única hija, sentía vergüenza.

A veces, acostada en la cama por la noche, se preguntaba qué había hecho para que su vida tomara esa deriva. La incógnita, sin embargo, nunca tardaba en despejarse, porque su respuesta tenía nombre: Calvin Evans.

3

Instituto de Investigación Hastings

Diez años antes, enero de 1952

Calvin Evans también trabajaba en el Instituto de Investigación Hastings, pero a diferencia de Elizabeth, que desempeñaba su labor en una sala atestada de gente, él disponía de un espacioso laboratorio de uso propio.

A juzgar por su currículum, tal vez fuera merecedor de ese espacio. Antes de cumplir los diecinueve años Calvin Evans ya había llevado a cabo investigaciones capitales que más tarde contribuirían a que el afamado químico británico Frederick Sanger se hiciera con el Premio Nobel; a los veintidós, descubrió un método más rápido para la síntesis de las holoproteínas; a los veinticuatro, saltó a la portada del *Chemistry Today* con motivo de sus avances sobre la reactividad del dibenzo selenofeno. Además, había firmado dieciséis publicaciones científicas, intervenido como ponente en diez congresos internacionales y recibido la oferta de una beca de investigación en Harvard. En dos ocasiones. Becas que Calvin rechazó; en parte porque unos años antes Harvard había denegado su solicitud de acceso a esa universidad, y en parte porque... bueno, a decir verdad, ése había sido el único motivo. Calvin era un hombre brillante, pero si tenía un defecto era su natural rencoroso.

Además de esa propensión al rencor, se había granjeado fama de impaciente. Como a tantas personalidades brillantes, a Calvin le desesperaba la ignorancia. También era introvertido, lo que, sin ser un defecto, suele manifestarse en forma de altivez. Con todo y con eso, lo peor era su afición al remo.

Como cualquier persona ajena a ese deporte puede atestiguar, los amantes del remo no son gente divertida; y eso porque su único tema de conversación es el remo. En cuanto se juntan dos o más remeros en una habitación, la charla deriva de los temas habituales, como el trabajo o el tiempo, y da paso a largas y vanas disquisiciones sobre botes, ampollas en las manos, palas, agarres, ergómetros, hojas giradas, tablas de ejercicios, chumaceros, escálamos, toletes, ciabogas, estrepadas, paladas y si el agua estaba realmente «plana» o no. De ahí suele discurrir hacia lo que falló en la última remada; lo que podría fallar en la próxima y quién fue y/o será el culpable. En algún momento los remeros extenderán las palmas de las manos y compararán callosidades. Si tienes muy mala suerte, la perorata podría ir sucedida de varios minutos de reverentes inclinaciones de cabeza mientras alguno de ellos describe aquella remada perfecta en la que todo salió a pedir de boca.

Aparte de la química, el remo era lo único por lo que Calvin sentía verdadera pasión. De hecho, al remo se debió en primer lugar que solicitara ser admitido en la Universidad de Harvard: en 1945 remar por Harvard significaba remar por los mejores. O, para ser exactos, por los segundos mejores. La Universidad de Washington se alzaba la primera en el pódium, pero ésta se encontraba en Seattle y era bien sabido que en Seattle llovía mucho. Calvin odiaba la lluvia, por lo que decidió ampliar horizontes y optó por la otra Cambridge, la británica, poniendo con ello de manifiesto uno de los mitos más extendidos sobre los científicos: que su fuerte es la investigación.

El primer día que Calvin remó en el río Cam, llovió. El segundo día, llovió. El tercero: lo mismo. «¿Siempre llueve así?», se lamentó a sus demás compañeros de equipo mientras cargaban a hombros el pesado bote de madera camino del pantalán. «Qué va, nunca. En Cambridge suele hacer muy buen tiempo», lo tranquilizaron. Y luego se miraron como confirmando lo que sospechaban desde hacía tiempo: que los estadounidenses eran idiotas.

Por desgracia, esa idiotez se extendía también a sus relaciones con el sexo opuesto; un grave problema, teniendo en cuenta lo mucho que Calvin ansiaba enamorarse. Durante los seis solitarios años que pasó en Cambridge, consiguió invitar a salir a cinco chicas, y de las cinco, sólo una se avino a repetir, pero sólo porque al responder a su llamada telefónica lo confundió con otro. Su problema fundamental era la falta de experiencia. Se parecía a esos perros que, tras años y años intentándolo en vano, finalmente atrapan a una ardilla y luego no tienen ni la más remota idea de qué hacer con ella.

—Hola... Mmm... —dijo con el corazón desbocado, las manos sudorosas y la mente de pronto por completo en blanco cuando la chica le abrió la puerta—. ¿Debbie?

—Me llamo Deirdre —replicó ella con un suspiro y lanzó la primera de las múltiples ojeadas al reloj que se sucederían a lo largo de la noche.

Durante la cena en el restaurante, la conversación saltó de la estructura molecular de los hidrocarburos aromáticos (Calvin), a qué película estarían poniendo (Deirdre); de la síntesis de las proteínas no reactivas (Calvin) a si le gustaba bailar (Deirdre); y al final, tras muchas ojeadas al reloj, les dieron las ocho y media, y como Calvin tenía que salir a remar a la mañana siguiente, sugirió llevarla directamente a casa.

Huelga decir que había poco sexo tras esas citas. Ninguno, a decir verdad.

«No me puedo creer que te esté resultando tan difícil —le decían sus compañeros de equipo de Cambridge—. Si a las chicas les pirran los remeros.» (Mentira.) «Además, para ser yanqui, no estás tan mal.» (Mentira también.)

El problema, en parte, era su postura. Calvin era larguirucho y desgarbado, medía metro noventa, pero se escoraba a la derecha; probablemente porque siempre había remado en la posición de estribor. Pero lo peor era su cara. Llevaba el desamparo pintado en el rostro, como un niño que hubiera crecido solo en la vida, los ojos grandes y grises, el pelo tirando a rubio y desgreñado y los labios violáceos, a menudo hinchados por su propensión a mordisqueárselos. El suyo era un rostro que algunos considerarían anodino, pero la mediocridad de sus facciones no dejaba traslucir el anhelo ni la inteligencia que escondía salvo por un rasgo fundamental: la dentadura, unos dientes blancos perfectamente alineados que, cada vez que esbozaba una sonrisa, compensaban el resto de su fisonomía. Afortunadamente, sobre todo después de enamorarse de Elizabeth Zott, Calvin siempre sonreía.

Calvin y Elizabeth se conocieron o, mejor dicho, intercambiaron unas palabras, un martes por la mañana en el Instituto de Investigación Hastings de California, el luminoso laboratorio privado de investigación donde Calvin, tras licenciarse en Cambridge, doctorarse en tiempo récord y barajar cuarenta y tres ofertas de empleo, había aceptado un puesto de trabajo, en parte por su prestigio, pero sobre todo por su clima: en Commons llovía poco. Elizabeth, en cambio, había aceptado la oferta de Hastings porque no había recibido ninguna más.

Ante la puerta del laboratorio de Calvin Evans, observó varios y grandes letreros de advertencia:

NO PASAR

EXPERIMENTO EN CURSO

PROHIBIDA LA ENTRADA

PROHIBIDO EL PASO

Y luego abrió.

—¡Hola! —dijo elevando la voz sobre la de Frank Sinatra, que atronaba desde un equipo de música situado, extrañamente, en medio de la habitación—. ¡Tengo que hablar con la persona al cargo!

Calvin, sorprendido al oír una voz, asomó la cabeza por detrás de un voluminoso centrifugador.

—¡Disculpe, señorita —contestó crispado; llevaba unas gafas enormes que le protegían los ojos de algo que hervía a su derecha—, pero está prohibido entrar aquí. ¿No ha visto los letreros?!

—¡Los he visto, sí! —gritó a su vez Elizabeth y, haciendo caso omiso del tono en que Calvin se había dirigido a ella, cruzó el laboratorio para apagar la música—. Ya está. Ahora ya podemos oírnos.

Calvin se mordisqueó los labios y señaló.

—No puede entrar aquí. Los letreros —dijo.

—Ya, bueno, me han dicho que en su laboratorio sobran vasos de precipitados y abajo nos faltan. Viene todo explicado aquí —añadió, tendiéndole bruscamente un papel—. El encargado de inventario ha dado su autorización.

—A mí nadie me ha informado de nada —replicó Calvin examinando el papel—. En cualquier caso, sintiéndolo mucho, será imposible. Necesito todos los vasos disponibles. Quizá será mejor que se dirija a algún químico de la planta de abajo. O simplemente dígale a su jefe que me llame.

Calvin se dio la vuelta dispuesto a enfrascarse de nuevo en su trabajo, y de paso volvió a encender el equipo de música.

Elizabeth se había quedado estupefacta.

—¡O sea que quiere hablar con un químico, ¿no? Pero no CONMIGO, ¿verdad?! —dijo levantando la voz sobre la de Frank.

—¡Exacto! —contestó él, y luego añadió un poco más templado—: Mire, sé que no es culpa suya, pero no deberían enviar a una secretaria a que les resuelva la papeleta. Además, sé que quizá le resulte difícil de entender, pero tengo entre manos algo importante. Si no le importa, le dice a su jefe que me llame y listo.

Elizabeth lo miró furibunda. Le molestaba que la gente hiciera conjeturas basándose en apariencias a su juicio trasnochadas, como también le molestaban los hombres que suponían que el hecho de ser una secretaria, aunque ella no lo fuera, la incapacitaba para entender otra cosa que no fuera «Páseme esto a máquina por triplicado».

—¡Qué casualidad! —dijo Elizabeth en voz alta mientras se dirigía hacia un estante y arramblaba con una gran caja llena de vasos de precipitados—. ¡Yo también estoy muy ocupada!

Y luego salió del laboratorio echando chispas.

En el Instituto de Investigación Hastings trabajaban más de tres mil personas, por lo que Calvin tardó más de una semana en localizarla; cuando por fin lo consiguió, Elizabeth no pareció reconocerlo.

—¿Sí? —dijo volviéndose para ver quién acababa de entrar en su laboratorio; llevaba puestas unas enormes gafas protectoras que le ensanchaban los ojos y unos guantes inmensos que le cubrían las manos y los antebrazos.

—Hola. Soy yo —indicó Calvin.

—¿Yo? ¿No podría ser más explícito? —replicó Elizabeth volviendo a su trabajo.

—Yo. El de cinco plantas más arriba. ¿Recuerda que se llevó mis vasos de precipitados? —respondió Calvin.

—Mejor que se quede detrás de esa cortina —le dijo señalando con la cabeza hacia la izquierda—. La semana pasada tuvimos un percance en la sala.

—No había manera de dar con usted.

—Si no le importa, ahora soy yo quien tiene algo importante entre manos —dijo ella.

Calvin esperó pacientemente mientras Elizabeth terminaba de hacer mediciones, tomaba apuntes en la libreta, comprobaba de nuevo los resultados de la prueba del día anterior y luego iba al servicio.

—¿Sigue usted aquí? ¿No tiene trabajo? —dijo al regresar.

—Muchísimo.

—No pienso devolverle sus vasos.

—Ah, o sea que se acuerda de mí.

—Sí. Pero no guardo muy buen recuerdo.

—Venía a pedirle disculpas.

—No era necesario.

—¿Podría invitarla a comer?

—No.

—¿A cenar?

—No.

—¿Y un café?

—Mire, le advierto que está empezando a sacarme de mis casillas —dijo Elizabeth con los brazos en jarras, enfundados en los inmensos guantes.

Calvin, avergonzado, apartó la mirada.

—Le pido mis más sinceras disculpas. Ahora mismo me marcho.

—¿Ése era Calvin Evans? ¿Qué ha venido a hacer aquí? —preguntó un técnico de laboratorio al ver cómo Calvin se abría paso entre los quince científicos que trabajaban apretujados en un espacio cuatro veces más pequeño que el laboratorio privado de Calvin.

—Resolver un asuntillo sobre la propiedad de unos vasos —respondió Elizabeth.

—¿Vasos? —Se quedó pensando—. Un momento. No me irás a decir que esa caja enorme de vasos que dijiste haber «encontrado» la semana pasada era suya, ¿no? —dijo el técnico levantando uno de los nuevos vasos de precipitados.

—Yo no dije en ningún momento que me la hubiera encontrado. Dije que me había agenciado unos vasos.

—Pero ¿eran propiedad de Calvin Evans? ¿Tú estás loca o qué?

—Oficialmente, no.

—¿Te dio permiso para que te los llevaras?

—Oficialmente, no. Pero le presenté un formulario.

—¿Qué formulario? Sabes que necesitas mi autorización. El encargado de la provisión y gestión de recursos soy yo.

—Lo sé. Pero llevo más de tres meses esperando. Te lo he pedido cuatro veces; he rellenado cinco solicitudes requiriéndolos; lo he comentado con el señor Donatti. Ya no sabía qué más hacer, francamente. Necesito ese material para continuar con mi investigación, me es indispensable. Además, son sólo unos vasos.

El técnico de laboratorio cerró los ojos.

—Mira —dijo abriéndolos poco a poco como para recalcar la estupidez de Elizabeth—. Llevo aquí mucho más tiempo que tú y conozco el percal. Sabes de qué tiene fama Calvin Evans, ¿verdad? Química aparte.

—Sí. De acaparar material.

—No. De rencoroso. ¡Rencoroso! —contestó.

—¿Ah, sí? —dijo Elizabeth con repentina curiosidad.

Elizabeth también albergaba rencores. Los suyos, sin embargo, se dirigían fundamentalmente contra una sociedad patriarcal basada en el principio de que la mujer era un ser inferior. Inferior en capacidad. En inteligencia. En inventiva. Una sociedad donde se suponía que los hombres trabajaban y hacían cosas importantes —descubrir planetas, desarrollar productos, crear leyes— y las mujeres se quedaban en casa al cuidado de los niños. Elizabeth no quería tener hijos, eso lo sabía, pero también sabía que otras muchas mujeres no sólo querían hijos, sino también una carrera profesional. ¿Qué había de malo en ello? Nada. Los hombres bien que podían tener ambas cosas.

Recientemente había leído que en cierto país ambos progenitores trabajaban y participaban por igual en la crianza de los hijos. ¿Qué país era? ¿Suecia, quizá? No lo recordaba. Pero el artículo venía a decir que el sistema funcionaba a las mil maravillas. La productividad aumentaba y la familia salía reforzada. Elizabeth se imaginó viviendo en una sociedad así. En un lugar donde nadie la confundiera automáticamente con una secretaria; un lugar en el que, al presentar los resultados de sus investigaciones en una reunión, no tuviera que lidiar con hombres que no dejaban de hablar entre sí sin prestarle atención, o peor aún, que se atribuyeran los méritos de su trabajo. Elizabeth negó con la cabeza. En lo tocante a igualdad, 1952 dejaba mucho que desear.

—Tienes que pedirle disculpas —dijo el técnico volviendo a la carga—. Cuando le devuelvas esos puñeteros vasos, te humillas si es preciso. No sólo has expuesto a todo el laboratorio, sino que encima me has hecho quedar en mal lugar.

—No te preocupes. Son sólo unos vasos —dijo Elizabeth.

Sin embargo, a la mañana siguiente los vasos de precipitados habían desaparecido y en su lugar sólo quedaban las miradas asesinas de unos cuantos compañeros del laboratorio, ya convencidos también de que Elizabeth los había expuesto al rencor legendario de Calvin Evans. Intentó hablar con ellos, pero todos, cada uno a su manera, le hicieron el vacío y, más tarde, al pasar por delante de la sala de estar, oyó a esos mismos colegas criticándola: por darse demasiada importancia, por creerse superior a ellos y haber rechazado sus invitaciones a salir, incluidas las de los solteros. Comentaron también que, si había obtenido ese máster en Química Orgánica por UCLA, la Universidad de California en Los Ángeles, sólo podía deberse a un enchufe, e ilustraron el término con risitas y gestos lascivos. ¿Quién se había creído que era?

—Alguien debería ponerla en su sitio —amenazó uno.

—Tampoco es que sea una lumbrera —adujo otro.

—Es una zorra —declaró una voz conocida. Era su jefe, Donatti.

Elizabeth, acostumbrada a las descalificaciones anteriores, pero escandalizada ante esta última, se recostó en la pared con un repentino ataque de náuseas. Era la segunda vez que la llamaban así. La primera vez, de infausta memoria, fue en UCLA.

Había sucedido casi dos años antes. Faltaban diez días para la ceremonia de entrega del máster, eran las nueve de la noche y Elizabeth aún no había salido del laboratorio, convencida de haber detectado un fallo en el protocolo de investigación. Mientras calibraba sus sospechas, tamborileando sobre el papel con un lápiz del número 2 recién afilado, oyó abrirse la puerta.

—¿Quién es? —preguntó en voz alta. No esperaba a nadie.

—Sigue usted aquí —dijo una voz sin ápice de sorpresa. Era su supervisor.

—Ah, hola, doctor Meyers —dijo levantando la vista—. Sí. Es que estaba repasando los protocolos de investigación para mañana. Creo haber encontrado un fallo.

El doctor Meyers abrió un poco más la puerta y entró en el laboratorio.

—No le he pedido que lo hiciera. Le dije que estaba todo en regla —dijo con voz crispada.

—Lo sé, pero quería echarle una última ojeada.

Elizabeth no solía echarles una última ojeada a las cosas por gusto; si lo hacía era por obligación, para conservar su puesto en el equipo de investigación de Meyers, integrado exclusivamente por hombres. Aunque, a decir verdad, la investigación que su supervisor llevaba a cabo no le interesaba demasiado: le parecía poco arriesgada, en absoluto innovadora. Pese a la notable falta de creatividad de Meyers y de la ausencia alarmante de nuevos hallazgos por su parte, estaba considerado como uno de los investigadores más destacados de Estados Unidos en materia de ADN.

A Elizabeth no le gustaba Meyers; ni a ella ni a nadie. Excepto, tal vez, a UCLA, que lo tenía en un pedestal porque contaba con más publicaciones en su haber que ningún otro investigador en su campo. ¿El secreto de Meyers? Que esas publicaciones no las escribía él, sino sus alumnos del posgrado. Meyers, sin embargo, se atribuía el mérito de todas y cada una de sus palabras; a veces se limitaba a cambiar el título y alguna que otra frase aislada y presentaba el trabajo como si se tratara de una novedad absoluta; con total desfachatez además, porque, al fin y al cabo, ¿quién lee esos artículos científicos de cabo a rabo? Nadie. El número de sus publicaciones, por tanto, no dejaba de crecer, y con ellas, su celebridad. A eso obedecía que Meyers se hubiera alzado como investigador de renombre en el campo del ADN: a una cuestión de cantidad.

Aparte de su talento para pergeñar publicaciones irrelevantes, Meyers también se había labrado fama de libidinoso. En los departamentos científicos de UCLA no abundaban las mujeres, pero las pocas que había —principalmente secretarias—, siempre terminaban siendo objeto de su indeseada atención. Esas chicas solían abandonar su puesto de trabajo a los seis meses, con la autoestima tocada y los ojos hinchados, alegando motivos personales para su marcha. Elizabeth, sin embargo, no se marchó; no podía, necesitaba de esa titulación. Soportó, pues, las vejaciones diarias —los tocamientos, los comentarios lascivos, las repulsivas insinuaciones—, a la vez que puso de manifiesto su falta absoluta de interés por él. Hasta el día en que Meyers la citó en su despacho, con el pretexto de comentar su admisión en el programa de posgrado que él dirigía, y le metió la mano por debajo de la falda. Elizabeth, indignada, se la retiró bruscamente y luego amenazó con denunciarlo.

—¿A quién piensa denunciarme? —repuso él con sorna.

Luego le reprochó que fuera una «estrecha» y, tras darle una palmadita en el trasero, le exigió que le llevara el abrigo, colgado en el armario del despacho, a sabiendas de que cuando Elizabeth abriera la puerta descubriría su interior forrado con imágenes de mujeres con los pechos al descubierto, algunas desparrancadas a cuatro patas, la mirada vacía y el zapato de un hombre posado triunfalmente sobre su espalda.

—Aquí está. El punto 91, en la página 232. La temperatura. Estoy convencida de que es excesiva: a tantos grados la enzima se inactivaría y el resultado se vería alterado —le dijo al doctor Meyers.

Él la observaba desde la puerta.

—¿Se lo ha mostrado a alguien más?

—No. Acabo de darme cuenta —admitió Elizabeth.

—O sea que no ha hablado con Phillip.

Se refería al auxiliar jefe del equipo de investigación de Meyers.

—No. Se ha marchado hace un momento. Seguro que todavía estoy a tiempo de pillarlo... —dijo Elizabeth.

—No será necesario —la interrumpió Meyers—. ¿Hay alguien más por aquí?

—Que yo sepa, no.

—El protocolo es correcto —reconoció Meyers con sequedad—. La experta no es usted, así que deje de cuestionar mi autoridad. Y no le mencione esto a nadie. ¿Entendido?

—Yo sólo pretendía ayudar, doctor Meyers.

Él se quedó mirándola, como sopesando la veracidad de esa afirmación.

—Y necesito su ayuda —dijo él, y se volvió hacia la puerta y echó la llave.

El primer golpe le cayó en forma de bofetada, con tanta fuerza que le volvió la cabeza hacia la izquierda, como si fuera una pelota de goma. Elizabeth, aturdida y sin aliento por un instante, consiguió enderezarse, con la boca manando sangre y los ojos desorbitados por la incredulidad. Meyers torció el gesto, se diría que un tanto insatisfecho con el resultado, y volvió a pegarle, esta vez con tal ímpetu que la tiró del taburete. Era un hombre corpulento, pesaba más de cien kilos, aunque debía su fuerza al volumen de su cuerpo más que a su forma física. Se agachó al suelo, donde Elizabeth estaba tirada y, agarrándola por las caderas, la levantó como una grúa izaría una carga de leños mojados y luego la plantó de nuevo sobre el taburete cual muñeca de trapo. Después la puso de espaldas, retiró el taburete de una patada y le aplastó la cara y el pecho contra la encimera de acero inoxidable.

—Quieta ahí, hija de puta —le ordenó, mientras ella forcejeaba, y le metió las zarpas por debajo de la falda.

Elizabeth se quedó sin aliento; el sabor a metal le llenó la boca. Meyers le levantó la falda por encima de la cintura y, con la otra mano, le retorció la entrepierna. Con la cara aplastada contra la encimera, Elizabeth apenas podía respirar y mucho menos gritar. Coceaba como un animal atrapado en una trampa, pero su forcejeo no hacía sino aumentar la cólera de Meyers.

—No te resistas —le advirtió mientras el sudor resbalaba por su barriga y caía sobre la parte trasera de los muslos de ella.

Aprovechando un movimiento de Meyers, el brazo de Elizabeth se liberó de su peso.

—¡He dicho que te estés quieta! —gritó furioso mientras ella se retorcía a un lado y otro, con el aliento entrecortado por la conmoción, intentando desembarazarse de aquel torso bulboso que le aplastaba el cuerpo como una tortilla.

En un último intento de recordarle quién mandaba allí, la agarró por el pelo y tiró de él. Luego la penetró como un borracho baboso, jadeando de satisfacción, hasta que soltó un berrido de dolor.

—¡Qué coño...! —exclamó retirando su mole de encima de ella—. Pero ¿qué coño ha sido eso?

La apartó de un empujón, aturdido por una lancinante punzada en el costado derecho. Se miró el vientre flácido tratando de buscar la procedencia del dolor, pero lo único que vio fue una gomita de borrar de color rosa asomando de su zona ilíaca derecha. Alrededor se formaba un estrecho foso de sangre.

El lápiz. Elizabeth, buscando a tientas con la mano libre, había echado mano de él y se lo había clavado en el costado.

No un trozo, el lápiz entero. Su afilada punta de grafito, su vistosa madera amarilla y su brillante banda dorada: diecisiete centímetros de lápiz contra diecisiete centímetros de carne. Y al clavárselo, no sólo perforó el intestino grueso y el intestino delgado de Meyers, sino también su carrera académica.

—Pero ¿usted está en esta universidad? —le preguntó el policía del campus después de que se llevaran al doctor Meyers en una ambulancia—. Tendrá que enseñarme algo que acredite que es estudiante.

Elizabeth, con la ropa desgarrada, las manos temblando y un gran hematoma que empezaba a aflorar en su frente, lo miró sin dar crédito.

—Es una pregunta perfectamente válida —repuso el policía—. ¿Qué hace una mujer en un laboratorio a estas horas de la noche?

—Soy estudiante del pos... posgrado. En Química —farfulló, con la sensación de que iba a vomitar.

El policía suspiró como si no estuviera de humor para esas tonterías y luego sacó una libretita.

—¿Por qué no me cuenta lo que ha pasado, según usted?

Elizabeth le informó de los pormenores, con voz monocorde por la conmoción. El policía fingió tomar notas, pero al volverse para decirle a otro agente que lo tenía «todo controlado», Elizabeth se fijó en que el papel estaba en blanco.

—Por favor, necesito... necesito que me vea un médico.

El policía cerró la libreta de golpe.

—¿Quiere hacer una declaración de arrepentimiento? —le dijo, y luego echó un vistazo a la falda de Elizabeth como si la prenda de por sí constituyera una invitación a propasarse—. Al fin y al cabo, lo ha apuñalado. Le saldría más a cuenta mostrar cierto arrepentimiento.

Elizabeth lo miró con los ojos hundidos.

—No... no ha entendido usted bien, agente. Ese hombre me ha agredido. He... he actuado en defensa propia. Necesito que me vea un médico.

El policía dejó escapar un suspiro.

—Entonces no hay declaración de arrepentimiento, ¿no? —dijo cerrando el bolígrafo con un clic.

Elizabeth lo miró fijamente, la boca entreabierta, el cuerpo temblando. No entendía qué estaba pasando. Bajó la vista hacia el muslo, donde la huella de la mano de Meyers se perfilaba en una leve tonalidad púrpura. Le asaltaron arcadas y contuvo las ganas de vomitar.

Cuando levantó la vista otra vez, alcanzó a ver al policía mirando de reojo el reloj con aire hastiado. Elizabeth alargó la mano y le arrebató el documento de identidad, que el policía sujetaba entre los dedos.

—Pues sí, agente —dijo con la voz tensa como la alambrada de espino de un presidio—. Pensándolo bien, sí me arrepiento de algo.

—Así me gusta. Vamos por buen camino —manifestó el policía, y abrió otra vez el bolígrafo con un clic—. Dígame, pues.

—Lápices —dijo Elizabeth.

—Lápices —repitió el agente tomando nota.

Elizabeth levantó la cabeza y lo miró a los ojos; un hilillo de sangre le resbalaba por la sien.

—Me arrepiento de no tener más lápices a mano.

La agresión, o «el desagradable incidente», como lo calificó la comisión de admisiones justo antes de anular oficialmente la plaza de Elizabeth en el programa de posgrado, había que imputársela a ella. El doctor Meyers la había pillado falseando datos. Elizabeth había intentado cambiar un protocolo de investigación con el propósito de alterar los resultados del experimento —allí mismo estaban las pruebas—, y al encararse Meyers con ella, la chica se le había echado encima insinuándose sexualmente. Viendo que sus avances no daban resultado, se había enzarzado en una pelea con él y, de buenas a primeras, le había clavado el lápiz en las tripas. Suerte tenía de seguir con vida.

Casi nadie se tragó la historia. El doctor Meyers tenía mala fama. Pero también era un personaje en el mundo académico, y UCLA de ninguna manera iba a perder a un individuo de su categoría. Elizabeth quedaba expulsada. Su máster había concluido. Sus hematomas sanarían. Alguien redactaría una carta de recomendación. Fuera.

Así fue como Elizabeth terminó en el Instituto de Investigación Hastings. Y allí estaba en ese momento, junto a la puerta de la cantina de Hastings, la espalda apoyada contra la pared y el estómago revuelto.

Al levantar la vista, Elizabeth se topó con la mirada del técnico de laboratorio clavada en ella.

—¿Estás bien, Zott? —le preguntó—. Te veo un poco rara.

Elizabeth no contestó.

—Es culpa mía, Zott. No debería haber armado tanto jaleo por lo de esos vasos. En cuanto a ésos —dijo inclinando la cabeza hacia el comedor (era evidente que había oído la conversación)—, ni caso. Se las dan de gallitos, eso es todo.

Pero Elizabeth no podía no hacerles caso. De hecho, justo al día siguiente, su jefe, el doctor Donatti, el que la había llamado zorra, la destinó a un nuevo proyecto.

—Será mucho más fácil. Más acorde con su intelecto —le dijo.

—¿Por qué, doctor Donatti? ¿He hecho algo mal?

Elizabeth había sido la principal impulsora del actual proyecto de investigación, el motor del grupo, y gracias a ella estaban a punto de presentar nuevos hallazgos. Donatti, sin embargo, le daba la patada. Al día siguiente le asignaron un estudio de segunda categoría sobre aminoácidos.

El técnico del laboratorio notó su creciente malestar y le preguntó por qué quería ser científica.

—No es que quiera ser científica —replicó secamente Elizabeth—, ¡es que lo soy!

En su fuero interno, Elizabeth decidió que no permitiría que un pez gordo de UCLA, ni su jefe ni un puñado de colegas miserables le impidieran alcanzar sus objetivos. No era la primera vez que el viento soplaba en su contra. Ya capearía el temporal.

Pero todo temporal conlleva un desgaste. Transcurrieron los meses y su fortaleza se vio puesta a prueba una y otra vez. Sólo en el teatro encontraba cierto consuelo, y a veces incluso eso la defraudaba.

Era un sábado por la noche, transcurridas dos semanas aproximadamente del incidente con los vasos. Elizabeth había comprado una entrada para *El Mikado*, una opereta que se suponía divertida. Pero, aunque llevaba tiempo ilusionada con ver aquella función, a medida que avanzaba la obra se dio cuenta de que no tenía ninguna gracia. El libreto era racista, los actores blancos, y era obvio que la culpa de todos los despropósitos de los personajes terminaría cayendo sobre la protagonista femenina. La historia guardaba tanto parecido con su situación laboral que decidió cortar por lo sano y salir en el intermedio.

El azar quiso que Calvin Evans asistiera a la misma función esa misma noche, y de haber podido prestar atención al espectáculo tal vez hubiera suscrito totalmente la opinión de Elizabeth. Pero Calvin había acudido al teatro acompañado de una secretaria del departamento de Biología, con la que salía por primera vez, y tenía el estómago revuelto. La cita era fruto de un malentendido: la secretaria lo había invitado al musical sólo porque había dado en creer que su condición de famoso hacía de él un hombre rico, y Calvin, asaltado por el perfume penetrante de la chica, había reaccionado parpadeando unas cuantas veces, gesto que ella había interpretado como un «Sería un placer».

Las náuseas empezaron en el primer acto, pero fueron en aumento y, antes de que terminara el segundo, dieron paso a un rugido de tripas atronador.

—Lo siento, pero no me encuentro muy bien. Me voy —murmuró.

—¿Cómo que te vas? Yo te veo perfectamente —dijo ella suspicaz.

—Tengo el estómago revuelto —masculló Calvin.

—Pues yo siento decirte que me he comprado este vestido especialmente para la ocasión, así que no pienso marcharme hasta haberlo lucido mis cuatro horitas —replicó ella.

Calvin le lanzó a la estupefacta chica unas monedas para el taxi y, con la mano sujetándose las tripas, salió a toda prisa al vestíbulo y se fue directo a los servicios procurando no agitar demasiado su revuelto estómago.

Quiso el azar de nuevo que Elizabeth saliera al vestíbulo en aquel preciso instante y, al igual que Calvin, en dirección a los servicios. Pero, frustrada, al ver la larga cola formada delante, se volvió bruscamente y al hacerlo se estampó contra Calvin, que le vomitó encima en el acto.

—¡Ay, Dios, ay, Dios mío! —dijo él entre arcadas.

Elizabeth, aturdida en un primer momento, recobró la compostura y, pese al vestido lleno de vómito, posó la mano sobre la espalda encorvada de aquel hombre en ademán de consuelo.

—Este señor está enfermo. ¿Alguien puede avisar a un médico? —dijo Elizabeth en voz alta en dirección a la cola, sin haber reconocido todavía a Calvin.

Pero nadie se dio por aludido. Ante el hedor del vómito y el sonido de las violentas arcadas, todos los espectadores que hacían cola para pasar al baño desalojaron de inmediato la zona.

—Ay, Dios, ay, Dios mío —exclamaba Calvin una y otra vez sujetándose el estómago.

—Voy a por una toallita de papel. Y a por un taxi —dijo Elizabeth solícita; luego lo miró detenidamente a la cara—: Pero usted y yo nos conocemos, ¿no?

. . .

Veinte minutos más tarde lo estaba ayudando a entrar en su casa.

—Creo que podemos descartar una posible dispersión de aerosoles de difenilamina, porque nadie más se ha visto afectado —afirmó Elizabeth.

—¿Guerra química? —dijo él con la voz entrecortada y la mano en el estómago—. Espero que no.

—Será algo que ha comido. Una intoxicación alimentaria.

—Ay, qué vergüenza. Lo siento muchísimo —se lamentó—. Ese vestido. Le pagaré la tintorería.

—No se preocupe. Son sólo unas salpicaduras.

Elizabeth lo ayudó a sentarse en el sofá, donde Calvin se desplomó como un fardo.

—No... no recuerdo la última vez que vomité. Y mucho menos en público.

—Cosas que pasan.

—Estaba con una chica. ¿Se imagina? ¡Una cita! Y la he dejado allí plantada.

—No me lo imagino, no —dijo Elizabeth tratando de recordar la última vez que había salido con un hombre.

Se quedaron en silencio unos segundos y luego él cerró los ojos. Elizabeth interpretó por su gesto que había llegado el momento de irse.

—Una vez más, no sabe cuánto lo siento —dijo él en un susurro al oír que iba hacia la puerta.

—Por favor, no tiene de qué disculparse. Ha sido una reacción, una incompatibilidad química. Somos científicos. Comprendemos estas cosas.

—No, no, me refiero al otro día —replicó él con un hilo de voz, intentando aclararse—, por haberla tomado por una secretaria y pedirle que le dijera a su jefe que me llamara. Lo siento muchísimo.

Elizabeth no supo qué responder a eso.

—No hemos sido presentados formalmente. Me llamo Calvin Evans. Pero tutéame, por favor.

—Elizabeth Zott —respondió ella recogiendo sus cosas.

—Pues, Elizabeth, me has salvado la vida —dijo él con un leve esbozo de sonrisa.

Pero Elizabeth ya se había marchado y no llegó a oírlo.

—Mi investigación sobre el ADN se centraba en el papel de los ácidos polifosfóricos como agentes de condensación —le explicó Elizabeth a Calvin mientras tomaban un café en la cantina de Hastings una semana después—. Y hasta el momento prosperaba bien. Pero el mes pasado me asignaron un nuevo proyecto. Un estudio sobre aminoácidos.

—Pero ¿por qué?

—Donatti... tú también trabajas para Donatti, ¿no? En fin, decidió que mi trabajo era irrelevante.

—Pero la investigación sobre los agentes de condensación es fundamental para poder comprender a fondo el ADN...

—Sí, lo sé, lo sé —convino ella—. Eso me había propuesto demostrar en mi doctorado. Aunque a decir verdad a mí lo que me interesa es la abiogénesis.

—¿La abiogénesis? ¿La teoría de que el origen de la vida partió de materia inerte, de compuestos orgánicos simples? Fascinante. Pero no eres doctora.

—No.

—La abiogénesis es materia de doctorado.

—Tengo un máster en Química. Por UCLA.

—El mundillo académico. —Cabeceó comprensivo—. Te hartaste de su apolillamiento, ¿no?

—No exactamente.

Siguió un silencio largo e incómodo.

—En fin —dijo Elizabeth y, tras inspirar profundamente, retomó la conversación—, mi hipótesis sobre los ácidos polifosfóricos es la siguiente.

Ajena al reloj, se extendió durante más de una hora, mientras él asentía y tomaba notas, interrumpiéndola de vez en cuando con preguntas enrevesadas que Elizabeth sorteó sin problema.

—Habría llegado más lejos, pero, como te decía, me trasladaron a otra «sección». Aunque antes ya me resultaba prácticamente imposible acceder al material básico para desempeñar mi verdadero trabajo.

Por eso, le explicó, se había visto abocada a robar equipo y material de otros laboratorios.

—Pero ¿por qué te ponían tantas dificultades con el material? Hastings tiene dinero de sobra.

Elizabeth lo miró como si acabara de preguntarle cómo era posible que, con la abundancia de campos de arroz de que gozaba China, hubiera niños en ese país pasando hambre.

—Discriminación sexual —respondió ella, y agarró el lápiz del número 2 que siempre llevaba detrás de la oreja o sujetándole el pelo y dio unos golpecitos con él sobre la mesa, recalcando sus palabras—. Pero también politiqueo, favoritismo, desigualdad e injusticia en general.

Calvin se mordisqueó los labios.

—Pero principalmente discriminación sexual —repitió Elizabeth.

—¿Qué discriminación sexual? —preguntó Calvin con ingenuidad—. ¿Por qué no íbamos a querer mujeres científicas? No tiene sentido. Necesitamos el mayor número de científicos posible.

Elizabeth lo miraba sin dar crédito. Siempre había tenido a Calvin Evans por un hombre inteligente, pero de pronto cayó en la cuenta de que estaba ante una de esas personas cuya inteligencia tal vez se limitara a un solo campo. Lo observó con más detenimiento, como sopesando hasta qué punto sería capaz de comprender.

Se recogió la melena con ambas manos, le dio dos vueltas y se hizo un moño en lo alto de la cabeza que luego sujetó con el lápiz.

—Cuando estudiabas en Cambridge —le dijo con delicadeza, posando las manos sobre la mesa de nuevo—, ¿a cuántas científicas conociste?

—A ninguna. Pero es que estaba en un colegio universitario masculino.

—Ah, ya. Pero seguro que las mujeres disfrutaban de las mismas oportunidades en otros lugares, ¿verdad? A ver, dime, ¿a cuántas científicas conoces? Y no vale mencionar a Madame Curie.

Calvin la miró intuyendo que se avecinaba una discusión.

—El problema, Calvin —afirmó con firmeza Elizabeth—, es que se está desperdiciando a la mitad de la población. No se trata sólo de que yo no pueda acceder al material que necesito para llevar a cabo mi trabajo, sino de que las mujeres no puedan acceder a la educación que necesitan para llevar a cabo sus aspiraciones. Y aunque consigan entrar en una universidad, nunca será un lugar como Cambridge. Es decir, que no gozarán de las mismas oportunidades ni del mismo respeto. Empezarán desde abajo y abajo se quedarán. Por no hablar de los sueldos. Y todo por no haber estudiado en una institución donde ni siquiera se dignaban a admitirlas.

—Entonces, lo que dices es que en realidad hay muchas más mujeres que quieren dedicarse a la ciencia —dijo Calvin con lentitud.

Elizabeth abrió desmesuradamente los ojos.

—Por supuesto que las hay. A la ciencia, a la medicina, los negocios, la música, las matemáticas. A cualquier campo.

De pronto Elizabeth se interrumpió porque, a decir verdad, sólo había conocido a un puñado de mujeres que querían dedicarse a la ciencia o, de hecho, a cualquier campo. La mayoría de las mujeres que había conocido en la universidad decían estar allí con el único propósito de encontrar marido. Era desconcertante; como si se hubieran tragado alguna pócima que las hubiera trastornado.

—Pero no, las mujeres se quedan en casa, criando niños y limpiando alfombras. Esclavitud legalizada. Ni siquiera a las que quieren dedicarse a sus labores se les reconoce en absoluto su trabajo. Los hombres parecen pensar que la decisión más importante de la típica madre con cinco criaturas es escoger de qué color se va a pintar las uñas.

Calvin se estremeció sólo de imaginar a esas cinco criaturas.

—Volviendo a tu trabajo —dijo tratando de reconducir la discusión—, creo que podría encontrar una solución.

—No necesito que me soluciones nada —replicó Elizabeth—. Soy perfectamente capaz de arreglármelas sola.

—No, no lo eres.

—¿Perdona?

—No eres capaz de arreglártelas sola porque el mundo no funciona así. La vida es injusta.

Sus palabras la indignaron: ¿quién era él para hablarle de injusticias? ¿Qué sabía él de injusticias? Hizo un amago de réplica, pero Calvin la interrumpió.

—Mira, la vida nunca ha sido justa, pero uno sigue adelante como si lo fuera... como si por arreglar alguna que otra injusticia todo lo demás se resolviera por sí solo. Pero de eso nada. ¿Quieres que te dé un consejo? —Antes de que Elizabeth tuviera tiempo de decir que no, Calvin añadió—: No te conformes con el sistema. Aprovéchate de él.

Elizabeth se quedó callada, sopesando esas palabras. Por injustas e indignantes que le resultaran, eran de una sensatez abrumadora.

—Sobre lo de encontrarte una solución —dijo Calvin—, mira qué casualidad: llevo todo el año intentando en vano replantear la cuestión de los ácidos polifosfóricos. Tus investigaciones podrían aportarme ese enfoque. Si le digo a Donatti que necesito trabajar con tus hallazgos, mañana mismo recuperas tu puesto. Y aunque no necesitara tu trabajo, que sí que lo necesito, estoy en deuda contigo. Primero, por tomarte por una secretaria, y segundo, por vomitarte encima.

Elizabeth no replicó. Muy a su pesar, la idea no le parecía tan disparatada. Pero se negaba a aceptarla: rechazaba por principio que hubiera que aprovecharse de ningún sistema. ¿Por qué no podían ser justos desde el inicio? Tampoco le gustaba que le hicieran favores, desde luego. Los favores olían a juego sucio. Por otro lado, tenía sus ambiciones. Maldita sea, ¿por qué iba a quedarse cruzada de brazos? La inacción nunca conducía a nada.

—Mira, no quiero que pienses que estoy sacando conclusiones precipitadas —dijo sin ambages apartándose un mechón de la cara—, pero ya he tenido problemas en el pasado y quiero dejar una cosa muy clara: no pienso salir contigo. Éste es un asunto laboral y punto. No busco ninguna relación de ningún tipo.

—Ni yo tampoco —insistió él—. Es un asunto laboral. Nada más.

—Nada más.

Luego recogieron sus tazas y sus platitos y cada uno se fue por su lado, los dos rogando en su fuero interno por que el otro no hubiera hablado en serio.

4

Introducción a la química

Al cabo de unas tres semanas, camino del aparcamiento, Calvin y Elizabeth discutían en voz alta.

—Ese planteamiento es completamente erróneo. Estás obviando la naturaleza esencial de la síntesis de proteínas —decía ella.

—Muy al contrario —replicó él pensando que nadie había calificado nunca de erróneos sus planteamientos y que esa crítica le molestaba—. A mí me parece increíble que estés obviando la estructura molec...

—No estoy obviando...

—Te olvidas de los dos enlaces coval...

—Son tres enlaces covalentes.

—Sí, pero sólo cuando...

—Mira. Tenemos un problema —lo interrumpió Elizabeth con sequedad al llegar ante el coche de ella.

—¿Qué problema?

—Tú. Tú eres el problema —afirmó rotunda, señalándolo con ambas manos.

—¿Porque no estamos de acuerdo?

—El problema no es ése —replicó ella.

—Pues entonces, ¿cuál es el problema?

—Pues... —Elizabeth hizo un gesto vago con la mano y luego apartó la vista y miró a lo lejos.

Calvin suspiró y, con las manos sobre el techo del Plymouth, la tartana azul de Elizabeth, aguardó a la reprimenda.

En las últimas semanas, Elizabeth y él se habían visto en seis ocasiones —dos para comer y cuatro para tomar café—, y en todas ellas el encuentro había sido tanto el mejor como el peor momento del día. El mejor porque Elizabeth era la mujer más inteligente, perspicaz y enigmática —y sí, también la más inquietantemente atractiva— que había conocido en su vida; y el peor, porque siempre parecía tener prisa por marcharse. Y cuando se marchaba, Calvin se quedaba el resto del día angustiado y deprimido.

—Los recientes hallazgos sobre los gusanos de seda. En el último número del *Science Journal*. Ése es el problema —dijo Elizabeth.

Calvin asintió como si lo entendiera, pero no lo entendía, y no sólo la referencia a los gusanos de seda. En cada uno de sus encuentros, se había esforzado por demostrarle que su único interés en ella era puramente profesional. No la había invitado al café; no se había ofrecido a llevarle la bandeja de la comida; no le había abierto la puerta, ni siquiera la vez que iba tan cargada de libros que apenas se le veía la cabeza. Tampoco se había desvanecido cuando había chocado con él al echarse hacia atrás en el fregadero y le había asaltado la fragancia de sus cabellos. No imaginaba que el pelo pudiera oler así, como si lo hubieran lavado en una palangana llena de flores. ¿Acaso Elizabeth no valoraba que él hubiera mantenido la relación en un terreno pura y estrictamente profesional? Su actitud lo estaba sacando de quicio.

—Me refiero a lo del bombicol. En los gusanos de seda —aclaró Elizabeth.

—Claro —respondió él sin entusiasmo, recordando lo estúpido que había sido el día que se conocieron.

Primero la confunde con una secretaria. La echa del laboratorio. ¿Y luego qué? Para colmo va y le vomita encima. Ella no le había dado importancia, pero ¿se había vuelto a poner aquel vestido amarillo? No. Era evidente que estaba resentida, aunque lo negara. Como rencoroso de marca mayor que era, conocía el percal.

—Actúa como mensajero químico —dijo Elizabeth—. En los gusanos de seda hembra.

—Gusanos. Fascinante —dijo él con sorna.

Elizabeth dio un respingo, sorprendida por su displicencia.

—No te interesa el tema —dijo con las orejas de pronto encendidas.

—Ni lo más mínimo.

Elizabeth inspiró brevemente y se puso a hurgar en el bolso buscando las llaves.

Qué decepción tan grande. Ahora que por fin había encontrado a alguien con quien de verdad se podía hablar, a un hombre inteligente en grado sumo, perspicaz, enigmático (además de alarmantemente atractivo cuando sonreía), resulta que no tenía ningún interés en ella. Ninguno. Habían salido seis veces en el transcurso de las últimas semanas, y tanto uno como el otro habían procurado en todo momento mantener la relación dentro del terreno estrictamente profesional, aunque Calvin lo había hecho hasta un extremo que rayaba en la grosería. Por ejemplo, aquel día que iba tan cargada de libros que casi ni veía la puerta y no se dignó a echarle una mano. Aun así, siempre que estaban juntos sentía un deseo irresistible de besarlo. Algo impropio de ella por completo. Pese a todo, al final de todas aquellas citas, que ella interrumpía en cuanto podía temiendo lanzarse a sus labios, se pasaba el resto del día angustiada y deprimida.

—Me tengo que ir —dijo Elizabeth.

—El trabajo es el trabajo —replicó él.

Pero ninguno de los dos se movió; volvieron la cabeza en direcciones opuestas como buscando en el aparcamiento a la persona con la que en realidad habían quedado, aunque eran ya casi las siete de la tarde de un viernes y en el sector sur del aparcamiento quedaban sólo dos vehículos: los suyos.

—¿Tienes algún plan interesante para el fin de semana? —se atrevió a decir él por fin.

—Sí —mintió Elizabeth.

—Pues pásatelo bien —saltó él. Luego se dio la vuelta y se alejó.

Elizabeth se quedó observándolo un momento y luego entró en el coche y cerró los ojos. Calvin no era un ignorante. Leía el *Science Journal*. Seguro que había entendido la referencia al bombicol, la feromona que emitían los gusanos de seda hembra para atraer a los machos de la especie. «Gusanos», le había espetado casi con crueldad. Vaya un imbécil. Y vaya una tonta ella... sacar a bocajarro el tema del amor en un aparcamiento para que luego la rechazaran.

«No te interesa el tema», le había dicho.

«Ni lo más mínimo», había contestado él.

Abrió los ojos y metió la llave en el contacto de forma brusca. De todos modos, seguramente Calvin pensaba que ella sólo pretendía agenciarse más material de laboratorio. Porque, en la cabeza de un hombre, por qué otra razón iba una mujer a mencionar el bombicol un viernes por la tarde en un aparcamiento vacío mientras la brisa que llegaba del oeste transportaba el aroma de su carísimo champú directamente hacia sus orificios nasales a menos que tramara conseguir más vasos de precipitados... A Elizabeth no se le ocurría ningún otro motivo. Aparte del auténtico. Estaba enamorándose de él.

Justo en ese instante oyó un fuerte golpeteo a su izquierda. Miró y vio a Calvin indicándole por gestos que bajara la ventanilla.

—¡Me importa un rábano tu material de laboratorio! —gritó Elizabeth mientras bajaba el cristal que los separaba.

—¡Que conste que el problema no soy yo! —saltó él agachándose para mirarla a la cara.

Elizabeth lo miró a los ojos, hecha una furia. ¿Cómo se atrevía a...?

Calvin la miró a los ojos. ¿Cómo se atrevía a...?

Y de pronto a Elizabeth volvió a asaltarle aquel sentimiento, el mismo que la embargaba siempre que estaba a su lado, sólo que esta vez no se reprimió; lo atrajo hacia sí agarrándole la cara con ambas manos, y ese primer beso selló un vínculo permanente que ni siquiera la química podía explicar.

5

Valores de familia

Sus colegas del laboratorio dieron por sentado que Elizabeth estaba saliendo con Calvin sólo por una razón: su prestigio. Una vez que se lo hubiera metido en el bolsillo, estaría blindada. Sin embargo, el motivo era mucho más sencillo: «Porque estoy enamorada de él», habría respondido en caso de que alguien le hubiese preguntado. Pero nadie le preguntó.

A Calvin le sucedía lo mismo. Si alguien le hubiese preguntado, habría respondido que Elizabeth Zott era lo que más quería en el mundo, y no por su belleza, ni por su inteligencia, sino porque se amaban el uno al otro con un amor tan completo, tan lleno de certeza y de confianza que subrayaba la devoción que mutuamente se profesaban. Eran más que amigos, más que confidentes, aliados y amantes. Si toda relación es un rompecabezas, el suyo se completó desde el primer instante; como si alguien hubiera agitado la caja y observado desde arriba mientras cada una de las piezas encajaba en el sitio correspondiente, acoplándose unas a otras, imbricadas por completo, hasta crear la imagen perfecta. Calvin y Elizabeth eran la envidia de otras parejas.

Por la noche, después de hacer el amor, se quedaban siempre en la misma posición, tumbados de espaldas, él con una pierna sobre la de ella, ella con el brazo sobre el muslo de él, la cabeza de Calvin ligeramente inclinada hacia Elizabeth, y charlaban largo y tendido: a veces sobre sus retos respectivos, otras sobre su futuro y siempre sobre el trabajo. Pese a la lasitud posterior al coito, aquellas conversaciones a menudo se prolongaban hasta bien entrada la madrugada y cuando derivaban hacia algún hallazgo o fórmula, al final, invariablemente, uno de los dos terminaba levantándose de la cama para tomar notas. La existencia de una unión tan estrecha suele afectar de forma negativa al trabajo de algunas parejas, pero no era el caso de Elizabeth y Calvin. Ellos trabajaban incluso cuando no trabajaban —avivando la creatividad y la inventiva del otro con otros enfoques—, y si bien la comunidad científica se maravillaba de la productividad de ambos, aún se hubiese sorprendido más de saber que la mayor parte surgía al desnudo.

—¿Sigues despierta? —le susurró tímidamente Calvin una noche, acostados en la cama los dos—. Es que quería comentarte algo. Sobre el Día de Acción de Gracias.

—¿Qué pasa con él?

—Pues que está al caer y no sé si pensabas ir a celebrarlo con tu gente y, si así fuera, si pensabas invitarme a que me apuntara y... —Se interrumpió y luego tomó carrerilla—: y así conocía a tu familia.

—¿Qué? —murmuró Elizabeth—. ¿Con mi gente? No. Con mi gente, no. Había pensado que podíamos celebrarlo aquí. Juntos. A menos que... Bueno... ¿Tú pensabas pasarlo con tu familia?

—Ni mucho menos.

En los últimos meses Calvin y Elizabeth habían hablado sobre infinidad de temas en esas conversaciones: lecturas, carreras profesionales, creencias, aspiraciones, películas, política, incluso alergias. Con una sola y manifiesta excepción: la familia. No había sido intencionado, al menos al principio, pero tras meses de obviar el tema, se hizo evidente que tal vez nunca saldría a colación.

No es que no sintieran curiosidad sobre sus orígenes respectivos. ¿Quién no desea bucear en las profundidades de la infancia del otro y conocer a los sospechosos habituales: el progenitor estricto, los hermanos competitivos, la tía desequilibrada? También ellos.

El tema de la familia era, pues, como esas salas acordonadas durante el recorrido de una mansión de interés histórico. Podías asomar la cabeza y hacerte una idea vaga de que Calvin había crecido en cierto lugar (¿Massachusetts?) y de que Elizabeth tenía hermanos (¿o eran hermanas?), pero no se te brindaba la oportunidad de acceder al interior y hurgar en el armario del botiquín. Hasta la noche que Calvin mencionó el Día de Acción de Gracias.

—Parece mentira que a estas alturas tenga que preguntártelo —dijo Calvin finalmente, atreviéndose a romper el denso silencio—, pero todavía no sé de dónde eres.

—Ah, bueno —dijo Elizabeth—. De Oregón, principalmente. ¿Y tú?

—De Iowa.

—¿De verdad? Yo creía que habías nacido en Boston.

—No —repuso él rápidamente—. ¿Tienes hermanos? ¿O hermanas?

—Un hermano. ¿Y tú?

—Ninguno —dijo Calvin con voz inexpresiva.

Elizabeth, muy quieta en la cama, reparó en el tono.

—¿Tuviste una infancia solitaria? —le preguntó.

—Sí —respondió Calvin rotundo.

—Lo siento. —Elizabeth le cogió la mano por debajo de las sábanas—. ¿Tus padres no quisieron tener más hijos?

—Quién sabe —respondió con voz aflautada—. No son cosas que uno pregunte a sus padres de niño, ¿no? Pero es probable. Seguro que fue eso.

—Pero luego...

—Murieron cuando yo tenía cinco años. Mi madre estaba embarazada de ocho meses.

—Qué horror. Lo siento mucho, Calvin —dijo Elizabeth incorporándose enseguida—. ¿Cómo pasó?

—Un tren —respondió impasible—. Los arrolló.

—Calvin, cuánto lo siento. No tenía ni idea.

—No te preocupes. De todo eso hace mucho tiempo. La verdad es que ya no me acuerdo de ellos.

—Pero...

—Te toca a ti —dijo Calvin con un tono brusco.

—No, un momento: entonces ¿quién te crió?

—Mi tía. Pero también murió.

—¡No! ¿De qué?

—Sufrió un infarto al volante. Yo iba a su lado. El coche saltó a la acera y se empotró contra un árbol.

—¡Dios santo!

—Diríamos que es una tradición familiar. Morir en un accidente.

—No tiene gracia.

—No pretendía hacerme el gracioso.

—¿Cuántos años tenías entonces? —continuó preguntándole sin aflojar la presión.

—Seis.

Elizabeth cerró los ojos con fuerza.

—Y entonces te metieron en un... —Se interrumpió.

—Un orfanato católico para chicos.

—Y... ¿cómo fue? —siguió tirándole de la lengua Elizabeth, aunque con mala conciencia.

Calvin se quedó en silencio tratando de encontrar una respuesta sincera a una pregunta absurda y manifiestamente simple.

—Duro —respondió por fin en voz tan baja que Elizabeth apenas lo oyó.

A unos quinientos metros de distancia, un tren pasó silbando y Elizabeth se estremeció. ¿Cuántas veces habría estado Calvin acostado en esa cama y oído ese silbido y pensado en sus difuntos padres y en aquel hermano que nunca llegó a tener? ¿Cómo no se lo había contado nunca? A menos, tal vez, que nunca pensara en ellos... Había mencionado que ya apenas los recordaba. Pero entonces, ¿a quién recordaba? ¿Cómo serían aquellos padres? ¿Y qué significaba exactamente que había sido «duro»? Hubiera querido preguntárselo, pero el tono de su voz —tan sombrío, bajo y extraño— le dio a entender que no convenía seguir indagando. ¿Qué habría sido de su vida después? ¿Cómo se las había ingeniado para aprender a remar en un lugar de secano como Iowa, y no digamos para llegar hasta Cambridge y formar parte de su equipo de remo? ¿Y la carrera universitaria? ¿Quién se la habría pagado? ¿Y la enseñanza secundaria? Costaba creer que un orfanato de Iowa pudiera ofrecer un gran nivel de enseñanza. Una cosa era ser brillante, pero ser brillante sin haber gozado de oportunidades en la vida era todo un triunfo. Si Mozart hubiese nacido en el seno de una familia humilde de Bombay en lugar de en una familia acomodada de Salzburgo, ¿acaso habría compuesto la *Sinfonía n.º 36 en do mayor*? Desde luego que no. Entonces, ¿cómo se las había ingeniado Calvin para llegar a ser uno de los científicos más respetados del mundo habiendo salido de la nada?

—Así que de Oregón, ¿no? —preguntó Calvin con voz distante mientras tiraba de ella para que se tumbara de nuevo a su lado.

—Sí —respondió Elizabeth temiendo tener que contar su propia historia.

—¿Vas mucho por allí? —le preguntó Calvin.

—Nunca.

—Pero ¿por qué? —dijo él casi levantando la voz, horrorizado ante la idea de que Elizabeth hubiese desaprovechado a una familia como es debido. O al menos una familia todavía viva.

—Por motivos religiosos.

Calvin se quedó pensando, como si se le hubiera escapado algo.

—Mi padre era... digamos que un experto en religión —aclaró Elizabeth.

—¿Un qué?

—Una especie de vendedor de la cosa divina.

—No entiendo qué...

—Una persona que se gana la vida predicando el fin del mundo. Ya sabes —añadió cada vez más avergonzada—, uno de esos que van por ahí perorando sobre el inminente Día del Juicio Final pero ofreciendo soluciones (un bautismo especial, por ejemplo, o un talismán carísimo) con las que aplazarlo otro poquito más.

—¿Y eso da para ganarse la vida?

Elizabeth volvió la cabeza hacia él.

—No lo sabes tú bien.

Calvin se quedó en silencio intentando hacerse una idea.

—El caso es que su trabajo nos obligaba a estar siempre dando bandazos de un lugar a otro. No puedes ir por ahí anunciando una y otra vez que el fin está cerca y que luego nunca llegue.

—¿Y tu madre?

—Ella era la encargada de hacer los talismanes.

—No, me refiero a si era tan religiosa como él.

Elizabeth dudó un momento.

—Bueno, sólo si la codicia puede considerarse una religión. Hay mucha competencia en ese negociado, Calvin, es muy lucrativo. Pero mi padre tenía un talento especial para el proselitismo, como prueba el Cadillac que estrenaba cada año. Aunque, a fin de cuentas, creo que su punto fuerte era la combustión espontánea, en eso destacaba.

—¿Se puede saber de qué hablas?

—Es muy difícil obviar a alguien que grita «¡Envíame una señal!» si acto seguido algo arde en llamas.

—Un momento. Quieres decir que...

—Calvin, ¿tú sabías que los pistachos son intrínsecamente inflamables? —dijo Elizabeth volviendo a su tono científico habitual—. Se debe a su alto contenido lipídico. En general se almacenan siguiendo unas normas muy estrictas de humedad, temperatura y presión, pero si esas condiciones se alteran, sus enzimas lipolíticas producen ácidos grasos libres que se descomponen cuando la semilla absorbe oxígeno y desprende dióxido de carbono. ¿Resultado? Fuego. Reconozco que mi padre era un artista para dos cosas: siempre que necesitaba una señal oportuna de Dios, conseguía sacarse de la manga una combustión espontánea. —Elizabeth cabeceó—. Ay, si supieras la de pistachos que llegamos a consumir...

—¿Y la otra cosa? —preguntó Calvin atónito.

—Él me introdujo en el mundo de la química. —Elizabeth dejó escapar un suspiro—. Supongo que debería estarle agradecida, pero no lo estoy —dijo con amargura.

Calvin volvió la cabeza hacia la izquierda, tratando de ocultar su decepción. En ese momento cayó en la cuenta de lo mucho que había deseado conocer a la familia de Elizabeth y sentarse a la mesa para celebrar el Día de Acción de Gracias rodeado de personas que algún día terminarían formando parte de él como él ya formaba parte de ella.

—Y tu hermano, ¿dónde está? —preguntó Calvin.

—Murió. —Había dureza en su voz—. Se suicidó.

—¿Se suicidó? —Calvin se quedó sin aliento—. ¿Cómo?

—Se colgó.

—Pero... pero ¿por qué?

—Porque mi padre le hizo creer que Dios lo odiaba.

—Pero... pero...

—Ya te lo he dicho, mi padre era un hombre muy persuasivo. Si decía que Dios exigía algo de él, normalmente se lo concedía. Porque Dios era él.

El vientre de Calvin se tensó.

—¿Estabais... estabais muy unidos, tu hermano y tú?

Elizabeth inspiró profundamente.

—Sí.

—Pero no entiendo. ¿Por qué iba a hacer tu padre una cosa así? —insistió Calvin.

Levantó la mirada hacia el techo en la oscuridad. No tenía mucha experiencia de lo que era una familia, pero siempre había supuesto que era importante formar parte de una, que era un requisito esencial para la estabilidad, el sostén, cuando se atravesaban malos momentos. De hecho, nunca se había planteado que una familia pudiera ser la causa de tus males.

—John, mi hermano, era homosexual —dijo Elizabeth.

—Ah —dijo Calvin, como si de pronto lo comprendiera todo—. Lo siento.

Elizabeth se incorporó apoyándose en un codo y, en la oscuridad, lo miró atónita.

—¿Se puede saber qué quieres decir con eso? —replicó.

—Bueno, pero... ¿tú cómo lo sabías? Supongo que no te lo diría él.

—Soy científica, Calvin, ¿recuerdas? De todos modos, ser homosexual no tiene nada de malo; es algo completamente normal, un hecho biológico básico. No concibo que la gente no lo sepa. ¿Es que ya nadie lee a Margaret Mead? El caso es que yo sabía que John era homosexual, y él sabía que yo lo sabía. Lo habíamos hablado. No había elegido serlo; simplemente formaba parte de él. Lo mejor es que... que él sabía lo mío también —añadió melancólica.

—Sabía que eras...

—¡Científica! —saltó Elizabeth—. Mira, entiendo que quizá te cueste asimilarlo dadas tus propias adversidades, pero por haber nacido en una familia no necesariamente te sientes parte de ella.

—Pero si...

—No. Tienes que comprenderlo, Calvin. La gente como mi padre predica el amor, pero está llena de odio. No puede tolerar a nadie que amenace sus limitadas creencias. El día que mi madre sorprendió a mi hermano haciendo manitas con otro chico, todo se fue al traste. Después de un año de oír que era una aberración y que no merecía seguir vivo, John salió al cobertizo con la soga en la mano.

Elizabeth hablaba en un tono demasiado agudo, como cuando uno intenta reprimir el llanto con todas sus fuerzas. Calvin se acercó y ella se dejó abrazar.

—¿Qué edad tenías entonces?

—Diez años. John, diecisiete.

—Cuéntame más de él. ¿Cómo era?

—Pues... no sé —balbuceó—. Amable. Protector. John era el que me leía cada noche; el que me vendaba las rodillas cuando se me despellejaban; el que me enseñó a leer y a escribir. Cambiábamos continuamente de lugar de residencia y la verdad es que nunca se me dio bien hacer amistades, pero tenía a John. Pasábamos la mayor parte del tiempo en la biblioteca. Era nuestro santuario, el único lugar con el que podíamos contar mientras íbamos de ciudad en ciudad. Tiene su gracia ahora que lo pienso.

—¿Gracia por qué?

—Porque mis padres trabajaban en el «negocio» de los santuarios.

Calvin asintió.

—Si hay algo que he aprendido en la vida, Calvin, es que la gente siempre anhela que le resuelvan de forma sencilla la complejidad de sus problemas. Es mucho más fácil tener fe en algo que no se puede ver, tocar, explicar o cambiar que en algo que de hecho sí puedes. —Suspiró—. Tu propio ser, me refiero. —El vientre de Elizabeth se tensó.

Acostados en silencio, se sumieron en el recuerdo de sus respectivas desgracias.

—¿Dónde están tus padres ahora?

—Mi padre, en la cárcel. Impulsado por otra de sus señales divinas, mató a tres personas. En cuanto a mi madre, se divorció, volvió a casarse y se trasladó a Brasil. Allí no existe acuerdo de extradición con Estados Unidos. ¿He mencionado que mis padres nunca pagaban impuestos?

Calvin dejó escapar un largo y profundo silbido. Cuando has crecido alimentándote sólo y exclusivamente de desgracias, parece inconcebible que a otros puedan haberles servido una ración mayor si cabe.

—Entonces, cuando tu hermano... murió... te quedaste sola con tus padres...

—No —lo interrumpió—, me quedé sola por completo. Mis padres pasaban semanas fuera de casa, así que, sin John a mi lado, no me quedó otro remedio que valerme por mí misma. Y eso hice. Aprendí a cocinar y a hacer pequeños arreglos en casa.

—¿Y el colegio?

—Ya te lo he dicho, iba a la biblioteca.

—¿Y ya está?

Elizabeth se volvió hacia él.

—Ya está.

Siguieron allí tumbados los dos juntos, como árboles caídos. A varias manzanas de distancia, repicaron las campanas de una iglesia.

—Cuando era niño, me decía a mí mismo que siempre había un nuevo día. Que todo era posible —dijo Calvin en voz baja.

—¿Y eso te ayudaba? —dijo ella agarrándole la mano de nuevo.

Calvin, con el mentón descolgado, rememoró aquel día en el orfanato en que el obispo había sacado a colación a su padre.

—Bueno, supongo que sólo pretendo decir que es mejor no quedarse anclado en el pasado.

Elizabeth asintió e imaginó a aquel niño recién llegado al hospicio procurando convencerse de que tenía por delante un futuro mejor. No existía mayor valentía que ésa, sufrir la peor de las desgracias a esa edad y, pese a todas las leyes del universo y a tenerlo todo en contra, decidir que tal vez el día siguiente sería mejor.

—Siempre hay un nuevo día —repitió Calvin, como si continuara siendo aquel niño. Pero el recuerdo de lo que había averiguado aquel día respecto a su padre seguía resultándole abrumador y se interrumpió—. Mira, estoy cansado. Mejor si lo dejamos por hoy, ¿no?

—Deberíamos dormir un poco —dijo Elizabeth, sin bostezar.

—Podemos hablarlo otro día —dijo él, alicaído.

—A lo mejor mañana —mintió ella.

6

La cantina de Hastings

Nada provoca tanta animadversión como enfrentarse a la felicidad inmerecida del otro, y en opinión de algunos compañeros del Instituto de Investigación Hastings, la que les había tocado en suerte a Elizabeth y Calvin era inmerecida. A él, por su brillantez; a ella, por su belleza. Al formar pareja, para mayor injusticia, esa cuota de suerte inmerecida se había duplicado automáticamente.

Lo peor, según esos compañeros, era que no obedecía a méritos propios: habían nacido con ella; es decir, no era fruto del esfuerzo, sino del azar genético. Y el hecho de que la pareja hubiera decidido combinar esos dones caídos del cielo y transformarlos en una relación amorosa llena de afecto —y a buen seguro sexualmente activa— que ellos se veían obligados a presenciar cada día a la hora del almuerzo, resultaba más sangrante si cabe.

—Por ahí vienen. Batman y Robin —dijo un geólogo de la séptima planta.

—He oído que se han arrejuntado, ¿lo sabíais? —preguntó su compañero de laboratorio.

—Lo sabe todo el mundo.

—Pues yo no me había enterado —terció un tal Eddie de mal talante.

Los tres geólogos observaron a Elizabeth y Calvin, que escogieron una mesa vacía en medio de la cantina, entre el estruendo de las bandejas y los cubiertos que tableteaban alrededor como metralletas. Envueltos en el hedor a *stroganoff* que amenazaba con sofocar el resto de la estancia, Calvin y Elizabeth dispusieron un juego de fiambreras abiertas sobre la mesa. Pollo a la parmesana. Patatas al gratén. Y una suerte de ensalada.

—Vaya, resulta que el rancho de aquí no está a su altura —rezongó uno de los geólogos.

—Yo no le serviría esta bazofia ni a mi gato —dijo otro de los geólogos apartando su bandeja.

—¡Hola, chicos! —exclamó pizpireta la señorita Frask, una secretaria de Recursos Humanos de trasero prominente y talante en exceso dicharachero.

Frask dejó su bandeja sobre la mesa y carraspeó a la espera de que Eddie, un técnico del laboratorio de geología, le apartara la silla para que se sentara. Frask salía con Eddie desde hacía tres meses, y aunque a ella le habría gustado anunciar a bombo y platillo que la relación iba de maravilla, nada más lejos de la realidad. Eddie era un tipo zafio e inmaduro. Masticaba con la boca abierta, se reía a mandíbula batiente de tonterías sin ninguna gracia y utilizaba expresiones como «está cañón». Pese a todo, Eddie tenía algo importante a su favor: estaba soltero.

—Vaya, gracias, Eddie —dijo ella cuando por fin el chico se inclinó para sacarle la silla de debajo de la mesa—. Qué detalle.

—Ojito, ojito —advirtió uno de los geólogos, apuntando con la cabeza hacia donde Calvin y Elizabeth estaban sentados.

—¿Por qué? —preguntó Frask volviéndose en redondo para seguir la mirada de sus compañeros—. ¿Qué hay que ver? ¡Jolines! ¿Otra vez? —exclamó al fijarse en la feliz pareja.

Los cuatro se quedaron en silencio observando y vieron que Elizabeth sacaba una libreta y se la tendía a Calvin.

Calvin examinó la página e hizo algún comentario. Ella negó con la cabeza y señaló algo en particular. Calvin asintió, ladeó la cabeza y se mordisqueó los labios lentamente.

—Qué poco atractivo es —dijo Frask torciendo el gesto, pero, sabiendo que comentar el aspecto físico de un empleado no era propio de una secretaria de Recursos Humanos, enseguida añadió—: Me refiero a que el azul no le sienta bien.

Uno de los geólogos dio un bocado del *stroganoff* y luego dejó el tenedor sobre la mesa con aire resignado.

—¿Os habéis enterado de la noticia? Evans vuelve a ser candidato al Nobel.

La mesa entera suspiró al unísono.

—Bueno, eso no significa nada —dijo uno de los geólogos—. Candidato puede serlo cualquiera.

—¿Ah, sí? ¿Tú lo has sido alguna vez?

Continuaron espiando a la pareja, absortos por completo. Al rato, Elizabeth bajó el brazo y sacó un paquete envuelto en papel de cera.

—¿Qué creéis que será eso? —dijo uno de los geólogos.

—Algún pastelito casero —soltó Eddie con voz llena de admiración—. También le da a la repostería.

Observaron que Elizabeth le ofrecía unos *brownies* a Calvin.

—Bah, qué bobada —soltó Frask con exasperación—. ¿Cómo que también? Un pastel lo hace cualquiera.

—No entiendo a esa mujer —dijo uno de los geólogos—. ¿Qué pinta aquí si ya ha cazado a Calvin? —Se interrumpió, como si estuviera sopesando las posibilidades—. A menos que Evans no tenga intención de casarse con ella.

—¿Para qué comprar la vaca cuando tienes la leche gratis? —adujo el otro geólogo.

—Yo me crié en una granja. Las vacas dan mucho trabajo —repuso Eddie.

Frask lo miró de reojo. La exasperaba que Eddie no dejara de alargar el cuello hacia Zott como una planta buscando el sol.

—Yo estoy especializada en conducta humana. Durante un tiempo estudié para doctorarme en Psicología. —Miró a sus compañeros de mesa, esperando que se interesaran por sus aspiraciones académicas, pero ninguno mostró la más mínima curiosidad—. En fin, que dados mis conocimientos no me cabe duda de que es ella la que lo está utilizando a él.

Al otro lado de la cantina, Elizabeth ordenó sus papeles y luego se levantó.

—Perdona que me vaya intempestivamente, Calvin, pero tengo una reunión.

—¿Una reunión? —dijo Calvin, como si acabara de anunciarle su asistencia a una ejecución—. Si trabajaras en mi laboratorio, nunca tendrías que asistir a ninguna reunión.

—Pero no trabajo en tu laboratorio.

—Pero podrías.

Elizabeth dejó escapar un suspiro y se dispuso a recoger la fiambrera. Obviamente, le habría encantado trabajar en el laboratorio de Calvin, pero eso era imposible. Hastings la había contratado en calidad de principiante. Debía labrarse una carrera por sí sola. «Trata de entenderlo», le había dicho más de una vez a Calvin.

—Pero vivimos juntos. Yo sólo digo que sería un paso lógico.

Calvin sabía que para Elizabeth siempre primaba la lógica.

—Eso fue una decisión económica —le recordó Elizabeth.

Y lo había sido, en apariencia. La idea había partido de Calvin, quien adujo que, dado que pasaban la mayor parte de su tiempo libre juntos, sería más rentable compartir vivienda. Por otro lado, corría 1952, y en 1952 una mujer soltera no se iba a vivir con un hombre, por lo que a Calvin le había sorprendido un tanto que Elizabeth asintiera sin dudar. «Vamos a medias con los gastos», le había propuesto.

Aquel día Elizabeth se quitó el lápiz con el que solía recogerse la melena y dio unos golpecitos con él sobre la mesa esperando la respuesta de Calvin. No le había propuesto en serio lo de ir a medias. Para ella habría sido inviable. Su sueldo rayaba en lo ridículo; correr con la mitad de los gastos estaba completamente fuera de sus posibilidades. Por otro lado, la casa figuraba a nombre de Calvin, de manera que sólo él podría desgravarse los gastos. Ir a medias no habría sido justo. Esperaría a que él mismo hiciera los cálculos y se diera cuenta de que ir a medias era un despropósito.

—A medias —musitó él, como sopesando aquella posibilidad.

Calvin era consciente de que Elizabeth no podía aportar esa suma. Ni siquiera una cuarta parte de ella. Hastings le pagaba un sueldo mísero —más o menos la mitad de lo que hubiera percibido un hombre en su mismo puesto—, como había descubierto husmeando en los archivos personales de Elizabeth. En cualquier caso, él no tenía hipoteca. El año anterior había pagado el importe total de su casita de una planta con la dotación percibida por un premio de química, y lo había lamentado de inmediato. ¿Saben esa máxima popular que dice que no debes jugártelo todo a una sola carta? Pues él se lo había jugado.

—O a lo mejor —dijo Elizabeth, ilusionada de pronto— podríamos llegar a una transacción. Un acuerdo comercial, como entre países, ya sabes.

—¿Comercial?

—El alquiler a cambio de una prestación de servicios.

Calvin se quedó mudo. Le habían llegado rumores malintencionados sobre aquello de la vaca y la leche gratis.

—Yo me encargo de preparar la cena. Cuatro noches a la semana. —Y antes de que Calvin pudiera replicar, se corrigió—: Cinco. Cinco noches. Pero es mi última oferta. Soy buena cocinera, Calvin. La cocina es pura ciencia. De hecho, es química.

. . .

Se fueron, pues, a vivir juntos, y el acuerdo había funcionado a las mil maravillas. Pero ¿trabajar en su laboratorio? Elizabeth se negaba a considerarlo siquiera.

—Acababan de nombrarte candidato al Nobel, Calvin —le recordó cerrando la tapa del táper con las sobras de patatas dentro—. Por tercera vez en cinco años. Yo quiero que me valoren por mi propio trabajo, no por lo que piensen que he conseguido gracias a ti.

—Nadie que te conozca pensaría eso.

Elizabeth cerró herméticamente la tapa y luego se volvió hacia él y lo miró a los ojos.

—Ése es el problema, que nadie me conoce.

Elizabeth había vivido siempre con esa impresión. Nunca había sido juzgada por sus actos, sino por los de los demás. En el pasado había sido la hija de un pirómano, la hija de una esposa en serie, la hermana de un homosexual suicida y la alumna de un célebre viejo verde. Ahora era la novia de un químico famoso. Pero nunca había sido simplemente Elizabeth Zott.

Y en las contadas ocasiones en que no se la juzgaba por actos ajenos, la tachaban de forma automática de superficial o de cazafortunas basándose en lo que más odiaba de su persona: su aspecto físico. Un aspecto que, incidentalmente, había heredado de su padre.

A su padre se debía que Elizabeth no fuera una mujer demasiado risueña. Antes de hacerse evangelista, su padre había querido ser actor. Poseía tanto el carisma como la dentadura que se requería para ello (este último don gracias a una intervención odontológica). Sólo le faltaba una cosa: talento. Así pues, cuando se puso de manifiesto que la carrera de actor quedaba descartada, el hombre encauzó sus aptitudes hacia el proselitismo ambulante, donde le vendía a la gente la llegada del fin del mundo con su falsa sonrisa. Ése era el motivo por el que Elizabeth, a los diez años, había dejado de sonreír. El parecido físico se desvaneció.

Esa sonrisa no había vuelto a aflorar hasta la aparición de Calvin Evans. La primera vez había sido aquella noche en el teatro en que él le había vomitado encima. En un primer momento no lo había reconocido, pero luego, a pesar del percance, se agachó para fijarse en la cara: ¡Calvin Evans! Y a pesar de que había estado un poco grosera con él, aunque sólo después de que él lo estuviera con ella (cuando el asunto de los vasos), entre ambos había surgido una atracción irresistible, inmediata.

—¿Todavía no te has terminado eso? —le preguntó a Calvin señalando una fiambrera casi vacía.

—No, cómetelo tú —dijo él—. Te vendrá bien esa energía extra.

De hecho, Calvin se había propuesto dar cuenta de todo su contenido, pero con tal de que Elizabeth se quedara un rato más estaba dispuesto a prescindir de esas calorías de más. Al igual que Elizabeth, Calvin nunca había sido una persona muy sociable; a decir verdad, hasta que descubrió el remo nunca había conectado realmente con nadie. El sufrimiento físico, como bien sabía desde hacía tiempo, une a las personas de una manera inasequible para la vida cotidiana. Calvin todavía mantenía el contacto con sus ocho compañeros del equipo de remo de Cambridge, incluso se había visto con uno de ellos justo el mes anterior, durante una estancia en Nueva York para asistir a un congreso. Cuatro (seguían llamándose entre sí por el asiento que ocupaban en el bote) era neurólogo.

—¿Que tienes qué? —le dijo Cuatro asombrado—. ¿Novia? ¡Bien hecho, Seis! ¡Ya era hora, tío! —Y le dio una palmada en la espalda.

Calvin asintió ilusionado y se explayó con todo detalle sobre el trabajo de Elizabeth, sus costumbres, su risa y todo lo que adoraba de ella. Pero también, ya en un tono más sombrío, le contó que, aunque pasaban juntos todo el tiempo libre del que disponían —vivían juntos, comían juntos, iban y volvían juntos del trabajo—, tenía la impresión de que no bastaba con eso. No es que no supiera vivir sin ella, le dijo a Cuatro, sino más bien que no entendía para qué vivir sin ella.

—No sé cómo llamarlo —le confesó después de que su amigo lo sometiera a un interrogatorio exhaustivo—. ¿Crees que me habré hecho adicto a ella? ¿Que habré desarrollado una dependencia patológica? ¿Será un tumor cerebral?

—No digas chorradas, Seis, eso se llama felicidad —aclaró Cuatro—. ¿Para cuándo esa boda?

Pero ahí estaba el problema. Elizabeth había dejado muy claro que no tenía ningún interés en casarse.

—No es que rechace el matrimonio, Calvin —le había dicho más de una vez—, pero sí rechazo a toda esa gente que nos rechaza porque no estamos casados. ¿Tú no?

—Sí —convino Calvin pensando en lo mucho que le gustaría darle el sí en el altar. Sin embargo, cuando ella lo miró a la espera de que añadiese algo más, Calvin dijo enseguida—: Sí, creo que tenemos mucha suerte.

Y luego Elizabeth le sonrió tan abiertamente que algo estalló en el cerebro de Calvin. Tan pronto como se despidieron, se metió en el coche y se fue a una joyería del barrio y examinó el surtido de piezas que el dependiente le seleccionó hasta que dio con el brillantito más grande al alcance de sus posibilidades. Embargado de ilusión, guardó la minúscula cajita en el bolsillo durante tres meses a la espera del momento idóneo.

—¿Calvin? —dijo Elizabeth atrayendo su atención mientras terminaba de recoger sus cosas de la mesa de la cantina—. ¿Me has oído? He dicho que mañana voy a una boda. Bueno, aunque no te lo vayas a creer, en realidad formo parte de ella. —Se encogió de hombros nerviosa—. O sea que mejor si comentamos el estudio de los ácidos esta noche, si te va bien.

—¿Quién se casa?

—Mi amiga Margaret, la secretaria del departamento de Física. Precisamente he quedado con ella dentro de un cuarto de hora. Quiere que la acompañe a probarse el vestido de novia.

—Un momento. ¿Desde cuándo tienes tú una amiga? —dijo Calvin sorprendido. Creía que Elizabeth sólo contaba con colegas de trabajo, científicos que reconocían su talento y desacreditaban sus resultados.

Elizabeth sintió que se le subían los colores.

—Bueno, sí —respondió incómoda—. Margaret y yo nos saludamos por los pasillos. Hemos charlado alguna vez junto a la máquina de café.

Calvin compuso el semblante procurando simular que esa descripción de la amistad podía ser válida.

—Ha sido todo muy precipitado. Una de las damas de honor se ha puesto enferma, y según Margaret es importante que haya el mismo número de acompañantes de la novia que del novio.

Pero tan pronto como acabó de decir eso, Elizabeth cayó en la cuenta de lo que Margaret necesitaba en realidad: una talla 36 sin nada que hacer ese fin de semana.

Lo cierto era que no se le daba bien hacer amistades. Ella lo achacaba a la infinidad de traslados y cambios de domicilio a los que se había visto obligada, a sus desastrosos padres, a la pérdida de su hermano. Sin embargo, conocía a otros que habían sufrido penalidades en la vida y no tenían ese problema. Si acaso, incluso parecían mejor dotados para la amistad; como si el espectro de esos cambios constantes y de esa profunda tristeza les hubiera revelado la importancia de establecer vínculos dondequiera y cuando fuera que recalaran. ¿Cuál era su problema entonces?

Luego estaba ese arte ilógico de la amistad femenina, en el sentido de que parecía requerir de una habilidad especial tanto para guardar como para divulgar secretos en el momento preciso. Cada vez que cambiaba de lugar de residencia, las niñas hacían un aparte con ella en catequesis y se explayaban sobre sus amoríos casi sin tomar aire. Elizabeth escuchaba sus confesiones y prometía lealmente no divulgarlas. Y no lo hacía. Craso error, porque al final descubrió que en realidad eso era lo que se esperaba de ella. Su misión como confidente consistía en traicionar aquella complicidad e irle con el cuento al chico X de que la chica Y lo encontraba monísimo, iniciando así una cadena de reacciones de interés entre ambas partes. «¿Por qué no se lo cuentas tú misma? Lo tienes ahí mismo», les decía a esas posibles amigas. Y las chicas retrocedían espantadas.

—Elizabeth. ¿Elizabeth? —dijo Calvin. Se inclinó sobre la mesa y le dio unos golpecitos en la mano—. Perdona —dijo al ver que daba un respingo—. Creo que te he perdido por un momento. Nada, que como te decía, me encantan las bodas. Te acompaño.

A decir verdad, Calvin detestaba las bodas. Durante años le habían recordado que todavía no había encontrado el amor. Pero ahora la tenía a ella y suponía que, al día siguiente, cuando Elizabeth estuviera tan cerca del altar, tal vez esa proximidad le hiciera replantearse su percepción del matrimonio. Esa teoría incluso tenía un nombre científico: «interferencia asociativa».

—No —respondió enseguida Elizabeth—. Es una invitación individual, sin acompañante, y además, cuantos menos me vean con ese vestido, mejor. Es horrendo.

—Venga, mujer —dijo Calvin extendiendo su largo brazo para tirar de ella hacia sí y que volviera a sentarse a la mesa—. Margaret no esperará que vayas sola. En cuanto a lo del vestido, seguro que no es tan feo.

—Anda que no, es un espanto —replicó Elizabeth, y retomó su tono serio cargado de certeza científica—. Esos vestidos están especialmente diseñados para que las damas de honor carezcan por completo de atractivo; así la novia luce mejor que de costumbre. Es una práctica comúnmente aceptada; una estrategia defensiva básica con raíces biológicas. Suele darse con frecuencia en la naturaleza.

Calvin recordó las bodas a las que había asistido y pensó que quizá Elizabeth tuviera razón: nunca se había visto impelido a sacar a bailar a ninguna de aquellas damas de honor. ¿Acaso un vestido podía tener tanto poder? Miró a Elizabeth, que estaba sentada al otro lado de la mesa, con sus manos firmes moviéndose en el espacio al describirle el atuendo: relleno extra en las caderas, fruncido desaliñado en la cintura y el torso, una enorme lazada que abarcaba todo el trasero. Calvin pensó en los diseñadores de esos vestidos y en que, al igual que los fabricantes de bombas o las estrellas del porno, siempre tenían que referirse a su profesión con rodeos.

—Pues has sido muy amable prestándote a sacarla del apuro. Pero creía que no te gustaban las bodas.

—No, lo que no me gusta es el matrimonio, nada más. Ya lo hemos hablado, Calvin; sabes lo que pienso. De todos modos, me alegro por Margaret. En general.

—¿En general?

—Bueno, es que no deja de repetir que a partir del sábado por la noche por fin será la señora Dickman —aclaró Elizabeth—. Como si por adoptar el apellido de su marido llegara a la meta de una carrera que lleva corriendo desde los seis años.

—¿No me digas que el novio es Dickman? ¿El de Biología Celular?

A Calvin no le gustaba Peter Dickman.

—El mismo —dijo Elizabeth—. Nunca he entendido que en este país las mujeres casadas tengan que renunciar a sus apellidos y abandonarlos como si fueran coches usados, como si su identidad anterior no hubiera sido más que un rótulo y no llegaran a ser personas de verdad hasta haberse casado. Señora Dickman para los restos. Una cadena perpetua.

«Elizabeth Evans, en cambio, suena muy bien», pensó Calvin para sus adentros. Sin poder contenerse, hurgó entonces en el bolsillo buscando la cajita azul y, sin pensarlo dos veces, la colocó delante de Elizabeth.

—A lo mejor con esto te sentaría un poco mejor el vestido —le dijo con el corazón desbocado.

—Sortija a la vista —anunció uno de los geólogos—. Agarraos fuerte, chicos, que ahora viene cuando le pide matrimonio.

El semblante de Elizabeth, sin embargo, no era el esperable en esas circunstancias.

Elizabeth bajó la vista hacia la cajita y luego miró a Calvin horrorizada.

—Sé lo que opinas sobre el matrimonio —se apresuró a decir Calvin—. Pero le he dado muchas vueltas y creo que el nuestro sería distinto. Que no sería un matrimonio al uso. Que sería incluso divertido.

—Calvin...

—Además hay razones prácticas para casarse. Menos impuestos, por ejemplo.

—Calvin...

—Mira la sortija al menos. Hace ya meses que la llevo encima. Por favor —le suplicó.

—No puedo —dijo Elizabeth apartando la mirada—. Aún me resultará más duro decir que no.

La madre de Elizabeth siempre había insistido en que una mujer se distinguía por el marido que elegía.

—Yo pude haberme casado con el prominente evangelista Billy Graham —afirmó más de una vez—. Interesado estaba, no creas. Por cierto, Elizabeth, cuando te prometas a alguien, procura que te compre el pedrusco más grande posible. Así, si las cosas no funcionan, siempre podrás empeñarlo.

Luego resultó que su madre hablaba por experiencia: cuando sus padres solicitaron el divorcio, se descubrió que ya había estado casada en tres ocasiones.

—Yo no pienso casarme —replicaba Elizabeth—. Quiero ser científica. Las científicas que triunfan en su carrera no se casan.

—¿Ah, no? —Su madre soltó una risotada—. Entiendo. Entonces, ¿piensas desposarte con tu trabajo igual que las monjas se desposan con Jesús? Aunque digan lo que digan de las monjas, al menos ellas saben que su marido no va a roncar. —Le dio un pellizco en el brazo a su hija—. Ninguna mujer rechaza una proposición de matrimonio, Elizabeth. Ya verás como tú tampoco.

Calvin la miraba sin dar crédito.

—¿Me estás diciendo que no?

—Sí.

—¡Elizabeth!

—Calvin —repuso ella con delicadeza y, al ver su semblante alicaído, le tomó las manos sobre la mesa—, creía que estábamos de acuerdo. Como científico que eres, sé que entiendes por qué no puedo casarme de ninguna de las maneras.

La expresión de Calvin, sin embargo, no indicaba que lo entendiera.

—Porque sabes perfectamente que no puedo arriesgarme a que mis aportaciones al mundo de la ciencia se vean eclipsadas por tu apellido —aclaró Elizabeth.

—Ya. Claro. Obviamente. O sea que se trata de un conflicto laboral —dijo Calvin.

—Yo diría más bien sociocultural.

—¡Pues me parece BOCHORNOSO! —dijo a voces, provocando que todos los comensales que no estaban ya espiándolos antes clavaran la mirada en la desdichada pareja que estaba en medio de la cantina.

—Calvin, ya hemos hablado del tema —lo reprendió Elizabeth.

—Sí, ya lo sé. Repruebas que las mujeres tengan que cambiar de apellido cuando se casan. Pero ¿he insinuado yo alguna vez que tú te cambiaras el tuyo? No, de hecho, siempre he dado por sentado que lo mantendrías. —Eso no era del todo cierto. Calvin había supuesto lo contrario. No obstante, dijo—: En cualquier caso, nuestra felicidad futura no debería depender de que un puñado de individuos te llamen señora Evans por equivocación. Ya nos encargaremos nosotros de corregir a esas personas.

Calvin consideró que no era el momento más indicado para informar a Elizabeth de que ya había añadido su nombre a la escritura de su humilde vivienda: «Elizabeth Evans», así la había consignado en el Registro. Tomó nota mentalmente de que debía avisar al funcionario de turno en cuanto regresara a su laboratorio.

Elizabeth negó con la cabeza.

—Nuestra felicidad futura no depende de que estemos casados o no, Calvin. Al menos por lo que a mí respecta. Estoy completamente entregada a ti; casarse no cambiará eso. En cuanto a lo que piensen los demás, no se trata sólo de un puñado de individuos como dices. Es toda la sociedad, sobre todo la sociedad que se dedica a la investigación científica. Todo lo que yo haga llevará automáticamente tu nombre, como si fuera obra tuya. De hecho, la mayoría pensará que te corresponde su autoría sólo por el hecho de ser hombre, pero sobre todo por ser Calvin Evans. No quiero convertirme en una Mileva Einstein o una Esther Lederberg más, Calvin; me niego. Aunque diéramos todos los pasos legales necesarios para cerciorarnos de que mi apellido se mantuviera, me lo cambiarían de todos modos. Todo el mundo me llamará señora Evans; me convertiré en la señora Evans. Todas las felicitaciones de Navidad, las notificaciones bancarias y comunicados fiscales irán a nombre del señor y la señora Evans. Elizabeth Zott como tal dejará de existir.

—Y ser la señora Evans es lo peor que te podría pasar en la vida —dijo Calvin con la cara totalmente desencajada.

—Yo quiero seguir siendo Elizabeth Zott. Para mí es importante —repuso ella.

Se quedaron sumidos en un incómodo silencio que se prolongó durante un minuto, con la cajita azul plantada entre ambos como un mal árbitro en un partido reñido. Elizabeth, a su pesar, fantaseó con el aspecto que tendría esa alianza.

—De verdad que lo siento —repitió.

—No pasa nada —dijo él con sequedad.

Ella apartó la mirada.

—¡Están cortando! —masculló Eddie en dirección a sus compañeros de mesa—. ¡La relación se ha ido al garete!

«Mierda. Zott vuelve al ruedo», pensó Frask.

Pero Calvin siguió en sus trece. Al cabo de treinta segundos, ajeno por completo a las docenas de miradas clavadas en ellos, dijo en un tono mucho más alto de lo que pretendía:

—Por el amor de Dios, Elizabeth. Sólo es un apellido. ¡Qué importa! Tú eres tú, que es lo importante.

—Ojalá eso fuera cierto.

—Lo es, es cierto. ¿Qué más da un apellido que otro? —insistió Calvin.

Elizabeth levantó la vista, de pronto ilusionada.

—¿Qué más da? Pues en ese caso, ¿y si te lo cambias tú?

—¿Y cuál me pongo?

—El mío. Zott.

Calvin, estupefacto en un primer momento, la miró con sorna.

—Muy graciosa —dijo.

—¿Y por qué no? —replicó Elizabeth con cierto resquemor.

—Sabes muy bien por qué no. Los hombres no hacen eso. Además, está mi trabajo, mi prestigio. Soy... —Calvin vaciló.

—¿Qué?

—Soy... soy...

—Dilo, venga.

—Está bien. Famoso, soy famoso, Elizabeth. No puedo cambiar de apellido así como así.

—Ah, claro, y si no fueras famoso no tendrías ningún problema en ponerte mi apellido. ¿Es eso lo que quieres decir? —dijo ella exasperada.

—Mira, te entiendo —dijo Calvin agarrando la cajita azul—. Yo no me he inventado esa tradición, pero es lo que hay, qué se le va a hacer. Las mujeres anglosajonas adoptan el apellido de su marido al casarse y el noventa y nueve coma nueve por ciento de ellas lo hace sin reparos.

—¿Esa estadística se basa en algún estudio? —dijo Elizabeth.

—¿Cómo?

—Que el noventa y nueve coma nueve por ciento de ellas no tengan reparos.

—Bueno, no. Pero nunca he oído que ninguna se quejara.

—Y el motivo por el que no puedes cambiarte el apellido es tu fama. Aun cuando resulta que el noventa y nueve coma nueve por ciento de los hombres que no son famosos también mantienen su apellido.

—Vuelvo a decirte que yo no me he inventado esa tradición —replicó guardándose la cajita en el bolsillo con tal violencia que la esquina del forro se rompió—. Y como te decía al principio, no tengo... o tenía, ningún inconveniente en que mantengas tu apellido de soltera.

—Tenía.

—Ya no quiero casarme contigo.

Elizabeth se retrepó en la silla bruscamente.

—¡Se acabó lo que se daba! —exclamó con regocijo uno de los geólogos—. ¡La cajita vuelve al bolsillo!

· · ·

Calvin estaba furioso. Había empezado el día con mal pie. Esa mañana precisamente se había encontrado en el buzón con otro puñado de cartas de chalados y granujas, la mayoría haciéndose pasar por familiares lejanos. Ya estaba acostumbrado; desde que había adquirido cierto renombre, los estafadores acudían a él como moscas. Un «tío abuelo» pretendía que Calvin invirtiera en su chanchullo alquímico. Una «madre afligida» aseguraba ser su madre biológica y quería ofrecerle dinero; un supuesto primo necesitaba dinero en metálico. También le habían llegado otras dos cartas de mujeres que afirmaban haber tenido un hijo suyo y le exigían que se responsabilizara económicamente de él cuanto antes. Eso a pesar de que la única mujer con la que había mantenido relaciones sexuales era Elizabeth Zott. ¿Cuándo terminaría aquella pesadilla?

—Elizabeth, haz el favor de comprender —le suplicó pasándose los dedos por el pelo—. Quiero que formemos una familia, una familia de verdad. Para mí es importante, quizá porque perdí a la mía, no lo sé. Lo que sí sé es que desde que te conozco, he sentido que deberíamos ser tres. Tú, yo y un...

Elizabeth lo miró con los ojos desorbitados.

—Calvin, creía que eso ya lo habíamos acordado también —dijo alarmada.

—Bueno. Nunca lo hemos hablado a fondo.

—Sí que lo hemos hablado —replicó—. Por supuesto que lo hemos hablado.

—Sólo aquella vez —dijo él—, pero no fue una conversación en toda regla. En toda regla, no.

—No sé cómo puedes decir eso —replicó Elizabeth presa del pánico—. Lo dejamos bien claro: nada de niños. No entiendo a qué viene esto ahora. ¿Se puede saber qué te ha pasado?

—Está bien, pero es que se me ha ocurrido que...

—Lo dejé bien claro...

—Lo sé —la interrumpió—, pero se me ha ocurrido que...

—No puedes cambiar de opinión así como así sobre un tema como éste.

—Por el amor de Dios, Elizabeth —dijo él encolerizándose—. Haz el favor de dejarme terminar...

—Adelante —saltó ella—. ¡Termina!

Calvin la miró con cara de frustración.

—Es que se me ha ocurrido que a lo mejor podríamos comprar un perro, eso es todo.

—¿¿Un perro?! —exclamó Elizabeth con un alivio repentino en el semblante—. ¡Un perro!

—Maldita sea —exclamó Frask en voz baja al ver que Calvin se inclinaba hacia Elizabeth para besarla.

La cantina en pleno se hizo eco del sentimiento de Frask. Al instante, desde todos los rincones de la estancia, se oyó el clamor metálico de cubiertos que caían resignados en las bandejas, de sillas que se retiraban con talante derrotado, de servilletas de papel que se estrujaban formando sucios gurruños. Era el funesto clamor de una profunda envidia, esa clase de envidia que nunca desemboca en un final feliz.

7

Seisymedia

Cuando alguien quiere un perro, por lo general acude a un criador o a una perrera, pero hay veces, sobre todo cuando está predestinado que así sea, en que el perro ideal te encuentra a ti.

Era un sábado al atardecer, transcurrido un mes aproximadamente de aquella conversación en la cantina. Elizabeth había salido un momento a la charcutería del barrio para comprar algo de cenar. Al salir del establecimiento, cargada con un gran salami y una bolsa repleta de comestibles, un perro hediondo y sarnoso, oculto entre las sombras del callejón, la observó al pasar. Aunque el perro llevaba cinco horas sin moverse de allí, nada más verla se levantó y la siguió.

Casualmente Calvin estaba mirando por la ventana cuando vio a Elizabeth caminando de vuelta a casa seguida por un perro a una prudencial distancia de cinco pasos, y mientras la observaba, de pronto un extraño estremecimiento le recorrió el cuerpo. «Elizabeth Zott, vas a cambiar el mundo», se oyó pensar en voz alta. Tan pronto como pronunció esas palabras tuvo la certeza de que esa premonición se haría realidad. Elizabeth iba a hacer algo tan revolucionario, tan necesario, que su nombre, pese a una legión interminable de detractores, se haría inmortal. Y como viniendo a demostrar ese presentimiento, allí estaba con su primer seguidor.

—¡¿Quién es ese amigo que traes?! —le dijo a voces, zafándose de ese extraño pensamiento.

—Seis y media —le respondió ella desde lejos echando un vistazo al reloj.

Seisymedia necesitaba un baño urgentemente. Alto, gris, enjuto de carnes y con el pelaje tan pinchudo que parecía haber sobrevivido por los pelos a una electrocución, se quedó muy quieto mientras lo enjabonaban, sin apartar la mirada de Elizabeth.

—Supongo que habría que localizar a su dueño —dijo Elizabeth a regañadientes—. Imagino que estará preocupadísimo.

—Este perro no tiene dueño —le aseguró Calvin, y estaba en lo cierto.

Las llamadas posteriores a la perrera y la búsqueda en las columnas del periódico anunciando animales desaparecidos resultaron infructuosas. Pero, aunque hubiera sido de otro modo, Seisymedia ya había puesto de manifiesto cuáles eran sus intenciones: quedarse allí quieto.

De hecho, «quieto» fue la primera palabra que aprendió, aunque a las pocas semanas ya había aprendido como mínimo otras cinco. Eso era lo más sorprendente para Elizabeth: la capacidad de aprendizaje de aquel perro.

—¿Tú crees que es especial? —le preguntó a Calvin en más de una ocasión—. Es que lo pilla todo tan rápido...

—Está agradecido. Quiere complacernos —decía Calvin.

Pero Elizabeth tenía razón: Seisymedia había sido adiestrado para pillarlo todo rápido.

Bombas, en particular.

Antes de terminar en aquel callejón, Seisymedia había sido entrenado para detectar bombas en Camp Pendleton, la base naval de la localidad. Por desgracia, había fracasado estrepitosamente. No sólo parecía incapaz de localizar una sola bomba a tiempo, sino que debía soportar el derroche de elogios que recibían ufanos los pastores alemanes, a los que no se les escapaba ni una. Al final lo dispensaron del servicio, de manera poco digna, y su enojado adiestrador lo llevó hasta la autopista en coche y lo dejó tirado en medio de la nada. Dos semanas después se adentraba en aquel callejón. Dos semanas y cinco horas después, Elizabeth le lavaba el pelaje con champú y lo llamaba Seisymedia.

—¿Estás seguro de que podemos llevarlo a Hastings? —preguntó Elizabeth cuando Calvin lo cargó en el coche el lunes por la mañana.

—Pues claro, ¿por qué no íbamos a poder? —repuso Calvin.

—Porque nunca he visto ningún perro en Hastings. Además, no creo que un laboratorio sea un lugar muy seguro.

—Lo vigilaremos de cerca —dijo Calvin—. No es bueno que un perro se quede solo todo el día. Necesita estímulo.

Esta vez fue Calvin quien acertó. Seisymedia había sido feliz en Camp Pendleton, en parte porque nunca estaba solo, pero sobre todo porque aquel lugar le había ofrecido algo de lo que siempre había carecido: un propósito. Aunque Camp Pendleton tenía un inconveniente.

A un perro detector de bombas se le presentaban dos opciones: o bien localizar la bomba a tiempo de que fuera desarticulada (lo preferible) o bien lanzarse sobre ella inmolándose para salvar a la unidad (que, aun sin ser lo preferible, te hacía merecedor de una medalla póstuma). En las prácticas de adiestramiento, las bombas siempre eran falsas, de manera que si un perro se lanzaba sobre ellas, como mucho era víctima de una estruendosa explosión seguida de un enorme chapuzón de pintura roja.

El inconveniente era el ruido; a Seisymedia le aterraban los ruidos. De manera que cada día, cuando su adiestrador exclamaba «¡A por ella!», Seisymedia salía disparado hacia el este, aunque su olfato le hubiera indicado que la bomba se hallaba cincuenta metros al oeste; luego se entretenía hocicando alguna que otra piedra mientras esperaba a que alguno de sus compañeros, algún perro más valiente que él, localizara finalmente el maldito artefacto y recibiera su galletita de premio. A menos que el perro en cuestión llegara demasiado tarde o fuera demasiado brusco y la bomba explotara; entonces al perro lo bañaban nada más.

—Aquí no se pueden tener perros, doctor Evans —le explicó la señorita Frask—. Nos han llegado quejas.

—A mí nadie se me ha quejado —repuso Calvin encogiéndose de hombros, aun sabiendo que nadie se hubiera atrevido a quejarse a él.

La señorita Frask reculó de inmediato.

A las pocas semanas Seisymedia ya había hecho un inventario detallado del recinto de Hastings, había memorizado cada planta del edificio, cada sala y cada salida, como un bombero preparándose para una catástrofe. En lo que respecta a Elizabeth Zott, estaba ojo avizor en todo momento. Su dueña había sufrido en el pasado: Seisymedia lo intuía y se había propuesto que eso no volviera a ocurrir.

A Elizabeth le sucedía lo mismo. Intuía que Seisymedia también había sufrido algo más que el negligente abandono canino habitual en un arcén de la carretera y también ella sentía la necesidad de protegerlo. De hecho, era ella quien se empeñaba en que durmiera junto a la cama, pese a que Calvin había sugerido que tal vez estuviera mejor en la cocina. Pero Elizabeth se salió con la suya, y Seisymedia asentó sus reales en el dormitorio, feliz y contento, excepto en las ocasiones en que Calvin y Elizabeth entrecruzaban aparatosamente las extremidades y acompañaban sus torpes movimientos con jadeos y gemidos. Era una práctica habitual entre animales también, aunque se consumaba con mucha mayor eficacia. Los seres humanos, advirtió Seisymedia, tenían propensión a complicar demasiado las cosas.

Cuando esos encuentros se producían a primera hora de la mañana, Elizabeth solía levantarse de la cama poco después para ir a preparar el desayuno. Aunque en principio había acordado que se encargaría de la cena cinco noches a la semana a cambio del alquiler, al final había añadido también el desayuno, y luego la comida. Para Elizabeth cocinar no era un deber decretado de antemano por su condición femenina. Como le había mencionado a Calvin, la cocina era química. Porque, efectivamente, la cocina no es otra cosa que pura química.

«@200º C/35 min = pérdida de 1 H_2O por mol. sacarosa; total 4 en 55 min = $C_{24}H_{36}O_{18}$», anotó en una libreta.

—Así que por eso se ha echado a perder la masa de las galletas. —Dio unos golpecitos con el lápiz sobre la encimera—. Sigue habiendo un exceso de moléculas de agua.

—¿Cómo va eso? —preguntó Calvin en voz alta desde la habitación contigua.

—Casi he perdido un átomo en el proceso de isomerización —respondió Elizabeth—. Creo que voy a preparar otra cosa. ¿Estás viendo a Jack?

Elizabeth se refería a Jack LaLanne, el famoso gurú televisivo de la nutrición y el ejercicio físico; un amante de la vida sana que se había labrado un nombre animando a los televidentes a cuidar más del cuerpo. La pregunta de Elizabeth era retórica: desde la cocina oía a Jack gritando «¡arriba abajo, arriba abajo!», como si fuera un yoyó humano.

—Sí —respondió Calvin sin resuello mientras Jack exigía otras diez flexiones más—. ¿Te apuntas?

—¡Estoy desnaturalizando proteínas! —contestó Elizabeth a voces.

—Y ahora, carrera estática —apremiaba Jack a los televidentes desde la pantalla.

Calvin desoyó la orden: ése era el único ejercicio que se negaba a hacer. Mientras LaLanne corría sin moverse del sitio, calzado con unas zapatillas que parecían de ballet, Calvin hizo otra tanda de abdominales. Correr dentro de casa con zapatillas de puntas le parecía una ridiculez; él lo hacía al aire libre y con zapatillas de deporte, una costumbre inusual para la época, cuando el *footing* aún no se había popularizado y ni siquiera se llamaba *footing*. Por desgracia, al ser tan poco conocida esa modalidad deportiva, la comisaría local no dejaba de recibir llamadas de transeúntes para denunciar la presencia de un individuo que corría por el vecindario en paños menores, emitiendo ruidosos bufidos con sus labios amoratados. Calvin solía correr siempre por las mismas cuatro o cinco rutas, por lo que la policía terminó acostumbrándose a esas llamadas. «No es ningún delincuente. Sólo es Calvin. No le gusta correr sin moverse del sitio en zapatillas de ballet», respondían.

—¿Elizabeth? —la llamó Calvin de nuevo—. ¿Dónde está Seisymedia? Acaba de salir Happy.

Happy era el perro de Jack LaLanne. A veces aparecía en el programa y a veces no; pero cuando lo hacía, Seisymedia siempre abandonaba la habitación. Elizabeth sospechaba que había algo en aquel pastor alemán que lo incomodaba.

—Está aquí conmigo —respondió Elizabeth.

Con un huevo en la mano, Elizabeth se volvió hacia el perro.

—Un consejo, Seisymedia: los huevos nunca se deben cascar en el borde del recipiente, eso aumenta la probabilidad de que se desprendan fragmentos de cáscara. Es mejor darles un golpecito con el filo de un cuchillo fino y bien afilado, como si los azotaras con un látigo. ¿Ves? —dijo Elizabeth, y el contenido del huevo cayó limpiamente en el interior del cuenco.

Seisymedia la observaba sin pestañear.

—Ahora estoy alterando los enlaces internos del huevo para así alargar la cadena de aminoácidos —le explicó Elizabeth mientras batía—; eso permitirá que los átomos liberados se combinen con otros átomos liberados de manera similar. Luego reconstituiré la mezcla en un recipiente que colocaré sobre una aleación de carbono y hierro, donde la someteré a una temperatura elevada sin dejar de agitarla hasta que alcance un estado de semicoagulación.

—LaLanne es un animal —afirmó Calvin entrando en la cocina con la camiseta empapada.

—Coincido contigo —dijo Elizabeth mientras apartaba la sartén del fuego y repartía los huevos en dos platos—. Porque los seres humanos son animales. Estrictamente hablando. Aunque a veces pienso que esos otros seres a los que llamamos animales están mucho más avanzados que los animales que somos los humanos aun no considerándonos animales.

Elizabeth miró a Seismedia buscando complicidad, pero ni siquiera él fue capaz de desentrañar aquella frase.

—En fin, Jack me ha dado una idea —dijo Calvin dejando caer su voluminoso corpachón en una silla—, y creo que te va a encantar. Te voy a enseñar a remar.

—Pásame el cloruro sódico.

—Te va a encantar. Podemos remar en bote de punta o en doble scull. Veremos salir el sol desde el agua.

—No me apetece mucho.

—Podemos empezar mañana mismo.

Calvin seguía remando tres días a la semana, pero en un bote él solo. Era una costumbre habitual entre los remeros de élite: después de haber remado en equipo, con compañeros que parecían conocerse íntimamente, a veces costaba remar con otros. Elizabeth sabía lo mucho que Calvin echaba de menos a su equipo de Cambridge. Aun así, remar no le interesaba lo más mínimo.

—No me apetece. Además, sales a remar a las cuatro y media de la mañana.

—A las cinco —la corrigió, como si fuera una hora mucho menos intempestiva—. A las cuatro y media es cuando salgo de casa.

—No.

—¿Por qué?

—Porque no.

—Pero ¿por qué?

—Porque yo a esas horas estoy durmiendo.

—Eso tiene fácil solución. Nos acostamos temprano y listo.

—No.

—Primero te enseñaré a remar en la máquina, el ergómetro, o «erg», como lo llamamos entre nosotros. Tienen varios en el hangar del club de remo, pero quiero montar uno para usar en casa. Luego probaremos dentro del bote, sin echarlo al agua. Antes de abril ya estaremos deslizándonos sobre las aguas de la bahía y contemplando el amanecer con el rumor de nuestras largas paladas batiendo al unísono.

Pero tan pronto como esas palabras salieron por su boca, comprendió que lo de remar era imposible. En primer lugar, nadie aprende a hacerlo en un mes. Por lo general, incluso contando con una formación experta, no se le coge el tranquillo del todo hasta al cabo de un año, a veces incluso de tres, y muchos no aprenden nunca. En cuanto a lo de deslizarse sobre el agua, pura quimera. Cuando se domina la técnica hasta el punto en que remar pudiera semejar un deslizamiento es porque seguramente ya se ha alcanzado el nivel olímpico, y la expresión en el rostro mientras se surca velozmente el agua durante la regata no es de serena satisfacción, sino de angustia contenida. En ocasiones ese padecimiento va acompañado de una mirada de determinación que, por lo general, indica que justo terminada esa regata uno se propone dedicarse a otro deporte. Pese a todo, la idea ya había empezado a tomar forma en la mente de Calvin, y estaba ilusionado. Remar en punta con Elizabeth, ¡qué delicia!

—No.

—Pero ¿por qué?

—Porque no. Las mujeres no reman —afirmó ella, y al instante lo lamentó.

—¡Elizabeth Zott! —exclamó él con extrañeza—. ¿Insinúas acaso que las mujeres no pueden remar?

Esa provocación zanjó el debate.

. . .

A la mañana siguiente salieron de casa cuando todavía era de noche: Calvin, vestido con la camiseta y los pantalones de chándal viejos; Elizabeth, con lo primero que encontró en el armario con aspecto remotamente deportivo. Al llegar al hangar del club de remo y mirar por la ventanilla del coche, Seisymedia y Elizabeth se fijaron en unos cuerpos que hacían gimnasia en un pantalán resbaladizo.

—¿No deberían hacer eso dentro del hangar? —preguntó—. Todavía está oscuro.

—¿En una mañana como ésta?

Había niebla.

—Pensaba que no te gustaba la lluvia.

—Es que esto no es lluvia.

Por enésima vez, Elizabeth tuvo sus dudas sobre ese plan.

—Empezaremos poco a poco —dijo Calvin conduciendo a Elizabeth y Seisymedia al interior del hangar, una edificación enorme y oscura como boca de lobo que olía a sudor y humedad.

Mientras avanzaban entre hileras que llegaban hasta el techo de largos botes de madera, apilados como palillos de dientes, Calvin dirigió un saludo con la cabeza hacia un tipo de aspecto desaliñado que respondió con un bostezo y un asentimiento a su vez, incapaz de entablar conversación a esas horas de la mañana. Calvin detuvo sus pasos cuando encontró lo que buscaba: una máquina de remo, «el ergómetro», que estaba arrumbado en un rincón. Lo arrastró y lo colocó en medio del hangar, entre las hileras de botes.

—Empezaremos por el principio: la técnica —dijo.

Tomó asiento en la máquina, tiró de la empuñadura y al poco empezó a emitir breves bufidos de extenuación que no sugerían que estuviera haciendo nada fácil ni divertido.

—El truco está en mantener las muñecas rectas —dijo con voz entrecortada—, las rodillas bajas, los músculos del estómago activados y los...

La palabra se perdió entre sus esfuerzos denodados por respirar y a los pocos minutos parecía haberse olvidado incluso de la presencia de Elizabeth.

Ella se retiró con sigilo, acompañada de Seisymedia, y se fue a explorar el hangar; se detuvo delante de un soporte que sostenía una selva de remos de una altura tan impresionante que el lugar semejaba un patio de recreo para gigantes. A un lado del soporte se alzaba una vitrina enorme, en la que se exhibían los trofeos y sobre la que empezaba a incidir la luz del alba revelando el tesoro de copas de plata y viejos uniformes de remo que contenía, testimonios todos ellos de otros atletas que habían demostrado ser más rápidos o más eficientes o más temerarios, o posiblemente las tres cosas a la vez. Gente valiente, al decir de Calvin, que habían perseverado con tesón para llegar los primeros a la meta.

Junto a los uniformes había fotografías de robustos mocetones provistos de remos colosales, pero también otra figura: un hombre con la estatura de un jockey, que parecía tan serio como diminuto y cuyos labios conformaban una mueca adusta y enérgica. Era el timonel, le había dicho Calvin; el encargado de ordenar a la tripulación lo que se debía hacer y en qué momento: incrementar el ritmo de palada, virar, retarse con otro bote, acelerar. A Elizabeth le agradó que fuera una persona tan diminuta la que llevara las riendas de ocho caballos salvajes, que todos estuvieran pendientes de sus órdenes, que sus manos sirvieran de timón colectivo y su aliento de carburante.

Al volverse, vio que otros remeros empezaban a entrar en el hangar y que todos sin excepción dirigían una deferente cabezada hacia Calvin, quien seguía remando en la ruidosa máquina; algunos revelando un puntillo de envidia al ver que Calvin aumentaba el ritmo de palada con una facilidad tan pasmosa que incluso Elizabeth la reconoció como marca de un atleta nato.

—¿Cuándo vas a remar con nosotros, Evans? —preguntó uno de ellos dándole una palmada en el hombro—. ¡Le sacaremos partido a esa energía!

Pero si Calvin oyó esas palabras o produjeron algún efecto en él, no reaccionó. Continuó con la mirada al frente, el cuerpo firme.

«Así que también aquí es una leyenda», pensó Elizabeth. Era evidente no sólo por la deferencia que los demás le dispensaban, sino por las maneras obsequiosas con las que intentaban abrirse paso en torno a él y al lugar absurdo en el que había colocado la máquina de remo: justo en medio del hangar. El timonel, claramente molesto, evaluó la situación.

—¡A sus puestos! —exclamó en dirección a sus ocho remeros, que se situaron de inmediato en la banda correspondiente del bote, preparados para levantar la pesada embarcación—. Sacad el casco de la balda —ordenó—. A la de dos, a hombros.

Pero era evidente que no podían ir a ninguna parte: Calvin obstruía el paso.

—Calvin —le susurró Elizabeth con urgencia, colocándose a toda prisa detrás de él—. Estás en medio. Tienes que apartarte.

Pero Calvin siguió remando sin prestarle oídos.

—¡Joder! —exclamó el timonel y emitió un bufido—. Qué tío...

El timonel miró de reojo a Elizabeth, luego la apartó empujándola bruscamente con un dedo y se agachó para situarse justo detrás de la oreja izquierda de Calvin.

—¡Bravo, Cal! —bramó—. No acortes la palada, cabrón. Nos faltan quinientos para la meta y aún te queda fuelle. Oxford se acerca por estribor, y están apretando.

Elizabeth miraba al timonel sin dar crédito.

—Perdone, pero...

—Sé que no estás dándolo todo, Evans —gruñó el timonel interrumpiéndola—. No te me vengas abajo, que eres una puta máquina; a la de dos, vamos a por una serie de veinte a tope, a la de dos, a la que yo diga, vas a dejar a esos cabrones de Oxford a la altura del betún; vas a hacer papilla a esos tíos; los vas a machacar, Evans; aprieta, amigo, vamos a treinta y dos, ya tenemos los putos cuarenta en el bolsillo, cuando yo te diga. A la de una, a la de dos, ¡más rápido! ¡VEINTE, MALDITO CABRÓN! ¡AHORA!

Elizabeth no sabía qué la escandalizaba más, si las palabrotas de aquel hombrecillo o la intensidad con la que Calvin reaccionaba ante ellas. Al instante de oír «eres una puta máquina» y «esos cabrones», la mirada de Calvin adoptó ese aire de psicópata propio de las películas de zombis de bajo presupuesto. Flexionaba las extremidades con más fuerza y más velocidad, resoplaba con tal estruendo que parecía un tren desbocado, y sin embargo aquel hombrecillo no estaba satisfecho; no dejaba de darle voces, exigiendo más y obteniendo más mientras llevaba la cuenta atrás de las brazadas como un cronómetro furioso: ¡Veinte! ¡Quince! ¡Diez! ¡Cinco! Hasta que de pronto dejó de contar y en su lugar se oyó una expresión con la que Elizabeth no podía estar más de acuerdo.

—Ya está bien —dijo el timonel.

Y al oírlas, Calvin se desplomó hacia delante como si le hubieran pegado un tiro en la espalda.

—¡Calvin! —exclamó Elizabeth precipitándose hacia él—. ¡Dios mío!

—Está perfectamente —dijo el timonel—. ¿A que sí, Cal? Y ahora haz el puñetero favor de quitar esa puñetera máquina de en medio.

Calvin asintió y se llenó los pulmones de oxígeno con una honda inspiración.

—Claro... Sam... —jadeaba entre bocanadas—, y gracias... pero... antes... quiero... que... conozcas... a Eliz... Eliz... Elizabeth Zott. Mi... nueva... pareja de remo.

Elizabeth advirtió que todas las miradas se clavaban inmediatamente en ella.

—Remar en punta con Evans —dijo uno de los remeros abriendo los ojos con admiración—. ¿Cómo lo has conseguido? ¿Eres medalla de oro olímpica?

—¿Qué?

—Así que has remado en un equipo femenino, ¿no? —preguntó el timonel interesándose.

—Pues no, la verdad es que nunca... —Y luego se interrumpió—. ¿Hay equipos femeninos de remo?

—Está aprendiendo —aclaró Calvin, que empezaba a recuperar el aliento—. Pero ya tiene lo que hay que tener. —Inspiró hondo y luego salió del ergómetro y se dispuso a apartarlo del paso—. Antes de que llegue el verano, estaremos midiéndonos con todos vosotros en la bahía.

Elizabeth no entendió muy bien lo que Calvin había querido decir. ¿Midiéndonos? No se referiría a competir, ¿no? ¿No le había dicho que iban a ver el amanecer?

—Bueno... —dijo ella en voz baja, volviéndose hacia el timonel mientras Calvin iba a por una toalla para secarse—. No estoy segura de que éste sea mi...

—Lo es —la interrumpió el timonel antes de que pudiera terminar la frase—. Evans nunca remaría con alguien que no estuviera a su altura. —Luego guiñó un ojo y la escrutó—. Sí. A mí también me lo parece.

—¿Qué cosa? —dijo Elizabeth con sorpresa, pero el timonel ya se había dado la vuelta y ordenaba a voz en grito al equipo que bajara el bote al pantalán.

«¡Pie dentro y al carro!», lo oyó gritar. Instantes después el bote desapareció entre la espesa niebla, los rostros de aquellos hombres extrañamente ilusionados a pesar de los primeros y fríos goterones de una lluvia que avisaba de las incomodidades que les quedaban por pasar.

8

Extralimitarse

El primer día que Calvin y ella salieron juntos a remar en punta, volcaron y cayeron al agua. Al siguiente volvieron a volcar. Y al otro, también.

—¿Qué estoy haciendo mal? —le preguntó a Calvin con la respiración entrecortada y los dientes castañeteando mientras empujaban el largo y delgado bote en dirección al pantalán.

Elizabeth no le había contado un pequeño detalle sobre sí misma: que no sabía nadar.

—Todo —respondió Calvin con un suspiro.

—Como ya he mencionado otras veces, para remar hay que dominar la técnica a la perfección —le dijo Calvin diez minutos después, a la vez que señalaba la máquina de remar indicándole que se sentara en ella, pese a que Elizabeth tenía la ropa empapada.

Mientras Elizabeth ajustaba las pedalinas, Calvin le explicó que siempre que el agua estaba demasiado picada o cuando había que cronometrarse o el timonel estaba de malas pulgas, los remeros utilizaban el ergómetro. Y si se entrenaba como es debido, especialmente durante las pruebas de estado físico, se acababa vomitando. Luego mencionó que, comparado con el ergómetro, hasta el peor día en el agua parecía coser y cantar.

Pero esos «peores días» no dejaron de sucederse. A la mañana siguiente ya estaban de vuelta en el agua otra vez. Y todo porque Calvin se había empeñado en obviar una sencilla verdad: remar en punta es la modalidad de remo más difícil. Es como intentar pilotar un avión estrenándose con un B-52. Pero ¿qué alternativa tenía? Calvin sabía que los demás miembros de la tripulación no la dejarían remar con ellos en una embarcación más grande, como un ocho por ejemplo; porque además de ser mujer, su falta de experiencia les estropearía la remada. Peor aún, seguramente daría una palada en falso y se rompería alguna costilla. Calvin todavía no había sacado a colación esas paladas en falso. Por razones obvias.

Le dieron la vuelta al casco y tomaron asiento en el bote de nuevo.

—El problema es que no tienes paciencia para subir la pala en la fase de recuperación. Tienes que ir muchísimo más despacio, Elizabeth.

—Pero si voy despacio...

—No, para nada, te anticipas. Es uno de los peores errores que puede cometer un remero: acelerar la repaleada. ¿Sabes qué es lo que pasa cada vez que haces eso? Que Dios se carga a un gatito.

—Déjate de historias, Calvin.

—Y atacas demasiado lenta. El objetivo es ir rápido, ¿recuerdas?

—Ah, qué bien, pues ahora sí me queda claro —dijo Elizabeth con sorna desde la popa—. O sea que la cosa es ir lento para ir rápido.

Calvin le dio una palmada en el hombro como si finalmente lo hubiera entendido.

—Exacto.

Tiritando, Elizabeth aferró el remo con fuerza. Qué estupidez de deporte. A lo largo de la siguiente media hora intentó seguir las órdenes contradictorias de Calvin: «¡Levanta las manos! ¡No, bájalas! ¡Inclínate; no, no tanto, por Dios! Pero, mujer, ¡te estás encorvando, levantas demasiado la pala, te estás anticipando, demasiado tarde, demasiado pronto!» Y así sucesivamente hasta que el mismo bote pareció hartarse de tanta orden y los arrojó al agua de nuevo.

—Puede que no sea muy buena idea —dijo Calvin mientras regresaban al club de remo, con el pesado bote clavándose en sus hombros empapados.

—¿Cuál es mi principal fallo? —le preguntó Elizabeth preparándose para el chaparrón mientras colocaban el bote en el soporte. Calvin siempre había insistido en que remar requería un perfecto trabajo de equipo, lo que ya de por sí suponía un problema puesto que, a juicio del jefe de Elizabeth, ella tampoco sabía trabajar en equipo—. Dímelo, anda. No te cortes.

—Es una cuestión de física —respondió Calvin.

—¿De física? —repitió Elizabeth aliviada—. ¡Ah! Menos mal.

—Ahora entiendo —dijo Elizabeth esa misma tarde mientras hojeaba un manual de física en el laboratorio—. Para remar hay que tener en cuenta la energía cinética en contraposición al rozamiento del bote y el centro de masas. —Anotó varias fórmulas—. Y también la gravedad. Y la flotabilidad, la ratio de palanca, la velocidad, el equilibrio, la preparación, la longitud del remo, el tipo de pala...

Cuanto más leía, más notas tomaba; los matices sobre la remada lenta se le revelaban en complicados algoritmos.

—Bah. Tampoco es que sea tan difícil —dijo recostándose en el asiento.

—¡Caramba! —exclamó Calvin al cabo de dos días mientras el bote surcaba el agua a toda velocidad—. ¿Qué te ha pasado?

Elizabeth no contestó; repetía mentalmente las fórmulas. Al adelantar a un ocho masculino que estaba haciendo un descanso, todos los remeros se volvieron para mirarlos.

—¡¿Habéis visto a esa mujer?! —gritó enfadado el timonel a su equipo—. ¿Habéis visto que no sobrealarga en el ataque? ¡Alarga la palada, pero sin extralimitarse!

Sin embargo, al cabo de un mes más o menos, su jefe, el doctor Donatti, la acusó de eso precisamente.

—Se está usted extralimitando, señorita Zott —dijo haciendo una pausa para darle un pellizco en el hombro—. La abiogénesis es más bien un tema de doctorado, y tan tedioso que no le interesa a nadie. Además, no se lo tome a mal, pero intelectualmente está por encima de sus capacidades.

—¿Y cómo se supone que debería tomármelo? —dijo Elizabeth zafándose de su mano.

—¿Qué le ha pasado ahí? —dijo Donatti, y, obviando el tono en que Elizabeth se había dirigido a él, le cogió los dedos vendados—. Si tiene problemas con el manejo del material del laboratorio, ya sabe que puede pedirles ayuda a sus compañeros.

—Estoy aprendiendo a remar —respondió Elizabeth retirando la mano. Pese a sus progresos recientes, las últimas remadas habían sido un fracaso absoluto.

—Conque a remar, ¿eh? —dijo Donatti levantando las cejas. «Evans», pensó.

Donatti también había practicado el remo, y para Harvard nada menos, donde en una ocasión había tenido la increíble desgracia de competir contra Evans y su selecta tripulación de Cambridge en la puñetera regata de Henley. La catastrófica derrota de su equipo (por siete largos de bote), que sólo un puñado de personas entrevieron sobre un mar de sombreros descomunales, se achacó hábilmente a los *fish and chips* que habían cenado la noche anterior y no a la tonelada de cerveza que trasegaron durante la velada.

Es decir, que su equipo partió de la línea de salida todavía ebrio.

Al término de la regata, el entrenador les ordenó que fueran a felicitar a los esnobs del equipo de Cambridge. Donatti se enteró entonces de que un miembro de aquella tripulación era estadounidense, y de que al parecer estaba un tanto resentido con Harvard. Al estrecharle la mano a Evans, Donatti lo felicitó a regañadientes con un «Enhorabuena», y Evans, en lugar de devolverle el cumplido, le soltó a bocajarro: «Joder, ¿estás borracho?»

Donatti le tomó antipatía al instante, una antipatía que se triplicó al descubrir que Evans no sólo estudiaba Química como él, sino que se trataba del mismísimo Calvin Evans, el célebre científico que había marcado un hito en el mundo de la química.

No era de extrañar, pues, que años más tarde, al aceptar Evans la oferta de Hastings, insultante en grado sumo puesto que al fin y al cabo llevaba el sello de Donatti, éste no mostrara demasiada ilusión. En primer lugar, Evans no lo había reconocido; qué grosería. En segundo lugar, parecía mantenerse en tan buena forma física como cuando se habían conocido; qué rabia. Y en tercer lugar, Evans había hecho público a través del *Chemistry Today* que no había aceptado el puesto por el excelente prestigio de Hastings, sino porque le gustaba «el maldito clima» del lugar. El tipo era un imbécil, la verdad sea dicha. No obstante, había un consuelo: quien dirigía el departamento de Química era él, Donatti, y no sólo porque su padre jugara al golf con el consejero delegado del centro, ni porque casualmente fuera su ahijado, y mucho menos, desde luego, porque fuera su yerno. O sea que, en definitiva, el gran Evans tendría que rendirle cuentas a él.

A fin de subrayar ese orden jerárquico, Donatti convocó al arrogante de Calvin a su despacho y acudió a la reunión, intencionadamente, con veinte minutos de retraso. Por desgracia, se encontró la sala vacía, ya que Evans ni siquiera se había presentado.

—Lo siento, Dino, pero la verdad es que no soy muy amigo de reuniones —le comunicaría después.

—Me llamo Donatti.

• • •

¿Y ahora? Elizabeth Zott. A Donatti no le gustaba aquella mujer. Era prepotente, listilla, testaruda. Y lo que era peor, tenía un gusto pésimo en cuestión de hombres. A diferencia de otros muchos, sin embargo, Donatti no la encontraba atractiva. Bajó la mirada hacia el retrato de familia enmarcado en plata que descansaba sobre su escritorio: tres orejudos muchachos flanqueados por la nariguda Edith y él mismo. Su mujer y él formaban un equipo como es debido, no porque compartieran pasatiempos como el remo y esas memeces, sino por lo que se consideraba social y físicamente apropiado para sus respectivos sexos. Él llevaba el pan a casa; ella cebaba a los niños. Un matrimonio normal, productivo, como Dios manda. ¿Que si se acostaba con otras? Vaya pregunta. ¿Y quién no?

—...mi hipótesis subyacente... —decía Zott.

Hipótesis subyacente, qué coño. Ése era otro rasgo que detestaba de Zott: su perseverancia. Su tenacidad. Nunca se apeaba del burro. Atributos característicos de quienes practicaban el remo, pensándolo bien. Él hacía años que no remaba. ¿De verdad había un equipo femenino de remo en la ciudad? Obviamente, era imposible que Zott remara con Evans. Un remero de élite como él nunca se habría dignado a compartir bote con una novata, aunque se acostara con ella; mejor dicho: sobre todo si se acostaba con ella. Seguramente Evans la habría enrolado en algún equipo de principiantes, y Zott, con tal de demostrar que estaba a la altura, como de costumbre, se había dejado llevar. Se estremeció al pensar en una partida de ineptos dándoles a los remos, las palas golpeando sobre el agua como espátulas descontroladas.

—Estoy empeñada en llevar a cabo este proyecto, doctor Donatti —afirmó Zott.

He ahí otra prueba más. Las mujeres como ella siempre se «empeñaban» en hacer lo que fuera. Pues muy bien, él también. Justo la víspera se le había ocurrido un nuevo modo de enfrentarse a Zott. Se la robaría a Evans. ¿Qué mejor

manera de vengarse de aquel tipo? Luego, una vez destrozado el romance Evans-Zott, la dejaría plantada y volvería con
su mujer, embarazada de nuevo, y con los escandalosos de sus
hijos; como si no hubiera pasado nada.

El plan era bien sencillo: primero, socavar la autoestima
de Zott. Era tan fácil minar la confianza de las mujeres...

—Como le decía —subrayó Donatti mientras se levantaba del asiento y metía barriga a la vez que conducía a
Elizabeth hacia la puerta—, intelectualmente está por encima de sus capacidades.

Elizabeth avanzó por el pasillo de mal talante, taconeando
sobre las baldosas con peligroso repique. Intentó calmarse
haciendo una honda inspiración, pero el aire salió expelido
de nuevo por su boca a una velocidad huracanada. De pronto se detuvo, dio un puñetazo contra la pared y luego reflexionó sobre las opciones a su alcance.

Recusar.

Abandonar.

Prenderle fuego al edificio.

No quería reconocerlo, pero las palabras de Donatti
habían caído como un chorro de gasolina sobre la creciente
pira de su inseguridad. No poseía ni los estudios ni la experiencia de sus compañeros. Carecía no sólo de su titulación,
sino de sus publicaciones, del apoyo de sus coetáneos, de su
sostén económico y de sus galardones. Aun así, Elizabeth
sabía, sabía muy bien, que tenía algo importante entre manos. Hay cosas para las que se nace, y ella había nacido para
ese proyecto. Se llevó una mano a la frente y la apretó contra
ella como si así pudiera evitar que le explotara la cabeza.

—¿Señorita Zott? Disculpe. ¿Señorita Zott?

Elizabeth oyó aquellas palabras sin saber de dónde pro-
cedían.

—¡Señorita Zott!

Justo a la vuelta de la esquina asomaba un hombre de
pelo ralo con una gavilla de papeles en la mano. Era el doctor

Boryweitz, un compañero del laboratorio que solicitaba su ayuda a menudo, y, como la mayoría de ellos, cuando no había nadie presente.

—He pensado que a lo mejor podría echarle un vistazo a esto —dijo con una tímida vocecilla y la frente fruncida por el nerviosismo, a la vez que le indicaba con un gesto que quería hacer un aparte con ella—. Es el resultado de mis últimas pruebas. —Le tendió bruscamente una hoja de papel—. Yo diría que es un hallazgo, ¿no? —Le temblaban las manos—. Algo novedoso, ¿no?

En el rostro de Boryweitz se reflejaba su expresión habitual, atemorizada, como si acabara de ver un fantasma. La gran mayoría de sus compañeros no se explicaba cómo era posible que aquel hombre se hubiera doctorado en Química, y mucho menos que gozara de un puesto en Hastings. Tampoco él se lo explicaba muchas veces.

—¿Cree que a su chico podría interesarle? —le preguntó Boryweitz—. Quizá podría mostrárselo. ¿Iba usted hacia allí? ¿A su laboratorio? A lo mejor podría acompañarla.

La agarró del brazo como si fuera un salvavidas, un asidero al que aferrarse hasta que apareciera el gran barco de rescate en forma de Calvin Evans.

Elizabeth le quitó suavemente la gavilla de papeles que llevaba en las manos. Pese a su inseguridad y su natural angustiado, Boryweitz le caía bien. Era un hombre educado, profesional. Además tenían algo en común: ninguno de los dos encajaba en Hastings, aunque por razones completamente distintas.

—El problema, doctor Boryweitz —dijo Elizabeth tratando de dejar a un lado sus propios problemas mientras examinaba aquellos resultados—, es que esto es una macromolécula con unidades repetidas unidas por enlaces amidas.

—Claro, claro.

—Es decir, una poliamida.

—Una poli... —dijo Boryweitz con el rostro desencajado. Incluso él sabía que las poliamidas eran un campo trillado para la ciencia desde hacía tiempo—. Creo que podría estar equivocada. Échele otro vistazo.

—No es un hallazgo desdeñable —dijo Elizabeth amablemente—. Sólo que ya se ha demostrado antes.

Boryweitz movió la cabeza con aire derrotado.

—O sea que no debería enseñárselo a Donatti.

—Lo que ha conseguido, básicamente, es redescubrir el nylon.

—Vaya —dijo Boryweitz bajando la vista hacia sus resultados—. Maldita sea —dijo con la cabeza hundida.

A continuación se produjo un silencio incómodo. Luego Boryweitz echó una ojeada al reloj, como si allí pudiera encontrar una respuesta, y al final añadió señalando los dedos vendados de Elizabeth:

—¿Qué le ha pasado?

—Ah, practicando el remo. O intentándolo.

—¿Se le da bien?

—No.

—Entonces ¿por qué lo hace?

—No estoy segura.

Boryweitz asintió.

—Ay, cómo la entiendo.

—¿Qué tal llevas el proyecto? —le preguntó Calvin a Elizabeth al cabo de unas semanas, durante el descanso del almuerzo.

Calvin dio un mordisco a su bocadillo de pavo y masticó vigorosamente procurando disimular que ya estaba al corriente. Todo el mundo lo estaba.

—Bien —respondió ella.

—¿Ningún problema?

—Ninguno —dijo, y dio un sorbo del agua.

—Ya sabes que si en algún momento necesitas ayuda...

—No necesito tu ayuda.

Calvin suspiró con frustración. Había cierta ingenuidad, pensó, en el afán de Elizabeth por creer que el arrojo bastaba para manejarse en la vida. El arrojo era esencial, desde luego, pero también se necesitaba suerte, y si la suerte no salía a tu encuentro, echabas mano de cualquier ayuda. Todo el mundo necesitaba ayuda. Pero tal vez porque a ella nunca se la habían ofrecido, se negaba a creer en ella. ¿Cuántas veces la había oído afirmar que si daba todo de sí conseguiría lo que se propusiera? Calvin ya había perdido la cuenta. Y eso pese a la existencia de pruebas sobradas que demostraban lo contrario. Especialmente en Hastings.

Mientras terminaba el almuerzo —ella apenas había probado bocado—, Calvin se prometió a sí mismo que no intervendría en su favor. Era importante respetar sus deseos. Elizabeth quería solucionar el asunto por sí sola, así que se propuso no involucrarse.

—¡¿Se puede saber qué mosca te ha picado, Donatti?! —bramó unos diez minutos más tarde irrumpiendo en el despacho de su jefe—. ¿Te molesta que se hurgue en el origen de la vida o qué? ¿Presiones de la comunidad religiosa tal vez? ¿O porque la abiogénesis viene a demostrar una vez más que en realidad Dios no existe y temes que eso no tenga buena acogida en Kansas? ¿Por eso has cancelado el proyecto de Zott? ¿Y tú te atreves a llamarte científico?

—Cal, mira que me gustan estas charlitas nuestras, pero me pillas algo ocupado en este momento —repuso Donatti con los brazos extendidos campechanamente por detrás de la cabeza.

—Porque sólo se me ocurre otra explicación posible y es que no entiendas su trabajo —lo acusó Calvin enfundando las manos en los bolsillos delanteros de sus holgados pantalones.

Donatti levantó la mirada con gesto de exasperación a la vez que soltaba una bocanada de aire viciado. ¿Por qué la gente brillante era tan obtusa? Si Evans hubiera tenido dos dedos de frente, en ese momento lo estaría acusando de intentar colarse en la vida de su atractiva novia.

—A decir verdad, Cal —replicó Donatti apagando el cigarrillo—, mi intención era darle un empujoncito a su carrera. Ofrecerle la oportunidad de trabajar directamente conmigo en un proyecto de envergadura. Ayudarla a expandirse en otros terrenos.

«Ahí queda, expandirse en otros terrenos: más claro, el agua», pensó Donatti. Pero Calvin se lanzó a comentarle los últimos hallazgos de su novia, como si siguieran hablando de trabajo. El tipo estaba siempre en la inopia.

—Recibo ofertas cada semana —lo amenazó Calvin—. ¡Hastings no es el único lugar donde poder llevar a cabo mi investigación!

Otra vez con lo mismo. ¿Cuántas veces le había ido con aquel cuento? Evans, qué duda cabe, era una figura en el mundo de la investigación, y sí, gran parte de la financiación que recibía el centro se debía a su mera presencia. Pero sólo porque los patrocinadores habían dado en creer que el nombre de Evans iba a atraer a otros talentos de su talla. Y no había sido el caso. De todos modos, Donatti no deseaba la marcha de Evans; lo único que deseaba era que fracasara, que desquiciado por la pérdida de su amor se viera abocado a la autodestrucción, desprestigiándose así para siempre y arruinando todas sus futuras oportunidades en el campo de la investigación. Una vez que eso hubiera sucedido, podía largarse a donde quisiera.

—Como decía —repuso Donatti con mesura—, mi única intención respecto a la señorita Zott era brindarle la oportunidad de expandirse en otros terrenos. Mi propósito es ayudarla en su carrera.

—La señorita Zott se ayuda sola.

Donatti se echó a reír.

—¿Ah, sí? Y, sin embargo, aquí estás tú.

Pero en esa conversación con Evans, Donatti omitió mencionar un contratiempo mayúsculo que podría socavar su plan de deshacerse de Evans por medio de Zott: un mecenas con una fortuna incalculable.

El tipo había aparecido dos días antes, sin previo aviso, con la oferta de un cheque en blanco y el empeño de financiar, nada más y nada menos, que el estudio de la abiogénesis. Donatti esgrimió cortésmente sus argumentos. ¿Y qué tal el metabolismo de los lípidos?, sugirió. ¿O la división celular? Pero el tipo insistió: o la abiogénesis o nada. A Donatti, pues, no le quedó opción: colocó a Zott de vuelta en su ridícula misión a Marte.

Lo cierto era que tampoco había hecho grandes progresos con ella. La chica no se había dejado amilanar por su repetido desaire de que «intelectualmente está por encima de sus capacidades». Por muchas veces que alegara ese pretexto, ni una sola vez había reaccionado como era de esperar. ¿Dónde estaba la mermada autoestima? ¿Y las lágrimas? O bien aducía su tedioso argumento profesional en pro del estudio de la abiogénesis, o bien saltaba diciendo: «Como vuelva a ponerme una mano encima, se arrepentirá toda la vida.» ¿Qué demonios veía Evans en aquella mujer? Que se la quedara. Tendría que encontrar otro modo de vengarse del gran Evans.

—Calvin, tengo buenas noticias —le dijo Elizabeth irrumpiendo en su laboratorio aquella misma tarde—. Siento no habértelo mencionado hasta ahora, pero es que no quería que intervinieras. Donatti canceló mi proyecto hace unas semanas y he estado luchando por recuperarlo. Hoy por fin he visto recompensados mis esfuerzos. Donatti ha revocado su decisión; me ha dicho que había revisado mi trabajo y que ha decidido que, dada su importancia, había que seguir adelante con él.

Calvin sonrió abiertamente, procurando que esa expresión transmitiera la sorpresa requerida: hacía apenas una hora que había salido del despacho de Donatti.

—¿Cómo dices? ¿En serio? ¿No me digas que pensaba cancelar el proyecto de la abiogénesis? Hubiera sido un error mayúsculo por su parte —dijo dándole una palmada en la espalda.

—Perdona que no te lo haya contado antes. Quería resolver el asunto por mi cuenta y ahora me alegro de haber tomado esa decisión. Me parece un voto de confianza en mi trabajo... en mí.

—Totalmente.

Elizabeth lo miró con un poco más de detenimiento y luego dio un paso atrás.

—Lo he conseguido por mis propios méritos, ¿verdad? ¿Tú no habrás tenido nada que ver en...?

—No sabía nada en absoluto.

—No has hablado con Donatti en ningún momento, no has intervenido en ningún momento.

—Te lo juro —mintió.

Cuando Elizabeth se fue, Calvin juntó las manos en un silencioso ademán de júbilo y puso *On the Sunny Side of the Street* en el tocadiscos. Por segunda vez había salvado a la persona que más quería en el mundo, y lo mejor era que ella no se había enterado.

Agarró un taburete, abrió una libreta y se lanzó a escribir. Desde la edad de siete años llevaba un diario donde registraba las experiencias y los temores que no guardaban relación con ecuaciones químicas. Su laboratorio estaba repleto de libretas como aquélla, prácticamente ilegibles. Ése era uno de los motivos por los que todos pensaban que era tan productivo en el trabajo: cuestión de volumen.

—Aquí no se entiende la letra —le había mencionado Elizabeth en varias ocasiones—. ¿Qué pone aquí? —dijo señalando una teoría relacionada con el ácido ribonucleico a la que Calvin llevaba meses dándole vueltas.

—Es una hipótesis sobre adaptación enzimática —respondió.

—¿Y aquí? —Elizabeth le señaló algo escrito más abajo. Era algo sobre ella.

—Más de lo mismo —le dijo Calvin, apartando la libreta.

No había escrito nada malo sobre Elizabeth, todo lo contrario. Era más bien que no podía arriesgarse a que descubriera hasta qué punto le obsesionaba que ella pudiera faltar de este mundo.

Desde tiempo atrás Calvin estaba convencido de su sino fatal; y a las pruebas se remitía: todas las personas a las que había amado a lo largo de su vida habían fallecido, siempre en circunstancias trágicas. El único modo de acabar con ese patrón funesto era no sentir amor. Y eso había hecho. Pero, al conocer a Elizabeth, sin pretenderlo, se había enamorado tonta y egoístamente de nuevo. Y ahí estaba ella ahora: en la línea de fuego de ese sino fatal.

Como químico, era consciente de que su obsesión fatalista no era en absoluto científica, sino producto de la pura superstición. Pero qué le iba a hacer. La vida no era una hipótesis que pudiera probarse una y otra vez sin consecuencias; al final, siempre sobrevenía algún fallo estrepitoso. Por eso siempre estaba ojo avizor para que nada malo pudiera sucederle a Elizabeth, y esa mañana sin ir más lejos esa amenaza había sido la travesía.

Habían volcado de nuevo —esta vez por culpa de él— y, por primera vez, los dos habían caído al agua por el mismo lado del bote, de ahí su infausto descubrimiento: Elizabeth no sabía nadar. A juzgar por sus brazadas angustiosas a lo perrito, nadie le había enseñado nunca.

Por eso, una vez de vuelta en el hangar, mientras Elizabeth estaba en el baño, había abordado junto con Seisymedia al capitán del equipo masculino, el doctor Mason. Era temporada de mal tiempo: si pensaba seguir remando con Elizabeth —ella incluso lo deseaba—, era mejor hacerlo en un ocho. Más seguro. Además, si el ocho volcaba —algo inhabitual—, habría otros muchos compañeros para socorrerla. A fin de cuentas, Mason llevaba más de tres años tratando de convencerlo para que formara parte de su tripulación; no perdía nada por intentarlo.

—¿Qué opinas? —le había preguntado a Mason—. Pero tendrías que aceptarnos a los dos.

—¿Una mujer en un ocho masculino? —replicó el doctor Mason recolocándose la gorra sobre el pelo cortado al rape. En otro tiempo, mal que le pesara, había sido marine. Sin embargo, había mantenido el corte de pelo.

—Se le da bien. Es muy dura —dijo Calvin.

Mason asintió con la cabeza. Tras abandonar el ejército, se había decantado por la obstetricia, luego conocía la fortaleza femenina. De todos modos, ¿una mujer en un equipo masculino? Difícil que funcionara.

—¿A que no sabes lo que ha pasado? —le dijo Calvin a Elizabeth un minuto después—. El equipo masculino está interesadísimo en que rememos con ellos hoy en su ocho.

—¿En serio?

Elizabeth siempre había querido formar parte de un ocho. Esos botes rara vez volcaban. Nunca le había mencionado a Calvin que no sabía nadar. ¿Para qué preocuparlo?

—El capitán del equipo acaba de comunicármelo. Te ha visto remar —añadió—. Detecta el talento a la legua.

Por debajo de ellos, Seisymedia bufó: «Mentiras, mentiras y más mentiras.»

—¿Cuándo empezamos?

—Ahora.

—¿Ahora mismo?

Elizabeth sintió la sacudida del pánico. Aunque hubiese querido remar en un ocho, también sabía que esa modalidad requería de un nivel de sincronización que todavía no estaba a su alcance. Cuando un bote se hace con la victoria es porque su tripulación ha conseguido dejar a un lado sus pequeñas desavenencias y diferencias físicas para remar como un solo hombre. En perfecta armonía: ése era el objetivo. En una ocasión había oído a Calvin decirle a alguien del hangar que su entrenador de Cambridge se empeñaba incluso en que pestañearan todos al mismo tiempo. Luego oyó con sorpresa que su interlocutor asentía diciendo: «A nosotros nos obligaban a todos a llevar las uñas de los dedos del pie limadas al mismo nivel. El resultado era impresionante.»

—Tú irás en el asiento número dos de proa —le dijo Calvin.

—¡Genial! —exclamó ella confiando en que no advirtiera el violento temblor de sus manos.

—El timonel nos irá dando órdenes; lo harás estupendamente. Tú fíjate siempre en la pala del que va delante. Y hagas lo que hagas, no apartes la vista del bote.

—Un momento. ¿Cómo voy a vigilar la pala del que vaya delante si no aparto la vista del bote?

—Tú no apartes la vista —le advirtió—. Desequilibra el conjunto.

—Pero...

—Y relájate.

—Yo...

—¡Adelante! —exclamó a voz en grito el timonel.

—No te preocupes. Lo harás estupendamente —dijo Calvin.

Elizabeth había leído una vez que el noventa y ocho por ciento de las preocupaciones que asedian a la gente nunca llegan a materializarse. Pero ¿qué pasaba con ese dos por ciento que sí? ¿Y de dónde habían sacado esa estadística? Un dos por ciento parecía una cantidad sospechosamente baja. Ella más bien habría elevado la cifra a un diez por ciento, incluso a un veinte. En su caso particular, se aproximaría más bien al cincuenta. No quería preocuparse por esa remada, pero le preocupaba. Había un cincuenta por ciento de posibilidades de que la pifiara.

Mientras cargaban el bote en dirección al pantalán en la oscuridad, el remero que iba delante de ella la miró por encima del hombro como preguntándose por qué el compañero que ocupaba el asiento de atrás parecía haber empequeñecido.

—Elizabeth Zott —se presentó ella.

—¡Nada de cháchara! —exclamó el timonel.

—¿Quién? —preguntó el de delante con recelo.

—Hoy remo yo en el segundo asiento.

—¡He dicho que os calléis! —gritó el timonel.

—¿El segundo asiento? —murmuró el compañero con incredulidad—. ¿Que tú vas a remar en el segundo asiento?

—¿Algún problema? —bufó, molesta, Elizabeth.

—¡Has estado genial! —exclamó Calvin dos horas más tarde, dando un golpe sobre el volante con tanta vehemencia que Seismedia temió que se estrellaran antes de llegar a casa—. ¡Todos opinan lo mismo!

—¿Quiénes son todos? —preguntó Elizabeth—. A mí nadie me ha dicho ni una palabra.

—Ah, bueno, es que sólo abren el pico cuando están borrachos. Lo importante es que nos han escogido para la remada del miércoles.

Calvin sonrió triunfal. La había salvado otra vez: primero en el trabajo y ahora esto. Tal vez así era como se rompía un sino fatal: tomando precauciones sensatas, pero en secreto.

Elizabeth volvió la vista hacia la ventanilla. ¿Era posible que el deporte del remo fuera tan igualitario? ¿O acaso la habían dejado participar sólo por el temor habitual de los sospechosos habituales: porque los remeros, al igual que los científicos, temían el resentimiento legendario de Calvin?

Mientras bordeaban la costa en dirección a casa, y los rayos del alba iluminaban a un puñado de surfistas, con sus largas tablas apuntando en la orilla y la cabeza vuelta, esperando a surcar un rato el oleaje antes de encaminarse al trabajo, de pronto Elizabeth cayó en la cuenta de que nunca había sido testigo del supuesto rencor de Calvin.

—Calvin, ¿por qué dicen todos que eres un rencoroso? —le dijo volviéndose otra vez para mirarlo.

—¿Cómo? —Calvin no pudo evitar una sonrisa. Precauciones sensatas, pero en secreto: ¡la solución a todos los problemas!

—Ya sabes a qué me refiero. En el trabajo corre el rumor de que... dicen que al que se enfrenta contigo, le haces la vida imposible.

—Ah, eso —repuso Calvin alegremente—. Rumores. Chismorreos. Envidias. Hay gente que no es de mi agrado, para qué negarlo, pero ¿tanto como para tomarme la molestia de hacerles la vida imposible? Te aseguro yo que no.

—Vale. Pero tengo curiosidad —dijo Elizabeth—. ¿Hay alguien en tu vida a quien no estés dispuesto a perdonar nunca?

—Pues así, a bote pronto, no se me ocurre nadie —dijo él con despreocupación—. ¿Y tú? ¿Te has propuesto odiar a alguien para el resto de tu vida?

Se volvió para mirarla: el rostro todavía congestionado por el esfuerzo de la remada, el pelo mojado por la humedad del mar, el semblante serio. Elizabeth desplegó los dedos de la mano, como si contara.

9

El rencor

Cuando Calvin afirmaba no albergar odio ni rencor hacia
nadie, lo decía de la misma manera en que algunos afirman
que se olvidan de comer. Es decir, mentía. Por mucho que
tratara de fingir que había dejado atrás el pasado, allí seguía,
reconcomiéndole por dentro. Muchos habían sido injustos
con él, pero sólo existía una persona en el mundo a la que
era incapaz de perdonar. Un hombre al que había jurado
odio eterno.

La primera vez que había entrevisto a ese hombre, Calvin
tenía diez años. Una larga limusina entró en el recinto del
orfanato y el hombre se apeó de ella. Era un tipo alto, elegante, ataviado con un traje hecho a medida y unos gemelos
de plata; todo en él contrastaba radicalmente con el paisa-
je de Iowa. Calvin y sus compañeros se apiñaron junto a la
verja. Sería una estrella de cine, pensaron. O tal vez un juga-
dor de béisbol profesional.

Estaban acostumbrados a esas visitas. Un par de veces al
año el orfanato recibía a algún famoso, acompañado por un
séquito de periodistas, que acudía a hacerse la foto con los
niños. De vez en cuando esas visitas les deparaban algún
guante de béisbol o algún retrato autografiado. Pero al ver

que aquel hombre sólo llevaba consigo un maletín, los muchachos se dieron la vuelta.

Sin embargo, transcurrido un mes aproximadamente de aquella visita, empezaron a llegar todo tipo de cosas al orfanato: libros de texto de ciencias, juegos de matemáticas, juegos de química. Y a diferencia de lo que sucedía con los autógrafos y los guantes de béisbol, en cantidad suficiente para repartir entre todos.

—El Señor provee —dijo el cura mientras repartía una pila de libros de biología todavía sin estrenar—. Lo que significa que vuestro deber, mansas criaturas, es cerrar el pico y estar quietecitos. Los de atrás, ¡estaos quietos, no pienso volver a repetirlo!

El cura descargó una regla sobre el pupitre más cercano y la clase en pleno dio un respingo.

—Disculpe, padre —dijo Calvin hojeando su ejemplar—, pero mi libro está mal. Le faltan páginas.

—No le faltan, Calvin. Se han eliminado —respondió el cura.

—¿Por qué?

—Porque están mal, y punto. Y ahora, muchachos, abrid los libros por la página ciento diecinueve. Empezaremos con...

—Aquí falta la teoría de la evolución —insistió Calvin pasando las páginas de su libro.

—Ya basta, Calvin.

—Pero...

La regla cayó con fuerza sobre los nudillos del muchacho.

—Calvin, ¿se puede saber qué pasa contigo? —dijo el obispo con voz hastiada—. Es la cuarta vez que te envían a mi despacho esta semana. Por no mencionar las quejas que he recibido del bibliotecario a cuenta de tus mentiras.

—¿Qué bibliotecario? —preguntó Calvin sorprendido.

Era imposible que el obispo se refiriera al cura borracho que solía esconderse en el armarito que albergaba la mísera colección de libros del orfanato.

—El padre Amos dice que afirmas haber leído todo nuestro fondo bibliográfico. Mentir es pecado, pero ¿fanfarroneando encima? ¡El colmo!

—Pero es que es verdad que...

—¡Silencio! —exclamó a voces el obispo alzándose imponente sobre el chico—. Hay gente que nace torcida, porque le viene de casta. Pero lo tuyo no sé de dónde sale.

—¿Qué quiere decir?

—Quiero decir —contestó el obispo inclinándose hacia Calvin— que sospecho que tú no naciste torcido, que te corrompiste después, que fuiste por mal camino. ¿Has oído eso que dicen de que la belleza está en el interior?

—Sí.

—Pues tu interior hace juego con tu fealdad exterior.

Calvin se tocó los nudillos inflamados conteniendo las lágrimas.

—¿Por qué no agradeces lo que tienes? —le dijo el obispo—. Mejor medio libro de biología que ninguno, ¿no? Ay, Señor, sabía que esto iba a traernos problemas. —Se apartó del escritorio y empezó a dar vueltas por el despacho—. Libros de ciencia, juegos de química... Lo que tiene uno que tragar con tal de engrosar las arcas. —Se volvió hacia Calvin, airado—. Hasta eso es culpa tuya. No nos veríamos en esta tesitura de no ser por tu padre...

Calvin levantó repentinamente la cabeza.

—En fin, dejémoslo.

El obispo regresó a su escritorio y se puso a recoger papeles.

—Usted no es quién para hablar de mi padre —replicó Calvin con el rostro encendido—. ¡Ni siquiera lo ha conocido!

—Yo puedo hablar de quien me venga en gana, Evans —lo reprendió el obispo—. Además, no me refiero a ese padre tuyo que se estrelló contra un tren. Me refiero a tu verdadero padre; al idiota que nos ha endilgado estos dichosos libros de ciencia. Se presentó aquí hace cosa de un mes en una gran limusina buscando a un chico de diez años cuyos padres adoptivos habían sido arrollados por un tren, y cuya tía se había estampado contra un árbol, un joven que «tal vez era», dijo el hombre, «muy alto». Me fui directo al archivador y saqué tu expediente. Pensé que quizá venía a por ti, como quien reclama una maleta extraviada; suele ocurrir con las adopciones. Pero cuando le mostré tu foto, perdió interés.

Calvin lo miraba con los ojos desmesuradamente abiertos, absorbiendo cada palabra. ¿Él, adoptado? Eso era imposible. Muertos o vivos, sus padres seguían siendo sus padres. Contuvo las lágrimas, pensando en lo feliz que solía ser, en la seguridad que le infundía la gran mano de su padre agarrada a la suya, en la calidez del pecho de su madre cuando apoyaba la cabeza sobre él. El obispo estaba equivocado. Mentía. Los hospicianos siempre les iban con patrañas sobre el cómo y el por qué habían aterrizado en All Saints: que si sus madres habían fallecido en el parto y sus padres habían sido incapaces de hacerse cargo de ellos; que era un engorro criarlos; que había demasiadas bocas que alimentar en la familia. Ésta no era sino otra patraña más.

—Sólo para tu información —le dijo el obispo, como si escogiera de entre una serie de puntos en una lista—, tu madre biológica falleció en el parto y tu padre biológico fue incapaz de hacerse cargo de ti.

—¡No me lo creo!

—Ya —dijo el obispo secamente mientras extraía dos documentos del expediente de Calvin: un certificado de adopción y un certificado de defunción de una mujer—. El científico en ciernes exige pruebas.

Calvin bajó la vista hacia aquellos papeles con los ojos empañados. No distinguió una sola palabra.

—En fin —dijo el obispo juntando las palmas de las manos—. Seguro que todo esto te habrá caído como un jarro de agua fría, Calvin, pero míralo por el lado positivo. Padre tienes, al fin y al cabo, y se está ocupando de ti, o al menos de tu educación. Eso es mucho más de lo que pueden decir tus compañeros. Procura no ser tan egoísta. Eres un muchacho con suerte. Para empezar, tuviste unos padres adoptivos como

Dios manda; y ahora tienes a un padre con posibles. Piensa en su donación como... —dudó un momento—, como un tributo a la memoria de tu madre. Como un homenaje.

—Pero si ese hombre fuera mi verdadero padre —dijo Calvin, aun sin dar crédito a las palabras del obispo—, me sacaría de aquí. Querría estar conmigo.

El obispo bajó la mirada hacia Calvin con semblante sorprendido.

—¿Qué? No. Ya te lo he dicho: tu madre falleció en el parto y tu padre fue incapaz de hacerse cargo de ti. No, ambos convinimos, sobre todo después de que leyera tu historial, en que te conviene más estar aquí. Un muchacho como tú necesita un entorno moralmente adecuado, y buenas dosis de disciplina. Hay muchas familias adineradas que envían a sus hijos a estudiar a un internado; All Saints no se diferencia mucho de esos centros. —El obispo olfateó el aire, aspirando el olor acre que llegaba de las cocinas—. Aunque, por otro lado, ese señor insistió en que había que mejorar la oferta académica del centro. Un tanto presuntuoso por su parte, en mi opinión —añadió arrancándose unos pelos de gato de la manga—. Venir a darnos lecciones, a unos profesionales de la enseñanza como nosotros, de cómo hay que educar a unos niños. —Se levantó del asiento y, dándole la espalda a Calvin, miró por la ventana hacia el tejado combado en el ala oeste del edificio—. Lo bueno es que al menos nos soltó un buen pellizco, y no sólo para ti, sino para los demás muchachos también. Muy generoso. O lo habría sido de no exigir que se destinara a las ciencias y los deportes. Dios, estos ricos... Siempre se creen más listos que nadie.

—Ese señor es... ¿es científico?

—¿He dicho yo que lo fuera? —dijo el obispo—. Mira, ese caballero llegó, hizo indagaciones y se fue por donde había venido. Dejando un talón detrás, eso sí. Mucho más de lo que hacen la mayoría de los padres, que se lavan las manos.

—Pero ¿cuándo vuelve? —preguntó Calvin en tono de súplica, deseando más que nada en el mundo escapar de aquel orfanato, aunque fuera con un desconocido.

—Eso ya se verá —respondió el obispo, y se volvió para mirar por la ventana emplomada—. No mencionó nada.

Calvin regresó al aula con pasos arrastrados, pensando en aquel hombre y en cómo ingeniárselas para que volviera. Porque tenía que volver. Pero allí lo único que volvió a hacer aparición fueron más libros de ciencia.

Calvin, no obstante, era un niño, y como tal se aferró a esa esperanza hasta mucho después de que ésta debiera haberse extinguido. Leyó todos los libros que ese padre recién salido a escena había enviado al orfanato; los devoró como si fueran el amor mismo, alimentando su corazón herido a base de teorías y algoritmos, dispuesto a descubrir la química que compartía con ese padre, el vínculo inextricable que habría de unirlos para siempre. Pero lo que comprendió a través del autoaprendizaje fue que la complejidad de la química no se desentrañaba gracias a un simple derecho de nacimiento, que sus meandros y vericuetos a veces discurrían por caminos despiadados. Tuvo, pues, que vivir con el conocimiento no sólo de que ese otro padre se había deshecho de él, sin conocerlo siquiera, sino de que la propia química había engendrado ese rencor que era incapaz de ocultar o superar.

10

La correa

Elizabeth nunca había tenido un animal de compañía y tampoco estaba segura de que el que tenía ahora lo fuera. Seisymedia no era un ser humano, pero parecía poseer una humanidad que superaba con creces la de la mayoría de la gente.

Por eso no le había comprado una correa; le parecía inapropiado. Insultante incluso. Seisymedia rara vez se apartaba de su lado, nunca cruzaba la calle sin mirar, nunca se iba detrás de los gatos. De hecho, la única vez que se le había escapado había sido el Cuatro de Julio, cuando un petardo le había explotado justo delante. Tras muchas horas de angustiada búsqueda, Calvin y ella lo encontraron por fin en un callejón, acurrucado detrás de unos cubos de basura, temblando avergonzado.

Pero cuando el municipio aprobó por vez primera una ordenanza que decretaba el uso obligatorio de esas correas, Elizabeth tuvo que replantearse la idea, aunque por razones más complejas. A medida que se acrecentaba su apego por el perro, también lo hacía la necesidad de no perderlo de vista.

Le compró, pues, una correa, la colgó en el perchero del recibidor y aguardó a que Calvin reparara en ella. Pero transcurrió una semana y Calvin seguía sin verla.

—Le he comprado una correa a Seisymedia —anunció finalmente.

—¿Por qué? —preguntó él.

—Porque lo exige la ley.

—¿Qué ley?

Elizabeth le explicó la nueva ordenanza y Calvin se echó a reír.

—Ah, eso. Bueno, en nuestro caso no se aplica. Eso es para la gente que no tiene un perro como Seisymedia.

—No, se aplica a todo el mundo. La han aprobado hace poco. Estoy convencida de que no se van a andar con contemplaciones.

Calvin sonrió.

—No te preocupes. Seisymedia y yo pasamos por delante de la comisaría casi a diario. La policía nos conoce.

—Pero a partir de ahora no será igual —insistió Elizabeth—. Quizá porque ha aumentado el número de muertes de animales de compañía. Cada vez hay más atropellos de perros y gatos en la vía pública. —Ignoraba si ese dato era cierto, pero podía serlo perfectamente—. De todos modos, ayer saqué a Seisymedia a pasear con la correa puesta y le gustó.

—Yo no puedo salir a correr con el perro atado —dijo Calvin levantando la vista—. No soporto esa sensación de falta de libertad. Además, si él nunca se aparta de mi lado.

—Podría pasar algo.

—¿Qué iba a pasar?

—Que se te escapara y se lanzara a la calzada. Podrían atropellarlo. ¿Recuerdas el día del petardo? No eres tú quien me preocupa, es él.

Calvin sonrió para sus adentros. Desconocía esa faceta de Elizabeth: ese instinto maternal.

—Por cierto —dijo—, según el parte meteorológico se avecina una tormenta. El doctor Mason ha llamado por teléfono; se han anulado todas las salidas a remar programadas para esta semana.

—Vaya, qué lástima —dijo Elizabeth procurando disimular su alivio. Ya había salido a remar en el ocho masculino cuatro veces, y aunque le costara reconocerlo, las cuatro había terminado exhausta—. ¿Te ha dicho algo más?

No quería dar la impresión de que buscaba el halago, pero lo buscaba. El doctor Mason parecía buena persona; siempre se dirigía a ella de igual a igual. Calvin le había mencionado que era obstetra.

—Sí, ha dicho que nos han seleccionado para la semana que viene —respondió Calvin—. Y que le gustaría que consideráramos la posibilidad de participar en una regata para primavera.

—¿Una carrera quieres decir?

—Te encantará. Se pasa muy bien.

A decir verdad, Calvin no estaba muy convencido de que a Elizabeth le fuera a encantar. Competir conllevaba una tensión tremenda. Aparte del miedo a perder, ya bastante malo de por sí, eras consciente de antemano del sufrimiento físico implícito en la carrera, porque al grito de «¡A sus puestos!», los regatistas se exponían a posibles infartos, roturas de costillas, trasplantes de pulmón... cualquier cosa con tal de recibir aquella medallita de tres al cuarto al llegar a la meta. ¿Quedar segundos? Eso ni se contemplaba. Eso era tanto como una derrota.

—Suena interesante —mintió Elizabeth.

—Lo es, y mucho —mintió él también.

—Se han anulado las salidas a remar, ¿no te acuerdas? —le dijo Calvin dos días después, extrañado al oír que Elizabeth se vestía a oscuras. Tanteó la mesita buscando el despertador—. Son las cuatro de la mañana. Vuelve a la cama.

—No puedo dormir. Creo que me voy a ir pronto al trabajo —dijo ella.

—No. Quédate conmigo —suplicó Calvin, que tiró de las mantas y le indicó con un gesto que volviera a la cama.

—Voy a meter en el horno esas patatas para que se vayan haciendo poco a poco. Así desayunarás como es debido —dijo mientras se calzaba.

—Bueno, pues si te vas, yo me voy también —dijo Calvin bostezando—. Pero dame unos minutos.

—No, no. Quédate durmiendo.

Cuando Calvin despertó al cabo de una hora, descubrió que estaba solo en casa.

—¿Elizabeth? —la llamó.

Fue descalzo a la cocina y vio unas manoplas de horno sobre la encimera. «Que te aprovechen las patatas. Hasta luego. Besitos. E.»

—Esta mañana vamos a ir al trabajo corriendo —le dijo Calvin a Seisymedia.

A decir verdad, a Calvin no le apetecía lo más mínimo esa carrera, pero así podrían volver los tres juntos del laboratorio en un solo coche. No es que le preocupara el gasto de gasolina, es que no soportaba la idea de que Elizabeth regresara sola al volante. Había árboles por todas partes. Y trenes.

A Elizabeth le habría perturbado saber de esa angustia y esa inquietud que lo asediaban, por lo que Calvin mantenía en secreto sus cuitas. Pero ¿cómo no iba a inquietarse por la persona que más quería en el mundo, más de lo que imaginarse pudiera? Además, también ella se inquietaba por él: procuraba que se alimentara bien, le insistía para que corriera dentro de casa siguiendo a Jack LaLanne por televisión, y ahora para colmo se le ocurría comprar una correa.

Con el rabillo del ojo, Calvin se fijó en unas facturas y tomó nota mentalmente de que tenía que archivar la última tanda de correspondencia con los consabidos intentos de estafa. Había llegado otra carta de la señora que afirmaba ser su madre: «Me dijeron que habías muerto», le escribía siempre. También había recibido una de cierto analfabeto que lo acusaba de haberle plagiado todas sus ideas, y otra de un supuesto hermano al que había perdido de vista hacía tiempo, pidiéndole dinero. Curiosamente, nadie le había escrito nunca haciéndose pasar por su padre. Tal vez porque su padre seguía con vida, haciéndose pasar por alguien que nunca había tenido un hijo.

Desde que había salido del orfanato, la única persona, aparte del obispo, que sabía del rencor que Calvin albergaba hacia su padre era, quién lo iba a decir, un amigo por correspondencia. Nunca se habían conocido en persona, pero habían logrado forjar una gran amistad. Tal vez porque, al igual que con la confesión, a ambos les resultaba más fácil comunicarse con alguien a quien no podían ver. No obstante, cuando el tema de la paternidad salió a relucir —tras un año intercambiando una correspondencia continua sin tapujos—, todo cambió. Calvin le había dejado caer que deseaba que su padre estuviera muerto, y su amigo, al parecer escandalizado, reaccionó de un modo inesperado para Calvin: dejó de contestar a sus cartas.

Calvin dio por sentado que se había pasado de la raya: su amigo, a diferencia de él, era religioso; tal vez desear la muerte de un padre no era algo admisible en círculos eclesiásticos. Fuera como fuese, su intercambio epistolar concluyó. Y Calvin se resintió durante meses.

Por eso había decidido no mencionarle a Elizabeth el hecho de que tenía un padre que al parecer estaba vivo. Le angustiaba que pudiera reaccionar como su amigo y abandonarlo, o que descubriera de pronto lo que el obispo había descrito en una ocasión como su gran defecto: su incapacidad natural para despertar amor. Calvin Evans: feo por dentro y por fuera. A fin de cuentas, Elizabeth había rechazado su proposición de matrimonio.

De todos modos, si ahora se lo contaba, Elizabeth quizá se preguntara por qué no lo había hecho antes. Y no quería correr el riesgo de que luego quizá se preguntara qué más le había ocultado.

No, ciertas cosas era mejor no decirlas. Además, ella también le había ocultado sus problemas laborales, ¿no? En una relación íntima lo normal era tener algún que otro secretito.

Se vistió con el pantalón de chándal viejo y luego, mientras hurgaba en el cajón de los calcetines que compartía con ella y olía su perfume, le cambió el ánimo. A decir verdad, la superación personal no iba con él: ni siquiera había conseguido terminar el manual de Dale Carnegie acerca de cómo ganar amigos e influir sobre las personas; a las diez páginas comprendió que la opinión de los demás le traía sin cuidado. Aunque esa indiferencia era anterior a la entrada de Elizabeth en su vida; ahora era consciente de que hacerla feliz lo hacía feliz. Y mientras cogía las zapatillas de correr pensó que eso, el hecho de estar dispuesto a cambiar por otra persona, no podía ser sino la definición del amor.

Mientras se agachaba para atarse los cordones, lo asaltó un sentimiento desconocido. ¿Gratitud tal vez? Él, aquel huérfano temprano que nunca había sido amado, el poco agraciado Calvin Evans, de algún modo, había encontrado a esa mujer, ese perro, ese proyecto de investigación, ese equipo de remo, esas salidas a correr y a ese Jack LaLanne. Era mucho más de lo que nunca había esperado, mucho más de lo que nunca había merecido.

Consultó el reloj: las 5.18 h de la mañana. Elizabeth ya debía de estar sentada en su taburete, con sus centrifugados en marcha. Llamó con un silbido a Seisymedia para que acudiera a la puerta de la entrada. Su casa distaba algo más de ocho kilómetros de Hastings y, si hacían el camino corriendo, podrían estar allí en cuarenta y dos minutos. Pero al abrir la puerta, Seisymedia no parecía tenerlas todas consigo. Era de noche y lloviznaba.

—Venga, hombre, ¿qué pasa? —le dijo Calvin.

De pronto cayó en la cuenta. Dio media vuelta, cogió la correa, se agachó y se la ató al cuello. Con Seisymedia amarrado a él por primera vez, salió de casa y echó la llave.

Treinta y siete minutos más tarde había muerto.

11

Recortes presupuestarios

—Venga, vamos, un poco más rápido —azuzó Calvin a Seisymedia.

Seisymedia se colocó cinco pasos por delante de su dueño, como tenía por costumbre, y avanzó echando ojeadas atrás de vez en cuando, como para asegurarse de que Calvin lo seguía. Giraron a la derecha y pasaron por delante de un quiosco. LOS PRESUPUESTOS MUNICIPALES TOCAN FONDO. POLICÍA Y BOMBEROS CON EL AGUA AL CUELLO, rezaba dramáticamente un titular.

Calvin dio un tirón de la correa para dirigir a Seisymedia hacia la izquierda, y se adentraron en un barrio de más solera, repleto de grandes mansiones y jardines oceánicos.

—Algún día viviremos aquí —le aseguró Calvin mientras corrían—. Cuando me concedan el Nobel quizá.

Un hecho que Seisymedia daba por supuesto, ya que Elizabeth le había dicho que se lo darían.

Al volver otra esquina, Calvin resbaló en una zona cubierta de musgo, pero no llegó a caerse.

—Por los pelos —bufó, ya cerca de la comisaría.

Seisymedia vio los coches patrulla delante del edificio, alineados como soldados esperando a pasar revista.

• • •

Pero aquellos vehículos no habían pasado ninguna inspección. Y eso debido al nuevo recorte presupuestario sufrido por la policía local: el tercero en cuatro años. Los tres recortes habían sido fruto de la campaña «¡Más por menos!», el eslogan que algún funcionario del departamento municipal de Relaciones Públicas se había sacado de la manga. En esta ocasión la reducción del presupuesto comportaba la posible pérdida de puestos de trabajo. Primero había llegado la congelación salarial. Después la suspensión de los aumentos. Y a continuación vendrían los despidos.

Los agentes, por tanto, hacían todo lo que estaba en sus manos por evitarlos: cumplían con el eslogan de la última campaña a su manera; es decir, dejando que la flota de vehículos blanco y negro estacionada en el aparcamiento de la comisaría cargara con el castigo de aquel «¡Más por menos!»: nada de inspecciones, ni de cambios de aceite o de pastillas de los frenos, ni recauchutado de neumáticos, ni cambios de faros, ni nada de nada.

A Seisymedia le desagradaba el aparcamiento de la policía, y en particular la forma en que los agentes salían de él reculando de estampía. Ni siquiera le agradaban los simpáticos agentes que a veces los saludaban con la mano cuando pasaba corriendo por delante con Calvin, los andares premiosos de aquéllos en vivo contraste con la energía de éste. Le parecían deprimidos, lastrados por la mísera paga, aburridos por la rutina, infrautilizados, hastiados de atender a interminables urgencias menores que nunca requerían de aquella formación recibida en la academia de policía, encaminada a salvar vidas.

Al acercarse a la comisaría con Calvin, Seisymedia olfateó el aire. Todavía era de noche. El sol saldría en unos diez...

¡CRAC!

Un chasquido horrísono estalló en la oscuridad. Resonó como un petardo: agudo, estruendoso, funesto. Seisymedia dio un respingo asustado. «¿Qué ha sido eso?» Echó a correr disparado, o lo intentó, ya que la correa que lo sujetaba a Calvin tiró con fuerza de él. También Calvin reaccionó —«¿Habían sido disparos?»—, y echó a correr disparado también, pero justo en la dirección contraria. ¡PAM, PAM, PAM! Los estallidos tabletearon como una metralleta. En respuesta, Calvin levantó el pie y dio una sacudida hacia delante, arrastrando a Seisymedia con él, mientras Seisymedia, con ojos despavoridos, levantaba las patas delanteras y tiraba hacia atrás como diciendo «¡No, hacia aquí!». La correa, tensa como la cuerda de un funambulista, no admitió negociaciones. Calvin puso el pie en un charco de gasolina, resbaló hacia delante cual torpe patinador sobre hielo y el suelo se le vino encima como un viejo amigo ansioso por saludar.

«¡ZAS!»

Un hilillo rojo formaba un halo oscuro en torno a la cabeza de Calvin. Seisymedia se volvió para socorrer a su dueño, pero algo se abalanzó sobre ellos, una especie de buque gigantesco avanzando con tal ímpetu que partió la correa en dos y lo hizo salir despedido.

Seisymedia levantó la cabeza justo a tiempo de ver cómo las ruedas de un coche patrulla arrollaban el cuerpo de Calvin.

—¿Qué coño ha sido eso? —le dijo el policía a su compañero de patrulla.

Estaban acostumbrados al petardeo constante de sus vehículos, pero ese ruido había sonado distinto. Se apearon del coche a toda prisa y cuál no sería su sobresalto al ver a un hombre tendido en el suelo cual largo era, con los ojos grises muy abiertos y un reguero de sangre que manaba de una herida en su cabeza y se extendía rápidamente sobre la acera. El accidentado parpadeó dos veces mirando al policía que se alzaba sobre él.

—¡Dios mío! ¿Lo hemos atropellado? Ay, Dios. Señor, ¿me oye? ¿Me oye? Jimmy, avisa a una ambulancia.

Calvin yacía en el suelo, con el cráneo fracturado y el brazo partido en dos por el impacto del coche patrulla. De su muñeca colgaban los restos de la correa.

—¿Seisymedia? —susurró.

—¿Cómo ha dicho? ¿Qué ha dicho, Jimmy? ¡Ay, Dios mío!

—¿Seisymedia? —susurró Calvin de nuevo.

—No, señor —dijo el policía poniéndose en cuclillas a su lado—. Son casi las seis, pero sólo casi. De hecho, son las seis menos diez. O sea, las cinco cincuenta. Ahora mismo lo sacamos de aquí; lo llevaremos a que lo curen, no se preocupe, señor, no hay nada de que preocuparse.

Por detrás del agente, un tropel de policías salía del edificio. A lo lejos, una ambulancia anunciaba su urgencia a todo volumen.

—Vaya, también es mala suerte —dijo uno de los agentes mientras Calvin exhalaba su último suspiro—. ¿No es el tipo sobre el que siempre recibimos llamadas, el que corre?

A tres metros de distancia, Seisymedia, con la pata delantera completamente dislocada, la otra mitad de la correa colgando del cuello castigado por el latigazo de la sacudida, observaba la escena. Ansiaba más que nada en el mundo acudir al lado de su dueño, hundir el morro cerca de su nariz, lamer sus heridas, detener el avance de los acontecimientos. Pero lo sabía. A pesar de los tres metros que lo separaban de él, lo sabía. Los ojos de Calvin se entornaron lentamente. Su pecho había dejado de moverse.

Seisymedia vio cómo cargaban a su dueño en la ambulancia, el cuerpo tapado con una sábana, la mano derecha colgando de un lado de la camilla, la correa rota todavía sujeta a su muñeca. Apartó la vista, desconsolado. Y luego, con la cabeza gacha, se fue a comunicarle a Elizabeth la mala noticia.

12

El regalo de despedida de Calvin

Cuando Elizabeth tenía ocho años, su hermano, John, la retó a tirarse por un precipicio y ella se tiró. Debajo había una cantera llena de agua de color azul verdoso, sobre la que Elizabeth impactó como un misil. Tocó el fondo con los dedos de los pies y se dio impulso para salir a la superficie, donde vio sorprendida que su hermano ya estaba allí. Había saltado justo después que ella. «¿Cómo demonios se te ha ocurrido, Elizabeth? ¡Era una broma! ¡Podrías haberte matado!», le gritó John angustiado mientras la arrastraba hacia la orilla.

Ahora, sentada sobre su taburete del laboratorio con el cuerpo rígido, Elizabeth oía a un policía hablar de alguien que había muerto, a otro que insistía para que aceptara un pañuelo y otro que decía no sé qué de un veterinario, pero ella sólo pensaba en aquel momento del pasado cuando sus deditos tocaron fondo, y en el tacto suave y sedoso del lodo invitándola a quedarse. Sabiendo lo que sabía ahora, un único pensamiento ocupaba su mente: «Debería haberme quedado allí.»

Era culpa suya. Eso intentaba explicarle al policía. La correa. La había comprado ella. Pero por mucho que insistiera en ello, el policía no parecía entender, por lo que pensó que tal vez cabía la posibilidad de que todo fueran imaginaciones suyas. Calvin no había muerto. Había salido a remar. Había salido de viaje. Estaba cinco plantas más arriba, tomando notas en su libreta.

Alguien le dijo que se fuera a casa.

Seisymedia y ella pasaron los siguientes días tumbados en la cama deshecha, incapaces de conciliar el sueño y mucho menos de comer, con el techo de la habitación por toda vista, a la espera de que Calvin entrara por la puerta en cualquier momento. Sólo el sonido de un teléfono perturbaba su marasmo. Al otro lado, siempre la misma voz lastimera —un empleado de una funeraria, precisamente—, que la apremiaba una y otra vez porque urgía «¡tomar decisiones!». Había que escoger un traje para el ataúd de cierto difunto. «¿Qué ataúd? ¿Quién llama?», respondía ella. Después de muchas llamadas, Seisymedia, agotado al parecer por la confusión que embargaba a su dueña, la empujó con el hocico hacia el armario y abrió la puerta con las patas. Y sólo entonces Elizabeth lo vio: las camisas de Calvin se balanceaban como cadáveres mucho después de un ahorcamiento. Y sólo entonces tomó conciencia: Calvin ya no estaba en este mundo.

Al igual que tras el suicidio de su hermano y la agresión de Meyers, fue incapaz de llorar. Un batallón de lágrimas se apostaba justo detrás de sus ojos, pero se negaban a levantar el campamento. Sentía que le faltaba el aliento: por hondo que respirara, sus pulmones se negaban a llenarse. Recordó entonces un momento de su infancia, cuando un día en la biblioteca oyó que un hombre al que le faltaba una pierna le advertía a la bibliotecaria que alguien estaba hirviendo agua entre los estantes. Era un peligro, decía; tenía que hacer algo cuanto antes. La bibliotecaria procuró tranquilizarlo, le dijo que nadie estaba hirviendo nada (la biblioteca constaba de una única sala, que ella abarcaba con la mirada), pero el cojo no dejaba de insistir y de increparla a voces, hasta que al final tuvieron que acudir dos hombres para llevárselo y uno de ellos dijo que aquel pobre hombre seguía traumatizado por la guerra. Y que probablemente nunca se recuperaría.

El problema era que Elizabeth también había empezado a oír esa agua que hervía.

Si quería acallar el insistente timbre del teléfono, debía encontrar ese traje. Calvin no disponía de ninguno, así que arrambló con lo que pensaba que a él le habría gustado: la vestimenta con la que salía a remar. Luego llevó el pequeño hatillo a la funeraria y se lo entregó al encargado.

—Aquí lo tiene —le dijo.

El solemne encargado de la funeraria, ducho en el arte de tratar con los dolientes, aceptó aquellas prendas con un asentimiento cortés. Pero tan pronto como Elizabeth salió por la puerta, se las entregó a su auxiliar diciendo: «El fiambre de la cámara 4 lleva una 46 XL.» El auxiliar agarró el hatillo y lo arrojó a un armario cualquiera, donde esas prendas se sumaron a un montículo de atuendos igualmente inapropiados que otros familiares, presas del desconsuelo, habían ido dejando allí a lo largo de los años. Luego fue hacia un armario más grande, escogió un traje de la talla 46 XL, le sacudió los bolsillos, le sopló con suavidad el polvo que agrisaba las hombreras y se encaminó hacia la cámara 4.

Antes de que Elizabeth hubiera recorrido diez manzanas siquiera, el empleado de la funeraria ya había logrado enfundar el rígido cadáver de Calvin entre las costuras del traje; le había metido aquellas manos que antes Elizabeth había sostenido entre las suyas por las oscuras mangas y embutido las piernas que antes envolvían las suyas por las cilíndricas perneras de lana. Luego le abotonó la camisa, le abrochó la hebilla del cinturón, le ajustó la corbata, le ató los cordones de los zapatos y, durante todo el proceso, le fue cepillando de un extremo al otro del traje ese polvo intrínseco a la muerte. Finalmente, dio un paso atrás para contemplar su trabajo y luego le recolocó una solapa. Iba a coger un peine, pero luego cambió de opinión. Cerró la puerta y cruzó el pasillo para ir a por la bolsa de papel en la que guardaba su almuerzo, no sin antes detenerse un momento para darle instrucciones a una señora que estaba sentada detrás de una caja registradora enorme en un despacho minúsculo.

Antes de que Elizabeth hubiera recorrido doce manzanas, el sucio traje ya se había sumado a su factura.

El entierro estuvo muy concurrido. Algunos remeros, un periodista, alrededor de cincuenta empleados de Hastings, entre los cuales figuraban algunos que, pese a sus cabezas gachas y su sombría vestimenta, no habían acudido para llorar la muerte de Calvin, sino para regocijarse con ella. «Campanas al vuelo. El rey ha muerto», se decían jubilosos para sus adentros.

Algunos de los científicos que pululaban por allí se fijaron en la figura de Zott a lo lejos, con el perro a su lado. Una vez más el maldito chucho iba suelto, pese a las recientes ordenanzas municipales respecto al uso de la correa, y haciendo caso omiso de los letreros repartidos por el cementerio prohibiendo la entrada de perros en el recinto. Siempre igual. Incluso en la muerte, Zott y Evans se comportaban como si las normas no fueran con ellos.

En la distancia, Elizabeth hizo visera con la mano sobre los ojos para observar a los asistentes al sepelio. Una pareja de curiosos elegantemente vestidos se había quedado junto a una lápida cercana, y contemplaba la escena como si estuvieran ante una colisión en cadena. Elizabeth apoyó una mano sobre las vendas de Seisymedia sin saber cómo proceder. A decir verdad, tenía miedo de acercarse al ataúd porque sabía que intentaría forzarlo y lanzarse a la fosa y enterrarse con Calvin, pero eso conllevaría enfrentarse a todos los que trataran de impedírselo, y Elizabeth no quería que se lo impidieran.

Seisymedia intuía el impulso suicida de su dueña y llevaba toda la semana ojo avizor. Aunque, tristemente, también él tenía ganas de irse al otro mundo. Peor aún, sospechaba que Elizabeth se encontraba en la misma tesitura que él, que aun anhelando la muerte, se sentía en deuda con él y no quería abandonarlo. La lealtad era un asunto muy complicado.

Justo en ese momento oyeron una voz detrás de ellos.

—Bueno, al menos Evans ha escogido un bonito día para despedirse. —Como si un día feo pudiera haber estropeado lo que de lo contrario habría sido un alegre funeral. Seisymedia levantó la cabeza y vio a un tipo flacucho con la mandíbula prominente y un pequeño bloc de notas en las manos—. Disculpe la molestia —dijo dirigiéndose a Elizabeth—, pero al verla sentada aquí sola, he pensado que quizá podía echarme una mano. Estoy escribiendo un artículo sobre Evans y, bueno, me gustaría hacerle unas preguntas, si no le importa. Sé que era un científico de renombre, pero nada más. ¿Podría decirme de qué lo conocía? ¿O tal vez proporcionarme alguna anécdota? ¿Se conocían desde hace mucho tiempo?

—No —respondió Elizabeth eludiendo su mirada.

—No... ¿usted...?

—No. Hacía poco que lo conocía. Demasiado poco, desde luego.

—Ah, ya, entiendo —dijo cabeceando—. Por eso ha venido a sentarse aquí; no era una amiga cercana, pero aun así quería presentarle sus respetos; comprendido. ¿Eran vecinos quizá? A lo mejor podría señalarme quiénes son sus padres. O sus hermanos. O sus primos, si los hubiere. Me interesaría saber algo de su vida. He oído hablar mucho de él; dicen por ahí que era un engreído de tomo y lomo. ¿Tiene algo que comentar al respecto? Sé que no estaba casado, pero ¿salía con mujeres? —Al ver que la mirada de Elizabeth seguía perdida en la distancia, añadió bajando la voz—: Por cierto, no sé si habrá visto los letreros, pero no se puede entrar con perros en el cementerio. Vaya, que está terminantemente prohibido. Parece que el celador es muy escrupuloso con el cumplimiento de esa norma. A menos que, no sé, que el perro sea imprescindible, que se trate de un perro lazarillo, que su dueño sea... bueno, usted ya me entiende.

—Lo soy.

El periodista dio un paso atrás.

—Vaya, ¿de verdad? —dijo compungido—. O sea que es... ay, pues lo siento mucho. Es que no tiene aspecto de...

—Lo soy —repitió Elizabeth.

—¿Y es permanente?

—Sí.

—Qué lástima. —Luego preguntó, curioso—: ¿Alguna enfermedad?

—Una correa.

El periodista dio otro paso atrás.

—Qué lástima —repitió, y le pasó la mano por delante de la cara para ver si reaccionaba. Efectivamente: nada.

En ese momento, a lo lejos apareció un ministro de la iglesia.

—Parece que ahora empieza la fiesta —dijo el periodista, y le describió lo que Elizabeth veía perfectamente—: La gente está tomando asiento, el ministro ha abierto la Biblia, pero... —Se inclinó hacia atrás para otear el aparcamiento por si acudía alguien más desde allí—. De la familia, ni rastro. ¿Dónde se habrán metido? En la primera fila no veo ni un alma. A lo mejor resulta que era un engreído de verdad.

Se volvió para ver la reacción de Elizabeth y le sorprendió verla de pie.

—¿Señorita? No tiene por qué ir hasta allí; lo entenderán, dadas sus circunstancias. —Elizabeth se palpó el bolso haciendo caso omiso—. Bueno, si de verdad quiere acercarse, mejor déjeme que la acompañe. —Fue a agarrarla del codo, pero nada más rozarle el brazo, Seisymedia le gruñó—. Caray, sólo pretendía ayudarla.

—No era un engreído ni mucho menos —repuso Elizabeth apretando los dientes.

—Ah... No. Claro que no —dijo el periodista, avergonzado—. Lo siento. Sólo repetía lo que he oído por ahí. Ya sabe... habladurías. Perdone usted. Aunque me ha parecido entender que no lo conocía muy bien.

—Yo no he dicho eso.

—Creo que ha...

—He dicho que hacía poco que lo conocía —repuso Elizabeth.

—A eso me refería —dijo él conciliador, e hizo además de agarrarla otra vez por el codo—. A que se conocían desde hace poco.

—No me toque.

Elizabeth se zafó de su mano y, con Seisymedia al lado, atravesó el césped desnivelando, sorteando ángeles de piedra y flores marchitas con una agilidad como solamente alguien dotado de una vista perfecta podría haber hecho; luego, abrazando la soledad de la primera fila, escogió un asiento justo enfrente del largo y negro ataúd de Calvin.

A continuación tuvo lugar el ritual de rigor: las miradas de pesar, la pala cargada de tierra, los aburridos versículos, las absurdas plegarias. Cuando los primeros terrones cayeron sobre el ataúd, Elizabeth interrumpió el responso final del ministro y anunció: «Necesito dar un paseo.» Dicho esto, se dio la vuelta y se alejó, seguida de Seisymedia.

El camino de regreso a casa se hizo eterno: diez kilómetros, con zapatos de tacón, de luto, solos los dos. Eterno a la par que extraño, tanto por el trayecto en sí, que los condujo por zonas prósperas y no tan prósperas, como por el contraste de aquella mujer demacrada y su perro malherido con la primavera incipiente. Por dondequiera que pasaban, incluso en los barrios más anodinos, los brotes asomaban por entre las grietas de las aceras y los parterres, clamando, alardeando y exigiendo atención, entremezclando sus fragancias como si aspiraran a crear complejos perfumes. Entre toda esa efervescencia, por allí iban ellos, los únicos seres vivos sin vida.

El coche fúnebre siguió sus pasos durante el primer par de kilómetros aproximadamente: el conductor le suplicó a Elizabeth que entrara en el vehículo, le hizo saber que con aquellos tacones no aguantaría ni quince minutos, le recordó que tenía la carrera pagada y se disculpó porque, aunque él no tuviera permitido llevar al perro, seguro que cualquiera de los demás coches se ofrecería a llevarlo. Pero Elizabeth se mostró tan sorda a sus súplicas como ciega se había mostrado ante la insolencia del periodista; hasta que finalmente tanto el conductor del coche fúnebre como el resto del séquito desistieron, y Elizabeth y Seismedia hicieron lo único que estaba a su alcance: seguir andando.

Al día siguiente, sin ánimo para quedarse en casa ni lugar alguno al que ir, Elizabeth regresó con Seismedia al laboratorio.

Para sus compañeros de trabajo resultaba un incordio. Ya habían agotado todo el repertorio de pésames («Lo siento mucho», «Cualquier cosa que necesites», «Qué tragedia», «Seguro que no sufrió», «Cuenta conmigo», «Ahora está con Dios») y, por consiguiente, la evitaban.

«Tómese todo el tiempo que necesite. Cuente conmigo», le había dicho Donatti durante el entierro, posando la mano sobre su hombro mientras reparaba, sorprendido, en lo mal que a aquella mujer le sentaba el luto. Pero al verla allí sentada en el taburete del laboratorio, aturdida por completo, también él la evitó. Más tarde, cuando se hizo evidente que iba a poder «contar» con todos siempre y cuando ellos no tuvieran que contar con su presencia, aceptó el consejo de Donatti y salió de allí.

Solamente le quedaba un lugar al que ir, el laboratorio de Calvin.

—Igual me hace polvo —le dijo en un susurro a Seismedia, cuando ya estaban ante la puerta de Calvin.

El perro empujó la cabeza contra su muslo, suplicándole que no siguiera adelante, pero Elizabeth abrió la puerta de todos modos, y entraron los dos en la estancia. El olor a líquido limpiador los embistió como una locomotora.

Qué extraños eran los humanos, pensó Seismedia, siempre batallando contra el polvo en la superficie de su mundo, y luego cuando morían volvían al polvo de forma voluntaria.

Durante el sepelio, le había parecido increíble la cantidad de tierra necesaria para cubrir el ataúd de Calvin, y al ver el tamaño de la pala, pensó en ofrecerse a ayudar a llenar la fosa con sus patas traseras. Ahora nuevamente intentaban sepultar algo, pero en otro sentido: habían borrado todo rastro de Calvin. Seismedia miró a Elizabeth, paralizada en medio de la sala con expresión estupefacta.

Las libretas de Calvin habían desaparecido. Embaladas y almacenadas mientras la dirección de Hastings aguardaba intranquila por si algún pariente de algún tipo se personaba en el centro con intención de reclamarlas. Huelga decir que Elizabeth, que conocía y comprendía la labor investigativa de Calvin mejor que nadie, y cuyo vínculo con él iba más allá de cualquier parentesco sanguíneo, no estaba facultada para heredarlas.

Quedaba una sola cosa en el laboratorio; una caja en la que habían arrojado todos sus efectos personales: una foto de Elizabeth, unos discos de Frank Sinatra, unas pastillas para la garganta, una pelota de tenis, chuches para perros y, en el fondo, su fiambrera, que tal vez contuviera, como pensó Elizabeth con el corazón encogido, el bocadillo que ella misma le había preparado nueve días antes.

Pero al abrirla, casi se le paró el corazón. Dentro había una cajita azul. Y dentro de ésta, el brillantito más grande que Elizabeth había visto nunca.

Justo en ese instante la señorita Frask asomó la cabeza por la puerta.

—Ah, señorita Zott, aquí está —dijo Frask, con sus felinas gafas de pasta colgando de una cadena al cuello como una soga suelta—. Soy la señorita Frask. Del departamento de Recursos Humanos. —Hizo una pausa—. No quisiera molestar —dijo entreabriendo un poco más la puerta—, pero... —Entonces se fijó en que Elizabeth estaba hurgando en la caja—. Uy, señorita Zott, no puede hacer eso. Son los efectos personales del señor Evans, y aunque comprendo y acepto que... en fin... que había una relación especial entre ustedes, estamos obligados por ley a esperar un poquito más por si alguien, un hermano, un sobrino, alguien con lazos de sangre, se presenta a reclamarlos. Ya comprenderá. No es algo personal contra usted o sus... en fin... sus inclinaciones; no es que yo la juzgue moralmente. Pero a falta de un documento que certifique que el señor Evans le legó esos efectos, me temo que nuestra obligación es seguir la ley al pie de la letra. Hemos tomado medidas a fin de proteger su trabajo. Está guardado bajo llave. —Frask se interrumpió de pronto y miró a Elizabeth de arriba abajo—. ¿Se encuentra usted bien, señorita Zott? Parece como si fuera a desmayarse.

Y al ver que Elizabeth se inclinaba ligeramente hacia delante con ademán de desvanecerse, abrió la puerta de par en par y entró en la sala.

Desde aquel día en la cantina, cuando Eddie miró a Zott como nunca la había mirado a ella, Frask detestaba a Elizabeth.

—Hoy cuando estaba en el ascensor —le dijo Eddie embelesado—, ha entrado la señorita Zott. Hemos subido juntos cuatro pisos, ¡cuatro!

—¿Y qué, habéis tenido una charla interesante? —dijo Frask apretando la mandíbula—. ¿Ya sabes cuál es su color favorito?

—No. Pero la próxima vez se lo pregunto fijo. Caray, qué mujer, apabullante.

Desde entonces, al menos dos veces por semana, Frask no había dejado de oír todo lo que hacía de Zott una mujer apabullante. Que si Zott esto, que si Zott lo otro; Eddie hablaba de ella sin cesar. Como todos, por otro lado. Zott, Zott, siempre Zott. Estaba hasta el moño de la maldita Zott.

—Seguro que no es necesario que le diga —añadió Frask, llevando una mano regordeta a la espalda de Zott—, que todavía es pronto para volver a trabajar, y no digamos aquí —dijo inclinando la cabeza hacia el laboratorio donde antes trabajaba Calvin—. No le conviene. Aún no se ha repuesto del golpe, necesita descansar. —Le dio unas palmaditas torpes en la espalda—. En fin, estoy al corriente de los rumores que circulan por ahí —añadió, dando a entender que ella era el centro neurálgico de toda la comidilla de Hastings—, y sé que usted también lo está —prosiguió, convencida de lo contrario—, pero, en mi opinión, tanto si el señor Evans tenía la leche gratis como si no, su muerte prematura no debe de resultarle menos dolorosa. De hecho, en mi opinión, al fin y al cabo es su leche, y si usted decide desperdiciarla, está en su derecho.

Ya lo había soltado, pensó satisfecha. Ahora Zott ya estaba al corriente de la comidilla del laboratorio.

Elizabeth levantó la mirada hacia Frask, estupefacta. Seguramente había que poseer un don especial para ser tan inoportuno. Quizá esa especie de torpeza zafia y jovial que te capacitaba para insultar a quien acaba de sufrir la muerte de un ser querido fuera un requisito imprescindible para formar parte del departamento de Recursos Humanos.

—He estado intentando localizarla por varios motivos —decía Frask—; en primer lugar, por el asunto del perro del señor Evans. Éste —dijo apuntando con el dedo a Seisymedia, que la miró con cara de malas pulgas—. Lamento comunicarle que no puede seguir trayéndolo aquí. Ya lo comprenderá. El Instituto de Investigación Hastings tenía en tan altísima estima al señor Evans que consentía sus rarezas, pero ahora que ya no está aquí, me temo que el perro tampoco puede estar. Según tengo entendido, el perro era suyo al fin y al cabo —dijo, y miró a Elizabeth buscando confirmación.

—No, el perro es nuestro —acertó a decir Elizabeth—. Es mi perro.

—Bien. Pero a partir de ahora tendrá que quedarse en casa.

Desde el rincón, Seisymedia levantó la cabeza.

—Yo no puedo estar aquí sin él. No puedo, me es imposible —dijo Elizabeth.

Frask parpadeó como si hubiera demasiada luz en la sala y de pronto sacó una tablilla sujetapapeles en la que empezó a tomar notas.

—A mí también me gustan los perros, desde luego —mintió sin levantar la mirada—, pero, como le decía, con el señor Evans hicimos la vista gorda. Era una persona muy importante para el centro. Sin embargo, como comprenderá —dijo y volvió a llevar la mano al hombro de Elizabeth y a darle palmaditas otra vez—, uno no puede chupar rueda indefinidamente.

—¿Chupar rueda? —dijo Elizabeth mudando el semblante.

Frask levantó la vista del sujetapapeles afectando profesionalidad.

—Creo que sabe a qué me refiero.

—Yo nunca me he servido de él para chupar rueda.

—No he dicho en ningún momento que lo hiciera —replicó Frask fingiendo sorpresa. Luego bajó la voz, como si le confiara un secreto—. ¿Me permite que le diga una cosa? —Hizo una breve inspiración—. Ya aparecerán otros hombres, señorita Zott. Puede que no tan famosos ni tan influyentes como el señor Evans, pero hombres al fin y al cabo. He estudiado Psicología, sé de lo que hablo. Usted escogió a Evans, un hombre famoso, soltero, que quizá la ayudara a medrar en su carrera, ¿y por qué no? Pero le ha salido el tiro por la culata. Y ahora que Evans se ha ido, está triste, cómo no va a estarlo. Pero mírelo por el lado positivo: ya es libre otra vez. Y hay muchos hombres por ahí que merecen la pena, hombres agraciados además. Ya habrá alguno que la lleve al altar.

Frask hizo una pausa y recordó al feo de Evans, pero enseguida la asaltó la imagen de la guapa Zott, disponible nuevamente para el mercado masculino, con los hombres pululando alrededor de ella como moscas.

—Y cuando encuentre a ese hombre, a ese abogado quizá —puntualizó—, podrá dejarse de bobadas científicas y volver a su casa y tener montones de niños.

—Eso no es lo que yo espero de la vida.

Frask se irguió.

—Mira qué rebelde ella, ¿no? —replicó. La odiaba, odiaba a Zott con todas sus fuerzas—. Bueno, pues ya sólo me queda otra cosa —prosiguió, dando golpecitos con el bolígrafo en el sujetapapeles—: su baja por defunción. El centro le ha concedido tres días de propina. Lo que suma cinco en total. Una oferta sin precedentes teniendo en cuenta que no es usted familiar del difunto; una oferta muy, pero que muy generosa, señorita Zott, y una vez más, señal de lo importante que el señor Evans era para nosotros. Por eso quiero asegurarle que no sólo puede, sino que debe irse a su casa, y quedarse allí. Con el perro. Tiene usted mi autorización.

Quizá fuera la crueldad de las palabras de Frask o la extrañeza de aquella pequeña y fría sortija que llevaba escondida en el puño desde momentos antes de que Frask irrumpiera en el laboratorio, pero Elizabeth, sin poder contenerse, se volvió y vomitó en el fregadero.

—Normal —dijo Frask, atravesando apresuradamente la habitación para ir a por unas toallitas de papel—. Todavía no se ha recuperado del golpe. —Pero al llevar la segunda toallita de papel a la frente de Elizabeth, se ajustó sus felinas gafas y la observó con detenimiento—. Uy, uy, uy, ahora lo entiendo —dijo con un suspiro censurador, echando la cabeza hacia atrás.

—¿Qué? —masculló Elizabeth.

—Venga ya. ¿Qué esperaba? —dijo Frask con talante reprobatorio.

Y luego chasqueó la lengua con la fuerza necesaria para darle a entender a Zott que sabía muy bien a qué se refería. Pero viendo que Zott no se daba por enterada, pensó que tal vez cabía la remota posibilidad de que realmente lo ignorara. Había científicos así. Creían en la ciencia hasta el momento en que la ciencia se daba de bruces con ellos.

—Ah, casi se me olvida —dijo Frask mostrándole un periódico que llevaba debajo del brazo—. Se lo he traído por si no lo había visto. Es una foto bonita, ¿verdad?

Y allí estaba: el artículo del periodista que había cubierto el entierro de Calvin. «La genialidad que se llevó a la tumba», rezaba el titular, y debajo, un texto en el que se insinuaba que si Evans no había alcanzado todo su potencial como científico tal vez había que achacarlo a su atrabiliario carácter. Para ilustrar esa hipótesis, justo a la derecha había una imagen de Elizabeth y Seismedia delante del ataúd de Calvin con el pie de foto: «El amor, en realidad, no es ciego», acompañado de un breve resumen aclarando que incluso su novia había afirmado que apenas lo conocía.

—Qué maldad escribir una cosa así —masculló Elizabeth agarrándose las tripas.

—No irá a vomitar otra vez, ¿no? —la reprendió Frask a la vez que le tendía otras toallitas de papel—. Sé que es usted química, señorita Zott, pero no me dirá que no se esperaba esto. No me dirá que no ha estudiado biología.

Elizabeth levantó la cabeza; tenía el rostro ceniciento, la mirada vacía, y por un fugaz instante Frask casi sintió lástima de aquella mujer, con aquel chucho tan feo y aquel vómito y todos los problemas que se le venían encima. A pesar de su inteligencia, de su belleza y de lo golfa que era con los hombres, no estaba en mejor situación que las demás.

—¿Que no me esperaba qué? ¿Qué insinúa?

—¡La biología! —bramó Frask dándole unos golpecitos en el vientre—. ¡Por favor, Zott! ¡Somos mujeres! ¡Sabe perfectamente que Evans le ha dejado «un regalito»!

Y Elizabeth, abriendo los ojos como platos al caer en la cuenta, volvió a vomitar una vez más.

13

Idiotas

La dirección del Instituto de Investigación Hastings se enfrentaba a un grave problema. Fallecido su científico estrella, y con un artículo periodístico en circulación en el que se insinuaba que su atrabiliario carácter le había impedido alcanzar nada digno de mención, los benefactores del centro —el ejército, la marina, varias empresas farmacéuticas, unos cuantos inversores privados y un puñado de fundaciones— empezaron a amenazar con «reconsiderar los proyectos en curso de Hastings» y «replantearse las futuras subvenciones». Así funciona el mundo de la investigación, siempre a merced de quienes lo financian.

La dirección de Hastings se propuso, pues, sepultar esa ridícula historia. Porque Evans sí había hecho progresos considerables, ¿o no? Su despacho estaba repleto de libretas y ecuaciones extrañas escritas con una letra indescifrable y marcadas con signos de exclamación y gruesos subrayados, como los que se acostumbran a hacer cuando se está al borde de algún hallazgo. De hecho, en el plazo de apenas un mes, Evans tenía previsto presentar una ponencia en Ginebra para exponer el resultado de sus investigaciones. Eso si un coche patrulla no lo hubiera arrollado por su manía de correr por la calle bajo la lluvia, en lugar de hacerlo dentro de casa y con zapatillas de ballet como todo el mundo.

Científicos. Siempre tenían que ser diferentes.

Eso también formaba parte del problema, ya que la mayoría de los científicos de Hastings no eran diferentes, o al menos no lo suficiente. Eran personas corrientes, normales, o en el mejor de los casos, sólo un tanto por encima de lo normal. No tontos, pero tampoco lumbreras. La clase de personas que conforman el grueso de todas las empresas; gente normal que desempeña un trabajo normal y que de vez en cuando asciende a puestos directivos con resultados poco destacables. Gente que no iba a cambiar el mundo, pero que tampoco lo haría saltar por los aires sin querer.

No, la dirección del centro tenía que confiar en personas innovadoras, pero una vez desaparecido Evans, su reserva de verdaderos talentos había quedado muy disminuida. No todos ellos ocupaban puestos de altura como Calvin; de hecho, algunos ni siquiera sabían que se los tenía por verdaderos innovadores. La dirección de Hastings, no obstante, sabía que casi todas las grandes ideas y hallazgos provenían de ellos.

El único inconveniente de esas personas, además de algún que otro problema de higiene personal, era que siempre parecían asumir el fracaso como algo positivo. «No he fracasado. Simplemente he encontrado diez mil formas que no funcionan», alegaban, citando una y otra vez a Thomas Edison. Esa afirmación quizá fuera aceptable entre científicos, pero resultaba de todo punto inapropiada ante una sala llena de inversores que aspiraban a dar con un tratamiento permanente, carísimo e inmediato para el cáncer. ¿A ellos qué les importaba que el paciente se curara? Lucrarse a costa del que ya ha sanado es mucho más difícil. Hastings, por tanto, había hecho todo lo posible por mantener a esos benefactores al margen de la prensa, excepción hecha de la prensa científica, que no comportaba ninguna amenaza puesto que nadie la leía. Pero ¿ahora qué? El difunto Evans aparecía en la página once de *Los Ángeles Times*, ¿y quién estaba junto su ataúd? Zott y el maldito chucho.

Ése era el tercer problema al que la dirección de Hastings se enfrentaba: Zott.

Elizabeth era una de sus científicos más innovadores. No reconocida, qué duda cabe, aunque ella se comportaba como si tuviera conciencia de su valía. No pasaba una semana sin que el centro recibiera alguna queja respecto a ella: por el modo en que manifestaba sus opiniones, por su insistencia en que acreditaran sus publicaciones, por negarse a preparar el café; la lista era interminable. No obstante, sus progresos —¿o había que atribuírselos a Calvin?— eran innegables.

Su proyecto, la abiogénesis, se había aprobado únicamente porque de pronto había aparecido un pez gordo caído del cielo que se había empeñado en financiar una investigación sobre la abiogénesis, precisamente. Lo que son las cosas. Aunque esas extravagancias eran muy propias de multimillonarios: financiar proyectos inútiles y castillos en el aire. El acaudalado inversor había afirmado haber leído una publicación firmada por un tal E. Zott —una publicación que ya databa de tiempo atrás, proveniente de UCLA—, cuyas posibilidades de expansión le habían parecido fascinantes. Desde entonces no había cejado en el empeño de localizar a Zott.

—¿Zott, dice? ¡Pero si el señor Zott trabaja aquí! —le dijeron sin poder reprimirse.

El acaudalado caballero pareció realmente sorprendido.

—Estoy de paso en la ciudad, tan sólo voy a quedarme un día, pero tengo mucho interés en conocer al señor Zott —afirmó.

Hastings le dio muchas vueltas a la cuestión. «Conocer a Zott», pensaron. ¿Y descubrir que era una mujer y no un hombre? Ya podían despedirse de aquel dinerito.

—Por desgracia, no va a ser posible —contestaron—. El señor Zott se encuentra en Europa. Está asistiendo a un congreso.

—Qué lástima —señaló el inversor—. Quizá la próxima vez.

Y luego afirmó que, en caso de financiar el proyecto, su intención era seguir sus avances sólo cada equis años. Porque comprendía que la ciencia era un proceso lento. Porque sabía que requería tiempo, distancia y paciencia.

Tiempo. Distancia. Paciencia. ¿De veras existían personas así?

—Sabia decisión —dijeron mientras contenían el deseo de lanzarse a dar volteretas de júbilo por el despacho—. Gracias por su confianza.

Y antes de que aquel hombre se acomodara en su limusina, ya se habían repartido el espléndido pastel para invertirlo en otras áreas de investigación más prometedoras. Incluso le habían asignado un pequeño pellizco de esa cantidad a Evans.

Pero luego Evans... Pese a que el centro había tenido la gentileza de reinvertir en su proyecto, si bien nadie tenía ni la más remota idea de lo que aquel hombre se traía entre manos, Evans había irrumpido en sus despachos diciendo que si no encontraban el modo de financiar a la guapa de su novia, abandonaría el centro llevándose consigo todos sus juguetitos, sus ideas y sus futuras nominaciones al Nobel. Hastings le suplicó que fuera razonable: ¿de veras pretendía que financiaran un proyecto sobre la abiogénesis? Venga ya. Pero Calvin se mantuvo en sus trece y llegó a afirmar que quizá las ideas de Zott fueran incluso mejores que las suyas. En aquel momento el centro achacó aquel empecinamiento suyo a los desvaríos de un hombre al que le había tocado el gordo, sexualmente hablando. Pero ¿y ahora qué?

Las teorías de Zott, a diferencia de las de todos aquellos que disculpaban su fracaso citando a Edison, parecían —al menos a juicio de Evans— absolutamente certeras. Tiempo atrás Darwin había defendido que el origen de la vida partía de una bacteria unicelular cuya diversificación posterior había dado lugar a un planeta complejo de personas, animales y plantas. ¿Y qué había hecho Zott? Perseguir como un sabueso el rastro de aquella primera célula con el propósito de localizar su origen. Es decir, que aspiraba a resolver uno de los grandes misterios químicos de todos los tiempos, y si sus descubrimientos continuaban progresando a buen ritmo, no cabía duda de que lo conseguiría. Al menos en opinión de Evans. El único problema era que, probablemente, esa investigación tal vez le llevara noventa años. Noventa años que nadie podía sufragar. Seguro que el acaudalado inversor ya habría fallecido mucho antes. Peor aún, también ellos.

Por si fuera poco, había surgido otro contratiempo: la dirección del centro acababa de saber que Zott iba a ser madre. Madre soltera, para colmo.

Lo que faltaba.

Obviamente, tendrían que despedirla; eso era indiscutible. Hastings tenía sus normas.

Pero si Zott se iba, ¿con qué iban a contar en el terreno de la innovación? Con un puñado de currinches generando naderías que no llevaban a ninguna parte, con eso iban a contar. Y las naderías no eran susceptibles de atraer subvenciones cuantiosas.

Por suerte, Zott trabajaba con otros tres colaboradores. La dirección de Hastings se los había procurado de inmediato; debían asegurarse de que esas investigaciones suyas tan supuestamente importantes podrían continuar, mal que bien, en su ausencia; cualquier cosa con tal de simular que se estaba dando buen uso a un dinero que en realidad nunca habían asignado a su proyecto. Pero tan pronto como esos tres doctores habían aparecido en escena, la dirección de Hastings se dio cuenta del lío en el que se habían metido. Dos habían admitido a regañadientes que Zott era la fuerza motriz del proyecto, esencial para el avance de la investigación. El tercero —un tipo llamado Boryweitz— había optado por otra vía. Según él, todos los avances habían sido obra suya. La dirección, sin embargo, al ver que Boryweitz no podía fundamentar ninguna de sus aseveraciones con una explicación científica sólida, comprendió que se hallaba en presencia de un científico idiota. En Hastings abundaban. No era de extrañar. Toda empresa tiene su cuota de idiotas. Suelen causar buena impresión en las entrevistas.

Por ejemplo, el químico que tenían sentado delante en ese momento, que ni siquiera sabía que abiogénesis se escribía con *g* y no con *j*.

Y luego estaba la señorita Frask, del departamento de Recursos Humanos, la primera persona que había dado la voz de alarma sobre el embarazo de Zott. Frask había empleado sus limitadas aptitudes en difundir el rumor de que a Zott le habían hecho un bombo, y procurado que todo Hastings estuviera al corriente de sus difíciles circunstancias antes de mediodía. En la dirección de Hastings cundió el pánico. La noticia había corrido como la pólvora, por lo que no tardaría en llegar a oídos de los grandes inversores del centro, y, como era bien sabido, los grandes inversores detestaban los escándalos. Por otro lado, estaba el problema del adinerado caballero que tanto admiraba el trabajo de Zott. El multimillonario que les había extendido un talón prácticamente en blanco para el estudio de la abiogénesis, quien afirmaba haber leído aquella antigua publicación del «señor» Zott. ¿Qué pasaría cuando se enterara de que Zott no sólo era una mujer, sino que además le habían hecho un bombo y para colmo sin estar casada? Dios. Se imaginaron la gran limusina entrando a toda mecha en el recinto, y al chófer esperando con el motor en marcha mientras el tipo entraba resuelto en el edificio y exigía que le devolvieran el dinero. «¡¿He estado financiando a una golfa profesional?!», exclamaría a buen seguro. Las cosas se habían puesto muy feas. Tenían que hacer algo con Zott de inmediato.

—Me temo que nos ha colocado usted en una situación desesperada, señorita Zott, desesperada —le recriminó Donatti una semana después, a la vez que le tendía la carta de despido deslizándola sobre la mesa.

—¿Me está despidiendo? —dijo Elizabeth confundida.

—Me gustaría resolver este asunto con la mayor corrección posible.

—¿Por qué se me despide? ¿Con qué motivo?

—Creo que ya lo sabe.

—Ilústreme —repuso ella inclinándose hacia delante, con las manos en un puño y el lápiz del número 2 detrás de la oreja destellando bajo la luz. No estaba segura de dónde había extraído ese aplomo, pero sí de que debía mantenerlo.

Donatti lanzó una ojeada hacia la señorita Frask, que tomaba notas con mucho afán.

—Está usted embarazada —dijo Donatti—. No intente negarlo.

—Sí, estoy embarazada. Correcto.

—¿«Correcto», dice? —saltó Donatti—. ¿Correcto?

—Eso he dicho. Correcto. Estoy embarazada. ¿Qué relación tiene eso con mi trabajo?

—¡No me venga con ésas!

—No es nada contagioso —dijo Elizabeth abriendo las manos—. No tengo el cólera. No le voy a pegar el embarazo a nadie.

—Es usted muy descarada —repuso Donatti—. Sabe muy bien que las mujeres abandonan su trabajo cuando se quedan embarazadas. Pero en su caso, no sólo es que esté esperando un hijo, sino que encima no está casada. Una vergüenza.

—El embarazo es un estado natural de la mujer. No es ninguna vergüenza. Es el comienzo de todo ser humano.

—¡Cómo se atreve! —exclamó Donatti levantando la voz—. Una mujer que viene a decirme a mí lo que es un embarazo. ¿Quién se ha creído que es?

La pregunta pareció sorprender a Elizabeth.

—Pues una mujer —respondió.

—Señorita Zott —intervino Frask—, el código de conducta de la empresa no permite este tipo de cosas, lo sabe usted muy bien. Tiene que firmar este documento, y luego debe recoger las cosas de su escritorio. Hastings tiene sus normas.

Elizabeth no se arredró.

—Estoy confundida. Me despiden por haberme quedado embarazada sin estar casada, pero ¿y el hombre qué?

—¿Qué hombre? ¿Se refiere a Evans? —preguntó Donatti.

—Cualquier hombre. Cuando una mujer se queda embarazada sin estar casada, ¿se despide también al que la dejó embarazada?

—¿Qué? ¿De qué habla?

—¿Habrían despedido a Calvin, por ejemplo?

—¡Por supuesto que no!

—En ese caso, estrictamente hablando, no tiene usted motivos para despedirme.

Donatti parecía desconcertado. «¿Qué?»

—Por supuesto que sí —farfulló—. ¡Por supuesto que los tengo! ¡La mujer es usted! ¡Es a usted a quien le han hecho un bombo!

—Como suele suceder. Pero supongo que es consciente de que un embarazo requiere del esperma de un hombre.

—Señorita Zott, le advierto: ¡ojo con esa lengua!

—Está usted diciendo que si un hombre deja embarazada a una mujer sin estar casado con ella, no hay consecuencias para él. Su vida sigue igual. Como si tal cosa.

—No es culpa nuestra —la interrumpió Frask—. Su propósito era forzar a Evans a casarse. Es evidente.

—Yo sólo sé —dijo Elizabeth apartándose de la frente un pelo rebelde— que Calvin y yo no queríamos tener hijos. Como también sé que tomamos todas las precauciones posibles para evitar que eso sucediera. Este embarazo es un fracaso de la contracepción, no de la moralidad. Además, no es asunto de su incumbencia.

—¡Pues ha logrado que lo sea! —saltó Donatti a voces—. Y por si no estaba enterada, existe un método infalible para evitar un embarazo. ¡Empieza por la letra «A»! ¡Aquí tenemos unas normas, señorita Zott! ¡Normas!

—Sobre este asunto, no —dijo Elizabeth con toda calma—. Me he leído el manual del trabajador de cabo a rabo.

—¡Es una norma tácita!

—Y por tanto no vinculante legalmente.

Donatti le dirigió una mirada asesina.

—A Evans se le caería la cara de vergüenza si la oyera.

—No —repuso Elizabeth simplemente, la voz inexpresiva pero serena—. No se le caería.

El silencio se impuso en la sala. El hecho de que aquella mujer no dejara de replicarles —sin remilgos, sin melodramas—, como si tuviera la última palabra, como si supiera que al final iba a salirse con la suya, los había dejado sin palabras. Ésa era precisamente la actitud de la que se quejaban sus compañeros de trabajo. Zott, además, parecía insinuar que su relación con Calvin era superior a las de los demás mortales, como si se hubiera forjado con un material indestructible capaz de sobrevivir a todo, incluso su muerte. Exasperante.

Mientras Elizabeth esperaba a que entraran en razón, puso las palmas de las manos sobre la mesa. La pérdida de un ser querido acostumbra a revelarte una obviedad: que el tiempo, como se suele decir aunque luego se olvide, es un bien muy preciado. Ella tenía un trabajo que desempeñar; era lo único que le quedaba. Y, sin embargo, allí estaba sentada con esos dos individuos que se erigían en guardianes de la moral, con esos jueces petulantes que carecían de criterio, uno que no parecía comprender el proceso de la concepción y la otra que le seguía el juego porque, al igual que otras muchas mujeres, daba por sentado que rebajar a una persona de su mismo sexo elevaría de algún modo la consideración de sus superiores masculinos. Por si fuera poco, todo ese intercambio carente por completo de lógica se estaba llevando a cabo en un edificio dedicado a la ciencia.

—¿Hemos terminado? —les dijo mientras se levantaba de su asiento.

Donatti palideció. Hasta ahí podíamos llegar. Zott tenía que marcharse de allí de inmediato, junto con su bebé bastardo, sus innovadoras investigaciones y su romance que desafiaba a la muerte. En cuanto al acaudalado inversor, ya lidiarían con él más adelante.

—Firme esa carta de despido —le exigió Donatti; Frask le lanzó un bolígrafo a Elizabeth—. La queremos fuera del edificio antes de mediodía. El sueldo se le rescindirá el viernes. No está autorizada a hablar con nadie sobre los motivos de su despido.

—El seguro médico también se le rescindirá el viernes —intervino Frask alegremente, dando unos golpecitos con la uña sobre su sempiterna tablilla sujetapapeles—. Tictac.

—Espero que esto le enseñe a asumir su escandalosa conducta —añadió Donatti mientras alargaba la mano esperando que Elizabeth le entregara el documento firmado—. Y deje de echarles la culpa a los demás. Lo mismo que Evans, al obligarnos a financiar su proyecto de la abiogénesis. Cuando se plantó ante la dirección de Hastings y amenazó con marcharse si no le hacíamos caso.

Elizabeth se quedó como si la hubieran abofeteado.

—¿Que Calvin hizo qué?

—Lo sabe usted perfectamente —dijo Donatti abriéndole la puerta.

—En la calle antes de mediodía —le recordó Frask colocándose el sujetapapeles debajo del brazo.

—No será fácil redactarle una carta de recomendación —añadió Donatti saliendo al pasillo.

—Se acabó chupar rueda —susurró Frask.

14

Tristeza

Lo que Seisymedia más detestaba de las visitas al cementerio era tener que pasar por el lugar donde Calvin había muerto. Había oído decir que era importante que te recordaran los fracasos cometidos, pero no comprendía por qué. Los fracasos, por su propia naturaleza, no acostumbraban a olvidarse.

Al acercarse al cementerio, aguzó la vista en busca de su enemigo el celador. Como no veía a nadie, se coló por debajo de las rejas de la verja trasera, echó a correr entre las hileras de lápidas y, por el camino, trincó un ramo de narcisos frescos de una sepultura y lo depositó sobre ésta:

CALVIN EVANS
1927-1955
Químico brillante, remero, amigo, amante.
Tus días están contados.

El epitafio debería haber rezado así: «TUS DÍAS ESTÁN CONTADOS. ÚSALOS PARA ABRIR LAS VENTANAS DE TU ALMA Y QUE ENTRE EL SOL», una cita de Marco Aurelio; pero la lápida era pequeña y al marmolista se le había ido la mano con el tamaño de la primera parte y se había quedado sin espacio.

Seisymedia contempló la inscripción. Sabía que eran palabras, porque eso intentaba enseñarle Elizabeth: palabras. No órdenes; palabras.

—Según la ciencia, ¿cuántas palabras puede aprender un perro? —le había preguntado Elizabeth a Calvin una noche.

—Alrededor de cincuenta —respondió Calvin, sin levantar la vista del libro que estaba leyendo.

—¿Cincuenta? —repuso Elizabeth frunciendo los labios—. Pues se equivocan.

—Puede que cien —rectificó él, absorto en el libro.

—¿Cien? —repitió ella, de nuevo con incredulidad—. ¿Cómo puede ser eso? Si Seisymedia ya sabe cien.

Calvin levantó la mirada.

—¿Cómo dices?

—Que estoy pensando si será posible enseñarle un idioma humano a un perro. Me refiero a un idioma al completo. El inglés, por ejemplo.

—No.

—¿Cómo que no?

—Bueno —respondió Calvin y, sabiendo que iba a ofrecerle una de esas respuestas que, como en tantas ocasiones, Elizabeth muy posiblemente no aceptaría sin más, midió sus palabras—, porque el tamaño del cerebro limita la comunicación entre las especies. —Cerró el libro—. ¿Cómo sabes que Seisymedia ya es capaz de identificar esas cien palabras?

—Ciento tres para ser exactos —contestó Elizabeth tras consultar su libreta—. Llevo la cuenta.

—Y se las has enseñado tú.

—Estoy utilizando el método de aprendizaje receptivo: identificación de objetos. Como cualquier niño, se muestra más receptivo automáticamente cuando los objetos que tiene que memorizar le interesan.

—Y le interesa...

—La comida. —Elizabeth se levantó de la mesa y se puso a recoger libros—. Pero estoy convencida de que le interesan otras muchas cosas.

Calvin la miraba sin dar crédito.

Así empezaron Elizabeth y Seisymedia su búsqueda terminológica: los dos en el suelo, hojeando libros infantiles de gran formato.

—Sol —le indicó ella señalando un dibujo—. Niña —le leyó después señalando a una niñita llamada Gretel que se estaba comiendo el postigo de una casita de caramelo.

A Seisymedia no le extrañó que una niña hiciera eso: en el parque los niños comían de todo. Incluso lo que se encontraban hurgando en la nariz.

El celador del cementerio apareció en el campo visual de Seisymedia moviéndose con pasos arrastrados y una escopeta al hombro; curioso objeto con el que cargar en un lugar donde la gente ya está muerta, pensó Seisymedia. Se agachó, esperando a que el celador desapareciera, y luego se tendió cómodamente a lo largo del ataúd sepultado debajo. «Hola, Calvin.»

Así se comunicaba Seisymedia con los humanos del otro lado. No sabía si funcionaba o no. Empleaba el mismo método con la criatura que crecía en el vientre de su dueña. «Hola, Criatura. Soy yo, Seisymedia. El perro», transmitía apoyando la oreja sobre la barriga de Elizabeth.

Siempre que iniciaba un contacto, volvía a presentarse. Por la experiencia de sus propias clases, sabía lo importante que era repetir las cosas. La clave estaba en no excederse con las repeticiones, en no cansar hasta el extremo de provocar el efecto contrario y que el alumno se olvidara. Eso se llamaba aburrimiento. Según Elizabeth, el problema de la enseñanza actual era el aburrimiento.

«Criatura, aquí Seisymedia», le había comunicado la semana anterior. Esperó la respuesta. A veces la criatura alargaba un puñito, y él se entusiasmaba; otras veces la oía cantar. Pero el día anterior le había transmitido la noticia: «Tengo que contarte algo sobre tu padre.» Y la criatura se había echado a llorar.

Seisymedia hundió el hocico en la hierba: «Calvin, tenemos que hablar sobre Elizabeth.»

A las dos de la mañana, cuando habían transcurrido casi tres meses de la muerte de Calvin, Seisymedia se había encontrado a Elizabeth en la cocina, en camisón, con los chanclos de goma puestos y todas las luces encendidas. Llevaba un mazo en la mano.

Asombrado, vio a Elizabeth tomar impulso y descargar el mazo contra un frente de muebles. Luego hizo una pausa, como evaluando el estropicio, y a continuación volvió a descargarlo, esta vez con más fuerza, como un bateador en un partido de béisbol. Y así continuó, dando mazazos sin parar durante dos horas. Seisymedia permaneció debajo de la mesa observando mientras Elizabeth dejaba la cocina como un bosque arrasado, la violencia de la carga sólo interrumpida para atacar con precisión quirúrgica las bisagras y los clavos; entretanto, el suelo se iba llenando de montañas de cacharros y tablas, y el polvo de la escayola se derramaba sobre las superficies como una nevada intempestiva. Luego Elizabeth recogió el desaguisado y salió al jardín, a oscuras, cargando con todo.

—Aquí pondremos las estanterías —le dijo señalando las paredes llenas de agujeros—. Y ahí, el centrifugador. —Sacó una cinta métrica y, tras indicarle con un gesto que saliera de debajo de la mesa, le metió un extremo de la cinta en la boca y señaló hacia el otro lado de la cocina—. Llévalo hasta allí, Seisymedia. Un poco más allá. Otro poco más. Muy bien. Sujétalo ahí.

Anotó unos números en una libreta.

Antes de que dieran las ocho de la mañana ya había esbozado los planos; a las diez, ya tenía hecha la lista de lo que había que comprar; a las once, entraban en el coche y se dirigían al almacén de maderas.

La gente a menudo subestima la fortaleza de una mujer embarazada, y más aún si esa mujer embarazada está en proceso de duelo. El empleado del almacén la miró con extrañeza.

—¿Su marido está haciendo reformas en casa? —le preguntó, fijándose en su vientre ligeramente abultado—. ¿Preparando la llegada del bebé?

—Estoy montando un laboratorio.

—Querrá decir un dormitorio, para el niño.

—No.

El empleado levantó la vista del boceto que Elizabeth le estaba mostrando.

—¿Algún inconveniente? —repuso.

Ese mismo día le entregaron el material y, armada con unos ejemplares de la revista *Popular Mechanics* sacados de la biblioteca, se puso manos a la obra.

—Clavo de siete centímetros —dijo Elizabeth.

Seisymedia no tenía ni remota idea de lo que era eso; aun así, siguió el gesto que le hizo ella con la cabeza, apuntando hacia unas cajitas que estaban por allí cerca, escogió una pieza y luego la depositó en su palma de la mano abierta.

—Tornillo de siete centímetros —dijo Elizabeth al cabo de un minuto, y Seisymedia hurgó en otra caja—. Eso se llama tirafondo. Inténtalo otra vez.

El trabajo se sucedía a lo largo de todo el día y a menudo también a lo largo de la noche, interrumpido únicamente por las sesiones de aprendizaje de nuevas palabras y por las llamadas al timbre de la puerta.

Transcurridas unas dos semanas de su despido, el doctor Boryweitz se presentó en su casa, aparentemente con la intención de saludarla, pero en realidad para que lo ayudara a interpretar el resultado de unas pruebas que se le resistían.

—Será un segundo nada más —le prometió, pero la visita se prolongó dos horas. Al día siguiente volvió a recibir otra visita, pero esta vez de otro químico del laboratorio. Y al tercer día, otro.

Entonces a Elizabeth se le ocurrió la idea: cobraría por aquellas consultas. Pago exclusivamente a tocateja. Si alguno tenía la desfachatez de sugerir que no había que pagarlas, porque sólo pretendían «mantenerla al tanto», le cobraría el doble. Si hacían algún comentario inoportuno sobre Calvin: el triple. Si hacían alguna referencia a su embarazo —qué radiante estaba, qué milagro—: el cuádruple. Así se fue ganando la vida. Realizando el trabajo de los demás sin reconocimiento alguno. Exactamente igual que cuando trabajaba en Hastings, sólo que sin el agravante de tener que pagar impuestos.

—Al llegar me ha parecido oír unos golpes —dijo un día uno de ellos.

—Estoy montando un laboratorio.

—No hablará en serio.

—Yo siempre hablo en serio.

—Pero si va a ser madre —repuso él, y luego chasqueó la lengua.

—Madre y científica a la vez —replicó Elizabeth sacudiéndose el serrín de la manga—. Usted es padre, ¿no es cierto? Padre y científico.

—Sí, pero yo tengo un doctorado —recalcó él haciendo alarde de superioridad. Luego le señaló un conjunto de protocolos de pruebas que llevaba semanas intentando desentrañar.

Elizabeth lo miró perpleja.

—Veo que tiene usted dos problemas —le dijo dando unos golpecitos sobre el papel—. La temperatura es demasiado alta. Bájela quince grados.

—Ya. ¿Y el otro?

Elizabeth ladeó la cabeza y observó la mirada vacía de su interlocutor.

—Ése no tiene solución.

• • •

Tardaron cuatro meses en transformar la cocina en laboratorio; una vez concluidas las obras, Elizabeth y Seisymedia contemplaron admirados el resultado de su trabajo.

Los estantes, que se extendían de un extremo a otro de la cocina, estaban repletos de un amplio surtido de materiales de laboratorio recién adquiridos: productos químicos, matraces, vasos de precipitados, pipetas, sifones, tarros de mayonesa vacíos, un juego de limas de uñas, una pila de papel tornasol, una caja de goteros, varillas de vidrio de todo tipo, la manguera del jardín y unos tubos sin estrenar que Elizabeth había encontrado en el contenedor del callejón que daba a la parte trasera del laboratorio local de análisis clínicos. Los cajones donde antes se almacenaban los utensilios de cocina ahora estaban ocupados por guantes y gafas resistentes a ácidos y perforaciones. Elizabeth había instalado también unas bandejas metálicas debajo de los quemadores para desnaturalizar alcohol; había comprado un centrifugador de segunda mano; recortado la mosquitera de una ventana para hacer con ella un juego de mallas metálicas cuadrangulares de 10×10 centímetros; vaciado su último frasco de perfume favorito para confeccionar un quemador de alcohol (creado cortando una barra de labios, que luego acopló al tapón de corcho del viejo termo de Calvin, a modo de tapadera); ingeniado un soporte para las probetas hecho a base de perchas de alambre y, por último, transformado un especiero en una estructura colgante donde almacenar líquidos diversos.

La bonita encimera de formica también había desaparecido, así como el viejo fregadero de cerámica. Para sustituirlos, Elizabeth había creado una plantilla de la encimera con la placa de contrachapado adquirida en el almacén de madera, que luego había desmontado pieza a pieza y trasladado a una empresa metalúrgica para que le fabricaran una réplica exacta en acero inoxidable, con el metal curvado y recortado de modo que encajara a la perfección.

Ahora sobre esas encimeras destellantes se alzaban un microscopio y dos mecheros Bunsen de segunda mano, uno cortesía de la Universidad de Cambridge, que se lo había cedido a Calvin como recuerdo de su estancia allí, y otro procedente del laboratorio de química de un instituto, que se estaba desprendiendo de parte del equipo debido a la falta de interés del alumnado. Justo por encima de los nuevos fregaderos dobles, dos letreros escritos a mano con minuciosa caligrafía rezaban: SÓLO DESECHOS y FUENTE H_2O.

Y ya para terminar, el extractor de humos.

—De esto te encargarás tú —le dijo a Seisymedia—. Tendrás que tirar de la cadena cuando yo tenga las manos ocupadas. También tendrás que aprender a pulsar este botón grande de aquí.

«Cal, es que Elizabeth nunca duerme. Cuando no está trabajando en el laboratorio o haciendo el trabajo de otros o leyéndome, le da por remar en la máquina. Y cuando no está remando, se sienta en un taburete y se queda mirando al vacío. Esto no puede ser bueno para la criatura», le explicó Seisymedia al cuerpo sepultado allí debajo, en una visita posterior al cementerio.

Seisymedia recordó que Calvin solía quedarse mirando al vacío muy a menudo. «Así me concentro», decía. Pero otros se habían quejado también de esas miradas perdidas; refunfuñaban por lo frecuente que era encontrarse a Calvin Evans, a cualquier hora del día, sentado en su espacioso y sofisticado laboratorio, rodeado del equipo más moderno y avanzado, con la música atronando por los altavoces y él mano sobre mano. Encima le pagaban por estar mano sobre mano. Peor aún, le llovían premios pese a esa actitud.

«Pero su mirada es distinta. Es como una mirada muerta. Aletargada. No sé qué hacer. Y a pesar de todo, sigue intentando enseñarme palabras», le confesó Seisymedia a los huesos sepultados debajo.

Y eso era tremendo, porque Seisymedia no podía trasmitirle ninguna esperanza de futuro con esas palabras. Además, aunque hubiese aprendido todas y cada una de las palabras de la lengua inglesa, seguiría sin tener idea de qué decir. Porque ¿qué se le dice a alguien que lo ha perdido todo?

«Necesita una esperanza, Calvin», pensó, hundiendo el hocico en la hierba por si eso servía de algo.

A modo de respuesta, oyó el clic de un seguro al soltarse. Levantó la mirada y vio que el celador del cementerio lo apuntaba con la escopeta.

—¡Maldito chucho! —exclamó el hombre y enfocó con la mirilla a Seisymedia—. Ven aquí, me has dejado el césped hecho una mierda; ¿te crees que estás en tu casa o qué?

Seisymedia se quedó paralizado. Con el corazón al galope, vio las posibles consecuencias posteriores: Elizabeth en estado de shock, la criatura confundida; más sangre, más lágrimas, más dolor. Otro fracaso por su parte.

Se abalanzó como un resorte sobre el celador y lo lanzó al suelo al tiempo que una bala pasaba volando junto a su oreja e impactaba contra la lápida de Calvin. El celador profirió un grito y echó mano de la escopeta, pero Seisymedia le enseñó los dientes y se acercó a él.

Humanos. Algunos no parecían comprender el lugar que ocupaban dentro del reino animal. Seisymedia contempló el cuello de aquel anciano. Un mordisco en el cuello y lo mandaría al otro barrio. El celador levantó la mirada, aterrado. Se había dado un buen golpe al caer; un pequeño rodal de sangre empezaba a formarse junto a su oreja. Seisymedia recordó el charco sanguinolento que se había formado junto al cuerpo de Calvin, lo grande que era, cómo había crecido en cuestión de segundos, desde una manchita inicial hasta formar un pequeño estanque y luego un gran lago. A regañadientes, apoyó el cuerpo contra la sien del celador para restañar la herida. Luego rompió a ladrar hasta que alguien acudió.

El primero en llegar al lugar de los hechos fue el mismo periodista que había cubierto el entierro de Calvin, el mismo que seguía cubriendo funerales porque su editor jefe no lo consideraba capacitado para mucho más.

—¡Tú! —exclamó el periodista reconociendo inmediatamente a Seisymedia, el falso perro lazarillo, el que había guiado a la hermosa y falsa ciega viuda (mejor dicho, novia) entre aquel mar de cruces hasta esa misma sepultura que ahora tenía delante.

Mientras otras personas se acercaban corriendo y llamaban a toda prisa a una ambulancia, el periodista sacó fotos, componiendo mentalmente el artículo que iba a redactar y haciendo posar al perro aquí y allá. Luego cargó en brazos al animal empapado de sangre, se lo llevó al coche y lo condujo a la dirección que figuraba en la chapa del collar.

—Tranquila, tranquila, no está herido —le aseguró a Elizabeth cuando ésta abrió la puerta de golpe, que al ver a Seisymedia cubierto de sangre reseca en los brazos de un hombre que le resultaba vagamente familiar se puso a dar gritos—. La sangre no es suya. Pero su perro es un héroe, señorita. Al menos así pienso mostrarlo en mi artículo.

Al día siguiente, Elizabeth, aún conmocionada, abrió el periódico y se encontró a Seisymedia en la página once, sentado exactamente en el mismo lugar donde se había sentado siete meses antes: sobre la lápida de Calvin.

«Perro llora a su dueño y salva la vida de un hombre. Se levanta la prohibición de entrar con perros en el cementerio», leyó en voz alta.

Según afirmaba el artículo, ya hacía tiempo que se venían recibiendo quejas sobre el celador y su escopeta; entre ellas, algunas que lo acusaban de disparar contra ardillas y pájaros durante los entierros. El celador sería sustituido de inmediato, prometía el artículo, al igual que el marmolista.

Elizabeth miró con detenimiento el primer plano de Seisymedia junto a la lápida maltrecha de Calvin, que, tras el impacto de la bala, había perdido casi una tercera parte de su epitafio.

—¡Dios mío! —exclamó Elizabeth fijándose en sus descascarillados restos.

CALVIN E
1927-19
Químico bri
Tus días están con

El rostro de Elizabeth cambió ligeramente de expresión.

—Tus días están con... —leyó y, con las mejillas encendidas, evocó la triste noche en que Calvin le había hablado de aquel mantra de su infancia: siempre había un nuevo día. Sus días, en efecto, estaban contados, pero siempre había un nuevo día.

Miró otra vez la fotografía, anonadada.

15

Consejos que nadie ha pedido

—Su vida está a punto de cambiar.

—¿Cómo dice? —preguntó Elizabeth.

—Su vida, que está a punto de cambiar.

En la cola del banco, la mujer que estaba delante de Elizabeth se había dado la vuelta y le señalaba la barriga. Tenía cara de pocos amigos.

—¿Cambiar? —dijo Elizabeth con inocencia, bajando la vista hacia su vientre abultado como si reparara en él por primera vez—. ¿Se puede saber qué quiere decir con esto?

Era la séptima vez en lo que iba de semana que alguien se veía impelido a poner en su conocimiento que le iba a cambiar la vida, y ya estaba harta. Había perdido el trabajo, el proyecto de investigación y el control de la vejiga; casi no se veía los dedos de los pies, no dormía bien, tenía la piel rara, le dolía la espalda; por no hablar de la pérdida de todas esas pequeñas comodidades que se dan por sentadas cuando una no está embarazada, como por ejemplo, caber detrás del volante. ¿Y qué había ganado a cambio? Unos cuantos kilos de más.

—Hace días que quiero ir al médico para que me vean esto —dijo llevando la mano a su vientre—. ¿Qué enfermedad cree que puedo tener? Espero que no sea un tumor.

Por un instante, los ojos de aquella mujer se abrieron como platos, sin embargo enseguida se entrecerraron malévolamente.

—Que sepas que a nadie le gustan las listillas, bonita —bufó.

«Uy, pues si ahora le parece que está cansada, no sabe bien lo que le espera», le dijo una hora más tarde una mujer de pelo hirsuto en la cola de la tienda al ver que bostezaba; movía la cabeza de un lado a otro como si Elizabeth ya hubiera dado muestras de flaqueza y luego se lanzó a describir la dramática retahíla de horrores que conllevaba la etapa de los dos años, con sus consabidos berrinches, lo agotadoras que eran las criaturas a los tres años, lo cochinas que eran a los cuatro, lo temibles que eran a los cinco y, sin apenas tomar aliento, sumó a la terrorífica lista la angustiosa adolescencia, la purulenta pubertad, y sobre todo, sobre todo, ay, Dios, lo difíciles que eran de los trece a los diecinueve, y los niños todavía peor que las niñas, precisó, o las niñas peor que los niños, y continuó su perorata sin dejar de lamentarse hasta que hubo embutido toda la compra en sus bolsas y, cargada con ella, se tuvo que meter en su ranchera revestida de contrachapado para regresar a su hogar y atender a su propia e ingrata prole.

—Tiene la barriga alta. Seguro que es niño —observó el empleado de la gasolinera.

—Tiene la barriga alta. Seguro que es niña —comentó la bibliotecaria.

—El Señor le ha concedido un regalo —le dijo un cura al cabo de unos días al ver a Elizabeth allí sola en el cementerio, frente a una lápida con una extraña inscripción—. ¡Alabado sea el Señor!

—Esto no ha sido obra de Dios —replicó Elizabeth, al tiempo que señalaba una lápida nueva—. Ha sido obra de Calvin.

Elizabeth esperó a que el cura se hubiera marchado, y a continuación se agachó y acarició con el dedo el nuevo epitafio.

CALVIN EVANS
1927-1955

$$
\begin{array}{l}
\qquad\qquad\quad C_6H_4OH \qquad\qquad\quad C_2\text{-}H_5 \\
\quad NH_2 \;\; O \qquad CH_2 \;\; O \qquad CH\text{-}CH_3 \\
CH_2-CH-\overset{O}{C}-NH-CH-\overset{O}{C}-NH-CH \\
\;|\\
S \qquad\qquad\qquad\qquad\qquad\qquad C{=}O \\
\;|\\
S \qquad\qquad\quad O \qquad\qquad\; O \;\; NH \\
\;|\\
CH_2-CH-NH-\overset{O}{C}-CH-NH-\overset{O}{C}-CH-(CH_2)_2-CONH_2 \\
\qquad\; |\qquad\qquad\qquad CH_2 \\
\qquad C{=}O \qquad\quad O \;\; CONH_2 \;\; O \\
CH_2-N \diagdown \\
\;|\qquad\quad CH-\overset{O}{C}-NH-CH-\overset{O}{C}-NH\,CH_2-CONH_2 \\
CH_2-CH_2 \qquad\quad CH_2 \\
\qquad\qquad\qquad\quad CH(CH_3)_2
\end{array}
$$

«Para resarcirla de lo ocurrido, no sólo le proporcionaremos una lápida nueva, sino que nos cercioraremos de que esta vez el epitafio salga completo», le había comunicado la dirección del cementerio. Elizabeth, sin embargo, había decidido no repetir la cita de Marco Aurelio y optado por una reacción química con final feliz. Nadie salvo ella la reconoció, pero, sabiendo de sus padecimientos, nadie la cuestionó tampoco.

—Por fin voy a ir a que me vea alguien, Calvin —dijo Elizabeth señalándose la abultada barriga—. El doctor Mason, el obstetra que rema, el que me dejó remar en el ocho masculino. ¿Te acuerdas?

Se quedó mirando el epitafio como si aguardara una respuesta.

Veinticinco minutos más tarde, apretujada en un ascensor en compañía de un hombre obeso tocado con un sombrero de paja, pulsó un botón y se preparó para recibir otro consejo inoportuno más. Y, efectivamente, el tipo alargó la mano y la colocó sobre su vientre como si Elizabeth fuera un objeto expuesto en el Museo de Historia Natural que pudiera tocarse.

—Seguro que disfruta comiendo por dos, pero ¡recuerde: uno de esos dos es sólo un bebé! —le advirtió dándole unas palmaditas.

—Quíteme esa mano de encima o se arrepentirá toda la vida —repuso Elizabeth.

—¡Bum, bum, bum! —exclamó él dándole golpecitos en el vientre como si fuera un bongo.

—¡Bum, bum, cataplum! —replicó ella atizándolo con el bolso en la entrepierna, la fuerza de su impacto aumentada por el pesado mortero de piedra que Elizabeth había comprado para su laboratorio ese mismo día.

El tipo se quedó sin resuello y luego se dobló de dolor. Las puertas del ascensor se abrieron.

—Que tenga usted un mal día —se despidió Elizabeth.

Avanzó malhumorada por el pasillo hasta que se encontró ante una cigüeña de dos metros a la que le habían colocado unas gafas bifocales y una gorra de béisbol. Del pico le colgaban dos hatillos: uno rosa, el otro azul.

—Elizabeth Zott. Tengo hora con el doctor Mason —anunció tras dejar a un lado la cigüeña para dirigirse a la recepcionista.

—Llega con retraso —dijo la recepcionista con voz gélida.

—Llego con cinco minutos de adelanto —la corrigió Elizabeth consultando su reloj.

—Pero tiene que rellenar unos datos —la informó la recepcionista tendiéndole una tablilla sujetapapeles—: Domicilio laboral del cónyuge. Número telefónico del cónyuge. Póliza de seguro del cónyuge. Edad del cónyuge. Cuenta bancaria del cónyuge.

—¿Quién va a dar a luz aquí? —preguntó Elizabeth.

—Consulta número cinco —señaló la recepcionista—. Pasillo adelante, segunda puerta a la izquierda. Desnúdese y póngase la bata. Pero antes acabe de rellenar los datos.

—Consulta cinco —repitió Elizabeth con el sujetapapeles en la mano—. Sólo una pregunta, por curiosidad: ¿qué hace esa cigüeña ahí?

—¿Perdón?

—La cigüeña esa de ahí fuera. ¿Qué hace una cigüeña en la consulta de un obstetra? Es como si le hicieran propaganda a la competencia.

—Un detalle simpático —dijo la recepcionista—. Consulta cinco.

—Pero, dado que todas sus pacientes saben perfectamente que una cigüeña no les va a ahorrar los dolores del parto, ¿para qué perpetuar el mito?

—Doctor Mason —dijo la recepcionista al ver acercarse a un hombre con bata blanca—. Su paciente de las cuatro. Llega con retraso. Estaba intentando pasarla a la consulta cinco.

—De retraso nada —la corrigió Elizabeth—. He llegado puntual. —Se volvió hacia el doctor—: Doctor Mason, puede que no se acuerde de mí, pero...

—La esposa de Calvin Evans —indicó el doctor dando un respingo de sorpresa—. Bueno, perdón, su viuda —añadió bajando la voz.

Luego se interrumpió, como si no supiera qué añadir.

—Lo siento muchísimo, señora Evans —le dijo y, tomando las manos de Elizabeth entre las suyas, las agitó varias veces, como si mezclara un cóctel—. Su marido era una buena persona. Una buena persona y un buen remero.

—No soy la señora Evans, me apellido Zott —lo corrigió Elizabeth—. Calvin y yo no estábamos casados.

Hizo una pausa, suponiendo que la recepcionista chasquearía la lengua y Mason la mandaría a paseo, pero no fue así: el doctor sacó un bolígrafo, se dio unos golpecitos con él en el bolsillo superior de la bata y luego la agarró del codo y la condujo pasillo adelante.

—Usted y Evans remaron más de una vez en mi ocho, ¿lo recuerda? Hará siete meses. Y con buen resultado además. Aunque ya no han vuelto a aparecer por allí. ¿A qué se debe?

Elizabeth lo miró sorprendida.

—Ay, disculpe —dijo el doctor Mason rápidamente—. Lo siento mucho. Claro. Evans. Evans falleció. Lo siento mucho —Movió la cabeza con aire compungido y empujó la puerta de la consulta cinco—. Adelante, pase. —Señaló una silla—. ¿Sigue usted remando? No, qué tonterías digo, claro que no, en su estado... —Le cogió las manos y miró las palmas—. Pero esto no es habitual. Todavía tiene callosidades.

—Remo en un ergómetro.

—Dios bendito.

—¿No me conviene? Es un ergómetro que montó Calvin en casa.

—¿Por qué?

—Bueno, porque sí. No pasa nada, ¿no?

—Pues no —dijo el doctor Mason—, claro que no. Es que no conozco a nadie que use el ergómetro por gusto. Y menos una mujer embarazada. Aunque, pensándolo bien, es una buena preparación para el parto. En lo que a sufrimiento se refiere. En realidad, tanto a dolor como a sufrimiento.

Pero luego el doctor cayó de pronto en la cuenta de que quizá el dolor y el sufrimiento habían sido una constante en la vida de aquella mujer desde la muerte de Evans y volvió la cara intentando ocultar su última metedura de pata.

—¿Echamos un vistacito debajo del capó? —le dijo amablemente señalando la camilla.

Luego cerró la puerta de la consulta y esperó a que Elizabeth se pusiera la bata detrás del biombo.

La exploración, que fue rápida pero concienzuda, estuvo intercalada por preguntas acerca de ardores y flatulencias. ¿Le costaba dormir? ¿El bebé se movía a determinadas horas? Si era así, ¿cuánto rato? Y, finalmente, la gran pregunta: ¿por qué había tardado tanto en acudir a él? Ya estaba en el último trimestre de embarazo.

—El trabajo —respondió Elizabeth.

Pero era mentira. En realidad la tardanza obedecía a que, en su fuero interno, Elizabeth había abrigado la esperanza de que el embarazo se resolviera por sí solo. Es decir, que se interrumpiera de forma espontánea, como a veces sucedía. En la década de 1950 el aborto ni se contemplaba. Casualmente, tampoco la posibilidad de ser madre soltera.

—Usted también es científica, ¿no es cierto? —le preguntó el doctor desde el otro extremo de la camilla.

—Sí.

—Y Hastings la ha mantenido en nómina. Entonces es que son más progresistas de lo que yo pensaba.

—No, no me han mantenido en nómina —repuso Elizabeth—. Soy autónoma.

—Una científica autónoma. La primera vez que oigo algo así. ¿Y qué tal se compagina eso?

Elizabeth lanzó un suspiro.

—No muy bien.

El doctor Mason advirtió el tono de voz y concluyó rápidamente la exploración tras darle unos toquecitos por el vientre aquí y allá, como si fuera un melón.

—Todo en orden —le dijo mientras se desprendía de los guantes. Y al ver que Elizabeth no sonreía ni reaccionaba, añadió en voz baja—: Para el bebé al menos. Seguro que para usted ha sido muy difícil.

Era la primera vez que alguien reconocía sus circunstancias, y la pilló tan por sorpresa que se le hizo un nudo en la garganta. Un torrente de lágrimas amenazó con desbordarse por sus ojos.

—Lo siento —dijo el doctor Mason con delicadeza, estudiando el rostro de Elizabeth como un meteorólogo ante el avance de una tormenta—. Sepa que puede hablar conmigo cuando lo desee. De remero a remero. En confianza.

Elizabeth apartó la mirada. En realidad no conocía de nada a aquel hombre. Peor aún, no estaba segura de que, pese a sus alentadoras palabras, le estuviera permitido albergar aquellos sentimientos. Había dado en creer que era la única mujer en la faz de la tierra que se había propuesto no tener hijos.

—Si quiere que le sea sincera —dijo Elizabeth finalmente, con voz culpable—, no me veo capaz de seguir adelante con esto. Yo no tenía la intención de ser madre.

—No todas las mujeres quieren serlo —convino él sorprendiendo a Elizabeth—. Es más, no todas deberían serlo. —Hizo una mueca, como si estuviera pensando en alguien en particular—. En cualquier caso, me sorprende la cantidad de mujeres que se aventuran en la maternidad teniendo en cuenta lo difícil que puede resultar un embarazo: náuseas, estrías, mortalidad. Pero, insisto, usted está perfecta —añadió rápidamente al reparar en el rostro horrorizado de Elizabeth—. Lo digo sólo porque solemos tratar el embarazo como si fuera la afección más común del mundo, tan normal como darse un golpe en un dedo del pie, cuando en realidad es como si te arrollara un camión. Aunque, obviamente, un camión causa menos daño. —El doctor carraspeó y luego anotó algo en el historial de Elizabeth—. Lo que vengo a decir es que todo ese ejercicio la está ayudando. Aunque no acabo de entender cómo puede remar como es debido en esa máquina, teniendo en cuenta lo avanzado de su estado. Esa tensión continua en el esternón puede ser perjudicial. ¿Y el programa de Jack LaLanne? ¿Lo ha visto alguna vez?

Al oír nombrar a Jack LaLanne, Elizabeth mudó el semblante.

—No va con usted. No se preocupe. Limítese a la máquina de remo, entonces —dijo el doctor.

—Sólo he seguido con el ergómetro —repuso Elizabeth en voz baja— porque me agota hasta tal punto que a veces consigo conciliar el sueño. Pero también porque pensaba que a lo mejor, en fin...

—Comprendo —dijo el doctor interrumpiéndola, y miró a un lado y a otro para asegurarse de que nadie los oía—. Mire, yo no soy de los que piensan que una mujer debería... —Se interrumpió abruptamente—. Ni tampoco creo que... —Hizo una pausa de nuevo—. Una mujer soltera... una viuda... En fin, dejémoslo —dijo tomando su historial—. Pero lo cierto es que esa máquina de remo quizá la haya hecho más fuerte, no sólo a usted sino también al bebé. Más irrigación cerebral, mejor circulación. ¿Ha notado si tiene un efecto tranquilizador sobre el bebé? Quizá con todo ese vaivén...

Elizabeth se encogió de hombros.

—¿Qué distancia suele cubrir en la máquina?

—Diez mil metros.

—¿Cada día?

—A veces más.

—¡Virgen santa! —exclamó el doctor admirado—. Siempre he pensado que las embarazadas desarrollaban una tolerancia especial al sufrimiento, pero ¿diez mil metros? ¿A veces más, ha dicho? Eso... eso es... la verdad es que no sé cómo describir eso. —La miró con preocupación—. ¿Cuenta con apoyo de alguien? Amigos, familiares... su madre... ¿Alguien así? Los recién nacidos dan mucho trabajo.

Elizabeth dudó antes de contestar. La avergonzaba reconocer que no contaba con nadie. Si había acudido a la consulta del doctor Mason era sólo porque Calvin siempre había insistido en que entre remeros se entablaba un vínculo especial.

—¿Cuenta con alguien? —repitió el doctor.

—Tengo un perro.

—Eso está muy bien. Un perro puede ser de grandísima ayuda. Son animales protectores, empáticos, inteligentes. ¿Qué clase de perro es? ¿O es perra?

—Perro...

—Un momento, me parece que lo recuerdo. Tresenpunto o algo así se llamaba, ¿no? Feo como un pecado, ¿verdad?

—Pues...

—Un perro y una máquina de remo —dijo tomando nota en el historial—. Muy bien. Magnífico.

El doctor cerró otra vez el bolígrafo con un clic y luego dejó a un lado el historial de Elizabeth.

—Bien, pues en cuanto se sienta con fuerzas, pongamos que dentro de un año, quiero verla de vuelta en el club de remo. Mi ocho lleva tiempo buscando a la persona adecuada para el segundo asiento, y algo me dice que esa persona es usted. Aunque tendrá que agenciarse una niñera. No se admiten criaturas a bordo. Bastantes tenemos ya.

Elizabeth fue a coger la chaqueta.

—Es usted muy amable, doctor —dijo Elizabeth, dando por sentado que Mason sólo pretendía ser amable—, pero, como ha dicho, está a punto de arrollarme un camión.

—Un accidente del que se recuperará —repuso él—. Mire, en lo que respecta al remo, tengo una memoria infalible, y recuerdo perfectamente las ocasiones en que remó con nosotros. Fueron buenas remadas. Pero que muy buenas.

—Gracias a Calvin.

El doctor Mason se mostró sorprendido.

—No, señorita Zott. No sólo gracias a Calvin. Para que una remada funcione como es debido, los ocho deben hacerlo bien. Todos y cada uno de ellos. En fin, volviendo al asunto que nos ocupa. Algo me dice que su situación va a mejorar. Sé que la muerte de Calvin ha supuesto un golpe duro para usted, y luego esto... —añadió señalando su vientre—. Pero todo irá bien. Puede que incluso más que bien. Un perro, una máquina de remo, el segundo asiento... Magnífico.

Luego le tomó las manos y se las apretó jovialmente, y aunque a Elizabeth su discurso no le había parecido demasiado inteligible, comparado con todo lo que había oído hasta el momento, era la primera vez que por fin alguien le hablaba con sensatez.

16

Labores de parto

—¿Biblioteca? —le preguntó Elizabeth a Seisymedia transcurridas alrededor de cinco semanas de aquella visita a la
consulta—. Luego tengo cita con el doctor Mason y antes
me gustaría devolver estos libros. Estoy pensando que a lo
mejor te podría gustar *Moby Dick*. Trata de cómo los seres
humanos subestiman siempre otras formas de vida. Sin atenerse a las consecuencias.

Además del método de aprendizaje receptivo, Elizabeth
le había estado leyendo en voz alta, pero los sencillos libros
infantiles hacía tiempo que habían dejado paso a textos mucho más enjundiosos. «Leer en voz alta potencia el desarrollo del cerebro. También acelera la acumulación de vocabulario», le había dicho citando un estudio que había leído. La
técnica, al parecer, estaba dando buenos resultados porque,
como constaba en la libreta de Elizabeth, Seisymedia ya había aprendido 391 palabras.

—Eres un perro muy inteligente —le había dicho su
dueña justo el día anterior, y Seisymedia deseaba creerla,
aunque, a decir verdad, aún no entendía qué significaba ser
«inteligente».

La palabra parecía tener tantas definiciones como especies existían en el mundo, pero los seres humanos —a excepción de Elizabeth— daban la impresión de reconocer el tér-

mino únicamente cuando, y siempre que, se ajustara a sus reglas. «Los delfines son inteligentes, pero las vacas no», decían. Al parecer, eso en parte se basaba en que las vacas no hacían piruetas. Seisymedia opinaba que eso las hacía más inteligentes, no más tontas, pero, en fin, ¿él qué sabía?

Según Elizabeth sabía 391 palabras. Pero, a decir verdad, eran sólo 390.

Para colmo, Seisymedia acababa de enterarse de que el inglés no era el único idioma que hablaban los seres humanos. Elizabeth le había enseñado que había centenares de idiomas, miles tal vez, y que no existía ningún ser humano en el mundo que los hablara todos. De hecho, la mayoría sólo hablaba uno, quizá dos, a menos que fueran eso que llamaban suizos, que hablaban ocho. No era de extrañar que los humanos no entendieran a los animales. Apenas se entendían entre ellos.

Al menos Elizabeth se había dado cuenta de que no sería capaz de dibujar. El dibujo, al parecer, era la vía de comunicación preferida de los niños pequeños, y Seisymedia admiraba el empeño que ponían, aunque el resultado dejara bastante que desear. No había día que no viera esos deditos apretando concienzudamente los gruesos pedazos de tiza sobre la acera, sus casas imposibles y sus primitivos dibujitos de palo cubriendo el pavimento con historias que nadie salvo ellos comprendía.

—¡Qué dibujo tan bonito! —había oído a una madre exclamar unos días antes mientras contemplaba los feos y violentos garabatos que su hijo había trazado en el suelo.

Los padres humanos, según Seisymedia había observado, tenían la costumbre de mentir a sus hijos.

—Es un perrito —aclaró el niño con las manos sucias de tiza.

—¡Un perrito precioso además! —añadió la madre.

—No, no es precioso —replicó el niño—. Está muerto. ¡Lo han matado!

Seisymedia observó el dibujo más detenidamente y se dio cuenta con inquietud de que el niño tenía razón.

—No está muerto —dijo la madre con severidad—. Es un cachorrito muy feliz, y está comiendo un tazón de helado.

Al oír eso, el niño, presa de la frustración, arrojó la tiza al césped y se fue malhumorado hacia los columpios.

Seisymedia recuperó la tiza. Se la regalaría a la criatura.

Recorrieron las cinco manzanas juntos; Elizabeth, con un vestido camisero que le tiraba de la barriga, avanzaba a grandes zancadas, como si se fuera a la guerra. A la espalda llevaba una mochila de color rojo vivo repleta de libros; y Seisymedia, unas cestas de bicicleta cargadas sobre el lomo a modo de albardas donde llevaba todos los libros que no cabían en la mochila de Elizabeth.

—Estoy muerta de hambre —dijo Elizabeth en voz alta mientras caminaban, noviembre soplando en el aire—. Me comería una vaca entera. Me he hecho controles de orina, analizado las proteínas capilares y...

Eso era cierto. En los últimos dos meses Elizabeth se había servido del laboratorio doméstico para monitorizar sus niveles de glucosa en orina, observar la cadena de aminoácidos en la queratina capilar y controlar la temperatura corporal. Seisymedia no entendía muy bien qué significaba todo aquello, pero era un alivio ver que su dueña se tomaba un poco más de interés por la criatura, un interés científico al menos. En lo tocante a los asuntos prácticos, su única preparación había consistido en adquirir una especie de paños blancos de algodón y unos alfileres de aspecto peligroso. También había comprado tres conjuntos diminutos que parecían sacos.

—No parece muy difícil —le dijo a Seisymedia mientras avanzaban a buen paso calle adelante—. Primero vendrán las labores de parto y luego el parto en sí. Todavía nos quedan dos semanas, Seisymedia, pero creo que nos conviene ir pensando sobre esas cosas. No debemos olvidar que, llegado el momento, lo importante es mantener la calma.

Pero Seisymedia no las tenía todas consigo. Elizabeth había roto aguas unas horas antes. No se había dado cuenta porque apenas había expulsado un poco de líquido, pero él, como buen perro, lo había notado. El olor era inconfundible. En cuanto a esos retortijones de hambre, no era hambre, sino las contracciones previas al parto. Al acercarse a la puerta principal de la biblioteca, la criatura decidió hacerse notar más claramente.

—Ay, Diosss, qué dolor —se quejó Elizabeth doblándose.

Trece horas más tarde el doctor Mason levantaba en alto al bebé para que Elizabeth, agotada, lo viera.

—Qué hermosura de niña —dijo el doctor mirando al bebé como si acabara de sacar un pez del agua—. Remera sin duda. El tiempo dirá, pero intuyo que remará a estribor. —Bajó la vista hacia Elizabeth—. Enhorabuena, señorita Zott. Y sin anestesia. Ya le dije que todo ese ejercicio en el ergómetro nos sería muy útil. La niña tiene unos pulmones estupendos. —Observó las manitas diminutas del bebé como imaginando las callosidades futuras—. No les daremos el alta hasta dentro de unos días. Pasaré por la habitación a verlas mañana. Entretanto, descanse.

Pero Elizabeth, preocupada por Seisymedia, decidió abandonar el hospital por su cuenta y riesgo a la mañana siguiente.

—Ni pensarlo —le advirtió la jefa de enfermería—. Está terminantemente prohibido. El doctor Mason pondrá el grito en el cielo.

—Dígale que necesito montarme en el ergómetro. Lo aceptará sin problemas.

—¿Ergómetro? —dijo casi a gritos la enfermera mientras Elizabeth pedía un taxi por teléfono—. ¿Qué es un ergómetro?

•   •   •

Media hora después Elizabeth llegaba a su casa con el bebé cómodamente acurrucado en su seno y el corazón desbocado por el alivio de ver a Seisymedia, con las albardas todavía cargando sobre el lomo, sentado como un centinela ante la puerta de entrada.

«Dios mío, estás viva, ¡viva! Qué alivio, Dios mío, me tenías muy preocupado», se dijo Seisymedia entre jadeos.

Elizabeth se agachó y le mostró el hatillo.

«La criatura era, sniff, ¡una niña!»

—Es niña —le dijo Elizabeth sonriente.

«¡Hola, criatura! ¡Soy yo! ¡Seisymedia! ¡Estaba preocupadísimo!»

—Lo siento mucho —dijo Elizabeth abriendo la puerta—. Debes de estar muerto de hambre. —Consultó su reloj—. Son las nueve y veintidós. Llevas más de veinticuatro horas sin comer.

Seisymedia agitó la cola entusiasmado. Muchas familias optaban por ponerles a sus hijos nombres que repetían las mismas iniciales (Agatha, Alfred); otras preferían nombres que rimaran (Molly, Polly); en la suya, en cambio, se guiaban por el reloj. A él le habían puesto Seisymedia en honor a la hora exacta en que habían pasado a formar una familia, así que Seisymedia ya sabía qué nombre le iban a poner a la criatura.

«Hola, Nueveyveintidós. ¡Bienvenida al mundo exterior! ¿Qué tal el viaje? ¡Pasa, pasa, por favor! ¡Tengo tizas!», le transmitió.

Mientras los tres entraban afanosamente por la puerta, una alegría extraña se apoderó del ambiente. Por primera vez desde la muerte de Calvin, parecía que empezaban a ver la luz.

Hasta que diez minutos más tarde la criatura rompió a llorar y todo se fue al traste.

17

Harriet Sloane

—¿Qué te pasa? —preguntó Elizabeth con voz suplicante por enésima vez—. ¡DIME qué te pasa, por favor!

Pero el bebé, que llevaba semanas sin dejar de llorar, se negaba a dar explicaciones.

Incluso Seisymedia estaba perplejo. «Pero si ya te conté lo de tu padre. Ya lo habíamos hablado», le transmitió. La criatura, sin embargo, seguía berreando.

A las dos de la mañana Elizabeth daba vueltas por su humilde casita de una sola planta meciendo vigorosamente al bebé, con los brazos tan rígidos como los de un robot oxidado, hasta que se topó con una pila de libros y casi se cae de bruces.

—¡Maldita sea! —exclamó aplastando a la niña contra su pecho para protegerla.

En su condición de abrumada madre primeriza, el suelo se había convertido en un práctico vertedero para todo tipo de cosas: calcetinitos, imperdibles sujetapañales mal puestos, cáscaras de plátano de días atrás, periódicos sin leer...

—¿Cómo es posible que una cosa tan pequeña provoque semejante desbarajuste? —se lamentó.

A modo de respuesta, el bebé acercó la boquita al oído de Elizabeth, inspiró hondo y soltó un berrido.

—Por favor —masculló Elizabeth desplomándose en una butaca—. Te lo ruego, por favor, deja de llorar.

Acomodó la cabeza de su hija en el hueco del brazo, introdujo la tetina del biberón en sus labios de muñequita y, aunque ya se la había rechazado cinco veces antes, esta vez la boquita se agarró vorazmente a la tetina como si supiera que la ignorante de su madre acabaría consiguiéndolo. Elizabeth contuvo el aliento por temor a que la más mínima aspiración desencadenara una nueva llantina. Aquella criatura era una bomba de relojería. Un paso en falso y todo saltaría por los aires.

El doctor Mason le había advertido que un bebé recién nacido daba mucho trabajo, pero aquello, más que trabajo, era un suplicio. La diminuta tirana era tan despótica como Nerón; y estaba tan desquiciada como Luis II de Baviera. Y los llantos. La hacían sentir inepta. Peor aún, apuntaban a la posibilidad de que tal vez no fuera muy del agrado de su hija. Tan pronto.

Elizabeth cerró los ojos y vio a su propia madre, el pitillo colgando del labio inferior, las cenizas cayendo en el guiso que Elizabeth acababa de sacar del horno. Sí. Era perfectamente posible que tu madre no fuera de tu agrado desde un buen principio.

A todo ello había que sumarle lo repetitivo de los cuidados: darle el biberón, bañarla, cambiarle el pañal, calmarla, limpiarle el culito, esperar al eructito, tranquilizarla, pasearla de un lado para otro; así una y otra vez. Había muchas cosas repetitivas en la vida —remar en el ergómetro, los metrónomos, los petardos—, pero todas esas cosas solían concluir en menos de una hora. Aquello, en cambio, podía prolongarse durante años.

Y cuando el bebé dormía, es decir, nunca, el trabajo no cesaba: lavadoras, preparación de biberones, desinfección, comidas... Y, por si fuera poco, las repetidas consultas en el manual de puericultura del doctor Spock: *Tu hijo. Guía esencial para la crianza de los hijos desde el nacimiento.* Eran tantos los quehaceres que Elizabeth ni siquiera tenía tiempo de llevar una lista de quehaceres, porque redactarla añadía otra tarea más. Sin contar con todo el otro trabajo pendiente que empezaba a acumularse.

Hastings. Miró de soslayo hacia el otro lado de la habitación, donde se alzaba una pila pendiente de más de treinta centímetros de altura: libretas, artículos de investigación y el montón más grande, trabajo que le habían pasado sus colegas. Durante el parto le había dicho al doctor Mason que no quería anestesia: «Es que soy científica, quiero estar plenamente consciente durante todo el proceso.» Pero el verdadero motivo era que no podía sufragar ese gasto.

Abajo se oyó un suspirito satisfecho, y al bajar la vista Elizabeth vio con sorpresa que su hija se había dormido. Se quedó inmóvil, por temor a perturbar el plácido sueño de la criatura, y contempló su carita enrojecida, sus morritos, sus delgadas cejas rubias.

Transcurrida una hora, casi se había quedado sin circulación en el brazo. Miró fijamente a la niña, que movía los labios como si intentara explicarse.

Transcurrieron dos horas más.

«Levántate. Muévete», se dijo Elizabeth. Inclinó el cuerpo hacia delante para darse impulso con suavidad, se levantó de la butaca con la niña en brazos y llegó al dormitorio sin tropiezos. Se tumbó en la cama y, con sumo cuidado, colocó a la niña, todavía dormida, a su lado. Cerró los ojos. Exhaló un suspiro. Y luego durmió a pierna suelta, sin soñar siquiera, hasta que el bebé despertó.

Lo que, a juzgar por su reloj, ocurrió al cabo de cinco minutos aproximadamente.

—¿Es buen momento? —preguntó el doctor Boryweitz a las siete de la mañana, cuando Elizabeth le abrió la puerta.

Boryweitz hizo una inclinación con la cabeza, pasó de largo junto a ella y se abrió camino entre el campo de batalla en dirección al sofá.

—No.

—Bueno, es que en realidad no venía por trabajo. Sólo era una pregunta rápida. De todos modos, quería pasarme y ver cómo estaba. Me han dicho que ya ha tenido al bebé.

Reparó en que Elizabeth no se había lavado el pelo, en que llevaba la blusa desabrochada y tenía la barriga hinchada todavía. Luego abrió el maletín y sacó un obsequio envuelto en papel de regalo.

—Enhorabuena —le dijo.

—¿Me... me ha traído... un regalo?

—Es sólo un detallito.

—¿Tiene usted hijos, doctor?

La mirada de Boryweitz se deslizó hacia la izquierda. No respondió.

Elizabeth abrió la caja, que contenía un chupete de plástico y un conejito de peluche.

—Gracias —le dijo alegrándose de pronto por la visita. Era el primer adulto con el que hablaba desde hacía semanas—. Muy amable por su parte.

—De nada —dijo él torpemente—. Espero que el niño, o la niña, lo disfrute.

—Es una niña.

«Una niña llorona», puntualizó Seisymedia.

Boryweitz metió la mano en la cartera y sacó una resma de papeles.

—No he dormido, doctor —se disculpó Elizabeth—. La verdad es que no es buen momento.

—Señorita Zott —le suplicó Boryweitz con mirada compungida—, tengo una reunión con Donatti dentro de dos horas. —Sacó unos cuantos billetes de la cartera—. Por favor.

Ver el dinero la hizo dudar. No había tenido ningún ingreso en todo el mes.

—Diez minutos —le indicó aceptando el dinero—. El bebé sólo está dormitando.

Pero Boryweitz precisó una hora entera. Tras su marcha, y sorprendida al ver que la niña seguía durmiendo, fue al laboratorio con la intención de ponerse a trabajar, pero, sin pretenderlo, se dejó caer en el suelo como si fuera un colchón y alargó el cuello hacia un libro de texto como buscando una almohada. Segundos después se había quedado profundamente dormida.

. . .

Calvin se le apareció en sueños. Estaba leyendo un libro sobre resonancia magnética nuclear. Ella le leía *Madame Bovary* a Seisymedia. Poco antes, Elizabeth le había mencionado al perro que la ficción era problemática. Los lectores siempre decían comprender su sentido, aunque el autor pretendiera uno distinto por completo, y aunque ese sentido no tuviera ningún sentido. «*Madame Bovary* es el ejemplo perfecto. Aquí, donde Emma se chupa los dedos. Hay quienes interpretan ese gesto como deseo carnal, mientras que otros piensan que a Emma simplemente le pirraba el pollo. ¿Y qué sentido quería Flaubert que eso tuviera en realidad? A nadie le importa», le decía Elizabeth.

En ese momento Calvin levantaba la vista del libro y le decía: «No recuerdo que en *Madame Bovary* se mencione el pollo en ningún momento.» Pero antes de que Elizabeth tuviera tiempo de replicar, de pronto se oía un insistente «toc, toc, toc», como el picoteo de un afanoso pájaro carpintero, seguido de un «¿Señorita Zott?» y de otro «toc, toc, toc», y de otro «¿Señorita Zott?», seguido a su vez de un extraño lloro entre hipidos, que hacía que Calvin saltara de la butaca y saliera corriendo de la habitación.

—¿Señorita Zott? —dijo la voz de nuevo. Esta vez más alto.

Elizabeth despertó y se encontró ante una corpulenta mujer de pelo cano, con un vestido de rayón y gruesos calcetines marrones, que se alzaba imponente en su laboratorio.

—Soy yo, señorita Zott. La señora Sloane. Es que he echado un vistazo dentro y la he visto ahí tirada como un fardo en el suelo. He llamado varias veces a la puerta, pero como no respondía he entrado sin más. Por si no se encontraba usted bien. ¿Se encuentra usted bien? ¿Quiere que llame a un médico?

—S... Sloane.

La mujer se agachó y observó la cara de Elizabeth.

—No, creo que está usted bien. El bebé llora. ¿Quiere que vaya a ver qué le pasa? Voy a por él. —Salió de la habitación y regresó al momento—. Oh, mírelo. ¿Cómo se llama el diablillo? —dijo meciendo a la criatura en sus brazos.

—Mad. M... Madeline —dijo Elizabeth levantándose del suelo.

—Madeline —dijo la señora Sloane—. Así que es una niña. Mira qué bien. Hace días que quería pasarme a saludar. Desde que le dieron el alta y volvió a casa con su diablillo, no dejo de decirme: «Acércate a ver cómo le va.» Pero como parece que no paran de llegarle visitas... Justo hace un rato he visto salir a otro. No quería molestar.

La señora Sloane se acercó el culito de Madeline a la nariz, inspiró hondo y luego colocó al bebé sobre la mesa, cogió un pañal limpio que colgaba de un tendedero por allí cerca y cambió a la criatura como si fuera un *cowboy* echándole el lazo a un ternero.

—Sé que no puede ser fácil para usted, señorita Zott; sin el señor Evans, me refiero. Por cierto, siento mucho lo ocurrido. Ya sé que es un poco tarde para darle el pésame, pero mejor tarde que nunca. El señor Evans era una buena persona.

—¿Conocía... a Calvin? —preguntó Elizabeth, todavía adormilada—. ¿De... de qué?

—Pero, señorita Zott —señaló extrañada—, que soy su vecina. Vivo en la acera de enfrente. En la casita azul.

—Ah, sí, claro, claro —dijo Elizabeth sonrojándose al caer en la cuenta de que nunca le había dirigido la palabra a la señora Sloane, todo lo más algún saludo con la mano desde la acera—. Discúlpeme, señora Sloane, claro que sé quién es. Le ruego que me perdone, estoy cansada. Debo de haberme quedado dormida en el suelo. No me puedo creer que haya hecho una cosa así; es la primera vez que me pasa.

—Pues no será la última —dijo la señora Sloane reparando de pronto en que aquella cocina no parecía en absoluto una cocina. Se levantó y, con Madeline agarrada bajo el brazo como si fuera una pelota de béisbol, se dio una vuelta por la habitación—. Es madre primeriza, está usted sola, agotada, sin tiempo ni de pensar y... ¿qué demonios es eso? —dijo señalando un voluminoso objeto metálico.

—Un centrifugador. Pero estoy bien, de verdad —añadió Elizabeth intentando incorporarse.

—Nadie está bien con un bebé recién nacido, señorita Zott. Ese monstruito le chupará hasta la última gota de sangre que tenga en las venas. Mírese, si parece medio muerta. Déjeme que le prepare un café. —Harriet se dirigió hacia los fogones, pero al ver el extractor se quedó paralizada—. Por el amor de Dios, ¿qué demonios le ha pasado a esta cocina?

—Ya lo preparo yo —dijo Elizabeth.

Bajo la mirada de la señora Sloane, avanzó adormilada hacia la encimera de acero inoxidable; allí cogió una jarra con agua destilada, vertió el agua en un matraz y le encajó un tapón que llevaba acoplado un tubito con forma de espiral en la parte superior. Luego, ajustó el matraz en una de las dos bandejas metálicas que flanqueaban los dos mecheros Bunsen y accionó un extraño artilugio metálico que chisporroteó como el acero bajo la fricción de un pedernal. Brotó una llama y el agua empezó a calentarse. Luego Elizabeth alargó el brazo hacia uno de los armarios superiores y alcanzó un saquito etiquetado con la fórmula «$C_8H_{10}N_4O_2$», echó un poco en un mortero, lo trituró con un mazo, vertió la terrosa mezcla resultante en una pequeña báscula de extraño aspecto y después vertió el contenido en una estopilla de 15 × 15 cm e hizo un hatillo con ella. Introdujo el pequeño hatillo en un vaso de precipitados más grande, encajó el vaso en la segunda bandeja metálica e introdujo el tubito que salía del primer matraz hasta el fondo del vaso de precipitados. Cuando el agua empezó a burbujear, la señora Sloane, con la mandíbula desencajada, observó que el agua subía propulsada por el tubito y caía en el vaso de precipitados. El matraz pequeño no tardó en vaciarse y Elizabeth apagó el mechero Bunsen. Agitó el contenido del vaso de precipitados con una varilla de cristal, y entonces el líquido marrón hizo algo extraordinario: subió disparado como un *poltergeist* y regresó al matraz original.

—¿Con nata y azúcar? —le preguntó Elizabeth mientras destapaba el matraz y empezaba a verter su contenido.

—¡Ave María Purísima! —exclamó la señora Sloane cuando Elizabeth depositó una taza de café delante de ella—. ¿Y no conoce usted el café instantáneo?

Pero en cuanto dio un sorbito no hizo más comentarios. Nunca había probado un café así. Sabía a gloria bendita. Se podría haber pasado el día tomándolo.

—En fin, ¿y hasta ahora qué tal la experiencia? —le preguntó la señora Sloane—. A lo de ser madre, me refiero.

Elizabeth tragó saliva.

—Veo que se ha comprado la biblia —dijo la señora Sloane, fijándose en el libro del doctor Spock que estaba encima de la mesa.

—Lo compré por el subtítulo —reconoció Elizabeth—. *Guía esencial para la crianza de los hijos desde el nacimiento*. Me gustó su simplicidad. Circulan tantas tonterías por ahí sobre puericultura y crianza de los hijos... No sé qué necesidad hay de complicarse tanto la vida.

La señora Sloane observó el rostro de Elizabeth. Curioso comentario viniendo de una mujer que justo acababa de añadir veinte pasos extra a la preparación de una taza de café.

—Tiene gracia, ¿no? —afirmó la señora Sloane—. Un hombre escribe un libro sobre un tema del que no tiene experiencia directa (me refiero al parto y todo lo que viene después) y mira tú por dónde: ¡bombazo! Un éxito de ventas. ¿Sabe lo que le digo? Que me huelo que se lo ha escrito su mujer y él le ha estampado la firma. Un nombre masculino parece que tiene más autoridad, ¿no cree?

No —dijo Elizabeth.

—Ni yo tampoco.

Las dos dieron otro sorbo del café.

—Hola, Seisymedia —afirmó la señora Sloane extendiendo la mano libre.

El perro se le acercó.

—¿Conoce a Seisymedia?

—Señorita Zott, pero si vivo ahí delante, ¡en la acera de enfrente! Lo veo a menudo merodeando por el barrio. Por cierto, ha salido una nueva ordenanza sobre el uso de la correa...

Al oír la palabra «correa», Madeline abrió la boquita y soltó un berrido espeluznante.

—¡Virgen santa! —exclamó la señora Sloane saltando del asiento con Madeline en los brazos—. ¡Qué pulmones, criatura, qué horror! —Miró la carita enrojecida del bebé y se puso a dar vueltas por el laboratorio meciéndola, levantando la voz para hacerse oír entre el estruendo—. Una vez, hace ya muchos años, estando yo recién parida y el señor Sloane de viaje por trabajo, me entró un hombre con muy mala pinta en casa y me dijo que si no le daba todo el dinero que tenía, secuestraba al crío. Yo llevaba cuatro días sin dormir, sin ducharme, sin haberme pasado el peine en toda una semana, ni haberme sentado en yo qué sé cuánto tiempo, así que le dije: «¿Quiere al crío? Pues aquí lo tiene.» —Se pasó a Madeline al otro brazo—. En mi vida había visto a un hombre correr de esa manera. —Echó un vistazo por la habitación como dudando—. ¿Los biberones también los prepara con todas esas florituras o puedo hacerle uno normal?

—Tengo uno ya listo —respondió Elizabeth, y sacó un biberón de un cazo con agua caliente.

—Los recién nacidos son la peste —sentenció la señora Sloane, agarrándose las perlas falsas que llevaba al cuello mientras Elizabeth le cogía a Madeline—. Pensaba que tenía usted ayuda; de haberlo sabido, habría venido antes. Como veía todo ese, bueno, todo ese trasiego de hombres llamando a su puerta a horas tan raras... —dijo, y carraspeó.

—Asuntos de trabajo —puntualizó Elizabeth mientras intentaba que Madeline se agarrara al biberón.

—Llámelo usted como quiera —dijo la señora Sloane.

—Soy científica —repuso Elizabeth.

—Yo pensaba que el científico era el señor Evans.

—Yo también lo soy.

—Claro, claro. —Dio una palmada—. Bueno, pues me voy yendo. Pero ahora ya lo sabe, cuando necesite que le echen una manita, ahí enfrente estoy. —Anotó su número de teléfono con gruesos trazos de lápiz directamente en la pared de la cocina, justo por encima del aparato telefónico—. El señor Sloane se jubiló el año pasado y ahora se pasa todo el día en casa, así que no tema interrumpir, porque no hay nada que interrumpir; la verdad es que me haría usted un favor. ¿Me entiende? —Se agachó para sacar algo de la bolsa de la compra—. Mire, le dejo esto aquí —añadió extrayendo una cazuela cubierta con papel de aluminio—. No diré que sea una exquisitez, pero tiene usted que comer.

—Señora Sloane —dijo Elizabeth reparando en que no quería estar sola—. Parece que sabe usted mucho de bebés.

—Todo lo que uno puede saber. Los recién nacidos son unos egoístas y unos sádicos. La cuestión es por qué se nos ocurre repetir, a pesar de todo.

—¿Cuántos ha tenido usted?

—Cuatro. ¿Qué intenta decirme, señorita Zott? ¿Le preocupa algo en particular?

—Pues —dijo Elizabeth procurando que no le temblara la voz— es que... sólo que...

—Suéltelo, mujer —la instó—. Venga. Desembuche.

—Soy una madre pésima —dijo Elizabeth atropelladamente—. Y no lo digo sólo porque me haya encontrado ahí dormida en plena faena, son muchas cosas... O mejor dicho, es todo.

—Precise un poco.

—Pues, por ejemplo, el doctor Spock dice que debería imponerle un horario, y eso he intentado, pero no hay manera.

Harriet Sloane bufó con sorna.

—Además, no estoy experimentando esos momentos que se supone que... ya me entiende, esos momentos...

—No sé de qué me...

—Esos momentos de dicha...

—Paparruchas que cuentan las revistas femeninas —la interrumpió Sloane—. Hay que evitar leer esas cosas, cuanto más lejos, mejor. No cuentan más que patrañas.

—Pero los sentimientos que estoy teniendo... no... no creo que sean normales. Yo nunca he querido ser madre, y ahora que tengo una hija me avergüenza decir que ya la habría dado en adopción al menos dos veces.

La señora Sloane se detuvo en la puerta trasera.

—Por favor —le suplicó Elizabeth—, no se lleve una mala impresión de mí...

—Un momento —dijo Sloane, como si no la hubiera oído bien—. ¿Dos veces dice que la ha querido dar en adopción?

Y luego negó con la cabeza y se echó a reír de un modo que estremeció a Elizabeth.

—No tiene gracia.

—¿Dos veces? ¿En serio? Y aunque hubieran sido veinte seguiría siendo una *amateur*.

Elizabeth apartó la mirada.

—¡Por el amor de Dios! —exclamó la señora Sloane con talante comprensivo—. Está usted enfrascada en el trabajo más duro del mundo. ¿Su madre no se lo advirtió?

Sloane reparó en que al mencionar la palabra «madre», los hombros de la joven Zott se tensaron.

—En fin —dijo con algo más de delicadeza—. No se preocupe. Procure no darle muchas vueltas. Lo está haciendo bien, señorita Zott. Con el tiempo las cosas irán a mejor.

—¿Y si no mejoran? —dijo Elizabeth con desesperación—. ¿Y si... y si empeoran?

Aunque la señora Sloane no tenía por costumbre tocar a la gente, de pronto abandonó de manera instintiva el amparo de la puerta y apretó suavemente el hombro de su joven vecina.

—Mejorarán. ¿Cuál es su nombre de pila, señorita Zott?

—Elizabeth.

La señora Sloane levantó las manos.

—Pues yo me llamo Harriet, Elizabeth.

A continuación se produjo un silencio incómodo, como si por el hecho de tutearse se hubieran expuesto más de lo que pretendían.

—Antes de marcharme, Elizabeth, ¿me permites que te dé un pequeño consejo? No, pensándolo bien, mejor me callo. No soporto que me den consejos, sobre todo si no los he pedido. —Se ruborizó—. ¿A ti no te da rabia la gente que va por ahí dando consejos? A mí, sí. Suelen hacerte sentir como una inepta. Y por lo general son consejos pésimos.

—Venga, dame ese consejo —la azuzó Elizabeth.

Harriet dudó un momento y luego torció las comisuras de los labios.

—Está bien. A lo mejor ni siquiera es un consejo propiamente dicho. Es más bien una sugerencia.

Elizabeth la miró expectante.

—Tómate un momento para descansar. Cada día.

—Un momento.

—Sí, un momento en el que lo prioritario seas tú y nadie más que tú. Nadie más que tú. Ni la niña, ni tu trabajo, ni tu difunto marido, ni la casa patas arriba, ni nada de nada. Sólo tú. Elizabeth Zott. Aprovecha ese momento para volver a conectar con tus necesidades, tus deseos, tus aspiraciones, sean los que sean. —Harriet se dio un tirón brusco del collar de perlas falsas—. Y luego retomas tus responsabilidades.

Y aunque Harriet no mencionó que ella nunca había seguido su propio consejo, que en realidad sólo lo había leído en una de aquellas ridículas revistas femeninas, quería creer que algún día retomaría su propósito. El propósito de enamorarse. Pero de verdad. Luego abrió la puerta trasera, inclinó levemente la cabeza a modo de despedida y cerró la puerta al salir. En ese preciso instante Madeline rompió a llorar.

18

Legalmente «Mad»

Harriet Sloane nunca había sido guapa, pero había conocido a personas que sí lo eran y siempre parecían atraer problemas. O bien las amaban por su belleza o las odiaban por el mismo motivo. Cuando Calvin Evans empezó a salir con Elizabeth Zott, Harriet dio por sentado que el aliciente había sido la belleza. Sin embargo, cuando los espió por primera vez desde su puesto de vigía en la sala de estar, aprovechando que las cortinas siempre descorridas del señor Evans le brindaban una amplia visión de la sala de estar de enfrente, se vio obligada a replantearse esa suposición.

A su juicio, Calvin y Elizabeth parecían haber gozado de una relación insólita, casi sobrenatural, como dos gemelos que, separados desde la cuna, se toparan por azar en una trinchera y, pese a la muerte circundante, descubrieran asombrados que no sólo se parecían físicamente y compartían una grave alergia a los moluscos, sino que a ninguno de los dos les gustaba Dean Martin, por ejemplo. «¿De verdad? ¡A mí tampoco!», imaginaba a Calvin y Elizabeth diciéndose eso a todas horas.

La relación de Harriet con el señor Sloane, ahora ya jubilado, había sido muy distinta. La ilusión sólo surgió en un buen principio, pero acabó descascarillándose como un esmalte de uñas barato. Harriet había querido ver osadía en él, porque lucía un tatuaje y no parecía reparar en que ella tuviera los tobillos gruesos o el pelo ralo. Pensándolo ahora, eso, el hecho de que no reparase en ella, debería haberla puesto sobre aviso, porque se habría dado cuenta de que nunca lo haría.

Harriet no recordaba en qué momento al inicio de su matrimonio empezó a darse cuenta de que no estaba enamorada de él, ni él de ella, pero seguramente cuando empezó a irritarle que llamara *cahón* al cajón y que su velludo cuerpo soltara pelusa como vilanos de diente de león dejando la casa perdida.

Sí, convivir con el señor Sloane era un asco, pero la repulsión que le provocaba no se debía enteramente a sus defectos físicos: también a ella se le caía el pelo a mansalva. Era más bien su estulticia lo que aborrecía; su carácter aburrido, dogmático, carente por completo de gracia y de cultura; su ignorancia, su intolerancia, su vulgaridad, su insensibilidad; y, sobre todo, aquella confianza en sí mismo de la que hacía gala, totalmente inmerecida. Como la mayoría de los ignorantes, el señor Sloane carecía de luces suficientes para darse cuenta de lo ignorante que era.

Cuando Elizabeth Zott se instaló en casa de Calvin Evans, el señor Sloane reparó en ella de inmediato. No dejaba de hablar de Elizabeth, ni de hacer comentarios mezquinos y libidinosos, como una hiena sarnosa. «Mírala. Jo...», decía espiando por la ventana mientras la joven se subía en el coche, al tiempo que se frotaba la barriga al aire con movimientos circulares que dispersaban hirsutas bolitas de pelusa por todos los rincones de la sala de estar.

Siempre que eso sucedía, Harriet abandonaba la habitación. Sabía que a esas alturas ya debería haberse hecho a la idea de que su marido deseaba a otras mujeres. Ya en su luna de miel se había masturbado con ella acostada al lado en la cama, mientras manoseaba revistas de mujeres en cueros. Harriet hizo la vista gorda, porque ¿qué otra cosa podía hacer? Además, le habían dicho que se trataba de algo normal.

Saludable, incluso. Sin embargo, las revistas fueron subiendo de tono, su vicio fue en aumento, y de pronto allí estaba ella, a sus cincuenta y cinco años, ordenando la pila de pornografía pringosa de su marido con todo el pesar de su corazón.

Ése era otro aspecto que le repelía de él. Al igual que muchos hombres incapaces de inspirar deseo alguno, el señor Sloane estaba convencido de que otras mujeres lo encontraban atractivo. Harriet ignoraba de dónde sacaba esa particular confianza en sí mismo. Al fin y al cabo, aunque los ignorantes quizá no se supieran ignorantes precisamente por el hecho de serlo, quienes carecían de atractivo a buen seguro debían de saberlo porque ahí estaban los espejos.

No es que carecer de atractivo tuviera nada de malo. Ella no era atractiva y lo sabía. También sabía que Calvin no era atractivo, como tampoco lo era aquel chucho zarrapastroso que Elizabeth había metido en su casa, y era muy probable que aquella criatura que Elizabeth llevaba en su vientre tampoco lo fuera. Pero ninguno de ellos era feo, ni lo sería nunca. Sólo el señor Sloane era feo, porque carecía de atractivo interior. A decir verdad, el único ser dotado de belleza física en toda la manzana era Elizabeth, motivo por el que Harriet la había evitado hasta el momento. Como ella solía decir, la gente guapa traía problemas.

Pero luego, tras fallecer el señor Evans, aquellos hombrecillos ridículos que tantos aires se daban con sus maletines no habían dejado de llegar a casa de su vecina, y Harriet se había percatado de que tal vez se le hubiera pegado algo de la intolerancia de su marido. Por eso había tomado la decisión de acercarse a ver cómo estaba Elizabeth. Porque, aunque como buena católica estuviera obligada a ser la señora Sloane para el resto de sus días, lo último que deseaba era acabar pareciéndose a su marido. Además, sabía muy bien lo que significaba tener un hijo recién nacido.

«Llámame. Llama. Llama. Llama», suplicaba, espiando entre las cortinas la casa de su vecina de enfrente.

· · ·

Al otro lado de la calle, Elizabeth había levantado el auricular del teléfono para marcar el número de Harriet Sloane al menos una docena de veces en los últimos cuatro días, pero siempre había terminado echándose atrás. Siempre se había tenido por una persona capaz, pero de pronto, sólo tras aquel ratito en compañía de su vecina, se había dado cuenta de que no lo era.

Se acercó a la ventana y miró hacia la acera de enfrente, atenazada por una suerte de desesperación. Había tenido un bebé del que cuidaría hasta que fuera una persona adulta. Adulta, Dios santo. Al otro lado de la habitación, Madeline anunció que había llegado la hora de comer.

—Pero si acabas de tomarte un biberón —le recordó Elizabeth.

—¡PUES NO ME ACUERDO! —replicó Madeline berreando, y dio inicio formal al juego menos divertido del mundo: adivina lo que me apetece ahora.

Elizabeth tenía otro problema: cada vez que miraba a su hija a los ojos, se encontraba ante la mirada de Calvin. Y eso la turbaba. A decir verdad, seguía enfadada con él: porque le había mentido sobre la financiación de su proyecto, porque su esperma había desafiado a los métodos contraceptivos, porque había salido a correr por la calle cuando todo el mundo corría dentro de casa con zapatillas de ballet. Elizabeth sabía que era injusto pagarla con él, pero así es el duelo: arbitrario. De todos modos, nadie más sabía de su enfado; no lo había exteriorizado. Bueno, salvo durante el parto, cuando es posible que hubiera gritado ciertas cosas dignas de lamentar, quizá clavando las uñas en el brazo de alguna desconocida al intensificarse las contracciones. Elizabeth recordaba a alguien, aparte de ella, profiriendo chillidos e improperios. Le resultó extraño, amén de nada profesional.

Así que luego, al poco de dar a luz, cuando una enfermera se presentó en su habitación con una pila de papeles y quiso averiguar ciertas cosas, Elizabeth optó por ser sincera. ¿Cómo se sentía?, le pareció oírle decir.

—Rabiosa.

—¿Rabiosa? —repitió la enfermera, que le había preguntado por el nombre que iba a ponerle a su hija.

—Sí, rabiosa —dijo Elizabeth. Pues así se sentía.

—¿Está segura? —le preguntó la enfermera.

—¡Pues claro que estoy segura!

La enfermera, cansada de atender siempre a mujeres cuando no podían mostrar lo mejor de sí mismas —esa parturienta en particular casi le había dejado el nombre grabado en el brazo durante el parto—, anotó «Mad» en el certificado de nacimiento y salió de la habitación de mal talante.

Y así quedó consignado legalmente el nombre del bebé: «Mad Zott», es decir, «Rabiosa Zott».

Elizabeth cayó en la cuenta al cabo de unos días, cuando ya de vuelta en casa se encontró el certificado de nacimiento de su hija entre una pila de papeles del hospital tirados sobre la mesa de la cocina. «¿Qué es esto?», se dijo, mirando de hito en hito la partida de nacimiento, cumplimentada con una primorosa caligrafía. «¿Mad Zott? Pero ¡qué demonios! ¡Ni que le hubiera arrancado la piel a tiras!»

Elizabeth se dispuso a cambiarle el nombre de inmediato, pero había un problema: en un principio había pensado que tan pronto viera la cara de su hija se le ocurriría un nombre, pero no había sido así.

De pie en su laboratorio doméstico, mirando aquel bultito que dormía arropado entre mantas dentro de un capazo, Elizabeth examinó el rostro de la pequeña. «¿Suzanne? ¿Suzanne Zott?», se preguntó en voz alta, rumiando con aire dudoso. No, no sonaba bien. «¿Lisa? ¿Lisa Zott? ¿Zelda Zott?» No, tampoco. «¿Helen Zott? ¿Fiona Zott? ¿Marie Zott?» Tampoco. Al final, poniendo los brazos en jarras como armándose de valor, aventuró por fin: «Mad Zott.»

El bebé abrió los ojos de repente.

Desde su puesto de control debajo de la mesa, Seisymedia exhaló un suspiro. Había rondado lo bastante por los parques infantiles como para saber que a un niño no se le podía poner un nombre cualquiera, sobre todo si ese nombre partía de un malentendido o, en el caso de Elizabeth, de una venganza. A su juicio, el nombre tenía más importancia que el género, que la tradición y que cualquier cosa que sonara bien. El nombre definía a la persona, o en su caso, al perro. El nombre se llevaba ondeando al viento como una bandera durante toda la vida; tenía que ser apropiado. Como en su caso, que había tenido que aguardar más de un año para que se lo pusieran. Seisymedia. ¿Acaso existía un nombre mejor?

—Mad Zott —oyó susurrar a Elizabeth—. Dios mío.

Seisymedia se levantó y fue sigilosamente hacia el dormitorio. A espaldas de Elizabeth, había estado almacenando galletas debajo de la cama desde hacía meses; desde la muerte de Calvin para ser exactos. No porque temiese que Elizabeth se olvidara de darle de comer, sino porque también él había hecho un importante descubrimiento químico: a la hora de enfrentarse a un problema grave, la comida consolaba.

«Mad», pensó, masticando una galletita. «Madge. Mary. Monica.» Sacó otra galleta y la mordisqueó ruidosamente. Le encantaban sus galletitas, otro triunfo más proveniente de los fogones de Elizabeth Zott. Tirando de ese hilo pensó: «¿Y si le pusiéramos el nombre de un utensilio de cocina? Cocotte. Cocotte Zott. ¿O de un utensilio del laboratorio? Pipeta. Pipeta Zott. O quizá alguna forma que remita a la "química". Kim, por ejemplo.» Como Kim Novak, su actriz favorita, en *El hombre del brazo de oro*. Kim Zott. No. Kim era demasiado corto.

Y luego se le ocurrió: «¿Y qué tal Madeline?» Elizabeth le había leído *En busca del tiempo perdido*, que en realidad no podía recomendar, aunque aquella parte, la de la madalena, sí la había entendido. Le recordó a sus galletitas. «Así que ¿y Madeline Zott? ¿Por qué no?»

—¿Qué te parece si le ponemos «Madeline»? —le preguntó Elizabeth a Seisymedia tras encontrarse a Proust inexplicablemente abierto en su mesita de noche.

Seisymedia la miró con gesto inexpresivo.

· · ·

El único inconveniente era que cambiarle el nombre a Mad y ponerle Madeline requería desplazarse hasta el ayuntamiento y, una vez allí, cumplimentar un trámite para el que necesitaría un certificado de matrimonio y otra serie de datos que Elizabeth no estaba muy dispuesta a divulgar. «¿Sabes qué? Será nuestro secreto. Legalmente constará como "Mad", pero nosotros la llamaremos Madeline y nadie se enterará», le dijo al encontrarse con él en la escalinata que subía al edificio.

«Rabiosa legalmente. Ya son ganas de llamar al mal tiempo», pensó Seisymedia.

Mad tenía otra cosa: que se ponía muy rabiosa cuando los visitantes de Hastings se dejaban caer por casa. «Propensión a los cólicos», habría diagnosticado el doctor Spock, pero Elizabeth creía que podía deberse a que la niña tenía buen olfato para la gente. Una virtud preocupante, porque entonces ¿qué pensaría de su propia madre? ¿Una mujer que no se hablaba con su familia, que se había negado a contraer matrimonio con un hombre del que estaba locamente enamorada, que había sido despedida de su trabajo y se pasaba el día enseñando a un perro a hablar? ¿Le parecería una egoísta, una desquiciada o ambas cosas?

Elizabeth no estaba segura, pero algo le decía que su vecina de enfrente podría sacarla de dudas. Elizabeth no era una persona religiosa, pero Harriet Sloane tenía algo de santa. Era como una especie de cura pragmático, alguien a quien uno le confesaría sus cosas —temores, esperanzas, equivocaciones— sin esperar que a cambio te ofreciera un remedio facilón a base de rosarios y rezos, ni la fórmula consabida de los psicólogos («¿Y cómo se siente cuando eso sucede?»), sino auténticas perlas de sabiduría. Recursos para enfrentarse al problema en cuestión. Para sobrevivir.

Elizabeth echó mano del teléfono, sin saber que los prismáticos de su vecina ya estaban confirmando el patrón numérico desde la ventana que daba a la calle.

—¿Diga? —contestó Harriet impasible, mientras escondía de nuevo los prismáticos entre los cojines del sofá—. Residencia de los señores Sloane.

—Harriet. Soy Elizabeth Zott.

—Voy para allá.

19

Diciembre de 1956

¿La mayor ventaja de ser hija de una científica? Que tu madre no viera peligros por todas partes.

Tan pronto como Mad empezó a dar sus primeros pasos, Elizabeth la animó a tocar, probar, lanzar, quemar, desgarrar, verter, agitar, mezclar, salpicar, olfatear y lamer prácticamente todo lo que se cruzaba en su camino.

—¡Mad! ¡Suelta eso! —gritaba Harriet cada mañana en cuanto entraba en la casa.

—¡Suelta! —repetía Mad, y arrojaba una taza de café todavía medio llena hacia el otro extremo de la habitación.

—¡No! —gritaba Harriet.

—¡No! —repetía Mad.

Mientras Harriet iba a por la fregona, Madeline entraba tambaleante en la sala de estar, cogía una cosa, luego desechaba otra y sus manitas pegajosas se iban hacia todo lo que parecía demasiado afilado, o demasiado caliente o demasiado tóxico, hacia todo aquello que la mayoría de los progenitores procuran mantener fuera del alcance de sus hijos, es decir, las cosas más interesantes. A pesar de todo, sobrevivió.

A Seisymedia se lo debía. Él siempre estaba ojo avizor, olfateando el peligro, tapándole los enchufes, colocándose debajo de la librería cuando Madeline trepaba a sus estantes (una costumbre que se repetía casi a diario) para así hacerle de colchón en la caída. Ya había fracasado una vez a la hora de proteger a un ser querido. Nunca más volvería a suceder.

—Elizabeth, no puedes dejar que Mad haga lo que le venga en gana —la reprendió Harriet.

—Tienes toda la razón, Harriet —dijo Elizabeth sin apartar la mirada de las tres probetas—. Habrás visto que he retirado los cuchillos.

—¡Elizabeth! No le puedes quitar el ojo de encima. Ayer me la encontré metiéndose dentro del tambor de la lavadora —imploraba Harriet.

—Ah, no te preocupes —dijo Elizabeth con la vista puesta en las probetas—. Nunca la pongo en marcha sin antes mirar dentro.

Sin embargo, a pesar de su permanente estado de alarma, Harriet debía reconocer que Mad parecía estar madurando de un modo que sus hijos nunca habían experimentado. Y algo todavía más singular: en la relación madre-hija se observaba una simetría imposible de obviar. La niña aprendía de la madre, pero también la madre de la niña. Parecían adorarse mutuamente; se notaba en el modo en que Mad contemplaba a Elizabeth cuando ésta le leía, en sus gorjeos cuando su madre le susurraba al oído, en la feliz sonrisa de Elizabeth cuando la niña mezclaba bicarbonato de sodio con vinagre, en cómo se comunicaban constantemente todo lo que pensaban y hacían —química, parloteos, babeos—, empleando a veces una suerte de lenguaje secreto que a Harriet se le antojaba un tanto excluyente. No podías —ni debías— ser amiga de tu hija, le había advertido a Elizabeth; una máxima que Harriet había extraído de sus revistas.

Observó a Elizabeth mientras se subía a Mad a las rodillas para que viera de cerca sus probetas burbujeantes. La mirada de la niña se llenó de embeleso. ¿Cómo se llamaba el método de aprendizaje que Elizabeth le había mencionado? ¿Aprendizaje experimental?

—Los niños son como esponjas —le había replicado Elizabeth la semana anterior, al reprenderla Harriet por leerle a Madeline *El origen de las especies*—. No pienso permitir que Mad se me seque antes de tiempo.

—Seque. ¡Seque, seque, seque! —gritó Mad.

—Pero cómo quieres que entienda una palabra de las teorías de Darwin —replicó Harriet—. Al menos léele la versión abreviada, ¿no? —Harriet no leía sino versiones abreviadas. El *Reader's Digest* era su publicación favorita por ese mismo motivo: porque resumían los mamotretos aburridos y los convertían en pildoritas digeribles. Una vez, en el parque, Harriet le había oído decir a una mujer que ojalá algún día el *Reader's Digest* abreviara la Biblia, y pensó para sus adentros: «Sí... y los matrimonios.»

—Yo no soy partidaria de resúmenes —repuso Elizabeth—. Además, creo que Mad y Seismedia disfrutan con la versión completa.

Por si fuera poco, Elizabeth le leía también a Seismedia. Harriet le había tomado cariño a aquel perro; a decir verdad, a veces tenía la impresión de que compartían preocupaciones similares respecto a Elizabeth y su laxo estilo de crianza.

—Ojalá pudieras hablar tú con ella —le había dicho Harriet más de una vez a Seismedia—. A ti te escucharía.

Seismedia la miraba y suspiraba. Porque Elizabeth ya lo escuchaba, por supuesto que sí; evidentemente, comunicarse no se limitaba a conversar. Aunque él intuía que muchas personas no escuchaban a sus perros. Eso se llamaba ignorar. No, un momento, se llamaba ignorancia. Acababa de aprender esa palabra. Por cierto, y no por presumir, pero su lista de palabras aprendidas ya ascendía a 497.

La única persona, aparte de Elizabeth, que no parecía subestimar la capacidad de aprendizaje de un perro, o lo que suponía ser madre trabajadora, era el doctor Mason. Como ya le había advertido después del parto, al cabo de un año fue a verla a su casa, en principio con el pretexto de ver cómo iban las cosas, pero más que nada con la intención de recordarle lo de remar en su bote.

—Hola, señorita Zott —dijo el doctor Mason cuando Elizabeth le abrió la puerta a las siete y cuarto de la mañana, sorprendida de verlo allí, con la vestimenta de remo y el pelo cortado al rape todavía húmedo por la bruma matutina—. ¿Cómo van las cosas? No quisiera hablar de mí, pero esta mañana hemos tenido una remada pésima.

Pasó de largo junto a ella y se abrió camino como si tal cosa entre los cachivaches desparramados del bebé hasta llegar al laboratorio, donde vio a Mad dispuesta a huir de la trona en la que estaba sentada.

—¡Mírala! —exclamó con una gran sonrisa—. Tan crecidita ya y todavía de una pieza. Magnífico.

Se fijó en una pila de pañales recién lavados, cogió uno y se dispuso a doblarlo.

—No puedo entretenerme mucho, pero pasaba por el barrio y se me ha ocurrido hacerle una visita. —Se inclinó para observar con más detenimiento a Mad—. ¡Caray, qué hermosura! Supongo que ese tamaño habrá que agradecérselo a Evans. ¿Cómo va la crianza?

Pero antes de que Elizabeth pudiera responder, agarró el manual de puericultura del doctor Spock.

—Es una fuente de información fiable. ¿Sabe que el doctor Spock también rema? Ganó una medalla de oro en los Juegos Olímpicos de 1924.

—Doctor Mason —dijo Elizabeth, sorprendida de la alegría que le producía verlo, a la vez que captaba la fragancia marina que desprendía su ropa—, es un detalle que haya venido a verme, pero...

—No se preocupe, no puedo quedarme mucho rato; estoy de guardia. Le prometí a mi mujer que cuidaría de los niños esta mañana. Sólo quería ver cómo van las cosas. Parece usted cansada, señorita Zott. ¿Ha pensado en buscar ayuda? ¿Cuenta con alguien?

—Mi vecina se pasa de vez en cuando.

—Magnífico. La cercanía es fundamental. ¿Y usted qué tal... ya se cuida?

—¿En qué sentido?

—¿Sigue haciendo ejercicio?

—Pues...

—¿En el ergómetro?

—Un po...

—Así me gusta. ¿Dónde está? El ergómetro. —Fue hacia la habitación contigua—. Dios bendito. Evans era un sádico —lo oyó Elizabeth exclamar.

—¿Doctor Mason? —lo llamó Elizabeth, atrayéndolo de nuevo hacia el laboratorio—. Me alegro de verle, pero tengo una reunión dentro de media hora y muchas cosas que...

—Lo siento —dijo el doctor apareciendo de nuevo—. No suelo hacer estas cosas... visitar a mis pacientes después del parto. Para ser sincero, no vuelvo a verlas a menos que decidan aumentar la familia.

—Pues es un honor, pero como le decía, estoy...

—Ocupada —la interrumpió el doctor, terminando la frase por ella; luego fue hacia el fregadero y se puso a lavar los platos—. Cómo no va a estarlo, entre la niña, el trabajo como autónoma, la investigación... —Hizo recuento de sus obligaciones y levantó las manos llenas de detergente recorriendo la habitación con la mirada—. Por cierto, dispone de un buen laboratorio.

—Gracias.

—¿Fue Evans quien...?

—No.

—Entonces...

—Lo monté yo misma. Durante el embarazo.

El doctor cabeceó admirado.

—Tuve ayuda —añadió Elizabeth indicando con un gesto a Seisymedia, que hacía guardia junto a la trona de Mad esperando que le cayera algo de comer.

—Ah, sí, ahí lo tenemos. Los perros son de gran ayuda. Para mi mujer y para mí tener un perro fue como una especie de rodaje antes de que llegaran los niños —dijo examinando una sartén—. ¿Estropajo metálico?

—A su izquierda.

—Hablando de rodajes —dijo el doctor añadiendo más detergente—. Ha llegado el momento.

—¿El momento de qué?

—De remar. Ya ha pasado un año.

Elizabeth se echó a reír.

—Tiene gracia.

El doctor se volvió para mirarla con las manos chorreando y puso el suelo perdido.

—¿Qué es lo que tiene gracia?

Esta vez la confundida fue Elizabeth.

—Ha quedado una plaza vacante. En el segundo asiento. Nos vendría muy bien contar otra vez con usted, y cuanto antes. La semana que viene a más tardar.

—¿Cómo? No. Estoy...

—¿Cansada? ¿Ocupada? Apuesto a que me saldrá con el pretexto de que no tiene tiempo.

—Es que no lo tengo.

—¿Y quién lo tiene? Ser adulto está sobrevalorado, ¿no cree? No has hecho más que resolver una papeleta que ya te caen otras diez. ¡Upa!

—¡Upa! —exclamó Madeline.

—Lo único de provecho que aprendí con los marines fue lo importante que era hacerme la cama cada día. Pero esa agua fresquita salpicándote en la cara cuando remas a estribor justo antes del alba... Eso resuelve cualquier papeleta.

Elizabeth dio un sorbo de café mientras el doctor Mason seguía con su perorata. Era perfectamente consciente de que necesitaba ayuda. La pena por la muerte de Calvin había pasado a una nueva etapa: del duelo por el hombre que amaba al duelo por el padre que habría podido ser. Hacía lo imposible por no imaginárselo levantando a Mad en el aire o cargándola fácilmente sobre sus hombros. Ninguno de los dos había querido tener hijos, y Elizabeth seguía creyendo fervientemente que ninguna mujer debía estar obligada a tenerlos. Sin embargo, allí estaba, madre soltera y científica a la cabeza de lo que debía de ser el experimento menos científico de todos los tiempos: la crianza de un ser humano; un proceso que ella vivía a diario como si se presentara a un examen para el que no había estudiado. Las preguntas eran abrumadoras y ni siquiera había respuestas suficientes entre las que escoger. A veces se despertaba empapada de sudor, tras una pesadilla en la que llamaban a la puerta y cierta figura de autoridad se presentaba ante ella, cargada con un canasto vacío del tamaño de un bebé, que le decía: «Acabamos de revisar el último informe sobre su desempeño como madre y lamentamos tener que informarla de que queda usted despedida.»

—Hace años que intento convencer a mi mujer de que reme —iba diciendo el doctor Mason—. Yo creo que le encantaría. Pero siempre me dice que no, y me parece a mí que en parte se debe a que en el club de remo no hay ninguna otra mujer. No estoy loco, señorita Zott. Hay mujeres aficionadas al remo. Usted, por ejemplo. Existen equipos femeninos de remo.

—¿Dónde?

—En Oslo.

—¿Noruega?

—Esta niña sin ir más lejos —dijo señalando a Mad—, estoy convencido de que remará a estribor. ¿Ve cómo desplaza naturalmente el peso hacia la derecha?

Los dos miraron a Madeline, absorta en sus deditos como sorprendida de que tuvieran distintos tamaños. La noche anterior, mientras le leía *La isla del tesoro*, Elizabeth había percibido la mirada de la niña, levantada hacia ella con embeleso. Bajó la vista hacia ella, embargada por otra suerte de arrobo. Hacía tanto tiempo que nadie depositaba esa clase de fe en ella que la asaltó un torrente de amor incontenible hacia su inocente hija.

—Le sorprendería lo mucho que se puede saber de una criatura en esta etapa —iba diciendo el doctor—. Su identidad futura se nos revela constantemente en los detalles más nimios. Salta a la vista, por ejemplo, que esta niña es más lista que el hambre.

Elizabeth asintió. La semana anterior, al asomarse a la habitación donde Mad dormía la siesta para echarle un vistazo, se la había encontrado sentada en la cuna, explicándole algo muy seriamente a Seisymedia. Elizabeth se retiró un poco para que no la viera y observó maravillada a su bebé, que se bamboleaba como un bolo en la bolera a punto de caer y hacía aspavientos con las manos sin dejar de cotorrear, hilando una retahíla de consonantes y vocales sin ton ni son, como ropa tendida a secar, pero pronunciadas con la pasión de una experta en la materia. Seisymedia, absorto junto a la cuna, seguía atentamente cada sílaba con el hocico metido entre los barrotes y las orejas levantadas. Mad se interrumpió de pronto, como si hubiera perdido el hilo, y luego se inclinó hacia el perro y retomó su charla. «*Gagagagasussunanububu. Babadudubadu*», añadió como aclarando algún punto en particular.

Tener un bebé, pensó Elizabeth, era en cierto modo como vivir con un visitante de un planeta lejano. Al principio, mientras el visitante aprendía tus costumbres y tú las suyas, había cierta reciprocidad, pero poco a poco las suyas iban diluyéndose y las tuyas asentándose. Una lástima, en opinión de Elizabeth. Porque, a diferencia de los adultos, su visitante nunca se cansaba ni del más nimio descubrimiento, nunca dejaba de ver magia en lo cotidiano. El mes anterior, al oír un chillido de Mad en la sala de estar, Elizabeth había echado por la borda el trabajo de una hora por correr a ver qué le sucedía. «¿Qué pasa, Mad? ¿Estás bien?», le dijo, plantándose ante ella como un helicóptero sobre un campo de batalla.

Mad, con los ojos abiertos como platos, la miró y levantó una cuchara. «¡Mira lo que tengo! ¡Estaba aquí! ¡En el suelo!», parecía decir con la mirada.

—Además, no sólo es un deporte —iba diciendo el doctor Mason—. El remo es una forma de vida. ¿A que sí?
—Estaba dirigiéndose al bebé.

—¡*Chí!* —exclamó Mad aporreando la bandeja de la trona.

—Por cierto, tenemos un entrenador nuevo —anunció el doctor volviéndose hacia Elizabeth—. Un tipo preparadísimo. Le he hablado de usted.

—¿Ah, sí? ¿Y le ha dicho que era una mujer?

—¡No! —gritó Mad.

—Mire, señorita Zott, el caso es que —dijo el doctor eludiendo la pregunta mientras cogía una toallita, la humedecía y luego iba hacia la trona y le limpiaba las manos pegajosas a Mad— ya hace tiempo que venimos teniendo problemas con el segundo asiento. Que quede entre nosotros, pero es un remero pésimo; sólo formaba parte de la tripulación por un enchufe de sus tiempos universitarios. Pero todo eso se acabó el fin de semana pasado, cuando se rompió la pierna en un accidente de esquí. —Mason procuró ocultar su júbilo—. ¡Por tres sitios se la fracturó!

Madeline tendió los brazos y el doctor la levantó de la trona.

—Lo siento mucho por él —comentó Elizabeth—. Y le agradezco el voto de confianza. Pero, de todos modos, no tengo experiencia suficiente. Sólo remé en su bote un par de veces, y eso gracias a Calvin.

—Al-vin —dijo Mad.

—Claro que tiene experiencia suficiente —repuso el doctor sorprendido—. ¿No hablará en serio? ¿Después de haber sido entrenada por el mismísimo Calvin Evans? ¿Y de remar en punta con él? Prefiero mil veces esa clase de experiencia a la de un enchufado gigantón.

—Y además estoy muy ocupada —insistió.

—¿A las cuatro y media de la mañana? Estará de vuelta en casa sin que esta criatura se haya dado cuenta siquiera de su ausencia. ¡El segundo asiento! —recalcó, como si le ofreciera una bicoca que aprovechar cuanto antes—. ¿Recuerda? Lo hablamos en su momento.

Elizabeth negó con la cabeza. Calvin también se había mostrado igual de insistente, como si fuera lo más natural del mundo que el remo se impusiera a todo lo demás. Elizabeth recordaba una mañana en particular, cuando unos remeros de otro bote manifestaron su sorpresa porque su asiento número cinco no se hubiese presentado. El timonel lo llamó por teléfono a su casa y se enteró de que estaba con fiebre, alta además. «Bueno, pero vendrás de todos modos, ¿no?», le instó con apremio.

—Señorita Zott, no quisiera ponerla en un brete, pero la verdad es que la necesitamos. Sé que sólo hemos remado juntos unas cuantas veces, pero también sé la impresión que me causó. Además, seguro que el solo hecho de volver a sentarse en un bote hará que se sienta muchísimo mejor. Todos —añadió pensando en la remada de aquella misma mañana— nos sentiremos muchísimo mejor. Pregúntele a su vecina. A ver si pudiera quedarse con la niña.

—¿A las cuatro de la mañana?

—Eso es lo bueno del remo, aunque se olvide —dijo el doctor ya volviéndose para irse—. Que se practica a horas en que nadie está tan ocupado.

—Cuenta conmigo —dijo Harriet.

—No lo dirás en serio —repuso Elizabeth.

—Será divertido —dijo Harriet, como si levantarse en mitad de la noche fuera una diversión generalizada.

Pero en realidad lo hacía por el señor Sloane. Su marido llevaba un tiempo bebiendo y despotricando más de la cuenta y el único modo de bregar con eso que Harriet conocía era alejándose.

—De todos modos, sólo son tres mañanas a la semana —asintió Harriet.

—Es una prueba nada más. Igual no paso el examen.

—Lo pasarás. Y con nota.

Pero dos días más tarde, mientras avanzaba por el hangar del club de remo, rodeada de pequeños corrillos de remeros adormilados que la miraban de reojo con cara de sorpresa, tuvo la impresión de que tanto Harriet con su fe como el doctor Mason con sus necesidades habían exagerado.

—Buenos días —saludó Elizabeth a los remeros aleatoriamente—. Hola.

—¿Qué hace ésa aquí? —oyó susurrar a uno.

—¡Joder! —exclamó otro.

—Señorita Zott —la llamó el doctor Mason desde el otro extremo del hangar—, por aquí.

Elizabeth se abrió una senda entre el laberinto de cuerpos hasta llegar a un corrillo de hombres despeinados que, a juzgar por su aspecto, parecía como si acabaran de recibir malas noticias.

—Elizabeth Zott —se presentó con aplomo, tendiendo una mano. Nadie se la estrechó.

—Hoy Zott remará en el segundo asiento —anunció Mason—. Bill se ha roto una pierna.

Silencio.

—Entrenador, ésta es la persona de la que le hablé —dijo el doctor Mason volviéndose hacia un hombre con aspecto homicida.

Silencio.

—Algunos quizá la recordaréis, ha remado con nosotros en otras ocasiones.

Silencio.

—¿Alguna pregunta?

Silencio.

—En marcha, pues.

E inclinó la cabeza en dirección al timonel.

—Creo que ha ido muy bien, ¿no? —le dijo luego el doctor Mason mientras se dirigían hacia sus coches respectivos.

Elizabeth se volvió para mirarlo. Cuando estaba en el paritorio rabiando de dolor, convencida de que la criatura que llevaba dentro le estaba arrancando las entrañas como si fueran maletas para no quedarse sin vestimenta una vez que saliera al mundo exterior, sus alaridos eran tales que hasta sacudían el somier. Pasada la contracción, abrió los ojos y vio al doctor Mason inclinado sobre ella. «¿Lo ve? ¿A que no era para tanto?», le dijo.

Elizabeth jugueteó con las llaves del coche.

—Creo que el timonel y el entrenador discreparían.

—Ah, bueno —dijo él restándole importancia con un ademán—. Normal. Pensaba que ya estaría usted al corriente: el recién llegado siempre carga con las culpas de todo. Como solía remar con Evans, no está al corriente todavía de todas las sutilezas de la cultura del remo. Dele unas cuantas remadas y ya verá.

Elizabeth confió en que estuviera siendo sincero, porque lo cierto era que le había encantado remar en el agua de nuevo. Estaba agotada, pero era un cansancio agradable.

—Lo interesante del remo —decía el doctor— es que siempre se practica de espaldas a la dirección del movimiento. Es como si el propio deporte tratara de enseñarnos que no hay que adelantarse. —Abrió la puerta del coche—. La verdad es que, si lo piensa, remar es casi lo mismo que criar a un niño. Las dos cosas requieren paciencia, aguante, fuerza y entrega. Y ni una ni otra nos permiten ver hacia dónde vamos, sólo de dónde partimos. A mí eso me resulta muy alentador, ¿a usted no? Aparte de los palazos, claro. Cuantos menos palazos, mejor.

—¿Palazos?

—Eso he dicho, palazos —repitió entrando en el coche—. Ayer uno de mis hijos le pegó al otro con una pala.

20

La historia de mi vida

Aunque Mad apenas tenía cuatro años cumplidos, ya estaba más desarrollada que la mayoría de los niños de cinco y leía mejor que muchos de doce. Sin embargo, a pesar de sus progresos físicos e intelectuales, tenía pocos amigos, al igual que la antisocial de su madre y el rencoroso de su padre.

—Me preocupa que pueda ser una mutación genética. Puede que tanto Calvin como yo fuéramos portadores —le confió Elizabeth a Harriet.

—¿Del gen «no soporto a la gente» te refieres? ¿Existe tal cosa? —dijo Harriet.

—Me refería a la timidez —la corrigió Elizabeth—. A la introversión. Así que, ¿sabes lo que he hecho? La he matriculado en un colegio. El curso empieza el lunes, y de pronto me ha parecido lo más conveniente. Mad necesita rodearse de otros niños, tú misma lo has dicho más de una vez.

Efectivamente. Harriet había expresado esa opinión al menos un centenar de veces en los últimos años. Madeline era una niña precoz, dotada de una capacidad verbal y un nivel de comprensión extraordinarios, pero Harriet no estaba convencida de que estuviera progresando en otros terrenos más normales, como atarse los cordones de los zapatos o jugar con muñecas. El otro día, sin ir más lejos, le había propuesto jugar a hacer bolas de barro y Madeline, tras fruncir el ceño, había agarrado un palito y dibujado un número *pi* en la tierra mojada. «¡Hecho!», había exclamado a continuación.

Además, si Mad iba al colegio, pensó Harriet, ¿en qué iba a ocupar ella el día? Se había acostumbrado a ser necesaria.

—Todavía es pequeña —insistió Harriet—. Para entrar en un colegio hay que tener cinco años como mínimo. O mejor, seis.

—Eso me dijeron. Pero aun así la han dejado entrar.

Elizabeth obvió que Madeline no había sido admitida por su brillantez, sino porque su madre, tras analizar la composición química de la tinta de bolígrafo, había encontrado la manera de falsificar la partida de nacimiento de la niña. Oficialmente Mad no estaba en edad de escolarizarse, pero Elizabeth no comprendía qué tenían que ver esos formalismos con la educación de su hija.

—El centro se llama Woody Elementary —dijo tendiéndole a Harriet una hoja de papel—. Su maestra es la señorita Mudford. Aula seis. Supongo que irá un poco más adelantada que algunos de sus compañeros, pero no creo que sea la única que lee a Zane Grey, ¿no?

Seisymedia levantó la cabeza preocupado. Tampoco a él le ilusionaba mucho esa perspectiva. ¿Mad en el colegio? ¿Y su trabajo qué? ¿Cómo iba a proteger a la criatura si estaba dentro de un aula?

Elizabeth recogió las tazas de café y las llevó al fregadero. En realidad, esa idea repentina de inscribirla en un centro escolar no había sido tan repentina. Semanas antes había ido al banco para contratar una hipoteca inversa sobre la casa. Estaban arruinadas. Si Calvin no hubiese estampado su nombre en la escritura (algo que Elizabeth había descubierto sólo después de su muerte), ahora mismo estarían las dos viviendo de los servicios sociales.

El director del banco no había sido muy halagüeño respecto a su situación. «Irá de mal en peor. En cuanto su hija tenga la edad requerida, apúntela a un colegio. Luego búsquese un trabajo que dé dinero. O cásese con alguien con posibles», le había aconsejado.

Elizabeth volvió al coche y consideró las distintas opciones a su alcance.

Robar un banco.

Robar una joyería.

O una ocurrencia funesta: volver a donde le habían robado a ella.

Veinticinco minutos después entraba en el vestíbulo de Hastings, con las manos temblando, la piel sudorosa y todos los sistemas corporales de alarma disparados. Inspiró hondo, procurando insuflarse ánimos.

—El doctor Donatti, por favor —le dijo a la recepcionista.

—¿Me gustará el colegio? —preguntó Mad, apareciendo de buenas a primeras.

—Desde luego que sí —dijo Elizabeth sin convicción—. ¿Qué es eso de ahí? —Señaló hacia una cartulina grande de color negro que Madeline llevaba agarrada en la mano derecha.

—Mi dibujo —respondió la niña; lo colocó sobre la mesa, delante de su madre, y se arrimó a ella.

Era otro de sus dibujos a tiza —Madeline prefería las tizas a las ceras—, pero como la tiza se emborronaba con tanta facilidad, esos dibujos muchas veces tenían un aspecto desvaído, como si sus protagonistas intentaran salirse de la página. Elizabeth vio que había pintado unos cuantos muñecos de palotes, un perro, un cortacésped, un sol, una luna, un coche (posiblemente), unas flores, una caja larga. Un incendio parecía estar destruyendo el sur de la cartulina; la lluvia dominaba el norte. Y había otra cosa más: una gran masa blanca en forma de remolino en el centro.

—Vaya, qué maravilla. Veo que te has esmerado mucho —dijo Elizabeth.

Mad hinchó los mofletes como si su madre no supiera hasta qué punto.

Elizabeth contempló el dibujo de nuevo. Le había estado leyendo a Mad un libro que hablaba de cómo los egipcios utilizaban la superficie de los sarcófagos para contar la vida del difunto (sus altibajos, sus vicisitudes y alegrías), todo ello plasmado con una simbología precisa. Pero durante la lectura a Elizabeth se le había ocurrido pensar en la posibilidad de que el artista se distrajera. ¿Y si le salía un áspid en lugar de una cabra? ¿Qué hacía en ese caso? ¿Tenía que dejarlo tal cual? Probablemente. Por otro lado, ¿no era ésa la definición misma de la vida? ¿Una adaptación constante determinada por una serie interminable de errores? Sí, y ella lo sabía mejor que nadie.

El doctor Donatti había aparecido en el vestíbulo a los diez minutos. Curiosamente, a Elizabeth le pareció que se alegraba de verla.

—¡Señorita Zott! —exclamó, y le dio un abrazo, que ella recibió conteniendo el aliento, con repulsión—. ¡Justo ahora mismo estaba pensando en usted!

A decir verdad, Donatti no había hecho otra cosa que pensar en Zott.

—Cuéntame quiénes son estas personas —le dijo Elizabeth a Mad, señalando los dibujos de palotes.

—Éstas somos tú, yo y Harriet —le explicó Mad—. Y éste es Seisymedia. Y ésta eres tú remando —dijo señalando aquella especie de caja larga—, y ésa es la máquina de cortar el césped. Y esto es un fuego. Y esto es otra gente. Ése es nuestro coche. Y sale el sol, luego sale la luna y luego las flores. ¿Lo ves?

—Eso creo. Es un dibujo sobre el paso de las estaciones.

—¡No! —replicó Mad—. Es la historia de mi vida.

Elizabeth asintió con la cabeza, fingiendo entender. ¿Un cortacésped?

—¿Y todo esto qué representa? —le preguntó señalando la masa blanca que dominaba la parte central del dibujo.

—Eso es el infierno —respondió Mad.

Elizabeth la miró atónita.

—¿Y esto? —preguntó señalando unas rayas oblicuas—. ¿Lluvia?

—Lágrimas —respondió Mad.

Elizabeth se puso de rodillas y la miró a los ojos.

—¿Estás triste, cariño?

Mad llevó las manitas manchadas de tiza a ambos lados de la cara de su madre.

—No, pero tú sí.

Cuando Mad salió fuera a jugar, Harriet masculló algo así como que «sólo los niños y los locos dicen la verdad», pero Elizabeth hizo como si no la oyera. Ya sabía que era como un libro abierto para su hija. Se había fijado en esa facultad de Mad, en que percibía justo esas cosas que todo el mundo pretendía ocultar. «Harriet nunca ha estado enamorada», le había soltado de buenas a primeras la semana anterior durante la cena. «Seisymedia todavía se echa la culpa», había dicho con un suspiro durante el desayuno. «El doctor Mason está harto de vaginas», le había mencionado al acostarse.

—No estoy triste, Harriet —mintió Elizabeth—. De hecho, tengo muy buenas noticias. Me han ofrecido un puesto de trabajo en Hastings.

—¿Trabajo? Pero si ya tienes un trabajo, y uno que además te permite compaginarlo con criar a Mad, pasear a Seisymedia, hacer tus investigaciones y remar. ¿Cuántas mujeres pueden decir eso?

«Ninguna», pensó Elizabeth, ni siquiera ella. Aquel sinfín de quehaceres la estaba matando, la falta de ingresos amenazaba a su familia y su autoestima se había desplomado hasta niveles inusitados.

—No me gusta —dijo Harriet, descontenta por la escolarización de Mad, que la dejaría sin propósito en la vida—. ¿Después de lo mal que se portaron tanto contigo como con el señor Evans? Bastante haces ya con rebajarte a atender a todos esos idiotas que vienen por aquí.

—La ciencia es como todo —replicó Elizabeth—. A algunos se les da mejor que a otros.

—Ahí voy. De entre todas las disciplinas, ¿no debería la ciencia precisamente ser capaz de eliminar a sus propios ineptos? ¿No era eso lo que dijo Darwin? ¿Que los débiles acaban palmando?

Pero se dio cuenta de que Elizabeth no la escuchaba.

«¿Qué tal el bebé?», le había preguntado Donatti, agarrándola del brazo para conducirla a su despacho. Al bajar la vista, se había fijado en que Elizabeth tenía los dedos vendados, como antes de marcharse del centro.

Zott le respondió algo, pero Donatti estaba demasiado ocupado maquinando su siguiente paso para prestarle atención. En los últimos años habían vivido en la gloria sin Zott ni Evans y las cosas habían ido a mejor. No porque se hubiera efectuado ningún hallazgo, sino porque todo marchaba sobre ruedas. Incluso aquel idiota, Boryweitz, parecía haber adquirido algo de materia gris. Se diría que había sido necesario que Evans muriera y Zott se marchara para que todos sus demás químicos prosperaran.

No obstante, Donatti seguía teniendo una espina clavada: el inversor ricachón. Había aparecido de nuevo. Quería averiguar qué demonios había hecho el tal Zott con su dinero durante todo aquel tiempo. ¿Dónde estaban las publicaciones? ¿Los hallazgos? ¿Los resultados?

Donatti miraba por la ventana con aire ausente mientras Zott peroraba sobre una reacción catiónica inopinada. Dios, qué aburrida era la ciencia. Tosió, procurando disimular su falta de atención. Ya casi era la hora del cóctel; enseguida podría irse a su casa. Recordó cuando, tiempo atrás, en la universidad, alguien lo había felicitado por sus martinis extrasecos.

De pronto se le pasó por la cabeza: ¿y si se dedicaba a la coctelería? Beber le encantaba; se le daba bien. Sus libaciones ponían a la gente contenta, es decir, borracha. Además, en el arte de mezclar alcoholes había mucho de ciencia. ¿Dónde estaba la pega? ¿El sueldo?

Hablando de sueldos, no tenía presupuesto para contratar a Zott: ni un céntimo. Pero tenía que hacerlo: la necesitaba porque el inversor la necesitaba, o mejor dicho, «lo» necesitaba, necesitaba al señor Zott y su puta abiogénesis. La verdad era que el tipo estaba empezando a echar espumarajos por la boca. Donatti llevaba meses eludiendo sus llamadas. Al final, por pura desesperación, le había preguntado a su equipo si alguno había tocado el tema aunque fuera de refilón. ¿Y quién había levantado la mano? Boryweitz.

La única pega era que Boryweitz no le había sabido explicar sus propias investigaciones. A Donatti le escamó y Boryweitz finalmente le reveló que se había encontrado por casualidad con Zott y habían estado charlando sobre la abiogénesis. Y, casualidad de las casualidades, resultó que los dos habían llegado a resultados similares.

—Que conste que te he avisado: me parece un gran error aceptar ese trabajo en Hastings —dijo Harriet, secando las tazas del café.

—Habrá que darles una segunda oportunidad —insistió Elizabeth.

«Como si una no fuera suficiente», pensó Seisymedia.

21

E. Z.

El departamento de Química celebró el retorno de Elizabeth regalándole una bata de laboratorio nueva.

—De parte de todos. Como prueba de lo mucho que la hemos echado de menos —dijo Donatti.

Sorprendida por el detalle, Elizabeth la aceptó encantada y se puso la bata blanca entre aplausos aislados a los que siguieron algunas risotadas estridentes. Bajó la vista hacia las letras cosidas por encima del bolsillo. Donde antes ponía «E. Zott» ahora sólo figuraban las iniciales E. Z. Al leerlas sonaban como *easy*, «fácil» en inglés.

—¿Le gusta? —dijo Donatti guiñando un ojo—. Por cierto... —Le hizo señas con un dedo para que lo siguiera a su despacho—. Me ha dicho un pajarito que sigue usted enfrascada en el estudio de la abiogénesis.

Elizabeth dio un respingo. No había hablado con nadie de ese proyecto. La única persona que quizá pudiera saber de él era Boryweitz, y sólo porque la última vez que había estado en su casa Elizabeth había salido un momento del laboratorio, al despertarse Mad de la siesta, y al volver se había encontrado a Boryweitz sentado a su escritorio, hurgando entre sus archivos. «¿Se puede saber qué hace?», le había dicho estupefacta.

«Nada, señorita Zott», había respondido él, evidentemente dolido por su tono.

• • •

—Yo también estoy a punto de publicar algo. Saldrá en breve en el *Science Journal* —dijo Donatti acomodándose detrás de su escritorio.

—¿Sobre qué tema?

—Nada espectacular. Algo relacionado con el ARN. Ya sabe cómo funciona este mundillo: si no publicas algo cada equis tiempo, te pasa factura profesionalmente. Pero lo suyo me interesa, ¿cuándo podré leer su artículo? —respondió Donatti encogiéndose de hombros.

—Todavía me quedan algunos cabos que atar. Si me permiten centrarme exclusivamente en eso sin distracciones, es muy probable que tenga algo que ofrecerle en el curso de las próximas seis semanas —respondió Elizabeth.

—¿Centrarse sólo en su propia investigación? —preguntó él sorprendido—. Muy al estilo Calvin Evans me parece, ¿no?

Al oír mencionar a Calvin, Elizabeth mudó el semblante.

—Como a buen seguro recordará, este departamento no funciona así. Aquí nos ayudamos unos a otros. Formamos un equipo. Como en un bote —añadió con sorna.

Donatti había oído a Elizabeth decirle a otro químico que seguía remando. Bueno, pues si no hubiera estado remando, llevaría más avanzado el trabajo. Aunque ya había revisado los archivos que había llevado y le asombró comprobar que había hecho muchos más progresos de lo que Boryweitz parecía haber entendido. Menudo idiota.

—Tome —le dijo tendiéndole una pila enorme de papeles—. Empiece pasando esto a máquina. Además, andamos escasos de café. Ah, y hable con sus colegas, a ver en qué necesitan que eche una mano.

—¿Una mano? Yo soy química, no técnico de laboratorio —dijo Elizabeth.

—No, usted es técnico de laboratorio —repuso Donatti categórico—. Lleva bastante tiempo fuera de juego. Supongo que no pensaría que iba a entrar aquí tan ricamente y retomar su antiguo trabajo, después de tantos años rascándose la barriga. Pero le propongo un trato: esmérese y ya veremos qué se puede hacer.

—Pero esto no es lo que acordamos.

—Relájese, lujuriosa Lizzie —dijo Donatti arrastrando las palabras.

—¿Cómo me ha llamado?

Pero antes de que pudiera responder la secretaria le recordó a Donatti que tenía una reunión.

—Mire —dijo volviéndose hacia Elizabeth—, usted gozó de un trato de favor mientras Evans formaba parte del equipo, y aquí hay mucha gente que todavía no se lo ha perdonado. Pero esta vez procuraremos hacerle saber a todo el mundo que ha conseguido el puesto por méritos propios. Es usted una chica inteligente, Lizzie. Podría ocurrir.

—Pero es que yo contaba con el sueldo de investigadora, doctor Donatti. El de técnico de laboratorio no me alcanza para sobrevivir. Tengo una hija que mantener.

—Hablando de eso —dijo agitando la mano—, tengo buenas noticias. He solicitado que Hastings le costee los estudios.

—¿En serio? —preguntó Elizabeth atónita—. ¿Hastings estaría dispuesto a pagarme el doctorado?

Donatti se levantó y estiró los brazos por encima de la cabeza como si acabara de completar una tabla de ejercicios.

—No. Me refería a que creo que le convendría aprender taquigrafía. Le he encontrado un curso por correspondencia —dijo tendiéndole un folleto—. Lo bueno es que podría hacerlo desde casa, en sus ratos libres.

Con el corazón estallándole en el pecho, Elizabeth volvió a su escritorio, soltó bruscamente los archivos y luego se fue directa al servicio de señoras y se encerró en el cubículo más alejado de la puerta. Harriet tenía razón. «¿Qué había hecho?» Pero antes siquiera de abordar tal reflexión, oyó unos golpes en el cubículo contiguo.

—¿Hay alguien? —dijo Elizabeth.

El golpeteo cesó.

—¿Hay alguien? —insistió Elizabeth—. ¿Se encuentra usted bien?

—Métase en sus asuntos —saltó la voz.

Elizabeth dudó un momento y volvió a intentarlo.

—¿Necesita...?

—¿Está sorda o qué? ¡Déjeme en paz!

Elizabeth se quedó callada. La voz le resultaba familiar.

—¿Señorita Frask? —preguntó visualizando a la secretaria de Recursos Humanos que tanto la había martirizado unos años antes al morir Calvin—. ¿Es usted, señorita Frask?

—¿Quién demonios pregunta? —respondió la voz agresivamente.

—Elizabeth. Del departamento de Química.

—Joder. Zott tenía que ser.

Se produjo un largo silencio.

La señorita Frask, que en ese momento contaba treinta y tres años y en los últimos cuatro había recorrido diligentemente todas las sendas que prometían un ascenso —desde cantar las glorias de Hastings hasta espiar en determinados departamentos y firmar una columna de cotilleo interno llamada «De buena tinta»—, aún no había obtenido la ansiada promoción. De hecho, ahora debía rendir cuentas a un novato, un joven de veintiún años recién salido de la facultad sin otro talento aparente que el de confeccionar cadenitas a base de clips. En cuanto a Eddie, el geólogo con el que antes se acostaba para demostrar su disposición al matrimonio, la había abandonado dos años antes por otra chica todavía virgen. Ese día, la última bofetada le había llegado por vía del niñato de su nuevo jefe, que había puesto en sus manos un plan de mejora con diez propuestas. La primera: adelgazar diez kilos.

—Así que es verdad que ha vuelto —dijo Frask desde su cubículo—. Como la proverbial mala hierba.

—¿Cómo dice?

—¿También se ha traído al perro?

—No me he traído ningún perro.

—Mírala ella, así que ahora cumplimos las reglas, ¿no, Zott?

—Mi perro tiene otras ocupaciones por las tardes.

—Ocupaciones —repitió Frask con sorna.

—Recoge a mi hija en el colegio.

Frask cambió de postura en el asiento del váter y recordó que, efectivamente, Zott ya era madre. Tiró del papel higiénico.

—Pues lamento que sea niña.

En su cubículo, Elizabeth contempló las baldosas del suelo. Sabía muy bien lo que Frask había querido decir. El primer día de clase, al dejar a Mad en el aula, había visto horrorizada que la maestra, una mujer con los ojos hinchados y una permanente que atufaba, intentaba prender en la bata de Mad una florecilla de color rosa con la leyenda: ¡LEER ES DIVERTIDO!

—¿Me puede poner una azul? —preguntó Madeline.

—No. El azul es de niños, y el rosa de niñas —le contestó la maestra.

—No es verdad —objetó Madeline.

La maestra, una tal señorita Mudford, apartó la vista de Madeline para mirar a Elizabeth, y achacó la actitud rebelde de la niña a la belleza excesiva de su madre. Se fijó en las manos de aquella mujer y comprobó que no llevaba alianza: bingo.

—¿Y qué la trae de nuevo por Hastings? ¿A ver si caza a otro genio? —preguntó Frask.

—La abiogénesis.

—Ah, claro —dijo Frask burlona—. Para variar. Mira por dónde, el inversor aparece de nuevo y, ¡tachán!, aquí la tenemos otra vez. Predecible es, desde luego, hay que reconocerlo. Al menos esta vez tiene a un ricacho en el punto de mira. Aunque, a ver, en confianza, ¿no le parece ya un poco mayorcito para usted?

—No entiendo de qué me habla.

—No me venga con remilgos.

Elizabeth apretó la mandíbula.

—Ni aunque quisiera podría —replicó.

Frask se quedó pensando: en eso llevaba razón. Zott no era persona de andarse con remilgos. Era un alma de cántaro, no se enteraba de la misa la media, como aquel día que hubo que decirle que Calvin le había dejado un regalito de despedida; un regalo que ahora (¿cómo era posible?) ya iba al colegio y tenía un perro que la recogía a la salida. ¿En serio?

—Me refiero al tipo que hizo una generosísima donación a Hastings para financiar la abiogénesis en base a su trabajo. O mejor dicho, al trabajo del señor E. Zott.

—¿De qué habla?

—Lo sabe usted muy bien, Zott. El caso es que vuelve el ricacho, y mira tú qué casualidad, aquí la tenemos otra vez. Creo que debe de ser la única mujer en Hastings (y que conste que somos tres mil empleados) que no ejerce de secretaria. No me explico a qué se deberá eso. Y aun así, se empeña en hacerse pasar por un hombre. ¿Hasta dónde será capaz de rebajarse? Por cierto, ¿sabe por qué dicen aquí que las mujeres no somos una buena inversión? Porque al final siempre los dejamos en la estacada para tener hijos. Como hizo usted, sin ir más lejos.

—A mí me despidieron —soltó Elizabeth, cada vez más indignada—. En parte, gracias a mujeres como usted —le espetó—, que le bailan el agua a...

—Yo no le bailo el agua a...

—Que le hacen el juego a...

—Yo no le hago el juego...

—Que parecen pensar que su valía depende de lo que los hombres...

—¿Cómo se atreve...?

—¡No! —la interrumpió a voces Elizabeth, dando un golpe en la delgada chapa metálica que las separaba—. ¡Cómo se atreve usted, señorita Frask! ¡Cómo se atreve! —Elizabeth se levantó, abrió la puerta de su cubículo, fue hacia el lavabo y abrió el grifo con tanto ímpetu que se quedó con él en la mano. El agua salió a borbotones y le dejó la bata empapada—. ¡Maldita sea! ¡Maldita sea!

—¡Ay, Dios! —exclamó Frask apareciendo a su lado—. Déjeme.

La apartó bruscamente hacia la izquierda, se agachó por debajo del lavabo y cerró la válvula de paso. Al incorporarse de nuevo, las dos se encararon.

—¡Yo jamás he pretendido hacerme pasar por un hombre, Frask! —dijo Elizabeth a voces mientras se secaba la bata con una toalla de papel.

—¡Y yo no le bailo el agua a nadie!

—Soy química. No químico. ¡Química! ¡Y muy buena!

—¡Pues yo soy una experta en personal! ¡Y casi psicóloga! —gritó Frask.

—¿Sólo casi?

—Cierre el pico.

—No, lo preguntaba en serio. ¿Cómo que casi?

—No me dejaron terminar la carrera, ¿vale? ¿Y usted qué? ¿Usted por qué no es doctora, Zott?

Elizabeth endureció el semblante, y sin pretenderlo, le confesó lo que nunca le había contado a nadie, aparte de al policía que le había tomado declaración.

—¡Porque el supervisor de mi tesis me violó, y luego hizo que me expulsaran del programa del doctorado! —respondió a voces—. ¿Y usted?

Frask la miró atónita y dijo sin fuerza:

—Lo mismo.

22

El obsequio

—¿Qué tal tu primer día de vuelta en Hastings? —le preguntó Harriet en cuanto Elizabeth llegó a casa.

—Bien —mintió Elizabeth, y luego se inclinó para levantar en brazos a su hija—. ¿Cómo te ha ido en el cole, Mad? ¿Lo has pasado bien? ¿Has aprendido algo nuevo?

—No.

—¿Cómo que no? Cuéntame.

Madeline dejó a un lado el libro que tenía en las manos.

—Pues hay unos niños que tienen incontinencia.

—¡Dios bendito! —exclamó Harriet.

—Sería sólo porque estaban nerviosos —dijo Elizabeth pasándole la mano por el pelo—. Enfrentarse a algo nuevo puede ser difícil.

—Además, la señorita Mudford quiere que vayas a verla —añadió Mad tendiéndole una nota.

—Bien —dijo Elizabeth—. Como buena maestra precavida.

—¿Qué quiere decir «precavida»?

—Nada bueno —masculló Harriet.

Unas semanas después Elizabeth bajó al departamento de Recursos Humanos.

—¿Podría proporcionarme alguna información sobre ese inversor? —le preguntó a Frask—. Lo que sea.

—¿Por qué no? —respondió Frask, y tiró de una delgada carpeta procedente del departamento de Contabilidad y etiquetada con la palabra «Confidencial»—. La semana pasada engordé un kilo.

—¿Hay algo más? —le preguntó Elizabeth, ojeando el contenido—. Aquí dentro no hay nada.

—Ya sabe cómo son los ricos, Zott. Les gusta el anonimato. Pero ¿y si quedamos para comer la semana que viene? Así me dará tiempo a hurgar entre los archivos.

Pero a la semana siguiente, lo único que Frask llevó consigo al encuentro fue un bocadillo.

—No he conseguido encontrar nada —reconoció—. Y me extraña, dado el alboroto que se armó cuando su última visita. Puede que haya decidido llevarse el dinero a otra parte; suele pasar. Por cierto, ¿qué tal el trabajo como técnico de laboratorio? ¿Ya tiene ganas de pegarse un tiro?

—¿Cómo sabe lo de ese trabajo? —preguntó Elizabeth, con una venilla bombeándole en la sien.

—Estoy en el departamento de Recursos Humanos, ¿recuerda? No se nos escapa nada. O se nos escapaba, en mi caso.

—¿A qué se refiere?

—A que ahora la despedida soy yo —dijo Frask como si tal cosa—. El viernes será mi último día en Hastings.

—¿Qué? Pero ¿por qué?

—¿Recuerda el plan de mejora que me propusieron y los diez kilos que tenía que perder? Pues he engordado tres.

—No pueden despedirla porque haya engordado. Eso es ilegal.

Frask se inclinó y le apretó el brazo a Elizabeth.

—Es increíble, ¿sabe? Su ingenuidad nunca deja de sorprenderme.

—Lo digo muy en serio. Tiene que impugnar ese despido, señorita Frask. No puede permitir que hagan eso —replicó Elizabeth.

—Bueno, como profesional de Recursos Humanos, la verdad es que yo siempre abogo por un cara a cara con el jefe. Para resaltar tus logros y subrayar tu impacto en el futuro de la empresa —dijo Frask poniéndose seria.

—Exacto.

—Hablaba en broma. Eso nunca sirve de nada. En fin, no se preocupe, tengo ya varias ofertas de empleo a la vista, como mecanógrafa eventual. Pero antes de marcharme, tengo un pequeño obsequio que hacerle. Algo con lo que compensar todo el daño que le hice tras la muerte del señor Evans. ¿Qué le parece si quedamos el viernes en el ascensor del ala sur? A las cuatro en punto. Le prometo que no se llevará una decepción.

—Por este pasillo de aquí —le indicó Frask llegado el viernes por la tarde—. Tenga cuidado por dónde pisa. Se han escapado unos ratones del laboratorio de biología.

Bajaron en el ascensor hasta el sótano y luego avanzaron por un largo pasillo hasta llegar a una puerta con el letrero de «PROHIBIDO EL PASO».

—Ya hemos llegado —dijo Frask alegremente.

—¿Qué es este sitio? —preguntó Elizabeth con los ojos clavados en una hilera de pequeñas puertas metálicas numeradas del uno al noventa y nueve.

—Trasteros —respondió Frask sacando un juego de llaves—. Tiene coche, ¿verdad? ¿Con un buen maletero vacío?

Fue pasando las llaves hasta que encontró la número cuarenta y uno, la introdujo en la cerradura e invitó a Elizabeth a asomarse al interior. El trabajo de Calvin. Embalado y sellado.

—Podemos usar esta carretilla —dijo Frask acercándola—. Hay ocho cajas en total. Pero habrá que darse prisa, tengo que devolver el juego de llaves antes de las cinco.

—¿Esto es legal?

La señorita Frask arrambló con la primera caja.

—¿Acaso nos importa?

23

Estudios KCTV

Un mes después

Walter Pine había trabajado en televisión desde casi el inicio de su carrera. Le gustaba lo que el medio representaba, que la gente encontrara en él una vía para escapar de la rutina diaria. Por eso lo había escogido; porque ¿quién no quería escapar? Él era el primero.

Sin embargo, con el correr de los años empezó a sentirse como un presidiario al que hubieran asignado la misión permanente de excavar el túnel de huida. Al final del día los demás presos pasaban por encima de él a empellones y conseguían darse a la fuga, mientras él se quedaba detrás con la cucharita en la mano.

Pese a todo, había seguido en su puesto por el mismo motivo que otros muchos siguen en su puesto: porque tenía una hija, a su cargo exclusivo además; una niña de seis años llamada Amanda, alumna del colegio Woody Elementary, que era la luz de su vida. Walter habría hecho cualquier cosa por ella. Eso incluía aceptar intimidaciones diarias por parte de su jefe, quien en fechas recientes había amenazado con ponerlo de patitas en la calle si no llenaba aquel hueco en la programación televisiva de la tarde.

Walter sacó un pañuelo, se sonó la nariz y luego examinó la tela como para ver de qué materia se componían sus entrañas.

Flema. No era de extrañar.

Unos días antes una mujer se había presentado en su despacho: Elizabeth Zott, madre de... no recordaba el nombre de la niña. Según Zott, Amanda se estaba portando mal. No le extrañó; la señorita Mudford, maestra de la niña, aseguraba que Amanda siempre se portaba mal. Walter se negaba a creerlo. Cierto, Amanda era algo nerviosa, igual que él; algo gordita, igual que él, y algo complaciente, igual que él, pero no sólo era eso. También era una niña buena. Y los niños buenos, como los adultos buenos, escaseaban en el mundo.

¿Y qué escaseaba también? Las mujeres como Elizabeth Zott. Walter no podía dejar de pensar en ella.

—Por fin —exclamó Harriet, secándose las manos en el vestido al ver que Elizabeth entraba por la puerta trasera—. Empezaba a preocuparme.

—Lo siento. Ha surgido un contratiempo en el laboratorio —dijo Elizabeth procurando disimular su enfado. Se desembarazó bruscamente del bolso y se desplomó en una butaca.

Hacía dos meses que estaba de vuelta en Hastings y la tensión de desempeñar un puesto de trabajo muy inferior a sus capacidades la estaba matando. Sabía que la gente que ocupaba puestos con un alto nivel de tensión a menudo anhelaba desempeñar tareas más sencillas; tareas que no requiriesen de su alma o su intelecto, que no las desvelara a las tres de la mañana socavando sus abatidos ánimos. Pero se había dado cuenta de que ser infrautilizada era peor si cabe. No sólo su paga reflejaba la modestia de su posición, sino que su cerebro empezaba a acusar la falta de actividad. Y pese a que sus colegas sabían que intelectualmente les daba sopas con honda, esperaban que vitoreara cualquier logro insignificante que se sacaran de la manga.

Pero ese día no se trataba de un logro insignificante. Se trataba de algo monumental. Había salido la última edición del *Science Journal* y salía publicado el artículo de Donatti.

· · ·

«Nada espectacular», así había calificado Donatti ese artículo unos meses antes. Pero no cabía duda de que el artículo era espectacular, y ella lo sabía mejor que nadie, ya que era suyo.

Elizabeth leyó el artículo dos veces sólo para cerciorarse. La primera vez, despacio. La segunda, a toda velocidad, hasta que la presión de la sangre comenzó a empujar por sus venas como por una manguera suelta. El artículo se había plagiado directamente de sus archivos. ¿Y quién figuraba como colaborador en la investigación?

Elizabeth levantó la vista y se encontró con la mirada de Boryweitz, observándola. Éste palideció al momento y luego bajó la cabeza.

—¡Compréndelo! ¡Necesito este trabajo! —exclamó compungido cuando Elizabeth dejó caer la revista sobre el escritorio de su colega.

—Todos necesitamos el nuestro —repuso ella hirviendo de rabia—. El problema es que usted nunca ha desempeñado el suyo.

Boryweitz levantó la mirada, suplicando piedad con sus ojos de lémur, pero no vio más que una ola gigantesca alcanzando su cúspide, con una energía desconocida y una fuerza aún no puesta a prueba.

—Lo siento. De verdad que lo siento —imploró—. No podía imaginar que Donatti llevara las cosas tan lejos. Fotocopió todos sus archivos el día que usted regresó a Hastings, pero pensé que su intención era familiarizarse con nuestro trabajo.

—¿Nuestro? —Elizabeth se contuvo para no partirle el cuello—. Ya nos veremos las caras usted y yo.

Luego salió resuelta al pasillo en dirección al despacho de Donatti, sin aflojar el paso más que para apartar a un microbiólogo que se cruzó en su camino.

—Es usted un mentiroso y un farsante, Donatti —dijo irrumpiendo en el despacho de su jefe—. Pero prometo que no se saldrá con la suya.

Donatti levantó la mirada de su escritorio.

—¡Zott! ¡Es siempre un placer!

Se retrepó en el asiento, regocijándose al ver su furia. Evans habría dimitido a buen seguro ante una afrenta así. Lástima que no estuviera vivo para verlo; pero no, había tenido que estropearle el momento yéndose al otro barrio.

Donatti hizo oídos sordos mientras Elizabeth le recriminaba el plagio. El inversor había llamado un poco antes para felicitar a Donatti por su trabajo e insinuado la posibilidad de enviarles más dinero. También había preguntado por el señor Zott, si había tenido algo que ver con aquella investigación. Donatti le dijo que no, a decir verdad, no, ya que por desgracia el señor Zott les había salido rana; de hecho, lo habían relegado a un puesto de inferior categoría. El inversor lanzó un suspiro, como si se hubiera llevado una decepción, y luego le preguntó cuál sería su siguiente paso, en cuanto a la abiogénesis se refería. Donatti echó mano de algunas palabras altisonantes, espigadas de otras partes de la investigación de Zott, sobre las que pensaba interrogarla más tarde, una vez que se le hubiera pasado el cabreo y recordara que era su subordinada. Dios, qué difícil era ser jefe. De todos modos, el pudiente inversor parecía conforme con todas sus respuestas.

Pero luego Zott había tenido que estropearlo todo haciendo justo lo que ninguno de los dos podía permitirse.

—Tome. Quédese con su maldito trabajo —le dijo dejando caer su llave del laboratorio en el café de Donatti.

Luego arrojó la placa de identificación a la papelera, le dejó la bata de laboratorio tirada en medio de la mesa y salió hecha una furia, llevándose consigo toda su altisonante jerigonza.

—Has recibido cuatro llamadas —le decía Harriet—. La primera para ver si querías participar en un informe Nielsen sobre hábitos televisivos. Y las otras tres de un tal Walter Pine. Quiere que lo llames. Dice que es urgente. Según él, mantuvisteis una agradable conversación sobre no sé qué comida... No, perdón, sobre una fiambrera —se corrigió, mirando otra vez sus notas—. Parecía estar ansioso. Profesional. Educado, pero tenso —dijo Harriet levantando la mirada del papel.

—Walter Pine —dijo Elizabeth entre dientes— es el padre de Amanda Pine. Fui a su despacho hace unos días para hablar con él sobre el asunto de la fiambrera de Mad.

—¿Y qué tal la charla?

—Más bien fue una discusión.

—Violenta, espero.

—¿Mamá? —dijo una voz apareciendo en el umbral.

—Hola, cielo. ¿Qué tal en el cole? —dijo Elizabeth procurando calmarse mientras rodeaba con un brazo a su larguirucha criatura.

—Hoy he hecho un nudo de ballestrinque —respondió Madeline mostrándole una cuerda—. Para enseñarlo en clase de manualidades.

—¿Les ha gustado?

—No.

—No te preocupes —dijo Elizabeth atrayéndola hacia sí—. Nuestros gustos no siempre coinciden con los de los demás.

—Lo que yo llevo nunca le gusta a nadie.

—Mocosos asquerosos —masculló Harriet.

—Aquella punta de flecha que llevaste bien que les gustó.

—Qué va.

—¿Y si la semana que viene pruebas con la tabla periódica? Eso siempre tiene mucha aceptación.

—O te llevas mi cuchillo de caza. Y así los pones en su sitio a todos —sugirió Harriet.

—¿A qué hora vamos a cenar? —preguntó Madeline—. Tengo hambre.

—He metido en el horno uno de tus guisos —le dijo Harriet a Elizabeth yendo hacia la puerta con aire desganado—. Tengo que irme a echarle de comer a la bestia. Devuélvele la llamada a Pine.

—¿Has llamado a Amanda Pine? —preguntó Madeline asombrada.

—A su padre —respondió Elizabeth—. Ya te lo dije. Fui a verlo hace tres días y zanjamos el asunto de la fiambrera. Creo que ha entendido nuestra postura, y estoy convencida de que Amanda no volverá a robarte la comida nunca más. Robar está muy mal —dijo ella tajante, pensando en Donatti y su artículo—. ¡Muy mal!

Madeline y Harriet dieron un respingo.

—Es que... Amanda sí lleva comida al cole, mamá —dijo la niña con cautela—. Pero son comidas raras.

—Eso no es problema nuestro.

Madeline miró a su madre como si se estuviera desviando del asunto.

—Tú tienes que comerte la comida que llevas, cielo —dijo Elizabeth con menos vehemencia—. Para crecer mucho y ponerte bien alta.

—Pero si ya soy alta —objetó Madeline—. Demasiado.

—Nunca se es demasiado alto —señaló Harriet.

—Robert Wadlow se murió por ser demasiado alto —observó Madeline, dando unos golpecitos con el dedo sobre la cubierta del *Libro Guinness de los récords*.

—Pero su altura era debida a una disfunción de la glándula pituitaria, Mad —repuso Elizabeth.

—¡Dos metros setenta! —recalcó Madeline.

—Pobre hombre —dijo Harriet—. Ya me dirás dónde encuentra ropa de esa talla una persona así.

—La altura mata —dijo Madeline.

—Sí, pero a la larga todo mata —observó Harriet—. De ahí que todo el mundo acabe muriéndose, cariño. —Pero al fijarse en la mirada atónita de Elizabeth y los hombros hundidos de Madeline, se arrepintió al instante de esas palabras—. Te veo mañana antes de la remada —le dijo a Elizabeth—. Y a ti cuando te levantes, Mad —añadió en dirección a la pequeña.

Ése era el plan acordado con Elizabeth desde que su vecina había regresado al trabajo. Harriet acompañaba a

Mad al colegio, Seisymedia la recogía y Harriet se quedaba a su cuidado hasta que Elizabeth regresaba del trabajo.

—Uy, casi se me olvida. —Sacó un papelito del bolsillo—. Tienes otra nota. Ya sabes de quién —le dijo a Elizabeth con una mirada elocuente.

La señorita Mudford.

Elizabeth ya sabía que Madeline no era del agrado de la señorita Mudford. No aprobaba que la niña supiera leer, ni que jugara bien a la pelota, ni que supiera hacer nudos náuticos enrevesados, un arte que Mad practicaba con frecuencia, incluso a oscuras, bajo la lluvia y sin ayuda de nadie, por si acaso.

—¿Por si acaso qué, Mad? —le había preguntado Elizabeth una vez, al encontrarse una noche a su hija en el jardín con una cuerda entre las manos, agazapada bajo una loneta sacudida por la lluvia que jarreaba en todas direcciones.

Mad levantó la vista extrañada por la pregunta. ¿No era obvio que ese «por si acaso» no era una simple opción, sino la única opción? La vida exigía estar preparado en todo momento, y si no que se lo preguntaran a su difunto padre.

Aunque, sinceramente, de haber podido preguntarle algo a su difunto padre, a Madeline le habría gustado saber qué había sentido cuando vio por primera vez a su madre. ¿Había sido un flechazo?

Los antiguos compañeros de trabajo de Calvin también tenían preguntas que hacerle; como por ejemplo, cómo se las arreglaba para recibir tantos premios cuando parecía estar siempre mano sobre mano. ¿Y su relación sexual con Elizabeth Zott? Porque la chica parecía más bien frígida... ¿lo era? Incluso a la maestra de Madeline, la señorita Mudford, se le ocurrían preguntas para el difunto Calvin Evans. Pero, obviamente, era imposible preguntarle nada al padre de Madeline, y no sólo porque estuviera muerto, sino porque en 1959 los padres no se implicaban en la educación de sus hijos.

El padre de Amanda Pine era una excepción, pero sólo porque la señora Pine brillaba por su ausencia. Su mujer lo había dejado (y con toda la razón, a juicio de Mudford), tras un divorcio público y notorio en el que su esposa había alegado que Walter Pine, que era mucho mayor que ella, no estaba preparado para ser padre, y mucho menos marido. Había cierta connotación sexual vergonzosa en torno al proceso; la señorita Mudford prefería no entrar en detalles. Pero a causa de eso, al final la señora Pine se había quedado con todos los bienes de Walter Pine, incluida Amanda, aunque luego se descubrió que realmente no le interesaba la niña. No se le podía reprochar, porque Amanda no era una niña fácil. Total, que Amanda había vuelto con Walter, él la había inscrito en el colegio, y ahora la señorita Mudford se veía obligada a soportar sus excusas peregrinas respecto al singular contenido de las fiambreras de Amanda.

De todos modos, por muy exasperantes que fueran aquellas reuniones con Walter Pine, no tenían ni punto de comparación con las que mantenía con Zott. Ya era mala suerte que los dos progenitores que menos le gustaban fueran los que más frecuentaban su despacho. Aunque había que reconocer que ése era el patrón habitual. Los problemas de conducta infantil empezaban en casa. Pero, en fin, de tener que elegir entre Amanda Pine, ladrona de fiambreras, y Madeline Zott, preguntona impertinente, prefería con mucho a Amanda.

—¿Madeline hace preguntas impertinentes? —le había dicho Elizabeth, alarmada, en la última reunión.

—Así es —respondió con sequedad la señorita Mudford, sacándose pelusa de la manga como una araña atacando a su presa—. Ayer, sin ir más lejos, mientras estaban todos sentados en corro hablando sobre la mascota del ninja Rafael, Madeline interrumpió la actividad para preguntar cómo podría hacerse activista del Movimiento por los Derechos Civiles de Nashville.

Elizabeth se quedó en silencio un momento, intentando dilucidar dónde estaba el problema.

—No debería haber interrumpido. Hablaré con ella —concluyó por fin.

La señorita Mudford apretó los dientes.

—No me ha entendido bien, señorita Zott. Los niños interrumpen, es normal, puedo lidiar con eso. Con lo que no puedo lidiar es con una niña que pretenda debatir sobre derechos civiles. Esto es un parvulario, no una tertulia televisiva para adultos. Además, no hace mucho su hija se quejó a la bibliotecaria del centro porque no encontraba ninguna obra de Norman Mailer en nuestras estanterías. Según parece, pretendía pedir en préstamo *Los desnudos y los muertos*.

La maestra arqueó una ceja y se fijó en aquel «E. Z.» que Elizabeth llevaba sobre el bolsillo superior de la bata, cosido a máquina con impúdicas cursivas.

—Es una lectora precoz. Quizá olvidé mencionarlo —replicó Elizabeth.

La maestra juntó las manos y luego se inclinó hacia delante con aire retador.

—¿Norman Mailer?

De vuelta en la cocina, Elizabeth desplegó la nota que Harriet le había dejado antes de marcharse. Dos palabras, escritas de puño y letra de la señorita Mudford, saltaban a voz en grito desde el papel: VLADIMIR. NABOKOV.

Elizabeth le sirvió a Madeline los espaguetis a la boloñesa que había hecho al horno.

—Aparte del nudo de ballestrinque, ¿ha ido bien el día?

Elizabeth había dejado de preguntarle a Mad si había aprendido algo en el colegio. Era inútil.

—No me gusta ir al cole.

—¿Por qué?

Madeline levantó la mirada del plato con recelo.

—A nadie le gusta.

Desde su puesto de control debajo de la mesa, Seismedia exhaló un suspiro. Ahí quedaba dicho: a la criatura no le gustaba ir al cole; y puesto que la criatura y él coincidían en todo, a él tampoco le gustaba ya el cole.

—¿A ti te gustaba ir al colegio, mamá? —le preguntó Mad.

—Bueno, nosotros nos pasábamos la vida de aquí para allá, y a veces no había colegios donde yo pudiera estudiar. Pero iba a la biblioteca. De todos modos, siempre me pareció que ir a un colegio de verdad podría ser muy divertido.

—¿Como cuando fuiste a UCLA?

De pronto la asaltó la visión nítida del doctor Meyers flotando ante ella.

—No.

Madeline ladeó la cabeza.

—¿Estás bien, mamá?

Inconscientemente, Elizabeth se había tapado la cara con las manos.

—Sí, es que estoy cansada, cielo. —Dijo las palabras escurriéndose entre los dedos.

Madeline dejó el tenedor sobre la mesa y observó la postura abatida de su madre.

—¿Te ha pasado algo, mamá? ¿En el trabajo?

Elizabeth, todavía tapándose la cara, reflexionó sobre la pregunta de la pequeña.

—¿Somos pobres? —dijo Madeline, como si esa pregunta fuera correlato natural de la anterior.

Elizabeth apartó las manos de la cara.

—¿Por qué dices eso, cariño?

—Tommy Dixon dice que somos pobres.

—¿Quién es Tommy Dixon? —preguntó bruscamente Elizabeth.

—Un niño del cole.

—¿Y qué más te ha dicho ese tal Tommy Dixon...?

—¿Papá era pobre?

Elizabeth dio un respingo.

• • •

La respuesta a la pregunta de Mad se hallaba en una de las cajas sustraídas de Hastings con ayuda de Frask. En el fondo de la caja número tres Elizabeth había encontrado una carpeta de fuelle etiquetada con la palabra «Remo». Al abrirla por primera vez para hurgar en su contenido, supuso que contendría recortes de periódico documentando las triunfales victorias de su equipo de Cambridge. Pero no; estaba repleta de ofertas de empleo posteriores a aquella época.

Elizabeth les echó un vistazo con envidia: cátedras en universidades prestigiosas, puestos de dirección en empresas farmacéuticas, participaciones importantes en compañías privadas. Ojeó la pila hasta que se topó con la oferta de Hastings. Allí estaba: la promesa de un laboratorio propio a su disposición, aunque eso también se lo habían garantizado las demás. ¿En qué destacaba la de Hastings sobre las demás? Únicamente en la oferta de un sueldo tan irrisorio que resultaba insultante. Bajó la vista hacia el firmante: Donatti.

Mientras embutía todo el papeleo de vuelta en la caja, se preguntó por qué habría Calvin etiquetado así esa carpeta: no contenía nada que guardara relación con el remo. Pero luego se fijó en dos anotaciones a lápiz garabateadas en la parte superior de cada una de las ofertas: distancia a un club de remo y precipitaciones en la zona. Repasó de nuevo la carta de Hastings: sí, también allí figuraban esas cifras. Pero había algo más; un gran círculo que rodeaba con trazo grueso el remite: Commons, California.

—Si papá era famoso, entonces debía de ser rico, ¿no? —dijo Mad enroscando los espaguetis en el tenedor.

—No, cariño. No toda la gente famosa es rica.

—¿Por qué no? ¿Porque la pifian?

Elizabeth pensó de nuevo en aquellas ofertas. Calvin había aceptado la más baja. ¿A quién se le ocurría hacer una cosa así?

—Tommy Dixon dice que hacerse rico está chupado. Pintas las piedras de amarillo y después aseguras que son de oro.

—Tommy Dixon es lo que llamamos un estafador. Es decir, una persona que engaña para conseguir lo que quiere ilegalmente.

Como Donatti, pensó Elizabeth, apretando la mandíbula.

Recordó entonces otra carpeta que había encontrado entre las cajas de Calvin, ésta llena de cartas remitidas por personas como el tal Tommy Dixon —gente perturbada, inversores dispuestos a lucrarse enseguida—, pero también por un amplio surtido de familiares falsos que requerían desesperadamente la ayuda de Calvin: una hermanastra, un tío que llevaba largo tiempo desaparecido, una madre afligida, un primo lejano.

Ojeó las cartas de esos familiares falsos rápidamente, sorprendida de la gran similitud entre ellas. Todas alegaban algún vínculo biológico, todas mencionaban algún recuerdo de antaño que a buen seguro Calvin ya no recordaba, todas pretendían sacarle dinero. Con una única salvedad, «la madre afligida». Ella también aducía un vínculo genético, pero en lugar de pedir dinero, insistía en proporcionárselo. «Para ayudarte con tus investigaciones.» Esa madre afligida había escrito a Calvin al menos en cinco ocasiones, suplicando que le respondiera. Qué desaprensiva, pensó Elizabeth, machaconear de esa manera. Incluso el tío al que había perdido de vista se había dado por vencido a la segunda carta. «Me dijeron que habías muerto», repetía la madre afligida en sus misivas una y otra vez. ¿De veras? Entonces, ¿por qué esa madre, como todos los demás, sólo se había dignado a escribirle después de que se hubiera hecho famoso? Elizabeth supuso que su ardid era embaucarlo y luego robarle su proyecto de investigación. ¿Y por qué pensaba eso? Porque era justo lo que le había sucedido a ella.

· · ·

—No lo entiendo —dijo Mad, retirando un champiñón hacia un lado del plato—. Si eres inteligente y trabajas mucho, lo normal es que ganes más dinero, ¿no?

—No siempre. Aun así, estoy segura de que tu padre podría haber ganado más. Sólo que él optó por otra cosa. El dinero no lo es todo en la vida —dijo Elizabeth.

Mad se quedó mirándola, un tanto dudosa.

Lo que Elizabeth no le dijo a Mad fue que sabía muy bien por qué motivo Calvin había aceptado gustosamente la ridícula oferta de Donatti. Pero le parecía una razón tan corta de miras, tan tonta, que no se atrevió a confesársela. Quería que Mad viera a su padre como un hombre sensato, que tomaba decisiones inteligentes. Y ésa ponía de manifiesto justo lo contrario.

Ese motivo lo había descubierto dentro de una carpeta etiquetada con el rótulo WAKELY, que contenía el intercambio epistolar entre Calvin y un estudiante de Teología. Los dos jóvenes se habían hecho amigos por correspondencia; quedaba claro que nunca se habían visto cara a cara. Pero había un número copioso de cartas fascinantes, escritas a máquina, y, por suerte para ella, la carpeta incluía las respuestas de Calvin, calcadas en papel carbón. Elizabeth conocía esa manía suya: de todo hacía copias.

Wakely, que estudiaba en la Divinity School de Harvard en la misma época que Calvin estaba en Cambridge, parecía haber abrigado dudas de fe suscitadas por la ciencia en general y por la investigación de Calvin en particular. Según se desprendía de sus cartas, el futuro teólogo había asistido a un simposio al que Calvin estaba invitado y a raíz de un breve comentario de éste, se decidió a escribirle.

«Estimado señor Evans: Quería ponerme en contacto con usted tras su breve intervención en el simposio científico celebrado en Boston la semana pasada, con la esperanza de discutir acerca de su reciente artículo titulado: *La generación espontánea de moléculas orgánicas complejas*. Y en particular, preguntarle si considera posible creer a la vez en Dios y en la ciencia», le decía Wakely en la primera de aquellas cartas.

«Por supuesto. Eso se denomina falta de honradez intelectual», le contestaba Evans.

Aunque esas salidas de tono de Calvin acostumbraban a soliviantar a sus interlocutores, Wakely, lejos de amilanarse, le contestaba a vuelta de correo.

«Pero tendrá que convenir conmigo en que la química en sí no existiría de no haber sido creada, o hasta haber sido creada, por un químico; un químico "superior". De la misma manera que una pintura no puede existir hasta haber sido creada por un artista», argumentaba Wakely en su segunda carta.

«Yo trabajo con verdades basadas en pruebas, no en conjeturas. Así que no, su teoría sobre la existencia de un químico superior es una estupidez. Por cierto, observo que estudia usted en Harvard. ¿Es aficionado al remo? Yo formo parte del equipo universitario de Cambridge. Disfruto de una beca completa gracias al remo», contestaba Calvin también a vuelta de correo.

«No, no soy aficionado al remo. Pero me encantan los deportes acuáticos. Yo practico el surf. Me crié en Commons, California. ¿Ha estado alguna vez en California? Si no es así, debería. Commons es una ciudad preciosa. Con el mejor clima del mundo. Allí también se rema», le contestaba Wakely.

Elizabeth casi se cae de espaldas. Recordó entonces el vigoroso trazo con que Calvin había rodeado el remite de Hastings en aquella oferta de empleo. «Commons, California.» O sea que ¿Calvin no había aceptado la oferta insultante de Donatti por el bien de su carrera profesional, sino para remar? ¿Impulsado por un parte meteorológico, por una sola frase de un surfero religioso? «Con el mejor clima del mundo.» ¿Cómo era posible? Pasó a leer la siguiente carta.

. . .

«¿Siempre ha querido ser pastor de la Iglesia?», le preguntaba Calvin.

«Provengo de un largo linaje de pastores de la Iglesia. Lo llevo en la sangre», le contestaba Wakely.

«La sangre no lleva a hacer esas cosas. Por cierto, quería preguntarle: ¿a qué se debe que tanta gente crea en unos textos escritos milenios atrás? ¿Y por qué parece que cuanto más sobrenatural, indemostrable, improbable y antediluviano sea el origen de esos escritos, más gente crea en ellos?», lo corregía Calvin.

«El ser humano necesita que lo reconforten. Necesita saber que otros se sobrepusieron a sus padecimientos. Pero, a diferencia de otras especies, que aprenden con más facilidad de sus errores, requiere de amenazas y recordatorios constantes para comportarse bien. Cuando se dice que "la gente nunca aprende" es porque, en efecto, nunca aprende. No obstante, los textos religiosos procuran guiarlos por el buen camino», le contestaba Wakely.

«Pero ¿acaso no hallamos más consuelo en la ciencia? ¿En las cosas demostrables y que, por tanto, son susceptibles de mejora? No concibo cómo nadie puede creer que algo escrito por una partida de borrachos milenios atrás alberga un ápice de verdad. No estoy haciendo ningún juicio moral en lo que a eso respecta: esa gente tenía que beber, carecía de agua potable. En fin, me pregunto qué verdad encontrarán en esas patrañas que cuentan (arbustos en llamas, panes caídos del cielo), especialmente si se comparan con una ciencia basada en pruebas. Nadie en la faz de la tierra optaría por las sangrías de Rasputín teniendo a su alcance las innovadoras terapias de Sloan Kettering. Y sin embargo, hay montones de personas que se empeñan en creer esas patrañas y encima tienen la desfachatez de hacérselas creer a otros», le respondía Calvin.

«Fundamenta bien sus argumentos, Evans. Pero los seres humanos tienen la necesidad innata de creer en algo superior a ellos», le contestaba Wakely.

«¿Por qué? ¿Qué tiene de malo creer en nosotros mismos? En cualquier caso, si es preciso recurrir a historias, ¿por qué no basarse en fábulas o cuentos de hadas? ¿Acaso no son vehículos igualmente válidos para la enseñanza de la moral? O mejores, diría yo incluso, puesto que nadie tiene que fingir que las fábulas y los cuentos son verdad», insistió Calvin.

Muy a su pesar, Wakely descubrió que coincidía con él. Nadie tenía que rezarle a Blancanieves o temer la ira de Rumpelstiltskin para comprender el mensaje. Los cuentos eran breves, memorables y cubrían todos los fundamentos del amor, el orgullo, la locura y el perdón. Sus parábolas se servían en porciones sencillas: no seas imbécil; no hagas daño a personas ni animales; comparte lo que tienes con los desfavorecidos. En resumidas cuentas, pórtate bien. Wakely decidió cambiar de tema.

«De acuerdo, Evans. Acepto que, en un sentido literal, es imposible que lleve en la sangre la misión eclesiástica. Pero los Wakely nos hacemos pastores de la Iglesia del mismo modo que los hijos de zapateros remendones se hacen zapateros. Le confesaré una cosa: siempre me ha atraído la biología, pero mi familia nunca vería con buenos ojos que me dedicara a eso. Quizá lo único que busco es complacer a mi padre. ¿No es eso lo que acabamos haciendo todos? ¿Y usted? ¿Su padre era científico? ¿Está intentando complacerlo? Si es así, he de decir que lo ha conseguido», contestaba en referencia a la carta anterior.

«YO ODIO A MI PADRE. OJALÁ ESTÉ MUERTO», le contestaba Calvin con mayúsculas, en una carta que no obtendría respuesta.

«Yo odio a mi padre; ojalá esté muerto», leyó Elizabeth de nuevo, atónita. Pero si el padre de Calvin ya estaba muerto; había sido arrollado por un tren hacía veinte años como mínimo. ¿Por qué Calvin habría escrito algo así? ¿Y por qué Calvin y Wakely habrían interrumpido esa correspondencia? La última carta estaba fechada casi diez años atrás.

—Mamá. ¡Mamá! ¿Me has oído? ¿Somos pobres? —preguntó Mad.

—Cariño, he tenido un mal día. Acábate la cena, haz el favor —dijo Elizabeth procurando no dejarse llevar por los nervios y caer en una crisis (¿de verdad había dejado el trabajo?).

—Pero, mamá...

El timbre estridente del teléfono las interrumpió. Mad dio un respingo en la silla.

—No contestes, Mad.

—¿Y si es importante?

—Estamos cenando.

—¿Diga? Soy Mad Zott.

—Cariño —dijo Elizabeth, agarrando el auricular—. No damos información personal por teléfono, ¿recuerdas? ¿Diga? ¿Con quién hablo?

—¿Señora Zott? ¿Señora Elizabeth Zott? Soy Walter Pine, señora Zott. Nos conocimos a principios de este semana.

Elizabeth suspiró.

—Ah, hola, señor Pine.

—Llevo todo el día intentando ponerme en contacto con usted. Quizá su señora de la limpieza se ha olvidado de pasarle mis mensajes.

—Ni es una señora de la limpieza, ni se ha olvidado de pasarme sus mensajes.

—Ah —dijo él, avergonzado—. Entiendo. Disculpe. Espero no molestar, pero ¿tiene un momento? ¿Es buena hora?

—No.

—Pues entonces seré breve —aseguró, no quería que se le escapara—. Vuelvo a decir, señora Zott, que ya he subsanado el asunto del almuerzo. Todo resuelto; a partir de ahora Amanda sólo comerá lo que lleve en su propia fiambrera, mis disculpas de nuevo. Pero ahora la llamaba por otro motivo, un motivo profesional.

Pine le recordó a continuación que era productor de una cadena de televisión local.

—La KCTV —afirmó con orgullo, aunque no lo sintiera—. Vengo pensando desde hace un tiempo en cambiar un poco de orientación e incluir un programa de cocina en la parrilla. En añadirle un poco de sal a la vida, por así decirlo —continuó, echando mano del humor, algo inhabitual en él, pero al que recurrió en ese momento por el nerviosismo que le provocaba Elizabeth. Mientras aguardaba a la risita cortés que debería haber oído al otro lado, su desazón fue en aumento—. Como productor televisivo avezado en *guisar* programaciones, creo que la cadena está *en sazón* para un cambio.

De nuevo, silencio.

—He estado investigando y a tenor de ciertas tendencias sumamente interesantes que he observado, a las que he de sumar mi conocimiento personal sobre las fórmulas que mejor funcionan en la programación de tarde, creo que la cocina tiene visos de triunfar en esa franja televisiva —continuó parloteando.

Elizabeth seguía sin reaccionar, y aunque lo hubiera hecho, no habría importado, porque nada de lo que había dicho Walter era cierto.

En realidad Walter Pine no había llevado a cabo ninguna investigación, ni siquiera estaba al tanto de ninguna tendencia. En lo referente a datos objetivos, tenía escasos conocimientos de primera mano acerca de lo que triunfaba en la programación de tarde. Prueba de ello era que, en cuanto a índices de audiencia, su cadena solía figurar entre las últimas de la cola. Más bien la situación era la siguiente: Walter tenía un hueco que cubrir en la parrilla y los anunciantes le estaban apretando las tuercas para que lo llenara de forma inmediata. Anteriormente ese hueco lo había ocupado un programa infantil de payasos, pero, en primer lugar, no era muy bueno, y en segundo lugar, el payaso que lo protagonizaba había muerto durante una trifulca en un bar, por lo que el programa había quedado tocado de muerte, en el más riguroso sentido de la palabra.

Walter se había pasado las últimas tres semanas buscando afanosamente con qué reemplazarlo. Había dedicado ocho horas diarias a visionar vídeos promocionales de incontables aspirantes a estrella: magos, consejeros, cómicos, profesores de música, titiriteros, expertos en ciencia, en etiqueta. Mientras escarbaba entre aquella maraña, no daba crédito a la cantidad de porquerías que se llegaban a producir, ni a que la gente tuviera la desfachatez de filmarlas, meterlas en un buzón y enviárselas. ¿No les daba vergüenza? Aun así, tenía que dar con algo cuanto antes: su carrera dependía de ello. Su jefe no le había dejado lugar a dudas.

Aparte de tribulaciones laborales, era la cuarta vez en lo que iba de mes que la señorita Mudford, la maestra del colegio de Amanda, lo convocaba a su despacho. En fechas recientes había amenazado con denunciarlo sólo porque, aturdido por el agotamiento y la depresión, había metido en la mochila de Amanda su petaca con ginebra en lugar del termo con leche de la niña. O también por meterle una grapadora en lugar de un bocadillo, un guión de una película en lugar de una servilleta y unas trufas rellenas de champán un día que no había pan en casa.

—¿Señor Pine? He tenido un día agotador. ¿Quería usted algo? —le preguntó Elizabeth, interrumpiendo sus pensamientos.

—Quiero crear un programa de cocina para la franja de la tarde —dijo atropelladamente—. Y que usted sea la presentadora. Es evidente que sabe cocinar, señora Zott, pero también creo que tendría cierto magnetismo.

Pine no dijo que se debiera a su atractivo. Había mucha gente guapa por ahí que medraba gracias a su físico, pero intuía que Elizabeth no era ese tipo de persona.

—Sería un programa entretenido, de mujer a mujer. Estaría dirigiéndose a sus iguales. —Al ver que Elizabeth no respondía enseguida, añadió—: A las amas de casa, ya me entiende.

Al otro lado del auricular, Elizabeth frunció el ceño.

—¿Cómo dice?

El tono. Walter debería haberlo captado y colgado en ese mismo momento. Pero no lo hizo porque estaba desesperado, y cuando uno está desesperado tiende a pasar por alto las señales más evidentes. Tenía la certeza de que Elizabeth Zott estaba hecha para la pantalla; además, era justo el tipo de mujer que volvería loco a su jefe.

—Le preocupa enfrentarse al público, pero no se angustie. Utilizamos tarjetas apuntadoras a modo de chuletas. Lo único que tendrá que hacer es leerlas y ser usted misma. —Aguardó a la respuesta, pero, al ver que no llegaba, prosiguió—: Tiene usted presencia, señora Zott —insistió—. Es justo la clase de persona que los televidentes quieren ver en sus pantallas. Es como... —Trató de pensar en alguien que fuera como ella, pero no se le ocurrió nadie.

—Yo soy científica —repuso Elizabeth secamente.

—¡Exacto!

—¿Insinúa que los televidentes quieren más presencia de científicos en sus pantallas?

—Sí. ¿Y quién no? —respondió Walter, aunque no era su caso y casi se habría atrevido a decir que el de nadie—. Ahora bien, se trataría de un programa de cocina, ya me entiende.

—La cocina es ciencia, señor Pine. No son saberes que se excluyan mutuamente.

—Qué casualidad. Justo iba a decirle lo mismo.

Desde su mesa de la cocina, Elizabeth visualizó las facturas sin pagar del agua, el gas, la luz...

—¿Cuánto se paga por un trabajo así? —preguntó.

Walter mencionó una cantidad que suscitó una leve exclamación ahogada al otro lado. ¿De ofensa tal vez o quizá de asombro?

—El caso es que —repuso Walter a la defensiva— sería un riesgo por nuestra parte. Porque, si no me equivoco, usted no ha trabajado en televisión antes, ¿verdad?

Luego esbozó el contrato básico de la serie piloto, y señaló que el plazo inicial sería de seis meses. A su término, si el programa no funcionaba, adiós, muy buenas. Fin de la historia.

—¿Cuándo empezaría?

—De inmediato. Queremos que salga en directo lo antes posible, antes de que termine el mes.

—Y estamos hablando de un programa de cocina científico.

—Usted misma lo ha dicho: no son saberes que se excluyan mutuamente.

A Walter de pronto le asaltaron ciertas dudas respecto a su viabilidad como presentadora. Seguro que había entendido que un programa de cocina en realidad no era ciencia, ¿verdad?

—Lo llamaremos *Cena a las seis* —añadió Walter recalcando la palabra «cena».

Al otro lado del auricular, Elizabeth se quedó mirando al vacío. La idea se le antojaba detestable —cocinar en televisión para amas de casa—, pero ¿qué otra opción tenía? Volvió la vista hacia Seisymedia y Mad. Estaban tumbados en el suelo uno al lado del otro. Madeline le hablaba de Tommy Dixon. Seisymedia enseñaba los dientes.

—¿Señora Zott? ¿Oiga? ¿Señora Zott? ¿Sigue usted ahí? —dijo Walter, receloso ante el silencio que se había producido al otro lado de la línea.

24

El síndrome de la sobremesa

—Eso no hay quien se lo ponga —le dijo Elizabeth a Walter Pine al salir de la sala de vestuario de la KCTV—. Todos los vestidos me quedaban apretadísimos. Cuando su sastre me midió la semana pasada, pensé que había tomado bien las medidas, pero parece que no. El hombre ya está algo mayor. Quizá necesite gafas.

—La verdad es que esos vestidos tienen que quedar ajustados —contestó Walter metiendo las manos en los bolsillos para procurar ofrecer una imagen distendida—. Usamos prendas ceñidas, que recojan bien, porque la cámara engorda cinco kilos. Si metes barriga, estilizas la figura. Ya verá lo rápido que se acostumbra.

—No podía respirar.

—Sólo tendrá que llevarlo media hora. Ya respirará todo lo que quiera luego.

—Con cada inhalación, nuestro cuerpo inicia el proceso de purificación de la sangre; con cada exhalación, los pulmones eliminan el carbono y el hidrógeno sobrantes. Al comprimir cualquier parte de los pulmones, comprometemos ese proceso. Se forman coágulos. La circulación se ralentiza.

—Bueno, pero también es verdad que no querrá parecer gorda —dijo Walter recurriendo a otra táctica.

—¿Cómo dice?

—En la pantalla, y le ruego que no se tome a mal lo que le voy a decir, se ve usted un poco cebona.

Elizabeth se quedó boquiabierta.

—Walter, se lo diré bien claro: no pienso ponerme esa ropa y punto.

El señor Pine apretó la mandíbula. ¿En qué se había metido? Mientras se devanaba los sesos buscando otro argumento con el que convencerla, al fondo del pasillo la orquesta de la cadena acometió el ensayo de su última cancioncilla. Era la música del programa *Cena a las seis*, una alegre tonada que había encargado el propio Walter y que sonaba como una mezcla de moderno chachachá y un incendio con nivel de alarma 3; un rítmico *tour de force* que, justo el día anterior, su jefe le había descrito con entusiasmo diciendo que le hacía pensar en Lawrence Welk colocado de anfetaminas.

—¿Qué diantre es eso que está sonando? —dijo Elizabeth haciendo rechinar los dientes.

Phil Lebensmal, el jefe de Walter Pine, productor ejecutivo de la KCTV y director de la cadena, se había mostrado tajante al aprobar el proyecto del programa de cocina.

—Ya sabes lo que corresponde —le dijo a Walter después de conocer a Elizabeth Zott—. Pelo cardado, ropa ceñida, plató hogareño. La madre abnegada y esposa sexy que todo hombre desea ver al final de la jornada. Encárgate de que se haga realidad.

Walter, sentado al otro lado del escritorio absurdamente descomunal de su jefe, se quedó mirándolo. No le gustaba Phil. Era un joven triunfador a todas luces más dotado que él para todo, pero también era un zafio. A Walter no le gustaba la gente zafia. Hacían que se sintiera remilgado y cohibido, como si fuera el último superviviente de la especie de los corteses, una tribu ya extinta que se distinguía por su sentido del decoro y sus buenas maneras en la mesa. Se pasó la mano por la cabeza, ya entrecana a sus cincuenta y tres años.

—Se me ha ocurrido un toque interesante, Phil. ¿He mencionado que la señora Zott sabe cocinar? Cocinar como es debido, me refiero. Es química incluso. Trabaja en un laboratorio, con probetas y demás. Hasta tiene un máster en Química, figúrate tú. He pensado que podríamos sacar partido de esa trayectoria; ofrecer a las amas de casa a alguien con quien identificarse.

—¿Qué? —dijo Phil con sorpresa—. No, Walter, Zott no es alguien con quien uno pueda identificarse, pero mejor que mejor. La gente no quiere verse reflejada en televisión, lo que quiere es ver a la gente que nunca serán. Gente guapa, sexy. Ya sabes de qué va la cosa. —Miró a Walter con cierta inquietud.

—No, claro, claro, sólo que pensaba que quizá se podría elevar un poco el listón. Darle una imagen algo más profesional al programa —dijo Walter.

—¿Profesional? Estamos hablando de la programación de tarde. Antes dirigías un programa de payasos en la misma franja horaria.

—Sí, ahí está la novedad. En lugar de payasadas, ofreceremos algo de valor: la señora Zott enseñará a las amas de casa a preparar una cena nutritiva.

—¿Valor? —saltó Phil—. ¿Te has hecho amish o qué? Y de la nutrición olvídate. Sería cargarse el programa antes del estreno siquiera. Vamos a ver, Walter, es muy sencillo: ropa ceñidita, movimientos insinuantes... como, por ejemplo, ella colocándose las manoplas así como en plan provocativo y tal. —Lo ilustró haciendo como si se enfundara unos guantes de satén—. Y como guinda, termina cada día el programa preparando el cóctel.

—¿Cóctel?

—Genial, ¿verdad? Se me acaba de ocurrir.

—No creo que la señora Zott esté dispuesta a...

—Por cierto, ¿qué fue lo que dijo la semana pasada? Eso de que era imposible solidificar el helio a temperaturas cercanas al cero absoluto. ¿Era una broma o qué?

—Sí —respondió Walter—. Estoy convencido de que...

—Pues no le vi ninguna gracia.

Phil tenía razón, él tampoco le había visto la gracia, y lo peor era que Elizabeth no lo había dicho por hacerse la graciosa. Sólo había pretendido dar a entender que ése era el tipo de información que podría ofrecer a sus televidentes. Lo cual era un problema, ya que por mucho que Walter intentara explicarle el concepto del programa, Elizabeth no parecía captarlo.

—Es que usted se dirigirá al ama de casa normal. A la mujer común, nada más —replicó Walter.

Elizabeth le lanzó una mirada que lo asustó.

—Un ama de casa común no tiene nada de común —lo corrigió ella.

—Walter —iba diciendo Elizabeth después de que por fin hubiese concluido la melodía del programa—. ¿Me escucha? Creo que puedo resolver nuestro problema con la vestimenta: una bata de laboratorio.

—No.

—Le daría una imagen más profesional al programa.

—No. Le aseguro yo que no —insistió él, recordando las expectativas clarísimas de Lebensmal.

—¿Por qué no enfocamos la cuestión de manera científica? Salgo con la bata la primera semana, y luego se evalúan los resultados.

—Esto no es un laboratorio —aclaró Walter por enésima vez—. Es una cocina, ¡co-ci-na!

—Hablando de eso, ¿cómo va el montaje del plató?

—Aún no está listo del todo. Todavía estamos estudiando la iluminación.

Pero no era cierto: hacía días que el plató estaba listo. Desde las cortinas con ojales que adornaban la falsa ventana hasta los múltiples bibelots que abarrotaban las encimeras; habían instalado una cocina al más puro estilo *Good Housekeeping*. Elizabeth se subiría por las paredes.

—¿Consiguió el instrumental especializado que le pedí? —le preguntó—. El quemador Bunsen, el osciloscopio.

—Bueno, ahora que lo menciona, es que no son artilugios que la mayoría de las amas de casa tengan a mano en su cocina. Pero he conseguido reunir casi todo lo demás que había en su lista: los utensilios, la batidora... —dijo Walter.

—¿Placa de gas?

—Sí.

—El lavaojos, por descontado.

—Mmm, sí —dijo pensando en el fregadero.

—Bueno, supongo que el quemador Bunsen se podría añadir más adelante. Es muy útil.

—Ya me figuro.

—¿Y qué hay de las encimeras?

—La de acero inoxidable que pidió era inasequible.

—Qué raro, las encimeras no reactivas suelen venderse a un precio bastante razonable —observó Elizabeth.

Walter asintió con la cabeza, como si también a él le sorprendiera, pero de sorpresa, nada. Él mismo había escogido las encimeras de formica: un vistoso conglomerado salpicado de motitas de brillante confeti dorado.

—Mire, sé que nuestro objetivo es ofrecer una comida de calidad, sabrosa y nutritiva. Pero hay que tener cuidado con no provocar rechazo en nuestras telespectadoras. Hay que invitarlas a cocinar. Ya sabe por dónde voy. Hacer que parezca divertido.

—¿Divertido?

—Es que de lo contrario no verán el programa.

—Pero no se trata de divertir. Cocinar es un asunto muy serio —replicó ella.

—Ya. Pero podría ser un poco divertido, ¿no?

Elizabeth frunció el entrecejo.

—Pues no, la verdad.

—Ya —asintió Walter—, pero quizá sólo un poquito. Un poquitito —dijo levantando el dedo índice y apretándolo contra la yema del pulgar para indicar esa ínfima diversión a la que aspiraba—. La cuestión, Elizabeth, aunque quizá no le digo nada nuevo con esto, es que la televisión se rige por tres normas estrictas.

—Se refiere a normas de decoro. De conducta —dijo Elizabeth.

—¿Decoro? ¿Conducta? —Walter pensó en Lebensmal—. No. Me refiero a reglas de juego. —Procedió a enumerarlas con los dedos—. Regla número uno: entretener. Regla número dos: entretener. Regla número tres: entretener.

—Pero mi función no es entretener. Soy química.

—Ya, pero en televisión necesitamos que sea una química «entretenida». ¿Sabe por qué? Se lo resumiré en una palabra: la sobremesa.

—La sobremesa.

—La sobremesa. Sólo de mencionar la palabra, me entra modorra. ¿A usted no?

—No.

—Bueno, quizá porque es científica. Ya sabe qué son los ritmos circadianos.

—Todo el mundo sabe qué son los ritmos circadianos, Walter. Hasta mi hija, que tiene cuatro años, lo sabe...

—Querrá decir cinco —la interrumpió Walter—. Hay que tener cinco años como mínimo para estar escolarizado.

Elizabeth hizo un ademán con la mano como para cambiar de tema.

—Hablaba usted de los ritmos circadianos.

—Sí. Como bien sabe, los seres humanos estamos programados biológicamente para dormir dos veces al día: una siesta por la tarde y luego ocho horas de sueño por la noche.

Elizabeth asintió.

—Sólo que la mayoría nos saltamos la siesta por exigencias laborales. Y cuando digo la mayoría, en realidad me refiero sólo a nuestros compatriotas. En México no tienen ese problema, ni en Francia o Italia o ninguno de esos países donde se bebe incluso más que aquí con el almuerzo. Sea como sea, el hecho es que por la tarde la productividad decae de forma natural. En televisión lo llamamos «El síndrome de la sobremesa». Demasiado tarde para hacer nada de provecho y demasiado pronto para regresar a casa. Ese síndrome afecta tanto a las amas de casa como a los escolares, los albañiles, los hombres de negocios... Nadie es inmune a él. En la franja horaria que va desde la una y treinta minutos de la tarde hasta las cuatro cuarenta y cuatro, la vida productiva del planeta deja de existir como tal. Es una fase virtualmente muerta.

Elizabeth arqueó una ceja.

—Y aunque le decía que afecta a todo el mundo por igual —prosiguió—, esa franja horaria es especialmente peligrosa para el ama de casa. Porque a diferencia del escolar que puede aplazar los deberes para otro momento o del hombre de negocios que puede fingir que presta atención, el ama de casa tiene que obligarse a seguir desempeñando sus labores. Tiene que ingeniárselas para que los niños duerman la siesta, porque de lo contrario el resto de la tarde será un infierno. Tiene que fregar el suelo, porque de lo contrario alguien podría resbalar sobre esa leche derramada. Tiene que salir un momento a la tienda porque de lo contrario no habrá nada que comer en casa. Por cierto —dijo haciendo una pausa—, no sé si se ha fijado en que las mujeres siempre dicen eso de salir «un momento» a la tienda. Esa frase indica precipitación, urgencia. A eso venía a referirme. El ama de casa está sometida a un nivel de hiperproductividad desquiciante. Y pese a toda esa sobrecarga de tareas, encima le toca preparar la cena. Es un ritmo insostenible, Elizabeth. Esa mujer acabará sufriendo un infarto o un ictus, o como mínimo estará de un humor de perros. Y todo porque no puede postergar sus deberes como su hijo o fingir que hace algo como su marido. Está obligada a ser productiva, incluso en esa franja horaria potencialmente letal: la del síndrome de la sobremesa.

—Es la clásica privación neurogénica —observó Elizabeth asintiendo—. Cuando el cerebro no obtiene el descanso necesario, su capacidad ejecutiva se resiente y los niveles de corticosterona aumentan. Fascinante. Pero ¿eso qué tiene que ver con la televisión?

—Todo, porque esa privación neuro no sé cuántos como usted dice se cura con la programación de tarde —respondió

Walter—. A diferencia de lo que ocurre con los programas matutinos y vespertinos, el propósito de la programación de tarde es dejar descansar al cerebro. Si echa un vistazo a la parrilla, comprobará que es cierto: en la franja que va de la una y media a las cinco de la tarde, la pequeña pantalla ofrece infinidad de programas infantiles, telenovelas y concursos. Nada que requiera de verdadera actividad cerebral. Y se hace así con toda la intención, porque los ejecutivos del medio reconocen que durante esas horas la gente está medio muerta.

Elizabeth visualizó a sus antiguos colegas de Hastings: medio muertos, efectivamente.

—En cierto modo —siguió diciendo Walter— lo que estamos ofreciendo es un servicio público. Proporcionamos a los televidentes (en particular al ama de casa sobrecargada de trabajo) el descanso que necesitan. Los programas infantiles son fundamentales en ese sentido: su objetivo es cuidar de los niños electrónicamente de manera que la madre tenga la oportunidad de recuperarse antes de su segundo acto.

—¿Segundo acto?

—La preparación de la cena —respondió Walter—, y ahí es donde entra usted. Su programa se emitirá a las cuatro y media de la tarde, justo cuando sus televidentes estén saliendo del «síndrome de la sobremesa». Es una franja horaria peliaguda. Los estudios indican que es el momento del día cuando la mayoría de las amas de casa están más agobiadas. Tienen un sinfín de tareas a las que atender en un breve espacio de tiempo: preparar la cena, poner la mesa, localizar a los niños... La lista es larga. Pero siguen amodorradas y decaídas. De ahí que esa franja en particular conlleve tanta responsabilidad. Porque quienquiera que se dirija a ellas debe estimularlas. Cuando hablo, por tanto, de que su función es entretener, lo digo muy seriamente. Su misión es resucitar a esas mujeres, Elizabeth. Despertarlas de nuevo.

—Pero...

—¿Recuerda el día que irrumpió en mi despacho? Era por la tarde. Y a pesar de que me encontraba en pleno síndrome letárgico, consiguió despertarme, y le aseguro que estadísticamente eso es casi imposible, porque mi único cometido es la programación de tarde. Así fue como caí en la cuenta: si logró que me espabilara y le prestara atención, no cabe duda de que podrá hacer lo mismo con los televidentes. Creo en usted, Elizabeth Zott, como también creo en su misión de dar a conocer una alimentación de calidad, pero no se trata exclusivamente de preparar la cena. Compréndalo: debe procurar entretener, al menos un poquito. Si mi intención fuera dormir a los televidentes, usted y sus agarradores de cocina habrían sido asignados a la franja de las dos y media.

Elizabeth reflexionó un momento.

—Supongo que no se me había ocurrido planteármelo de esa manera.

—Es ciencia televisiva. Una materia muy poco conocida —dijo Walter.

Elizabeth se quedó callada, sopesando sus palabras.

—Pero yo no me dedico a entretener —dijo al final—. Soy científica.

—Los científicos pueden resultar entretenidos.

—Dígame uno que lo sea.

—Einstein —respondió Walter de inmediato—. ¿Hay alguien en el mundo que no adore a Einstein?

Elizabeth meditó su respuesta.

—Bueno. Su teoría de la relatividad es apasionante.

—¡Lo ve! ¡Exactamente!

—Aunque también es verdad que a su esposa, que también era física, nunca se le reconoció el mérito de...

—Ahí está, ya tiene enganchado a su público de nuevo. ¡El papel de la esposa! ¿Y cómo despertaría usted a esas esposas einstenianas? Valiéndose de métodos televisivos cuya eficacia ya se ha contrastado desde hace tiempo: bromas, vestimenta, autoridad... y comida, por supuesto. Por ejemplo, seguro que cuando da una cena, todo el mundo acepta encantado la invitación.

—Yo nunca he dado una cena.

—Seguro que sí —replicó él—. Seguro que el señor Zott y usted están siempre invitando a...

—No existe ningún señor Zott, Walter —lo interrumpió Elizabeth—. No estoy casada. Ni lo he estado nunca, la verdad.

—Ah. Vaya. ¡Muy interesante, desde luego! —exclamó Walter, visiblemente sorprendido—. Pero si no le importa... Espero que no se lo tome a mal, pero si no le importa, mejor que no se lo mencione nunca a nadie. Particularmente a Lebensmal, mi jefe. O, bueno, a nadie, la verdad.

—Yo quería al padre de Madeline —aclaró Elizabeth con la frente un tanto arrugada—. Sólo que no podía casarme con él.

—Era una aventura —dijo Walter con talante comprensivo, bajando la voz—. Estaba engañando a su mujer. ¿Por eso fue?

—No —dijo ella, moviendo la cabeza—. Calvin y yo nos queríamos con toda el alma. De hecho, vivíamos juntos desde hacía...

—Eso tampoco convendría mencionarlo nunca. Nunca —la interrumpió Walter.

—...dos años. Éramos almas gemelas.

—Qué bien —afirmó él, y carraspeó—. Nada que objetar a buen seguro. Ahora bien, no son cosas que debamos contarle a nadie. Nunca. Aunque supongo que planeaba casarse en algún momento.

—No. Pero más que nada porque Calvin murió —dijo ella en voz baja.

Al decir eso, el desconsuelo ensombreció su rostro.

A Walter le asombró advertir esa repentina alteración del ánimo. Elizabeth poseía algo así como un carisma, una autoridad, que sin duda enamoraría a la cámara; pero también era frágil. Pobre mujer. Sin pensárselo dos veces, la rodeó con los brazos.

—Lo siento muchísimo —dijo atrayéndola hacia sí.

—Yo también —masculló Elizabeth en su hombro—. Yo también.

Walter se estremeció. Qué soledad. Le dio unas palmaditas en la espalda, como solía hacer con Amanda, transmitiéndole, como mejor pudo, que no sólo compartía su sentimiento sino que lo comprendía. ¿Alguna vez había estado él así de enamorado? No. Pero ahora podía hacerse una idea de lo que significaba.

—Perdóneme —dijo Elizabeth, a la vez que se deshacía del abrazo, sorprendida de lo mucho que lo necesitaba.

—No se preocupe —respondió Walter amablemente—. Ha sufrido mucho.

—Aun así —repuso ella irguiéndose—, sé muy bien que no debería ir contándolo por ahí. Ya me despidieron una vez por eso.

Por tercera vez en lo que iba de mañana, Walter se estremeció. No acababa de entender a qué se refería exactamente. ¿Acaso la habían despedido por matar a la persona que amaba? ¿O por ser madre soltera? Las dos explicaciones eran plausibles, pero prefería con mucho la segunda.

—Fui yo quien lo mató —confesó Elizabeth en voz baja, resolviendo la disyuntiva de Walter—. Por empeñarme en que usara la correa. Seisymedia no ha vuelto a ser el mismo desde entonces.

—Qué horror —dijo Walter bajando más si cabe la voz, porque si bien no había entendido a qué se refería con lo de la correa y las seis y media, comprendía su sentimiento. Había tomado una decisión y se había equivocado. Él había hecho lo mismo. Y en ambos casos quienes habían pagado el pato por las respectivas equivocaciones de sus progenitores eran dos criaturas—. Lo siento muchísimo.

—Yo también lo siento por usted —aseguró Elizabeth intentando recuperar la compostura—. Por su divorcio.

—Ah, no lo sienta —dijo agitando la mano en el aire, avergonzado de que su amago de amor pudiera compararse en modo alguno con el de ella—. Mi situación era distinta. Lo mío no tuvo nada que ver con el amor. Amanda ni siquiera es hija mía, en lo que a genética se refiere —le soltó sin querer. De hecho, sólo hacía tres semanas que Walter había hecho ese descubrimiento.

Su ex mujer llevaba tiempo insinuándole que no era el padre biológico de Amanda, pero Walter suponía que sólo lo decía para hacerle daño. Amanda no se parecía físicamente a él, eso desde luego, pero había muchos niños que no se parecían a sus padres. Siempre que tenía a Amanda en sus brazos, la sentía suya; percibía el vínculo biológico, profundo y permanente. Sin embargo, la insistencia cruel de su mujer acabó reconcomiéndolo, y cuando por fin las pruebas de paternidad se pusieron a disposición del público, envió una muestra de sangre. Cinco días después supo la verdad. Él y Amanda eran completos extraños.

Aquel día, con la mirada clavada en los resultados de las pruebas, supuso que debería haberse sentido engañado o destrozado o asaltado por cualquier otro sentimiento propio de la situación, pero lo que sintió fue más bien perplejidad. Aquellos resultados le traían sin cuidado. Amanda era su hija y él era su padre. La quería con toda su alma. La biología estaba sobrevalorada.

—Yo nunca me había propuesto ser padre. Pero aquí me tiene, totalmente entregado a mi hija. La vida es un misterio, ¿verdad? Es imposible planearla, todo el que lo intenta sale inevitablemente escaldado —le dijo a Elizabeth.

Elizabeth asintió. Ella lo había intentado; y había salido escaldada.

—En fin, creo que entre los dos conseguiremos sacar adelante *Cena a las seis*. Pero hay cosas sobre este mundillo televisivo que no le quedará más remedio que, vaya, que tolerar. En cuanto a lo del vestido, le diré al sastre que ensanche un poco las costuras. Pero a cambio, me gustaría que tratara de sonreír un poco —prosiguió Walter.

Elizabeth frunció el entrecejo.

—Jack LaLanne sonríe cuando hace flexiones. Es su manera de hacer que lo difícil parezca divertido. Estudie su estilo, es un maestro —le dijo Walter.

Tan pronto como oyó mencionar el nombre de Jack, el cuerpo de Elizabeth se tensó. No había vuelto a ver el programa de Jack LaLanne desde la muerte de Calvin, y eso en parte porque lo hacía culpable del accidente; y sí, era consciente de que estaba siendo injusta. El recuerdo de Calvin entrando en la cocina tras el programa de Jack le causó una súbita ternura.

—Ahí lo tiene —dijo Walter.

Elizabeth levantó la mirada hacia él.

—Ahora mismo estaba esbozando una sonrisa.

—Ah, bueno, no ha sido intencionada —contestó ella.

—No importa. Intencionada o no intencionada, servirá igual. Las mías casi siempre son forzadas. Incluso las que exhibo cuando estoy en Woody Elementary, adonde por cierto tengo que ir en breve. La señorita Mudford me ha convocado a su despacho.

—A mí también. Tengo una reunión con ella mañana. ¿La suya está relacionada con las lecturas de Amanda? —preguntó Elizabeth, sorprendida.

—¿Lecturas? Es un parvulario, señorita Zott; todavía no han aprendido a leer —dijo Walter extrañado—. En fin, el problema no es Amanda. Soy yo. La maestra no se fía de mí porque estoy solo a cargo de la niña.

—¿Y por qué no va a fiarse?

A Walter pareció sorprenderle la pregunta.

—¿Usted qué cree?

—¡Ah...! ¡Piensa que es un pervertido! —exclamó ella cayendo de pronto en la cuenta.

—Yo no lo habría dicho tan, tan... llanamente, pero sí, es eso. Es como si llevara una insignia en la solapa anunciando: «¡Hola! Soy pedófilo, y estoy solo a cargo de mi hija.»

—Pues entonces supongo que ninguno de los dos somos de fiar. Calvin y yo teníamos relaciones sexuales casi a diario, algo muy normal teniendo en cuenta nuestra juventud y nivel de energía, pero como no estábamos casados...

—Ah. Bueno... —dijo Walter palideciendo.

—Como si el matrimonio tuviera algo que ver con el sexo...

—Ah...

—A veces me despertaba en plena noche ardiendo de deseo (seguro que a usted le habrá pasado) —le explicó Elizabeth con total naturalidad—, pero como Calvin estaba en pleno ciclo REM, no lo importunaba. Y si se lo mencionaba después, se subía por las paredes. «No, Elizabeth, tú despiértame siempre. REM o no REM. No lo dudes», decía. Hasta que no indagué un poco más sobre los efectos de la testosterona, no llegué a comprender del todo que la pulsión sexual masculina...

—Por cierto —la interrumpió Walter, rojo como la grana—. Quería recordarle que aparque el coche en el sector norte.

—El sector norte —dijo ella con los brazos en jarras—. ¿El que está a la izquierda según se entra en el recinto?

—Exacto.

—En fin —prosiguió Elizabeth—, siento que Mudford haya dado a entender que no es usted un buen padre. Dudo que esa mujer haya leído el Informe Kinsey.

—¿El qué?

—Porque, si lo hubiera leído, comprendería que ni usted ni yo somos unos pervertidos sexuales, sino todo lo contrario. Usted y yo somos...

—¿Padres normales? —se apresuró a decir Walter.

—Padres modélicos en lo que a amor se refiere.

—Protectores.

—Familia —concluyó ella.

Esta última palabra selló una amistad peculiar entre ambos, una amistad llena de confidencias, esa clase de amistad que sólo surge cuando una persona víctima de una injusticia conoce a otra que ha sufrido una situación similar y descubre que, aunque quizá eso sea lo único que compartan, es más que suficiente.

—Mira, acerca de la vestimenta, si el sastre no consigue que esos vestidos te permitan respirar como es debido, por el momento escoge lo que quieras de tu propio armario —dijo Walter apeándole el tratamiento de usted, asombrado de no haber mantenido nunca una conversación tan franca sobre sexo o biología con nadie, ni siquiera consigo mismo.

—O sea que no te vas a plantear lo de la bata de laboratorio.

—Es que quiero que seas tú misma, no una científica.

Elizabeth se remetió unas guedejas sueltas por detrás de las orejas.

—Es que soy científica. Es lo que soy —repuso ella.

—Puede que tengas razón, Elizabeth Zott —replicó él sin saber cuánta verdad encerrarían sus palabras—. Pero eres mucho más.

25

La mujer común

En retrospectiva, Walter se dio cuenta de que quizá debería haberle dejado ver el plató a Elizabeth.

Cuando arrancó la música del programa, aquella bonita cancioncilla por la que Walter había pagado un precio excesivo y que ella ya detestaba, Elizabeth fue hacia el escenario con paso firme. Walter hizo una breve y honda inspiración. Elizabeth se había puesto un vestido anodino, con botoncitos a todo lo largo que llegaban hasta el dobladillo, un delantal blanco con múltiples bolsillos atado a la cintura y un reloj de pulsera Timex cuyo tictac hacía tanto ruido que Walter habría jurado que lo oía sobre la percusión de la banda. Sobre la cabeza de Elizabeth descansaban unas gafas protectoras de laboratorio. Y justo por encima de la oreja izquierda, un lápiz del número 2. En una mano llevaba una libreta; en la otra, tres probetas. Parecía un cruce entre una camarera de hotel y una artificiera de la brigada antiexplosivos.

Walter la observó: Elizabeth esperó a que terminara la canción y recorrió con la mirada el plató de un extremo a otro, los labios prietos y los hombros tensos, indicando desagrado. Cuando sonó la última nota, se volvió hacia la tarjeta apuntadora, la leyó y apartó la vista. Dejó la libreta y las probetas sobre la encimera, fue hacia el fregadero y, de espaldas a la cámara, se asomó por la falsa ventana para contemplar la falsa vista.

—Este plató es vomitivo —soltó a bocajarro por el micrófono.

El cámara se volvió hacia Walter con mirada estupefacta.

—Recuérdale que es una filmación en directo —bufó Walter.

¡DIRECTO!, garabateó apresuradamente el auxiliar de cámara en un voluminoso tablero que luego levantó en el aire para que ella lo viera.

Elizabeth leyó el recordatorio y entonces, alzando un dedo como para indicar que sólo se demoraría otro segundo, continuó haciendo el *tour* en solitario del plató y se detuvo para observar la escenografía de las paredes, cuidadosamente escogida por el decorador del equipo —un bordado sobre cañamazo con la leyenda «Que Dios bendiga esta casa», un Cristo alicaído rezando de rodillas, una marina con unos barquitos de vela pintada por algún aficionado—; luego pasó a inspeccionar las encimeras, repletas de cosas, y frunció el entrecejo, consternada al ver un costurero en forma de cestita lleno de imperdibles, un tarro de cristal con botones sueltos, un ovillo de lana de color parduzco, una bombonera con caramelitos de menta y una panera metálica con el escrito «Nuestro pan de cada día», estampado al través en caracteres de aspecto bíblico.

Justo el día anterior Walter había felicitado efusivamente al decorador del plató por su sentido de la estética. «Lo que más me gusta son todos esos ornamentos. Es justo la imagen que buscábamos», le dijo. Pero ese día, al ver a Elizabeth rodeada de todo aquel *attrezzo*, se le antojaron cachivaches inútiles. Ella avanzó hacia el otro lado de la encimera y Walter la vio mudar el semblante al reparar en el juego de salero y pimentero en forma de gallina y gallo, torcer el gesto ante la tostadora cubierta con una funda rosa de ganchillo y estremecerse horrorizada ante una extraña pelota hecha de gomas elásticas. A la izquierda de la pelota había un bote de galletas con la forma de una gruesa matrona alemana preparando *pretzels*. De pronto Elizabeth se detuvo y contempló el gran reloj que colgaba de unos alambres sobre su cabeza, con las manecillas permanentemente fijas en la posición de las seis y en cuya esfera se leía la inscripción CENA A LAS SEIS en letras relucientes.

—Walter —dijo Elizabeth tapándose los ojos deslumbrada por el brillo de los focos—. Walter, tenemos que hablar, por favor.

—¡Publicidad, publicidad! —bufó Walter en dirección al cámara mientras Elizabeth se abría camino por el plató hacia donde Walter estaba sentado—. ¡Ahora mismo! ¡Ya! —Luego saltó de su asiento y fue a su encuentro—. ¡No puedes hacer esto! ¡Vuelve al plató ahora mismo! ¡Estamos en directo!

—¿Ah, sí? Bueno, pues no podemos seguir. Este plató no funciona.

—Funciona todo: la placa, el fregadero, se ha probado todo, así que vuelve ahí de una vez —replicó él haciendo ademán de empujarla con las manos.

—Me refería a que no funciona para mí.

—Mira, son los nervios. Por eso estamos filmando el programa sin público, para que te vayas adaptando. Pero no deja de ser una emisión en directo, ¡en directo!, y tienes un trabajo que cumplir. Éste es el programa piloto; ya haremos los retoques que hagan falta más adelante.

—O sea, que quieres decir que es posible hacer cambios —repuso Elizabeth con los brazos en jarras e inspeccionando de nuevo el plató—. Pues vamos a tener que hacer muchos cambios.

—Pues no, a ver —dijo él preocupado—. Que quede claro: en el plató no se pueden hacer cambios. Todo esto que ves aquí es fruto de semanas de investigaciones concienzudas a cargo de nuestro decorador. Esta cocina es justo el ideal de la mujer de hoy.

—Pues yo soy mujer y no me parece ideal.

—No me refería a ti, me refería a la mujer común —dijo Walter.

—Común.

—Ya sabes a qué me refiero. Al ama de casa normal.

Elizabeth emitió un sonido que evocaba el surtidor de una ballena.

—Está bien —dijo Walter ya en voz más baja, mientras agitaba la mano exageradamente—. Está bien, está bien, a ver, te entiendo, pero recuerda que este programa no es sólo nuestro, Elizabeth, también es el programa de la cadena, y puesto que son ellos quienes nos pagan, suele considerarse de buena educación hacer lo que piden. Sabes cómo funcionan estas cosas; has tenido otro empleo.

—Pero, a fin de cuentas, tanto nosotros como ellos trabajamos para un público —replicó Elizabeth.

—Cierto —convino Walter—. Más o menos. Bueno, no del todo. Nuestro trabajo consiste en ofrecerle al público lo que quiere aunque no sepa que lo quiere. Ya te lo he explicado otras veces: es el modelo de la programación de tarde. Hay un público medio muerto al que despertar, ¡sabes a lo que me refiero!

—¿Otro anuncio? —susurró el cámara.

—No será necesario —respondió Elizabeth rápidamente—. Perdonad todos. Ya estoy lista.

—Me has entendido, ¿no? —le dijo Walter mientras Elizabeth regresaba al plató.

—Sí. Quieres que me dirija a la mujer común. Al ama de casa «normal».

A Walter le escamó la manera en que recalcó la palabra.

—Cinco segundos... —avisó el cámara.

—Elizabeth —la advirtió Walter.

—Cuatro...

—Lo tienes todo escrito en el tarjetón.

—Tres...

—Limítate a leerlo.

—Dos...

—Te lo ruego —suplicó—. ¡Es un guión estupendo!

—Uno... ¡Acción!

• • •

—Hola. Me llamo Elizabeth Zott y esto es *Cena a las seis* —saludó Elizabeth mirando de frente a la cámara.

«Por el momento vamos bien», pensó Walter. SONRÍE, le indicó por señas, tirándose de las comisuras de la boca.

—Bienvenidos a mi cocina —dijo Elizabeth con seriedad, debajo de la imagen del alicaído Cristo que asomaba por detrás de su hombro izquierdo—. Hoy vamos a...

Iba a decir «divertirnos», pero se interrumpió.

Se produjo un silencio incómodo. El cámara se volvió de nuevo hacia Walter.

—¿Pasamos otra vez a publicidad? —le indicó con un gesto.

—NO. ¡NO! MALDITA SEA. ¡TIENE QUE ATENERSE AL GUIÓN! ¡MALDITA SEA, ELIZABETH! —respondió Walter con los labios, en silencio, mientras agitaba las manos.

Pero Elizabeth parecía haber entrado en trance y nada —ni los aspavientos de Walter ni el cámara dispuesto a ir a publicidad ni la encargada de maquillaje que se pasaba por la cara la esponja reservada para Elizabeth— logró romper su ensimismamiento. ¿Qué demonios le ocurría?

—¡MÚSICA! ¡MÚSICA! —dijo Walter con los labios en dirección al técnico de sonido.

Pero antes de que la música sonara de nuevo, el tictac del Timex que Elizabeth llevaba en la muñeca atrajo su atención y volvió a la vida.

—Perdonen. ¿Por dónde íbamos? —Echó un vistazo a las tarjetas apuntadoras, se quedó callada de nuevo un instante y de pronto señaló hacia el gran reloj que colgaba sobre su cabeza—. Antes de empezar, me gustaría darles un consejo: olvídense de ese reloj. No funciona.

Desde su silla de director, Walter dejó escapar un bufido.

—Para mí cocinar es una tarea muy seria —prosiguió Elizabeth, haciendo caso omiso de las tarjetas apuntadoras—, y estoy convencida de que para ustedes también lo es. —Luego retiró el costurero de la encimera y lo dejó caer en un cajón—. También sé que el tiempo del que disponen es precioso —añadió, dirigiéndose a los pocos hogares que casualmente habían puesto su programa ese día—. Pues bien, también el mío. Así que hagamos un pacto, ustedes y yo...

—Mamá —le dijo un niño de Van Nuys, California, a su madre, con voz aburrida desde la sala donde estaba viendo la televisión—, no echan nada en la tele.

—¡Pues apágala! —contestó su madre a voces desde la cocina—. ¡Estoy ocupada! Sal a jugar...

—Mamááá... mamááá —la llamó de nuevo.

—Por el amor de Dios, Petey —dijo la mujer entrando atribulada en la sala de estar, con las manos húmedas y una patata a medio pelar en la mano mientras el benjamín de la familia lloraba en la cocina sentado en su trona—, ¿es que te lo tengo que hacer todo yo?

Pero cuando se disponía a apagar el televisor, Elizabeth se dirigió directamente a ella.

—Sé por experiencia que hay demasiada gente en el mundo que no aprecia el trabajo ni el sacrificio que conlleva ser esposa, madre, mujer. Pues bien, yo no me cuento entre esa gente. Al término de estos treinta minutos que pasaremos juntas, habremos conseguido hacer algo que valga la pena. Habremos creado algo que no pasará inadvertido. Habremos preparado la cena. Y tendrá valor.

—¿Qué es esto? —dijo la madre de Petey.

—No sé —respondió el niño.

—Bien, pues manos a la obra —dijo Elizabeth.

Más tarde, cuando Elizabeth estaba ya en el camerino, Rosa, la peluquera y maquilladora, pasó a despedirse.

—Que conste que me ha gustado ese detalle del lápiz en el pelo.

—¿Que conste?

—Lebensmal lleva veinte minutos abroncando a Walter.

—¿Por el lápiz?

—Porque usted no ha seguido el guion.

—Bueno, eso es verdad. Pero es que no había forma de leer esos tarjetones.

—Ah, ¿ha sido por eso? —dijo Rosa, visiblemente aliviada—. ¿La letra era demasiado pequeña?

—No, qué va. Me refería a que eran engañosos.

—¡Elizabeth! —exclamó Walter, apareciendo en la puerta del camerino con la cara encendida.

—En fin, adiós para siempre —se despidió la maquilladora dándole un apretón cariñoso en el brazo.

—Hola, Walter —lo saludó Elizabeth—. Justo ahora estaba preparando una lista de cambios que habrá que introducir cuanto antes.

—No me vengas con cambios —saltó él—. ¿Se puede saber qué demonios te pasa?

—A mí, nada, ¿qué me va a pasar? De hecho, tengo la impresión de que ha salido bastante bien. Reconozco que he trastabillado un poco al principio, pero es que no daba crédito. No volverá a suceder, una vez que solucionemos lo del plató.

Walter cruzó el camerino furioso y se dejó caer en una silla.

—Elizabeth, esto es un trabajo. Tu deber consiste en: uno, sonreír, y dos, leer las tarjetas apuntadoras. Eso es todo. No te corresponde opinar acerca del plató ni del guión.

—Pues yo creo que sí me corresponde.

—¡No!

—En fin, me ha sido imposible leer las tarjetas.

—Tonterías —replicó él—. Probamos con fuentes de distintos tamaños, ¿recuerdas? O sea, que sé que puedes leer esas puñeteras tarjetas perfectamente. Qué demonios, Elizabeth, Lebensmal está dispuesto a cancelar el proyecto entero. ¿Te das cuenta de que has puesto en peligro no sólo tu trabajo, sino también el mío?

—Lo siento. Ahora mismo hablo con él.

—Ah, no. De eso nada —dijo Walter enseguida.

—¿Por qué? —preguntó Elizabeth—. Quiero aclarar ciertas cosas, sobre todo en lo que respecta al plató. En cuanto a las tarjetas, vuelvo a decir que lo siento, Walter. No me refería a que no pudiera leerlas, sino a que mi conciencia me ha impedido hacerlo. Porque eran penosas. ¿Quién ha redactado ese guión?

Walter frunció los labios.

—Yo.

—Ah. Pero esas palabras... es que yo nunca diría eso —dijo asombrada.

—Ya. Eso se pretendía —dijo él entre dientes.

Elizabeth pareció sorprenderse.

—Creía que me habías dicho que me limitara a ser yo.

—Pero no en esa faceta —replicó él—. No en la faceta de «esto va a ser muy, pero que muy complicado». No en la faceta de «hay demasiada gente en el mundo que no aprecia el trabajo ni el sacrificio que conlleva ser esposa, madre, mujer». Esos lamentos no son del gusto de nadie, Elizabeth. Tienes que mostrarte positiva, feliz, ¡alegre!

—Pero ésa no soy yo.

—Pero podrías ser tú.

Elizabeth repasó su vida hasta el momento.

—Lo dudo mucho.

—¿Podríamos no discutir este tema? —dijo Walter, con el corazón golpeándole incómodamente en el pecho—. El experto en la programación de tarde soy yo, y ya te he explicado cómo funcionan las cosas.

—Y yo soy la mujer que se dirige a un público compuesto enteramente por mujeres —repuso ella bruscamente.

Una secretaria apareció en el umbral.

—Señor Pine, estamos recibiendo llamadas de telespectadoras que acaban de ver el programa —anunció—. No sé qué debo hacer.

—Dios bendito. Ya empezamos con las quejas —exclamó Walter.

—Es sobre la lista de la compra. Hay un poco de lío con los ingredientes que tienen que comprar para mañana. En particular el CH_3COOH.

—Ácido acético —explicó Elizabeth—. Vinagre, contiene un cuatro por ciento de ácido acético. Supongo que debería haber escrito la lista en un lenguaje más accesible.

—¿Supones? —replicó Walter.

—Muchas gracias —dijo la secretaria y desapareció.

—Por cierto, ¿de dónde ha salido la idea de esa lista de la compra? —quiso saber Walter—. Nunca hemos hablado de ninguna lista de la compra, y menos escrita con fórmulas químicas.

—Lo sé, se me ha ocurrido justo en el momento de salir al plató. Creo que es una buena idea, ¿no te parece? —dijo Elizabeth.

Walter hundió la cabeza en las manos.

Era una buena idea, en efecto; pero no estaba dispuesto a reconocerlo.

—No puedes hacer esto —indicó con la voz apagada—. No puedes hacer lo que te dé la puñetera gana.

—No estoy haciendo lo que me da la puñetera gana —soltó Elizabeth—. Si lo hiciera, estaría en un laboratorio de investigación. Si no me equivoco, ahora mismo estás experimentando una subida de corticosterona, eso que tú llamas «el síndrome de la sobremesa». Quizá te convendría comer algo.

—No me vengas con lecciones sobre el síndrome de la sobremesa —dijo Walter con frialdad.

Se quedaron en silencio, sentados en el camerino, uno mirando al suelo y el otro a la pared; sin cruzar una palabra durante largo rato.

—¿Señor Pine? —Otra secretaria asomó la cabeza por la puerta—. El señor Lebensmal tiene que tomar un vuelo, pero me ha pedido que le recuerde que le ha dado de plazo hasta el fin de semana para zanjar el asunto. Lamento decir que no sé a qué asunto se refería. Dice que más vale que le dé un aire sexy al «asunto» —añadió consultando de nuevo sus notas, y luego se le subieron los colores—. También me ha dado esto —añadió tendiéndole una nota que Lebensmal había garabateado deprisa y corriendo antes de marcharse—: «¿Y el puto cóctel qué?»

—Gracias —dijo Walter.

—Lo siento —repitió la secretaria.

—Señor Pine, es tarde, tengo que irme a mi casa, pero es que los teléfonos... —dijo la secretaria anterior, que apareció a la vez que la otra se marchaba.

—Vete a tu casa, Paula. Ya me encargo yo —dijo Walter.

—¿Puedo ayudar en algo? —se ofreció Elizabeth.

—Ya bastante has ayudado por hoy —repuso Walter—. Así que si te digo que «no, gracias», es porque quiero decir «no, gracias».

Luego Walter salió del camerino y se fue a la mesa de la secretaria, con Elizabeth a la zaga, donde agarró el auricular de un teléfono.

—KCTV —contestó con voz hastiada—. Lo sé. Lo siento. Es vinagre.

—Vinagre —contestó Elizabeth por otra línea.

—Vinagre.

—Vinagre.

—Vinagre.

—Vinagre.

Cuando emitían el programa de payasos, Walter nunca había recibido ni una sola llamada telefónica.

26

El funeral

—Hola, me llamo Elizabeth Zott y esto es *Cena a las seis.*

Desde su silla de director, Walter apretó los ojos. «Por favor, por favor, por favor», masculló. Era la emisión número quince del programa y estaba agotado. Le había explicado una y otra vez a Elizabeth que del mismo modo que a él no le correspondía decidir el escritorio al que se sentaba, tampoco a ella le correspondía decidir la cocina en la que cocinaba. No se trataba de nada personal: los platós, al igual que los escritorios, se escogían en función de un trabajo de documentación y de un presupuesto. Pero cada vez que aducía ese argumento, Elizabeth asentía con la cabeza como si lo comprendiera y luego añadía: «Sí, pero...» Y vuelta otra vez a enzarzarse en la misma discusión. Igual que con el guión. Él le decía que su trabajo consistía en captar la atención de las telespectadoras, no en aburrirlas. Pero que con tanto inciso tedioso en jerga química, se hacía aburridísima. Por eso había decidido que por fin había llegado el momento de introducir público en el plató. Porque Walter sabía que, teniendo a personas de carne y hueso sentadas a sólo seis metros de distancia, Elizabeth aprendería de inmediato a no correr el riesgo de aburrir.

—Bienvenidas a nuestro primer programa en directo con público en la sala —dijo Elizabeth.

«Nada que objetar por el momento.»

—Todas las tardes, de lunes a viernes, prepararemos la cena juntas.

«Exactamente lo que él había dejado escrito en el guión.»

—Empezando por la cena de hoy: espinacas al horno.

«Por fin daba su brazo a torcer. Se estaba ateniendo a las órdenes.»

—Pero antes tenemos que limpiar nuestro espacio de trabajo.

Atónito, Walter vio que Elizabeth agarraba el ovillo de lana parduzca y lo arrojaba hacia el público.

«No, no», suplicó para sus adentros. El cámara lo miró de reojo al tiempo que el público estallaba en carcajadas nerviosas.

—¿Alguien necesita gomas? —preguntó Elizabeth levantando la pelota hecha de gomas elásticas.

Al ver que se alzaban unas manos, arrojó la pelota hacia el público también. Estupefacto, Walter se agarró a los brazos de su silla de tijera.

—Me gusta tener espacio para trabajar —dijo Elizabeth—. Refuerza la idea de que el trabajo que ustedes y yo nos disponemos a llevar a cabo es importante. Y hoy tengo mucho que hacer, así que me vendría bien despejar aún más el espacio. ¿Alguien necesita un bote de galletas?

Walter, horrorizado, vio que se alzaban casi todas las manos en la sala, y antes de que pudiera reaccionar el público invadió el plató mientras Elizabeth los animaba a llevarse lo que quisieran. En menos de un minuto todos los objetos decorativos habían desaparecido, incluyendo los que colgaban de las paredes. Lo único que dejaron fue la falsa ventana y el gran reloj que colgaba de la pared.

—Bien. Y ahora, manos a la obra —dijo Elizabeth con voz seria mientras el público regresaba a sus asientos.

Walter carraspeó. Una de las primeras reglas de la televisión, aparte de entretener, es fingir que, pase lo que pase, todo forma parte del guión. A los presentadores de televisión se los forma para eso, y ésa fue la táctica que Walter, que nunca había sido presentador, decidió adoptar en ese momento. Sentado en su silla de loneta, irguió el cuerpo y se inclinó hacia delante como si él mismo hubiera orquestado aquella infracción flagrante de las normas. Pero, evidentemente, no la había dictado él, y todos sabían que no la había dictado él, así que todos alrededor corroboraron su impotencia, cada uno a su manera: el cámara negó con la cabeza, el técnico de sonido suspiró y el decorador del plató le dirigió una señal obscena desde la derecha del escenario. Entretanto, Elizabeth seguía en escena cortando a tajos una enorme pila de espinacas con el cuchillo más grande que Walter había visto en su vida.

Lebensmal lo mataría.

Walter cerró los ojos un momento y escuchó los sonidos que provenían del público presente en el estudio: el rebullir en los asientos, los carraspeos. A lo lejos oía la voz de Elizabeth, hablando acerca de la función que el potasio y el magnesio ejercían en el cuerpo humano. La tarjeta que él había redactado sobre ese tramo en particular era una de sus favoritas: «¿Qué color tan bonito tienen las espinacas, ¿no? Verde. Evoca la primavera.» Pero Elizabeth se lo había saltado por completo.

—... la creencia general dice que las espinacas nos hacen fuertes porque contienen casi tanto hierro como la carne. Pero lo cierto es que poseen un elevado contenido de ácido oxálico, y éste en realidad inhibe la absorción de hierro. Así que cuando Popeye insinúa que su fuerza se debe a las espinacas, no le hagáis caso.

«Fantástico. Ahora llama mentiroso a Popeye.»

—Ahora bien, las espinacas poseen un gran valor nutritivo; de eso y de otras muchas cosas hablaremos justo después de la pausa para la publicidad de la cadena —señaló blandiendo el cuchillo ante la cámara.

«Me cago en todo.» Walter ni se molestó en levantarse de su asiento.

—Walter, ¿qué te ha parecido? He seguido tus consejos. He captado la atención del público —dijo Elizabeth al rato acercándose a él.

Walter se volvió hacia ella y la miró con cara de póquer.

—Ha quedado exactamente como tú querías: entretenido. Al ver que iba a necesitar más superficie de trabajo, me he acordado del béisbol, y de los vendedores ambulantes, que lanzan cacahuetes a los espectadores durante los partidos, ¿sabes? Y ha funcionado.

—Sí. Y luego has invitado a todo bicho viviente a arramblar con el *home*, el bate, los guantes y todo lo que encontraran a su alcance —dijo él con voz inexpresiva.

Elizabeth parecía perpleja.

—Te noto enfadado.

—Treinta segundos, señorita Zot —avisó el cámara.

—No, no. Enfadado no, lo que estoy es furioso —replicó él con aplomo.

—Pero me dijiste que entretuviera al público.

—No. Lo que has hecho es apropiarte de lo que no era tuyo y repartirlo.

—Pero es que necesitaba espacio.

—El lunes prepárate para morir. Primero yo y luego tú —le advirtió Walter.

Elizabeth se dio la vuelta.

—Ya estoy aquí otra vez —la oyó decir Walter con voz crispada, y el público la recibió con un aplauso.

Por suerte, a continuación oyó bien poco, pero sólo porque le dolía el estómago y el corazón le resonaba en el pecho de un modo que esperaba que fuera indicativo de algo grave. Cerró los ojos para precipitar su muerte; una embolia, un infarto, cualquiera de las dos cosas sería bienvenida.

Cuando levantó la vista, vio a Elizabeth moviendo el brazo de un lado al otro de la cocina vacía.

—La cocina es química. Y la química es vida —decía—. Tienen ustedes capacidad para cambiarlo todo, incluso para cambiarse a sí mismas, y esa capacidad empieza aquí.

«Dios santo.»

La secretaria se inclinó sobre él y le susurró algo así como que Lebensmal quería verlo al día siguiente a primera hora. Walter cerró los ojos de nuevo. «Cálmate. Respira», se dijo.

Detrás de los párpados, se encontró con una escena inquietante. Era él en un funeral, su propio funeral, y mucha gente pululando alrededor ataviada con colores vistosos. Oyó que alguien —¿era su secretaria?— explicaba cómo había muerto. Era un relato aburrido y no le gustó, pero encajaba en el perfil de su programación de sobremesa. Escuchó atentamente los comentarios de la gente, confiando en que al hablar de su vida le dedicaran algún cumplido, pero lo que más se oía era: «Bueno, ¿y qué planes tienes para el fin de semana?»

A lo lejos, oyó que Elizabeth Zott hablaba sobre la importancia del trabajo. Otra vez dando sermones, calentándoles la cabeza a los asistentes al funeral para que se hicieran respetar.

—Arriésguense, no tengan miedo de experimentar —les decía.

«Es decir, no sean como Walter...» Pero ¿no se suponía que a los funerales había que ir de luto?

—El arrojo para la cocina se traduce en arrojo para la vida —seguía Zott.

¿Quién le había pedido que pronunciara ese discurso en su funeral? ¿Phil? Qué falta de delicadeza. Y qué ironía además, puesto que el único riesgo que él, Walter Pine, había corrido en su vida (contratar a Elizabeth) había sido la causa de su muerte prematura. ¿Cómo que «arriésguense, no tengan miedo de experimentar», Zott? Y una mierda. ¿Quién era el muerto allí?

Walter continuó oyendo de fondo la voz de Elizabeth, acompañada por el sonido insistente de los tajos de un cuchillo. Luego, al cabo de unos diez minutos, Elizabeth concluía con su broche final:

—Y ahora, niños, a poner la mesa, que vuestra madre necesita un descanso.

O sea, «ya está bien de hablar del difunto Walter. Volvamos a mí.»

Los asistentes al funeral aplaudían efusivamente. Ya era hora de asaltar el bar.

Luego no sucedía gran cosa. Por desgracia, su muerte imaginada se asemejaba mucho a su vida. A Walter se le pasó por la cabeza que tal vez eso de «morir de aburrimiento» no fuera una simple expresión.

—¡Señor Pine!

—¿Walter?

Walter notó que alguien le tocaba el hombro.

—¿Cree que debería llamar a un médico? —dijo la primera voz.

—Quizá sí —respondió la segunda.

Al abrir los ojos, Walter se encontró a Zott y Rosa de pie junto a él.

—Parece que has sufrido un desmayo —dijo Zott.

—Se ha desplomado en la silla —añadió Rosa.

—Tienes el pulso muy acelerado —observó Elizabeth, presionando con los dedos en la muñeca de Walter.

—¿Cree usted que debería llamar a un médico? —preguntó Rosa de nuevo.

—Walter, ¿has comido algo? ¿Cuándo comiste por última vez?

—Estoy perfectamente. Marchaos —pidió Walter con la voz ronca.

Pero no se encontraba muy bien.

—No ha comido a mediodía. No ha cogido nada del carrito. Y sabemos que tampoco cenó —dijo Rosa.

—Walter, llévate esto a casa —le dijo Elizabeth tomando la batuta, y puso una gran fuente de horno en sus manos—. Es el plato de espinacas que acabo de preparar para el programa. Métalo en el horno a ciento noventa grados durante cuarenta minutos. ¿Sabrás hacerlo?

—No. No sabré. De todos modos, Amanda detesta las espinacas, así que vuelvo a repetir: NO —respondió él incorporándose. Y luego, al darse cuenta de que sonaba como un niño caprichoso, se volvió hacia la maquilladora (¿cómo se llamaba?) y le dijo—: Siento mucho haberla preocupado —farfulló una mezcla de posibles nombres de pila—, pero estoy perfectamente. Y ahora, váyase a casa y disfrute de la noche.

Para demostrar lo bien que se encontraba, se levantó de la silla y fue con paso vacilante a su despacho, donde aguardó hasta haberse cerciorado de que las dos habían abandonado el edificio antes de marcharse a su vez. Pero al llegar al aparcamiento se encontró la fuente de horno esperando sobre el capó de su coche. Y una nota en la que ponía: «Mételo en el horno a 190 grados durante cuarenta minutos.»

Cuando llegó a casa, y sólo porque estaba cansado, metió la puñetera fuente en el horno, y al rato se sentó a cenar con su hijita.

A los tres bocados, Amanda afirmó que aquellas espinacas eran lo más rico que había comido en su vida.

27

Todo sobre mí

Mayo de 1960

—Niños y niñas, vamos a empezar un nuevo proyecto. Se titula «Todo sobre mí» —dijo la señorita Mudford la primavera siguiente.

Mad inspiró hondo.

—Haced el favor de pedirles a vuestras madres que rellenen esto. Se llama «árbol genealógico». Lo que mamá escriba en este árbol os ayudará a aprender cosas sobre cierta persona muy importante. ¿Alguien sabe de qué persona se podría tratar? Una pista: la respuesta está en el título de nuestro nuevo proyecto, «Todo sobre mí».

Los niños estaban sentados en el suelo, formando un semicírculo irregular a los pies de la señorita Mudford, con el mentón apoyado en las manos.

—A ver quién es el primero que lo acierta —los azuzó la señorita Mudford—. Dime, Tommy.

—¿Puedo ir al baño?

—Se dice «¿Me da su permiso para ir al baño?», Tommy. Pero no. Ya casi han terminado las clases. Podrás ir dentro de nada.

—El presidente —dijo Lena.

—Se dice «¿Podría ser el presidente?» —la corrigió la señorita Mudford—. Y no, Lena, ésa no es la respuesta.

—¿Podría ser *Lassie*? —dijo Amanda.

—No, Amanda. Esto es un árbol genealógico, no una caseta para perros. Estamos hablando de personas.

—Las personas son animales —repuso Madeline.

—No, Madeline, no son animales —resopló la señorita Mudford—. Las personas son seres humanos.

—¿Y el Oso Yogui? —preguntó otro.

— «¿Podría ser el Oso Yogui?» —lo corrigió la señorita Mudford exasperada—. Obviamente, no. En un árbol genealógico no hay osos, ni personajes de la tele, como es lógico. ¡Estamos hablando de personas!

—Pero las personas son animales —insistió Madeline.

—Madeline, ¡ya basta! —saltó la señorita Mudford con sequedad.

—¿Somos animales? —preguntó Tommy mirando a Madeline con los ojos como platos.

—¡NO! ¡NO LO SOMOS! —dijo a voz en grito la señorita Mudford.

Pero Tommy ya se había metido los dedos debajo de las axilas y brincaba por el aula dando alaridos como un chimpancé.

—¡Uh, uh! —chilló dirigiéndose a sus compañeros, y la mitad de la clase se unió a la llamada de inmediato—: ¡Uuuh, uuuh!

—¡CÁLLATE, TOMMY! ¡SILENCIO TODOS SI NO QUERÉIS QUE OS MANDE AL DESPACHO DEL DIRECTOR! ¡SILENCIO AHORA MISMO! —le gritó la señorita Mudford.

Y la dureza de su voz junto con la amenaza de una autoridad superior devolvió a los niños a sus asientos en el suelo.

—AHORA —dijo la señorita sofocando la rebelión—, como iba diciendo, vais a aprender cosas nuevas sobre una persona muy importante. Una PERSONA —recalcó lanzando una mirada asesina hacia Madeline—. A ver, ¿quién puede ser esa PERSONA?

Nadie movió un dedo.

—¿QUIÉN? —exclamó la señorita con voz autoritaria.

Algunos movieron la cabeza indicando que lo ignoraban.

—Pues, VOSOTROS, niños —dijo a voces, enfadada.

—¿Qué? ¿Por qué? —preguntó Judy un tanto alarmada—. ¿Yo qué he hecho de malo?

—No me seas obtusa, Judy —replicó la señorita Mudford—. ¡Por el amor de Dios!

—Mi madre dice que no piensa soltarle un centavo más al colegio —anunció un niño de aspecto huraño llamado Roger.

—¡Quién ha hablado de dinero, Roger! —repuso la señorita Mudford con voz chillona.

—¿Puedo ver el árbol? —preguntó Madeline.

—¡Se dice «Me permite»! —rugió la maestra.

—¿Me permite? —preguntó Madeline.

—NO, NO TE LO PERMITO —chilló la señorita Mudford, y dobló el papel en cuatro, como si el mero hecho de doblarlo lo hiciera inaccesible para Madeline—. Este árbol no es para ti, Madeline; es para tu madre. Y ahora, niños —añadió, tratando de recuperar el control de la clase—, colocaos en una sola fila india. Os engancharé la nota en el jersey, y ya os podréis ir a casa.

—Mi madre no quiere que me enganche nada en la ropa, porque me la estropea —dijo Judy.

«Tu madre es una embustera de mierda», pensó la señorita Mudford, pero eso se lo calló.

—Me parece muy bien, Judy. Pues a ti te lo grapo entonces.

Uno tras otro, dejaron que la maestra les enganchara la nota en el jersey y luego cruzaron en fila el umbral, y una vez fuera echaron a correr como potrillos que llevaran horas amarrados.

—Tú no, Madeline. Tú te quedas aquí —ordenó la señorita Mudford.

—A ver si lo entiendo. ¿Te han hecho quedarte en el aula porque le dijiste a la maestra que las personas son animales? ¿Por qué se te ocurrió decirle eso, cariño? No es muy bonito —le dijo Harriet a Mad cuando la niña le explicó el motivo de su retraso.

—¿Ah, no? Pero ¿por qué? Es que lo somos, somos animales —dijo Madeline confundida.

Harriet se preguntó si Mad tendría razón: ¿eran animales las personas? No estaba segura.

—Bueno, pero a veces es mejor no llevar la contraria. Tu maestra se merece un respeto, y eso en algunas ocasiones implica darle la razón aunque no compartas lo que dice. Así funciona la diplomacia.

—Creía que ser diplomático era ser agradable.

—A eso me refiero.

—¿Aunque la señorita diga cosas que no son verdad?

—Sí.

Madeline se mordisqueó el labio inferior.

—Tú a veces cometes errores, ¿no es cierto? Pero ¿a que no te gustaría que te corrigieran delante de un montón de gente? Te habrá castigado por vergüenza, nada más.

—No parecía avergonzada. Además, no es la primera vez que nos da información equivocada. La semana pasada dijo que Dios creó el mundo.

—Hay mucha gente que lo cree así. No hay nada malo en creer eso —repuso Harriet.

—¿Tú también lo crees?

—¿Por qué no echamos un vistazo a esa nota? —dijo rápidamente arrancándole el papel del jersey.

—Es un proyecto sobre nuestro árbol genealógico —le explicó Madeline soltando la fiambrera sobre la encimera—. Lo tiene que rellenar mi madre.

—No me gustan estas cosas —masculló Harriet mientras examinaba el roble mal dibujado, con aquellas ramas reclamando el nombre de unos familiares (vivos, perdidos, fallecidos), vinculados unos con otros por razón de matrimonio, nacimiento o mala suerte—. La muy cotilla... ¿Venía con citación judicial incluida?

—¿Debería? —preguntó Madeline con estupor.

—¿Sabes lo que pienso? —dijo Harriet doblando otra vez la nota—. Que estos árboles genealógicos no son más que un burdo intento de hacerte sentir que eres alguien gracias a otro. Además, suelen venir acompañados de una invasión en tu vida privada. Tu madre se va a poner hecha una furia. Yo que tú no se lo enseñaría.

—Pero es que no sé qué poner. No sé nada de mi padre.

Madeline recordó la nota que su madre le había dejado en la fiambrera esa mañana: «La bibliotecaria es la mejor pedagoga de un colegio. Lo que no sabe, lo puede investigar. Esto no es una opinión; es un hecho. Pero que no se entere la señorita Mudford.»

Sin embargo, cuando Madeline había ido a preguntarle a la bibliotecaria de su colegio si podía indicarle dónde buscar los anuarios de la Universidad de Cambridge, la bibliotecaria frunció el ceño y puso en sus manos el último ejemplar de la revista infantil *Highlights*.

—¿Cómo que no?, sabes montones de cosas sobre tu padre —repuso Harriet—. Por ejemplo, sabes que sus padres, o sea, tus abuelos, murieron arrollados por un tren cuando él era niño. Y que entonces se fue a vivir con su tía hasta que la mujer se estrelló contra un árbol. Y que luego entró en un orfanato, que ahora no recuerdo cómo se llamaba, sólo que estaba en una ciudad que tenía un nombre así como de chica. Y también sabes que tu padre tenía una especie de madrina, aunque las madrinas no tienen cabida en los árboles genealógicos.

Tan pronto como Harriet mencionó a esa madrina, se arrepintió. Sólo sabía de su existencia por su afán de fisgonear, y además, era evidente que no había sido una madrina propiamente dicha, sino más bien una especie de hada madrina. Harriet sabía todo eso porque un día, mucho antes de conocer a Elizabeth siquiera, Calvin había salido precipitadamente al trabajo dejándose la puerta de la entrada abierta, y ella, como buena vecina, se había acercado a cerrársela.

Como es natural, siendo Harriet el tipo de persona que siempre se desvivía por ayudar, se había metido en la casa para asegurarse de que no habían entrado a robar. Tras un repaso exhaustivo de la vivienda, constató que en los cuarenta y seis segundos transcurridos desde la marcha de Calvin allí no había sucedido absolutamente nada.

Una vez dentro, sin embargo, descubrió varias cosas. Una, que Calvin Evans era un científico de altos vuelos: había salido en la portada de una revista. Dos, que era un dejado. Tres, que se había criado en Sioux City, acogido en un orfanato con un nombre que tenía resonancias religiosas y daba un poco de mala espina. De ese particular se había enterado sólo tras reparar en un papel arrebujado en la papelera que Harriet se había molestado en rescatar, porque ¿quién no tira, de cuando en cuando, accidentalmente a la papelera justo eso que pretendía guardar? Según aquella carta, el orfanato necesitaba dinero. Habían perdido a su principal benefactor, una persona que antes había procurado que los chicos gozaran de «oportunidades educativas en el campo de la ciencia y actividades saludables al aire libre». El centro, por tanto, apelaba a los antiguos hospicianos. Entre los que figuraba Calvin Evans. «¡Confiamos en usted! ¡Haga una donación para All Saints Boys Home hoy mismo!» La respuesta de Calvin, que también estaba en la papelera, venía a decir: cómo se atreven, váyanse al carajo, en la cárcel deberían estar todos.

—¿Qué es una madrina? —le preguntó Madeline.

—Una amiga íntima de la familia o un familiar. Alguien que debería velar por tu vida espiritual —respondió Harriet intentando borrar el recuerdo de aquel día.

—¿Y yo tengo?

—¿Madrina?

—Vida espiritual.

—Ah, no lo sé. ¿Crees en cosas que no se pueden ver?

—Me gustan los trucos de magia.

—Pues a mí no. No me gusta que me engañen —dijo Harriet.

—Pero crees en Dios.

—Bueno, sí.

—¿Por qué?

—Porque sí. La mayoría de la gente cree en Dios.

—Mi madre, no.

—Ya —dijo Harriet, procurando ocultar su disgusto.

Harriet no veía con buenos ojos que la gente no creyera en Dios. Le parecía una falta de humildad. A su juicio, creer en Dios era tan necesario como cepillarse los dientes o llevar ropa interior. La gente decente, desde luego, creía en Dios; incluso la indecente, como su marido. A Dios se debía que siguieran casados y que Harriet sobrellevara la cruz de su matrimonio, porque así lo había querido Dios. Dios era muy amigo de cruces, y procuraba que todo el mundo cargara con una. Por otro lado, si no creías en Dios, tampoco podías creer en el cielo o el infierno, y ella deseaba con todas sus fuerzas creer en el infierno, porque deseaba con todas sus fuerzas que el señor Sloane estuviera condenado a acabar allí.

—¿Dónde has puesto la cuerda? Creo que es hora de practicar con esos nudos —dijo levantándose de la silla.

—Ya los sé hacer —dijo Mad.

—¿Y con los ojos cerrados?

—También.

—¿Y con las manos a la espalda? ¿Sabrías?

—También.

Harriet fingía apoyar los estrambóticos pasatiempos de Mad, pero, a decir verdad, no era así. A la niña no le gustaba jugar con Barbies ni a las tabas; prefería los nudos, los libros bélicos y los desastres naturales. El día anterior le había oído preguntar a la auxiliar de la biblioteca municipal qué sabía del Krakatoa: ¿cuándo creía que iba a entrar en erupción otra vez? ¿Cómo avisarían a la población? ¿Cuántas víctimas podría causar aproximadamente?

Harriet se volvió hacia Mad; estaba absorta en el árbol genealógico, observando con sus grandes ojos grises aquellas ramas vacías mientras se mordisqueaba insistentemente el labio inferior. Calvin también tenía ese vicio. ¿Se transmitiría genéticamente? No estaba segura. Ella había traído al mundo cuatro hijos, distintos todos por completo, de ella y entre sí. Ahora ya eran todos unos extraños, que residían en lugares lejanos, cada cual con su vida y sus propios hijos. Harriet quería creer en la existencia de un férreo vínculo que los unía a ella de por vida, pero las cosas no funcionaban así. Una familia requería de cuidados continuos.

—¿Tienes hambre? ¿Quieres un poco de queso? —le preguntó Harriet.

Buscó en el fondo del frigorífico mientras Madeline sacaba un libro de la cartera del colegio: *Cinco años con los caníbales del Congo*.

Harriet la miró por encima del hombro.

—Cariño, ¿la maestra sabe que estás leyendo eso?

—No.

—Pues no se lo digas.

Ése era otro aspecto en el que Elizabeth y ella seguían sin coincidir: la lectura. Quince meses antes Harriet había supuesto que Madeline fingía saber leer. A los niños les gusta mucho imitar a sus padres. Pero no tardó en ponerse de manifiesto que Elizabeth no sólo había enseñado a su hija a leer, sino que la había preparado para enfrentarse a lecturas enjundiosas: periódicos, novelas, la revista *Popular Mechanics*.

Harriet pensó que tal vez la niña fuera un genio. Su padre lo había sido. Pero no. Sólo la habían enseñado bien, a Elizabeth se lo debía. Su madre simplemente se negaba a aceptar límites, no sólo en lo tocante a sí misma, sino también a los demás. Apenas transcurrido un año de la muerte del señor Evans, Harriet se había topado con unos apuntes en el escritorio de Elizabeth que parecían sugerir que se había propuesto enseñarle a Seismedia una cantidad absurda de palabras. En un principio, Harriet lo achacó a una enajenación transitoria; lo que viene a ser un duelo al fin y al cabo. Pero más adelante, cuando Mad tenía tres años, la niña había preguntado si alguien había visto su yoyó, y al minuto Seismedia lo dejó caer sobre su falda.

Ese mismo elemento de imposibilidad se daba en *Cena a las seis*. Elizabeth abría cada programa insistiendo en que cocinar no era fácil y que los treinta minutos siguientes bien podrían suponer una tortura.

—La cocina no es una ciencia exacta —había dicho justo el día anterior—. Este tomate que tengo en la mano es distinto del que ustedes tienen en las suyas. De ahí la necesidad de que se interesen por sus ingredientes. Experimenten: gusten, toquen, huelan, observen, escuchen, prueben, evalúen.

Luego sometió a las telespectadoras a una descripción detallada de composiciones químicas que, inducidas por la combinación de ingredientes dispares a temperaturas específicas, resultaba en una mezcla complicada de interacciones enzimáticas que daría como resultado un plato exquisito. Habló mucho de ácidos, bases, iones de hidrógeno, y otras cosas que Harriet, tras muchas semanas de oírla, por extraño que le resultara, empezaba a comprender.

A lo largo de todo el proceso, Elizabeth, con semblante serio, transmitía a sus telespectadoras que estaban a la altura del difícil reto, que eran mujeres capacitadas, con recursos, y que creía en ellas. Era un programa la mar de extraño. Muy entretenido no se puede decir que fuera. Era más bien como ascender una montaña. Una experiencia que producía satisfacción, pero sólo una vez concluida.

No obstante, Madeline y ella veían *Cena a las seis* juntas cada tarde, con la respiración contenida, convencidas de que cada nuevo episodio sería el último.

Madeline había abierto el libro y observaba con mucho detenimiento un grabado de un hombre que se estaba comiendo a bocados el fémur de otro.

—¿La carne de las personas sabe bien?

—No lo sé —respondió Harriet mientras ponía unos taquitos de queso delante de la niña—. Supongo que dependerá del modo en que se prepare. Seguro que tu madre conseguiría sacarle buen sabor a cualquiera. —«Salvo al señor Sloane, que está podrido», pensó luego.

Madeline asintió con la cabeza.

—A todo el mundo le gusta lo que cocina mi madre.

—¿Quién es todo el mundo?

—Los niños del cole. Ahora algunos llevan la misma comida que yo.

—Anda. ¿Sobras? ¿De la cena del día anterior? —dijo Harriet sorprendida.

—Sí.

—¿Sus madres ven el programa?

—Eso parece.

—¿En serio?

—Que sí —afirmó Madeline, como si Harriet fuera un poco corta de entendederas.

Harriet había supuesto que *Cena a las seis* no gozaba de mucha popularidad, y Elizabeth había corroborado esa suposición al confesarle que los seis meses del periodo de prueba que había firmado con la cadena estaban a punto de vencer. Había sido una batalla de principio a fin; estaba convencida de que no le renovarían el contrato.

—Pero seguro que podrías transigir un poco y llegar a un acuerdo, ¿no? —le había preguntado Harriet, procurando disimular su inquietud. Le encantaba ver a Elizabeth en la televisión—. A lo mejor si intentaras sonreír un poco...

—¿Sonreír? ¿Sonríe un cirujano durante una apendicectomía? No. ¿Tú querrías que sonriera? No. La cocina, al igual que la cirugía, requiere concentración —le había dicho Elizabeth—. De todos modos, Phil Lebensmal quiere que me comporte como si me estuviera dirigiendo a tontas del bote. Me niego, Harriet, no pienso perpetuar el mito de que las mujeres son unas incompetentes. Si me rescinden el contrato, que me lo rescindan. Ya me dedicaré a otra cosa.

«Pero nada tan bien remunerado ni mucho menos», pensó Harriet. Gracias al dinero de la televisión, Elizabeth había cumplido su palabra: ahora le pagaba. Por primera vez en su vida, Harriet cobraba un sueldo, y era increíble el poder que la hacía sentir que tenía.

Sabes que estoy de acuerdo contigo, pero quizá bastaría con bailarles un poco el agua. Seguirles el juego, vaya —le había dicho Harriet midiendo mucho sus palabras.

Elizabeth ladeó la cabeza.

—¿Seguirles el juego?

—Ya sabes a qué me refiero. Eres una chica lista. Puede que al señor Pine o al tal Lebensmal ese, les contraríe tu actitud. Ya sabes cómo son los hombres.

Elizabeth se quedó cavilando. No, no sabía cómo eran los hombres. Con excepción de Calvin, de su difunto hermano, John, del doctor Mason y quizá de Walter Pine, siempre parecía haber sacado lo peor de los hombres. O bien querían controlarla, tocarla, dominarla, acallarla, corregirla o decirle lo que tenía que hacer. No comprendía por qué no podían tratarla simplemente como a un ser humano, como a una colega, una amiga, una igual o siquiera como a una extraña que pasa por la calle, alguien con quien uno se muestra naturalmente respetuoso hasta que descubre los cadáveres que tiene enterrados en el jardín.

Harriet era su única amiga de verdad, y coincidían en casi todo, pero sobre ese aspecto no estaban de acuerdo. Según Harriet, los hombres eran un mundo aparte. Había que tratarlos con mimo, tenían egos frágiles, no soportaban que una mujer fuera más inteligente o capaz que ellos.

—Harriet, eso es una tontería. Todos somos seres humanos, tanto los hombres como las mujeres. Y como tales, somos producto del modo en que hemos sido criados, somos víctimas de sistemas educativos mediocres y elegimos nuestra conducta de forma voluntaria. En resumidas cuentas, que reducir a las mujeres a una condición inferior a la de los hombres, y elevar a los hombres a una condición superior a la de las mujeres, no es un imperativo biológico, sino cultural. Y arranca con dos palabras: rosa y azul. A partir de ahí, todo se dispara exponencialmente sin ningún control —le había replicado Elizabeth.

Hablando de sistemas educativos mediocres, justo la semana anterior Elizabeth había sido convocada al despacho de la señorita Mudford para discutir un problema relacionado con ese tema precisamente: Madeline se negaba a participar en las actividades propias de una niña, como jugar a las casitas.

—Madeline se empeña en hacer cosas propias de niños —le había dicho la señorita Mudford—. No me parece bien. Está claro que usted es de la opinión que a la mujer donde le corresponde estar es en su casa, dado su —dejó escapar una tosecilla— programa de televisión. Así que hable con ella. Esta semana quería formar parte de la patrulla de seguridad escolar.

—¿Y qué hay de malo en eso?

—Pues que es sólo para niños, que son quienes protegen a las niñas. Para eso son más grandes.

—Pero Madeline es la más alta de la clase.

—Otro problema más. Su altura incomoda a los niños.

—O sea que no, Harriet —repuso Elizabeth tajante, retomando el tema—. No pienso seguirles el juego.

Harriet se limpió un poco de mugre de debajo de una uña mientras Elizabeth peroraba sobre las mujeres que aceptaban puestos de subalternas como si estuvieran predestinadas a ello, como si creyeran que su inferior tamaño físico constituía un indicativo biológico de su inferioridad intelectual, como si fueran inferiores de natural, pero de manera entrañable. Y lo que era peor, adujo Elizabeth, muchas de esas mujeres transmitían esas ideas a sus hijas al emplear expresiones como: «Ay, los niños, cómo son» o «Ya sabes cómo son las niñas».

—¿Qué demonios les pasa a las mujeres? —se preguntaba Elizabeth perpleja—. ¿Por qué tragan con todos esos estereotipos culturales? O peor aún, ¿por qué los perpetúan? ¿No están al corriente del papel dominante que ocupa la mujer en las tribus ignotas de la Amazonia? ¿La obra de Margaret Mead está descatalogada o qué?

Elizabeth sólo se interrumpió al ver que Harriet se levantaba, indicando que no deseaba ser víctima de otro sermón.

—Harriet, ¡Harriet! —repitió Madeline—. ¿Me oyes? Harriet, ¿y qué le pasó? ¿Se murió también?

—¿Quién se murió? —preguntó Harriet ensimismada, pensando en que ella nunca había leído a Margaret Mead. ¿Era la que había escrito *Lo que el viento se llevó*?

—La madrina.

—Ah, ya. No tengo ni idea. De todos modos, no era una madrina propiamente dicha.

—Pero acabas de decir que...

—Que era como una especie de hada madrina, alguien que daba dinero al orfanato de tu padre. Sólo he querido decir eso. Una benefactora, o benefactor, por cierto, porque también podía haber sido un hombre, que daba dinero para todos los niños del orfanato. No sólo para tu padre.

—¿Y quién era?

—No tengo ni idea. Pero ¿qué más da? Llámala «hada madrina» o llámalo «filántropo». Una persona rica que da dinero para obras benéficas, como Andrew Carnegie con sus bibliotecas. Aunque debo decir que para la filantropía hay exenciones fiscales, así que no es algo completamente desinteresado. ¿No tienes otros deberes, Mad? ¿Aparte de ese maldito árbol genealógico?

—A lo mejor podría escribir una carta al orfanato de mi padre y preguntar quién era el «padrino». Así podría poner su nombre en el árbol, pero como si fuera una bellota. No ocupando una rama entera ni nada de eso.

—No. En un árbol genealógico no hay bellotas. Además, las hadas madrinas, los filántropos, suelen ser gente anónima; ese orfanato nunca te dirá quién aflojaba la pasta. Y en tercer lugar, nunca se habla de «hados padrinos». Las hadas son siempre mujeres.

—¿Por lo del crimen organizado? —preguntó Madeline.

Harriet lanzó un sonoro suspiro, con una mezcla de asombro e irritación.

—Lo que quiero decir es que esos benefactores no tienen cabida en los árboles genealógicos. Primero, porque no son de tu sangre, y segundo, porque mantienen su identidad en secreto. Necesariamente, porque si no todo el mundo intentaría darles el sablazo.

—Pero tener secretos no está bien.

—A veces sí.

—¿Tú tienes secretos?

—No —mintió Harriet.

—¿Crees que mi madre sí?

—No —respondió Harriet, aunque esta vez con since-ridad. Ojalá Elizabeth se guardara para sí algunos secretos, u opiniones al menos—. Venga, vamos a rellenar el árbol con lo primero que se nos ocurra. Tu maestra ni se dará cuenta, y luego vemos el programa de tu madre.

—¿Quieres que mienta?

—Mad, ¿he dicho yo algo sobre mentir? —dijo Harriet exasperada.

—¿Las hadas no tienen sangre?

—¡Pues claro que tienen sangre! —dijo Harriet con voz chillona. Posó una mano sobre la cabeza de Mad—. Vamos a dejar esto aparcado un rato, ¿eh? Sal a jugar fuera.

—Pero...

—Ve a jugar a la pelota con Seisymedia.

—También tengo que llevar una foto, Harriet. Un retra-to de la familia entera —añadió Madeline.

Debajo de la mesa, Seisymedia apoyó la cabeza en la huesuda rodilla de la niña.

—Entera —recalcó Madeline—. O sea que mi padre también tiene que salir.

—No, no tiene por qué.

Seisymedia se levantó y se fue hacia el dormitorio de Elizabeth.

—Mira, si no quieres jugar a la pelota con Seisymedia, llévatelo a la biblioteca. Ya tendrías que haber devuelto esos libros. Tienes el tiempo justo hasta que empiece el programa de tu madre.

—Es que no me apetece.

—Pues a veces uno tiene que hacer cosas que no le ape-tecen.

—¿Tú qué cosas haces que no te apetecen?

Harriet cerró los ojos. Y vio la imagen del señor Sloane.

28

Santos

—Madeline, ¿en qué puedo ayudarte hoy? —dijo la bibliotecaria.

—Necesito encontrar la dirección de un sitio de Iowa.

—Ven conmigo.

La bibliotecaria la condujo a través del laberinto de la biblioteca municipal, y por el camino se detuvo un momento para reprender a un lector que marcaba las páginas de un libro doblándolas por las esquinas y a otro por apoyar los pies sobre la silla contigua.

—Ésta es la Carnegie Library. Puedo prohibirte la entrada de por vida —masculló enfadada—. Aquí arriba, Madeline —le dijo llevándola hacia un estante repleto de listines telefónicos—. Has dicho Iowa, ¿no es cierto? —Le alcanzó tres gruesos volúmenes—. ¿Alguna ciudad en particular?

—Busco un orfanato de chicos, pero de una ciudad que tiene nombre de chica. Es lo único que sé —dijo Madeline.

—Con esa información no será suficiente. Iowa es bastante grande —dijo la bibliotecaria.

—Yo apostaría a que se trata de Sioux City —intervino una voz detrás de ellas.

—Sioux no es un nombre de chica —repuso la bibliotecaria volviéndose—. Es un nombre indio... Ah, reverendo, hola. Lo siento mucho, se me olvidó buscar el libro que me pidió. Ahora mismo se lo localizo.

—Pero podría confundirse con un nombre de chica, ¿no? ¿Sue en lugar de Sioux? Un niño podría confundirlos —dijo el señor de la sotana negra.

—Esta niña, imposible —repuso la bibliotecaria.

—Aquí no viene. No hay ningún orfanato —dijo Madeline al cabo de un cuarto de hora, deslizando el dedito por la columna de la «O».

—Vaya, debería haber mencionado que a veces esos orfanatos llevan nombre de santos —dijo el reverendo desde el otro lado de la mesa de la biblioteca.

—¿Por qué?

—Porque los que cuidan de los niños de los demás son santos.

—¿Por qué?

—Porque cuidar de un niño es una tarea difícil.

Madeline levantó la mirada al techo.

—Prueba a ver por Saint Vincent —propuso el reverendo, e introdujo un dedo justo por debajo del alzacuellos para que le entrara un poco de aire.

—¿Qué lee? —le preguntó Madeline mientras buscaba la «S» en el listín.

—Cosas de religión. Soy ministro de la Iglesia.

—No, me refería a lo otro... a eso de ahí —dijo Madeline señalando una revista que el reverendo había metido entre las páginas eclesiásticas.

—Ah. Eso es sólo... por diversión —dijo él avergonzado.

—*Mad* —leyó en voz alta Madeline tras sacar la revista de su escondrijo dando un tirón.

—Es una revista humorística —aclaró el reverendo arrebatándosela rápidamente.

—¿Puedo verla?

—No creo que a tu madre le pareciera bien.

—¿Porque hay desnudos?

—¡No! No, qué va, no es de esa clase de revistas. Es que a veces necesito reírme un poco. En mi trabajo no abunda el humor.

—¿Por qué?

El reverendo se quedó dudando.

—Pues porque Dios no es muy gracioso, supongo. ¿Y tú por qué andas buscando un orfanato?

—Porque es donde se crió mi padre. Estoy haciendo un árbol genealógico.

—Ya. Pues hacer un árbol genealógico sí parece muy divertido —dijo él con una sonrisa.

—Eso es discutible.

—¿Discutible?

—Significa «cuestionable» —aclaró Mad.

—En efecto —dijo él sorprendido—. ¿Te importa que te pregunte? ¿Cuántos años tienes?

—Tengo prohibido dar información personal.

—Ah. Claro, claro. Me parece muy bien —indicó él sonrojándose.

Madeline mordisqueó la punta de la goma de borrar.

—En fin, aprender de nuestros antepasados es divertido, ¿no? —dijo el reverendo—. A mí me lo parece. ¿Qué sabes por el momento?

—Bueno, sobre la familia de mi madre, que su padre está en la cárcel por prenderle fuego a una gente, que su madre vive en Brasil por asuntos fiscales y que su hermano está muerto —dijo Mad balanceando las piernas por debajo de la mesa.

—Vaya...

—Sobre la familia de mi padre no sé nada aún. Pero yo creo que los del orfanato debían de ser como una especie de familia.

—¿En qué sentido?

—Pues porque cuidaban de él.

El reverendo se frotó la nuca. Sabía por experiencia que entre el personal de esos orfanatos había pedófilos.

—«Santos» los ha llamado usted —le recordó Madeline.

El reverendo suspiró para sus adentros. El problema de ser ministro de la Iglesia era la cantidad de veces que se veía obligado a mentir a lo largo del día. Sus feligreses necesitaban que los reconfortara constantemente diciendo que todo estaba bien o iba a estar bien, no que estaba mal y sólo podría ir a peor, como dictaba la cruda realidad. Justo la semana anterior había oficiado en un funeral —un miembro de su parroquia había fallecido de cáncer de pulmón— y su mensaje a los familiares, que fumaban todos como carreteros también, había sido que el difunto había muerto no porque fumase cuatro paquetes diarios, sino porque Dios lo había llamado a su seno. La familia, dando hondas caladas a sus cigarrillos, le agradeció aquellas sabias palabras.

—Pero ¿para qué escribir a ese orfanato? ¿Por qué no le preguntas a tu padre directamente?

—Porque él también está muerto. —Madeline suspiró.

—¡Dios bendito! Lo siento mucho —exclamó el reverendo moviendo la cabeza de un lado a otro.

—Gracias. Hay gente que piensa que no se puede echar de menos lo que nunca se ha tenido, pero yo creo que sí. ¿Y usted? —dijo Madeline con talante serio.

—Desde luego —respondió, y se pasó la mano por la nuca hasta que sus dedos dieron con aquella pequeña guedeja de pelo, larga en exceso.

Había estado en Liverpool visitando a un amigo y asistido a un concierto de un conjunto nuevo: los Beatles, se llamaban. Eran británicos y llevaban flequillo. Llevar flequillo era algo casi inaudito en un hombre, pero el reverendo había descubierto que le gustaba casi tanto el aspecto de aquellos muchachos como su música.

—¿Qué anda buscando ahí? —le preguntó Madeline señalando el libro que el reverendo tenía delante.

—Inspiración. Algo con lo que elevar el espíritu para el sermón dominical.

—¿Y si les habla de hadas madrinas? —sugirió Mad.

—Hadas...

—El orfanato de mi padre tenía un hada madrina. Daba dinero para el orfanato.

—Ah, quieres decir un benefactor, ¿no? Es posible que el orfanato contara con más de uno. Llevar esos centros cuesta mucho dinero.

—No. Quiero decir un hada madrina. Creo que hay que tener algo de mago para dar dinero a gente que ni siquiera conoces —repuso Madeline.

El reverendo sintió una nueva sacudida de sorpresa.

—Cierto —reconoció.

—Pero Harriet dice que es mejor ganarse el sueldo. No le gusta la magia.

—¿Quién es Harriet?

—Mi vecina. Es católica. No se puede divorciar. Harriet piensa que debería poner lo primero que se me ocurra en el árbol genealógico, pero no quiero. Sería como si mi familia tuviera algo malo que ocultar.

—Bueno, seguramente Harriet sólo se refiere a que hay cosas que son personales —dijo el reverendo con prudencia, pensando que daba toda la impresión de que en verdad tenían algo que ocultar.

—Quiere decir secretas.

—No, quiero decir personales. Por ejemplo, antes te he preguntado qué edad tenías, y tú, con muy buen criterio, me has contestado que eso era información personal. No es que sea secreta, sólo que no me conoces lo suficiente como para contarme esas cosas. Un secreto, sin embargo, es algo que guardamos porque si saliera a la luz es probable que se usara en nuestro perjuicio o nos hiciera sentir mal. Los secretos normalmente tienen que ver con cosas de las que nos avergonzamos.

—¿Usted tiene secretos?

—Sí —admitió—. ¿Y tú?

—Yo también —dijo Madeline.

—Estoy convencido de que todo el mundo los tiene. Sobre todo los que niegan tenerlos. Es imposible ir por la vida sin arrepentirse o avergonzarse de algo.

Madeline asintió con la cabeza.

—En fin, la gente cree que con esas ramas absurdas llenas de nombres de personas a las que nunca han conocido sabe algo más de sí misma. Por ejemplo, conozco a uno que está orgullosísimo de ser descendiente directo de Galileo, y de una mujer cuyos orígenes se remontan al *Mayflower*. Los dos hablan de su linaje como si eso les otorgara abolengo, pero se equivocan. Tu parentesco no te hace importante o inteligente. No te hace ser quien eres.

—¿Y qué me hace ser quien soy?

—Lo que decidas hacer con tu vida. El modo en que decidas vivirla.

—Pero hay mucha gente que no puede decidir cómo vivirla. Los esclavos, por ejemplo.

—Bueno, eso también es verdad —dijo el reverendo, avergonzado por la sencilla sabiduría de la niña.

Se quedaron en silencio un momento; Madeline deslizaba el dedito por las páginas del listín telefónico mientras el reverendo se planteaba comprarse una guitarra.

—En fin, yo creo que un árbol genealógico no es la manera más inteligente de aprender sobre nuestros antepasados —añadió.

Madeline levantó la mirada hacia él.

—Hace un momento ha dicho que sería divertido aprender sobre ellos.

—Sí, pero estaba mintiendo —confesó, y los dos se echaron a reír. En el otro extremo de la sala, la bibliotecaria levantó la cabeza admonitoriamente—. Me presentaré: soy el reverendo Wakely —susurró inclinando la cabeza a modo de disculpa en dirección a la ceñuda bibliotecaria—. De la First Presbyterian.

—Mad Zott. Mad, como su revista.

—Bueno, Mad —dijo él cauteloso y pensando que a buen seguro ese «Mad» sería un nombre extranjero—. Si no lo encuentras bajo Saint Vincent, prueba con Saint Elmo. O, espera, no... All Saints. Es el nombre que suelen usar para esos sitios cuando no saben por qué santo decidirse.

—All Saints —repitió Madeline, saltando a la «A»—. All, All, All. Un momento. Aquí está: ¡All Saints Boys Home! —Pero la ilusión fue breve—: No hay ninguna dirección. Sólo un número de teléfono.

—¿Y dónde está el problema?

—Mi madre dice que las conferencias sólo son para cuando se te ha muerto alguien.

—Bueno, si quieres llamo por ti desde mi despacho. Yo hago ese tipo de llamadas a todas horas. Puedo alegar que estoy ayudando a alguno de mis feligreses.

—Estaría mintiendo. ¿Miente usted mucho?

—Sería sólo una mentirijilla, Mad —replicó él con un punto de irritación. ¿Nadie iba a comprender nunca las contradicciones que su trabajo conllevaba?—. O bien, podrías seguir el consejo de Harriet y rellenar ese árbol con lo primero que se te ocurra, lo que no me parece tan mala idea —dijo lanzándole una clara indirecta—. Muchas veces es mejor no hurgar en el pasado.

—¿Por qué?

—Porque lo pasado es cosa del pasado.

—Pero mi padre no es cosa del pasado. Sigue siendo mi padre.

—Por supuesto que sí —dijo el reverendo con talante más suave—. Sólo quería decir que, sobre lo de llamar yo a All Saints, quizá se sentirían más cómodos hablando conmigo, dado que también soy un religioso. De la misma manera que si tú tuvieras que comentar cosas del colegio, te sentirías más cómoda hablando con tus compañeros.

Madeline lo miró con extrañeza. Nunca, ni una sola vez, se había sentido cómoda hablando con sus compañeros del colegio.

—O mejor —dijo el reverendo queriendo zanjar el asunto—. Dile a tu madre que llame. Es su marido; seguro que se mostrarían dispuestos a ayudar. Puede que antes de ofrecerle información relevante necesiten alguna prueba de que estaban casados, un certificado o algo por el estilo, pero no creo que eso suponga un problema.

Madeline se quedó paralizada.

—Lo he pensado mejor —dijo anotando rápidamente dos palabras en un papel—, éste es el nombre de mi padre. —Luego anotó también su número telefónico y le tendió el papel—. ¿Cuándo podrá llamar?

El reverendo bajó la vista hacia el nombre.

—¡¿Calvin Evans?! —exclamó con un respingo de sorpresa.

Mientras estudiaba en el Harvard Divinity School, Wakely había asistido como oyente a un curso de Química. Su objetivo: averiguar cómo explicaban la creación en el campo enemigo para así poder refutarla. Sin embargo, después de un año de estudiar Química, se vio en un callejón sin salida. Gracias a sus conocimientos recién adquiridos sobre átomos, elementos y moléculas empezaba a hacérsele difícil admitir que Dios hubiera creado nada. Ni el cielo ni la tierra. Ni siquiera la pizza.

Como ministro de la Iglesia, un título que en su familia se remontaba a cinco generaciones atrás, y como alumno de una de las facultades de Teología más prestigiosas del mundo, se enfrentaba a un problema mayúsculo. No se trataba sólo de las expectativas familiares, sino de la propia ciencia. La ciencia insistía en algo con lo que, posteriormente, él rara vez se había topado a lo largo de su carrera eclesiástica: pruebas. Y entre esas pruebas figuraba un joven llamado Calvin Evans.

Evans había recalado en Harvard para participar en un debate con otros científicos dedicados a la investigación del ARN, un debate al que asistió Wakely, que ese sábado por la noche no tenía nada mejor que hacer. Evans, el más joven con diferencia de los participantes, apenas abrió la boca. Los demás se enzarzaron en disquisiciones científicas sobre el modo en que los enlaces químicos se formaban, se rompían y volvían a formarse por efecto de la denominada colisión efectiva. A decir verdad, el acto estaba resultando un tanto aburrido. No obstante, uno de los ponentes continuó perorando y afirmó que la consecución de un verdadero cambio sólo se producía gracias a la aplicación de la energía cinética. En ese momento alguien del público preguntó si podían ofrecer un ejemplo de alguna colisión inefectiva, de algo carente de energía que nunca cambiara, pero que aun así produjera un efecto importante. Evans se inclinó hacia el micrófono y contestó: «La religión.» Acto seguido, se levantó y abandonó la sala.

Wakely estuvo cavilando sobre aquella afirmación de Evans, hasta que finalmente decidió escribirle y comentarle el desasosiego que le había provocado su intervención. Para su sorpresa, Evans le contestó, y él le contestó a su vez y así sucesivamente. A pesar de sus discrepancias, se puso de manifiesto que entre ellos existía una corriente de simpatía, por lo que, una vez despejados los escollos de la religión y la ciencia, sus cartas adoptaron un cariz más personal. Descubrieron entonces que no sólo tenían la misma edad sino también dos cosas en común: una pasión rayana en el fanatismo por los deportes acuáticos (Calvin era aficionado al remo; él, al surf) y la obsesión con el buen tiempo. Además, ninguno de los dos tenía pareja. Ni estaba disfrutando con los estudios de posgrado. Ni sabía qué iba a hacer de su vida una vez que los terminara.

Pero luego Wakely lo había estropeado todo al mencionar en una carta algo así como que estaba siguiendo los pasos de su padre. Y se preguntaba si a Evans le había sucedido lo mismo, a lo que éste respondió afirmando, con letras mayúsculas, que él odiaba a su padre y que esperaba que estuviera muerto.

Wakely se quedó horrorizado. Era obvio que ese padre le había causado un gran sufrimiento y, conociendo a Evans, que su odio debía de partir del más implacable de los fundamentos: las pruebas.

Intentó responderle en varias ocasiones, pero no supo qué decir. Él. El pastor de la Iglesia. El autor de una tesis en curso que llevaba por título: *La necesidad de consuelo en la sociedad moderna*. Se había quedado sin palabras.

Su relación epistolar concluyó.

Al poco de su ceremonia de graduación, el padre de Wakely falleció de forma inesperada. Wakely regresó a Commons para el entierro y decidió quedarse a vivir allí. Encontró una vivienda modesta junto a la playa, sustituyó a su padre en la parroquia y sacó su tabla de surf.

Cuando llevaba unos años residiendo en Commons, se enteró finalmente de que Evans también vivía allí. Increíble. ¡Qué casualidad! Pero antes de armarse de valor para retomar el contacto con su ya célebre amigo, Evans había encontrado la muerte en un trágico accidente.

Cuando llegó a sus oídos que necesitaban a alguien para oficiar el sepelio del científico, Wakely se ofreció como voluntario. Se sintió en la obligación de presentar sus respetos a una de las pocas personas que admiraba, a ayudar en la medida de lo posible a conducir el espíritu de Evans hacia un lugar de reposo. Además, tenía curiosidad. ¿Quién asistiría? ¿Quién lloraría la pérdida de ese hombre tan brillante?

La respuesta: una mujer y un perro.

—Por si sirve de algo, dígales que mi padre era aficionado al remo —añadió Madeline.

Wakely se quedó en silencio recordando la longitud desproporcionada del ataúd.

Trató de reconstruir lo que le había dicho exactamente a aquella joven que estaba de pie junto a la tumba: ¿«Mi más sincero pésame»? Probablemente. Se había propuesto hablar con ella después del servicio, pero la joven se marchó antes siquiera de que concluyese la plegaria final, con el perro pisándole los talones. Se dijo que iría a verla, pero no sabía ni su nombre ni su domicilio, y aunque no hubiera sido tan difícil averiguar ninguna de las dos cosas, nunca llevó a cabo ese propósito. Le pareció intuir que tal vez hablar del alma de Evans no haría sino empeorar las cosas.

Después del sepelio, y durante los meses posteriores, no había dejado de pensar en la brevedad de la vida de Evans. Eran tan pocas las personas que hacían realmente algo de valor para el mundo, que eran capaces de cambiar las cosas con sus descubrimientos... Evans se había deslizado en los intersticios de lo desconocido y explorado el universo de un modo que la teología eludía por completo. Y por un breve espacio de tiempo Wakely había tenido la impresión de formar parte de ese mundo.

Sin embargo, había relegado al olvido sus cuitas para centrarse en el presente. Era un ministro de la Iglesia, no necesitaba de la ciencia. Lo que sí necesitaba eran más recursos inventivos para convencer a sus feligreses de que fueran buenas personas, de que dejaran de ser tan mezquinos unos con otros y se comportaran como es debido. De manera que, al final, pese a sus dudas, se había hecho reverendo, aunque seguía pensando en el extraordinario Evans. Y ahora, de pronto, tenía delante a esa niña que decía ser su hija. Los designios de Dios eran sin duda inescrutables.

—Solamente para aclarar las cosas: estamos hablando de Calvin Evans, ¿no? El que murió en un accidente de tráfico hará más o menos cinco años —le dijo.

—Fue por culpa de una correa, pero sí.

—Ah, pues entonces no me lo explico, porque Calvin Evans no tenía hijos. De hecho, no estaba... —Se interrumpió, dubitativo.

—¿Qué?

—Nada —respondió con rapidez. Obviamente, la niña era ilegítima, por si fuera poco—. ¿Qué es eso que tienes ahí? —preguntó señalando un recorte de periódico amarillento que asomaba por la libreta de la niña—. ¿También es para el proyecto genealógico?

—Tengo que llevar a clase una foto de mi familia —respondió Madeline sacando un recorte de periódico todavía mojado por las babas del perro. Se lo tendió con suma delicadeza, como uno haría con un tesoro irreemplazable—. Es la única foto en la que salimos todos.

Wakely desplegó el recorte con cuidado. Era un artículo sobre el entierro de Calvin Evans, y se acompañaba de una fotografía de aquella misma mujer y su perro, de espaldas a la cámara pero visiblemente desconsolados, observando cómo la tierra se tragaba el mismo ataúd que él había bendecido. Lo asaltó una oleada de abatimiento.

—Pero, Mad, ¿dónde ves tú aquí un retrato de familia?

—Bueno, esa de ahí es mi madre —explicó la niña señalando la espalda de Elizabeth—, y éste es Seisymedia —añadió señalando al perro—. Y yo estoy dentro de mamá —dijo señalando a Elizabeth de nuevo—, y papá dentro del ataúd.

Wakely se había pasado los últimos siete años de su vida consolando a sus feligreses, pero la naturalidad con que aquella niña hablaba de su pérdida lo dejó completamente desarmado.

—Mad, quiero que entiendas una cosa —dijo, y se fijó, asombrado, en que sus manos salían también en la foto—. Un árbol no es lugar para una familia. Quizá porque los seres humanos no forman parte del reino vegetal, sino del animal.

—¡Exacto! —exclamó Mad—. Eso es justo lo que yo intentaba decirle a la señorita Mudford.

—Si fuéramos árboles —añadió Wakely, preocupado por el dolor que esa niña tendría que soportar a la hora de explicar sus orígenes—, a lo mejor seríamos un poco más sensatos. Por aquello de que viven tantos años y tal.

Wakely cayó entonces en la cuenta de que Calvin Evans no había disfrutado de una vida muy larga, y acababa de insinuar que tal vez porque había sido un insensato. Francamente, era un ministro de la Iglesia desastroso, pésimo.

Madeline pareció considerar esa afirmación y luego se inclinó sobre la mesa para acercarse a él.

—Wakely —dijo en voz baja—, ahora tengo que irme a casa a ver lo de mi madre, pero estaba pensando: ¿sabrías guardar un secreto?

—Sí —respondió, preguntándose a qué se referiría con ese «lo». ¿Estaría su madre enferma?

Madeline lo miró fijamente, sopesando si habría mentido otra vez, y a continuación se levantó de la silla, fue hacia él y le susurró algo al oído con tal vehemencia que Wakely abrió los ojos desmesuradamente. Y luego, sin poder reprimirse, hizo bocina con la mano junto al oído de ella, y le contó a su vez su secreto. Luego los dos se apartaron con aire sorprendido.

—Eso no es tan malo, Wakely. De verdad —dijo Madeline.

En cuanto al de Madeline, Wakely no supo qué comentar.

29

Enlaces y vínculos

—Me llamo Elizabeth Zott y esto es *Cena a las seis*.

Con los brazos en jarras, los labios pintados de rojo mate y la espesa melena recogida en un sencillo moño francés sujeto con un lápiz del número 2, Elizabeth levantó la mirada y la dirigió directamente a la cámara.

—Tengo una noticia apasionante. Hoy estudiaremos tres tipos distintos de enlaces químicos: el iónico, el covalente y el de hidrógeno. ¿Por qué aprender de enlaces? Porque conociéndolos sabrán captar la esencia misma de la vida. No sólo eso, sino que les subirán los bizcochos.

En hogares de todo el sur de California, las amas de casa sacaron papel y lápiz.

—El iónico es el enlace de los «opuestos que se atraen» —explicó Elizabeth apartándose de la encimera para ponerse a hacer dibujitos en un caballete—. Por ejemplo, pongamos que alguna de ustedes hubiera escrito una tesis doctoral sobre la economía de libre mercado, mientras que su marido se gana la vida rotando neumáticos en un taller de automóviles. Su marido y usted se quieren, pero puede que él no tenga interés en oírla hablar sobre la teoría de «la mano invisible». Y con razón, porque ya saben que esa mano invisible es una patraña libertaria.

Elizabeth tendió la vista hacia el público mientras varias personas tomaban apuntes y anotaban: «Mano invisible: patraña libertaria.»

—El caso es que su marido y usted no se parecen en nada y, sin embargo, están muy unidos. Perfecto. Eso también es iónico.

Hizo una pausa, levantó la lámina de papel por encima del caballete y dejó al descubierto una hoja en blanco de papel grueso.

—O quizá su matrimonio sea más bien un enlace covalente —añadió dibujando una fórmula estructural distinta—. Si es así, es usted una mujer afortunada, porque eso significa que los dos poseen virtudes que, combinadas, dan lugar a algo mejor si cabe. Por ejemplo, si mezclamos hidrógeno y oxígeno, ¿qué obtenemos? Agua, o H_2O, como se la conoce más comúnmente. En muchos aspectos, el enlace covalente guarda cierta similitud con una fiesta, una fiesta que mejora mucho gracias a la tarta que usted ha hecho con sus manitas y al vino que él ha aportado. Y si las fiestas no son de su agrado, como es mi caso, también podría representarse ese enlace covalente como un pequeño país europeo; Suiza, por ejemplo. —«Los Alpes + una economía fuerte = Todo el mundo desea vivir allí», escribió con trazo rápido en el caballete.

En una sala de estar de La Jolla, California, tres niños se peleaban por un volquete de juguete; el eje roto había caído justo al lado de una torre de ropa para planchar que amenazaba con desplomarse sobre una señora menuda, con el pelo cubierto de rulos y un pequeño bloc de notas en la mano en el que apuntó: «Suiza: próximo destino.»

—Eso nos conduce al tercer enlace —dijo Elizabeth señalando otro grupo de moléculas—, el enlace de hidrógeno; el más frágil y delicado de todos. Para mí representa el «flechazo amoroso», porque la atracción entre ambas partes se deriva únicamente de una información visual: a usted le gusta su sonrisa, a él su pelo. Pero resulta que al entablar conversación, usted descubre que tras ese hombre se esconde un nazi en potencia que piensa que las mujeres se lamentan demasiado. ¡Puf! Al instante ese delicado enlace se rompe. Ahí tienen el enlace de hidrógeno, queridas telespectadoras, un recordatorio químico de que, cuando las cosas parecen demasiado buenas para ser verdad, probablemente lo sean.

Elizabeth fue de nuevo hacia la encimera, cambió el rotulador por un cuchillo y, al estilo del leñador Paul Bunyan, rebanó de un tajo una gran cebolla amarilla.

—Esta noche prepararemos un pastel de hojaldre con pollo —anunció—. Así que manos a la obra.

—¿Ves? —le dijo una mujer en Santa Monica a su huraña hija adolescente; la chica llevaba los ojos perfilados con una raya tan gruesa que parecía una pista de aterrizaje—. ¿No te lo dije? A ti lo único que te une a ese chico es hidrógeno. ¿Cuándo vas a despertar y oler los iones?

—Y dale. ¿Otra vez igual?

—Podrías estudiar una carrera. ¡Ser alguien!

—¡Pero me quiere!

—¡Te está cortando las alas!

—Volvemos después de la pausa —anunció Elizabeth al ver que el cámara indicaba el paso a publicidad.

Sentado en su silla de director, Walter Pine se vino abajo. Tras mucho rogar y suplicar, había conseguido que Phil Lebensmal prorrogara el contrato de Zott otros seis meses, pero sólo tras acordar que habría más erotismo y menos ciencia. Esta vez iba muy en serio, le había advertido Phil, tenía las horas contadas. Al parecer se habían recibido montones de quejas. Walter había abordado el tema con Elizabeth justo antes del programa.

—Tenemos que hacer unos cambios —informó.

Elizabeth lo había escuchado asintiendo con aire pensativo, como si considerara la posibilidad de cada uno de esos cambios.

—No —respondió al final.

Aparte de ese pequeño problema, Amanda tenía que hacer un trabajo escolar absurdo, un árbol genealógico que debía ir acompañado de una foto familiar actual donde saliera su mami, aun cuando mami llevaba largo tiempo desaparecida. Para más inri, el trabajo pretendía sacar a la luz la relación biológica existente entre él y su hija, un vínculo que ni existía ni existiría nunca. Como es natural, Walter tenía previsto contarle la verdad a Amanda cuanto antes; esto es: que la desgraciada de su madre nunca iba a regresar y que, en puridad, entre ellos no existía parentesco alguno. Los niños adoptados tenían derecho a saber la verdad. Walter estaba esperando al momento oportuno para contársela. Cuando Amanda cumpliera cuarenta años.

—Walter, ¿has hablado con los del seguro? —dijo Elizabeth yendo hacia él con paso resuelto—. Como sabes, mañana el programa girará en torno a la combustión, y aunque sigo pensando que en realidad no hay motivo de alarma, creo que... ¿Walter? ¿Walter? —repitió pasándole la mano por delante de la cara.

—Sesenta segundos, Zott —avisó el cámara.

—Creo que no estaría de más contar con otro par de extintores a mano. Vuelvo a decir que preferiría los de nitrógeno antes que esos nuevos que funcionan con agua y espuma, pero son sólo cosas mías; seguro que cualquiera de los dos tipos cumplirá su función. ¿Walter? ¿Me escuchas? Reacciona. —Elizabeth torció el gesto y luego regresó al escenario—. Te veo en el siguiente intermedio.

Mientras Elizabeth iba hacia el escenario de nuevo, Walter se volvió y se quedó mirando cómo subía los escalones con sus pantalones azules —¡se había puesto pantalones!— ceñidos en lo alto de la cintura. ¿Quién se creía que era? ¿Katharine Hepburn? Lebensmal pondría el grito en el cielo. Luego se volvió hacia la maquilladora y le hizo una señal.

—¿Sí, señor Pine? —dijo Rosa, con las manos llenas de esponjitas—. ¿Quería algo? Elizabeth tenía la piel estupenda, por cierto. Sin brillos de sudor.

Walter suspiró.

—Ella nunca tiene brillos de sudor. Pese a que sólo con la potencia de esos focos bastaría para dorar un filete en treinta segundos, ella nunca suda ni una gota. ¿Cómo es posible?

—Es poco común, desde luego —convino Rosa.

—Ya estamos aquí otra vez —oyó Walter que decía Elizabeth apuntando con ambas manos a la cámara.

—Por favor, compórtate como una persona normal —susurró Walter.

—Bien. Seguro que habrán aprovechado este breve intermedio para trocear las zanahorias, el apio y las cebollas en distintos tamaños, creando la superficie necesaria para facilitar la absorción del aderezo y a la vez reducir el tiempo de cocción. En este momento, pues, el plato queda así —dijo Elizabeth a las telespectadoras inclinando una cacerola hacia la cámara—. Ahora le añadimos una cantidad generosa de cloruro sódico...

—¿Tanto le costaría decir «sal»? ¿Tanto? —bufó Walter.

—A mí me gusta que use esos tecnicismos científicos. Me hace sentir... no sé... capaz —dijo Rosa.

—¿Capaz? ¿Capaz? ¿Ya nadie quiere sentirse guapa y esbelta o qué? Además, ¿qué demonios hace con esos pantalones? ¿De dónde han salido? —replicó Walter.

—¿Se encuentra usted bien, señor Pine? ¿Quiere que le traiga algo? —preguntó Rosa.

—Sí. Cianuro —dijo Walter.

Transcurrieron unos minutos, durante los cuales Elizabeth informó a las telespectadoras sobre la composición química de diversos ingredientes más, y explicó los enlaces que se iban creando a medida que agregaba cada uno de ellos a la cacerola.

—Aquí está —dijo inclinando de nuevo el recipiente hacia la cámara—. ¿Qué tenemos ahora? Una mezcla, es decir, una combinación de dos o más sustancias puras en la que cada una de ellas retiene sus propiedades químicas particulares. En el caso de nuestro pastel de hojaldre con pollo, observen cómo las zanahorias, los guisantes, las cebollas y el apio se mezclan sin perder su respectiva identidad. Piensen en eso. Un buen pastel de hojaldre con pollo es como una sociedad altamente eficiente. Suecia, pongamos. Aquí cada verdura tiene su lugar correspondiente. Ni un solo producto exige que se le otorgue mayor preponderancia que a otro. Y una vez sazonado con los condimentos adicionales (ajo, tomillo, pimienta y cloruro sódico) habrán creado un sabor que no sólo ensalza la textura de cada sustancia, sino que equilibra la acidez. ¿El resultado? Guarderías subvencionadas. Aunque apuesto a que Suecia también tiene sus problemas. El cáncer de piel cuando menos. —Reparó en la indicación del cámara—. Volvemos después de la pausa para la identificación de la cadena.

—¡¿Qué ha dicho?! ¡¿Se puede saber de qué habla?! —exclamó Walter horrorizado.

—De guarderías subvencionadas —dijo Rosa secándole el sudor de la frente—. Deberían incluirse en la campaña electoral. —Se inclinó sobre Walter y se fijó en que una vena le pulsaba en la frente—. Oiga, ¿y si voy a buscarle un poco de ácido acetilsalicílico? Le...

—¿Cómo ha dicho? —preguntó con un siseo mientras le apartaba la esponjita.

—Guarderías subvencionadas.

—No, lo otro.

—¿Se refiere a ácido acetilsalicílico?

—Dirá «aspirina» —la corrigió Walter con voz ronca—. Aquí en la KCTV lo llamamos aspirina. Aspirina Bayer. ¿Quiere saber por qué? Porque Bayer es uno de nuestros patrocinadores. Que son quienes pagan las facturas. ¿Entiende por dónde voy? A ver, dígalo: aspirina.

—Aspirina —repitió Rosa—. Vuelvo enseguida.

—¿Walter? —saltó abruptamente la voz de Elizabeth desde arriba, sobresaltándolo.

—¡Por Dios, Elizabeth! ¿Hace falta darme esos sustos?

—No era mi intención. Tenías los ojos cerrados.

—Estaba pensando.

—¿Sobre los extintores? También yo. Pongamos tres mejor. Con dos sería suficiente, pero con tres deberíamos erradicar casi por completo la posibilidad de una tragedia. Hasta un noventa y nueve por ciento, o un poco más.

—Dios mío. —Walter se estremeció secándose las palmas de las manos en los pantalones—. ¿Estoy en una pesadilla? ¿Por qué no puedo despertar?

—Estás preguntándote por ese uno por ciento, ¿verdad? —dijo Elizabeth—. Pues no lo hagas. Ese ínfimo porcentaje suele atribuirse a la mano divina (terremotos, tsunamis), a catástrofes que somos incapaces de prever porque la ciencia aún no ha llegado tan lejos. —Hizo una pausa y se ajustó el cinturón—. Walter, ¿no te parece curioso que se hable de «la mano divina» en ese sentido? Porque, teniendo en cuenta que la mayoría asocia a Dios con los corderos, el amor y el belén, resulta raro que ese mismo ser al que se supone benevolente descargue su azote a diestro y siniestro contra gente inocente; lo que indica un problema en el control de la ira o incluso quizá un trastorno maniacodepresivo. En un hospital psiquiátrico, un paciente así sería sometido a electroshock. Terapia de la que no soy partidaria, por otra parte. Su eficacia no está ni mucho menos demostrada todavía. Pero ¿no te parece interesante que esos siniestros atribuidos a la mano divina y la terapia del electroshock tengan tanto en común? En lo que tienen de violentos, de crueles...

—Sesenta segundos, Zott.

—... de implacables, de bárbaros...

—Por Dios, Elizabeth, te lo ruego.

—En fin, pongamos tres extintores, sí. Todas las mujeres deberían saber cómo apagar un fuego. Probaremos primero sofocándolo a base de agua y espuma, y si esa técnica falla, recurrimos al nitrógeno.

—Cuarenta segundos, Zott.

—¿Y a qué vienen esos pantalones? —dijo Walter, apretando los dientes con tanta fuerza que apenas le salían las palabras.

—¿Qué quieres decir?

—Sabes muy bien lo que quiero decir.

—¿Te gustan? Tienen que gustarte. Tú los llevas siempre y ya entiendo por qué. Son comodísimos. No te preocupes; pienso atribuirte todo el mérito.

—¡No! Elizabeth, yo nunca he...

—Aquí tiene su aspirina, señor Pine —interrumpió Rosa apareciendo de pronto a su lado—. A ver, déjeme que le dé un buen repaso, Zott... bien, muy bien... ahora gire la cara hacia el otro lado... bien... fantástico, la verdad. Listo, ya está perfecta.

—Zott, diez segundos —avisó el cámara.

—¿Te encuentras mal, Walter?

—¿Has visto lo del proyecto sobre el árbol genealógico? —masculló.

—Ocho segundos, Zott.

—Estás pálido, Walter.

—El linaje... —dijo con voz apenas audible.

—¿El menaje, dices? Pero ¿no me habías prohibido regalar cosas al público?

Elizabeth subió al escenario y se volvió a la cámara.

—Ya estamos otra vez con ustedes.

—No sé qué medicina cree usted haberme dado, pero no está haciendo efecto —le dijo Walter a Rosa con brusquedad.

—Tarda un rato.

—Un rato del que no dispongo. Deme ese bote.

—Ya se ha tomado la dosis máxima.

—¿No me diga? Entonces explíqueme por qué todavía quedan pastillas dentro —replicó Walter bruscamente agitando el bote.

—Ahora viertan su versión de Suecia —iba diciendo Elizabeth— en la configuración molecular de almidón, lípidos y proteínas elaborada anteriormente (el hojaldre), esa cuyos enlaces químicos se formaron por medio de la molécula de agua, H_2O, y gracias a la cual han creado el maridaje perfecto de estabilidad y estructura.

Elizabeth hizo una pausa y, con las manos cubiertas de harina, señaló un pastel de hojaldre relleno de verduras y pollo.

—Estabilidad y estructura —repitió mirando hacia el público en el estudio—. La química es inseparable de la vida; la química, por su propia definición, es vida. Pero, al igual que este pastel suyo, la vida requiere de una base sólida. En su hogar, esa base son ustedes. Sobre ustedes recae esa enorme responsabilidad, esa labor que aun siendo la más infravalorada del mundo, lo amalgama todo.

Algunas de las mujeres presentes en el estudio asintieron con la cabeza enérgicamente.

—Ahora deténganse un momento para admirar su experimento —prosiguió Elizabeth—. Han utilizado la elegancia de los enlaces químicos para elaborar un hojaldre que albergará a la vez que ensalzará el sabor de sus componentes. Piensen una vez más en ese relleno y luego pregúntense: ¿Qué necesita Suecia? ¿Ácido cítrico? Quizá. ¿Cloruro sódico? Probablemente. Sazonen a su gusto. Cuando ya estén satisfechas, coloquen encima la otra tapa de hojaldre como si fuera una manta, remetiendo los bordes para que quede bien sellada. Luego hagan unos pequeños cortes transversales sobre la masa a modo de rejilla de ventilación. El objetivo de esos respiraderos es que la molécula de agua disponga del espacio necesario para transformarse en vapor y encontrar una vía de salida. Sin esos conductos, su pastel de hojaldre sería como el Vesubio. Si quieren proteger a sus vecinos de una muerte segura, no olviden nunca hacer esos cortes.

Agarró un cuchillo e hizo tres pequeñas hendiduras en la superficie de la masa.

—Así. Ahora se mete en el horno a ciento noventa grados durante cuarenta y cinco minutos aproximadamente.

Levantó la vista hacia el reloj.

—Parece que nos sobra un poco de tiempo. Quizá podría contestar a alguna pregunta del público. —Elizabeth miró al cámara, que hizo ademán de rebanarse el cuello con un dedo.

—¡NO, NO, NO! —exclamó el cámara sin voz.

—Hola —dijo Elizabeth señalando a una mujer sentada en la primera fila, con las gafas sobre el pelo cardado y las gruesas piernas embutidas en unas medias de compresión.

—Soy la señora de George Fillis, residente en Kernville —se presentó nerviosa levantándose— y tengo treinta y ocho años. Sólo quería decir que me encanta su programa. No... no me puedo creer la de cosas que he aprendido. Reconozco que no soy ninguna lumbrera —afirmó sonrojándose avergonzada—, o eso dice siempre mi marido, pero cuando usted nos explicó la semana pasada que la osmosis era el paso de un disolvente más diluido a otro más concentrado a través de una membrana semipermeable, de pronto pensé que quizá... pues...

—Continúe.

—Pues que pensé si el edema que tengo en la pierna no será consecuencia de una conductividad hidráulica defectuosa, sumada a un coeficiente de reflexión osmótica irregular de las proteínas plasmáticas. ¿Usted qué opina?

—Un diagnóstico muy preciso, señora Fillis. ¿En qué especialidad médica trabaja? —preguntó Elizabeth.

—Uy, no, yo no soy médico, solamente soy ama de casa —farfulló la mujer.

—No existe una sola mujer en el mundo que sea «solamente» ama de casa —repuso Elizabeth—. ¿A qué otra cosa se dedica?

—A nada. A algún que otro pasatiempo. Me gusta leer revistas de medicina.

—Interesante. ¿Y qué más?

—Coser.

—¿Ropa?

—Cuerpos.

—¿Heridas se refiere?

—Sí. Tengo cinco hijos varones. Siempre se están haciendo desgarros.

—Y cuando usted tenía la edad de sus hijos, ¿cómo se veía de mayor?

—Como una abnegada esposa y madre de familia.

—No, de verdad...

—Pues me veía siendo cirujana, operando a corazón abierto —dijo sin poder contenerse.

Un silencio denso se adueñó del estudio, el peso de ese sueño ridículo colgando como ropa empapada en un día sin viento. ¿Operar a corazón abierto? Por un instante pareció como si el mundo entero aguardara al estallido de las carcajadas. Pero de pronto desde un extremo del público se oyó una sola palmada, inesperada, inmediatamente seguida de otra, y luego otra, y luego diez más, y veinte más, hasta que al poco todo el público en el estudio se puso en pie y alguien exclamó en voz alta: «¡Doctora Fillis, cirujana cardiovascular!», y el aplauso se hizo clamoroso.

—No, no —repetía la señora Fillis tratando de hacerse oír entre el estruendo—. Lo decía de broma. Yo cómo voy a ser cirujana... Además, ya es demasiado tarde para eso.

—Nunca es demasiado tarde —replicó Elizabeth.

—Pero es que no podría. No puedo.

—¿Por qué?

—Porque es una carrera muy difícil.

—¿Y criar a cinco hijos no lo es?

La señora Fillis se secó con las yemas de los dedos las gotitas de sudor que le salpicaban la frente.

—Pero ¿por dónde empieza una mujer como yo?

—Por la biblioteca municipal —respondió Elizabeth—. Y luego se prepara para el examen de ingreso en la facultad de Medicina, luego hace la carrera y luego las prácticas como médico residente.

De pronto, la señora Fillis cayó en la cuenta de que Elizabeth se la había tomado en serio.

—¿De verdad me cree capacitada? —dijo con voz temblorosa.

—¿Cuál es el peso molecular del cloruro de bario?

—208,23.

—Más que capacitada.

—Pero mi marido...

—Su marido es un hombre afortunado. Por cierto, hoy es «Día de Regalos», señora Fillis —añadió Elizabeth—, una idea que acaba de ocurrírsele a mi productor. Para demostrarle que apoyamos ese futuro audaz que tiene por delante, le regalamos este pastel de hojaldre con pollo que acabo de preparar. Ya puede subir a recogerlo.

Entre aplausos atronadores, Elizabeth le entregó a la ya a todas luces resuelta señora Fillis el pastel de hojaldre tapado con papel de aluminio.

—Nuestro tiempo de emisión se ha agotado oficialmente, pero espero que mañana vuelvan con nosotros para seguir explorando el mundo de las conflagraciones culinarias —dijo Elizabeth.

Luego miró de frente al objetivo de la cámara y, casi como si pudiera verlos, directamente a los rostros estupefactos de los cinco hijos de la señora Fillis, arrepanchigados ante el televisor de su casa de Kernville, con la boca y los ojos desmesuradamente abiertos, como si acabaran de ver a su madre por primera vez.

—Chicos, a poner la mesa, que vuestra madre necesita un momento de descanso —ordenó Elizabeth.

30

Noventa y nueve por ciento

—Mad, hoy me ha llamado la señorita Mudford al trabajo. Algo relacionado con una foto de familia inapropiada —le dijo Elizabeth a su hija una semana después, armándose de delicadeza.

Madeline se vio de pronto atraída por una costra que tenía en la rodilla.

—Y por lo visto en el árbol genealógico que acompaña a la foto —dijo Elizabeth con prudencia— parece que te representas como descendiente directa de... —Se interrumpió para consultar una lista—. Nefertiti, Sojourner Truth y Amelia Earhart. ¿Tú tienes idea de a qué se refiere?

Madeline la miró con aire inocente.

—No mucho.

—Y del árbol cuelga una bellota con la etiqueta «Hada madrina».

—Ja.

—Y al pie de la página alguien ha escrito «Los seres humanos son animales», subrayado tres veces. Y luego pone: «Por dentro, genéticamente, los seres humanos son todos iguales en un noventa y nueve por ciento.»

Madeline levantó la vista al techo.

—¿Noventa y nueve por ciento? —dijo Elizabeth.

—¿Qué pasa? —replicó Madeline.

—Que es una cifra inexacta.

—Pero...

—Científicamente, la exactitud es importante.

—Pero...

—Lo cierto es que noventa y nueve coma nueve por ciento es una cantidad demasiado alta. Noventa y nueve *coma nueve* —recalcó Elizabeth, y luego se interrumpió y rodeó a su hija con los brazos—. Es culpa mía, cariño. La verdad es que, aparte del número *pi*, no hemos tratado los números decimales todavía.

—Perdonad que interrumpa —dijo Harriet abriendo la puerta trasera con su propia llave—. Los mensajes telefónicos. Se me olvidó apuntártelos.

Dejó caer bruscamente una lista delante de Elizabeth y se dio la vuelta dispuesta a marcharse.

—Harriet, ¿quién es éste? ¿El reverendo de la First Presbyterian? —dijo Elizabeth echando una ojeada a la lista.

A Madeline se le erizó el vello de los brazos.

—Me ha dado la impresión de que llamaba buscando nuevos adeptos a la causa. Ha preguntado por Mad. A saber con qué lista estaría trabajando. En fin, yo quería asegurarme de que vieras ésta más que nada —dijo dando unos golpecitos con el dedo sobre la lista—: de *Los Angeles Times*.

—También me han llamado al trabajo. Quieren hacerme una entrevista.

—¡Una entrevista!

—¿Vas a salir otra vez en el periódico? —le preguntó Mad preocupada.

Su familia había salido en la prensa en dos ocasiones: una, cuando la muerte de su padre, y otra, cuando una bala perdida había hecho saltar en pedazos su lápida. Un historial nada halagüeño.

—No, Mad. El tipo que me quiere entrevistar ni siquiera está especializado en temas científicos; escribe sobre eso que llaman «temas de interés para la mujer». Ya me ha advertido que no pretende que hablemos de química, sino de cenas nada más. Evidentemente, no entiende que no se puede separar una cosa de la otra. Y sospecho que también quiere indagar sobre nuestra familia, aunque no sea asunto de su incumbencia —respondió Elizabeth.

—¿Por qué no? ¿Qué hay de malo en nuestra familia? —preguntó Madeline.

Debajo de la mesa, Seisymedia levantó la cabeza. No soportaba que Mad pudiera pensar que había algo malo en su familia. En cuanto a Nefertiti y las demás, no era que la niña se hubiera hecho falsas ilusiones; en un sentido fundamental se trataba de datos exactos: todos los seres humanos compartían un antepasado común. ¿Cómo era posible que la señorita Mudford no lo supiera? Si hasta él, que era un perro, lo sabía. Por cierto, y en caso de que a alguien le interese, acababa de aprender una palabra nueva: «diario». Era un sitio donde uno escribía cosas feas sobre su familia y sus amigos, rezando por lo más sagrado para que nunca las leyeran. Con esa última adquisición, su vocabulario había alcanzado ya las 648 palabras.

—Os veo mañana a primera hora —dijo Harriet, y salió dando un portazo.

—¿Qué hay de malo en nuestra familia, mamá? —insistió Madeline.

—Nada —respondió tajante Elizabeth recogiendo la mesa—. Seisymedia, échame una mano con la campana extractora. Quiero probar a lavar los platos con un vapor de hidrocarburo.

—Háblame de papá.

—Ya te lo he contado todo, cariño —dijo Elizabeth, con un arrobo súbito en la mirada—. Era un hombre brillante, honrado y afectuoso. Un remero estupendo y un químico de gran talento. Era alto, tenía los ojos grises, como tú, y las manos muy grandes. Sus padres murieron trágicamente, arrollados por un tren, y su tía se estrelló contra un árbol. Luego se fue a vivir a un orfanato donde... —Elizabeth se interrumpió, el vestido de cuadros azules y blancos oscilando de un lado a otro sobre sus pantorrillas mientras se replanteaba el experimento de lavar los platos al vapor—. Mad, ponte esta máscara de oxígeno, haz el favor. Y tú, Seisymedia, déjame que te ponga las gafas protectoras. Ya está —dijo ajustándoles las cintas a los dos—. En fin, que tu padre luego se trasladó a Cambridge, donde...

—*Rfnato* —masculló Mad a través de la máscara.

—Ya lo hemos hablado, cielo. No sé gran cosa sobre ese orfanato. A tu padre no le gustaba hablar de él. Eran asuntos personales.

—¿*Per–nales*? ¿*O secre-os*? —masculló de nuevo Mad a través de la máscara.

—Personales —respondió su madre con firmeza—. En la vida a veces ocurren cosas malas. Es la cruda realidad. En cuanto a lo del orfanato, sospecho que tu padre no hablaba de él porque sabía que atormentarse con ese recuerdo no iba a cambiar nada. Él había crecido sin familia, sin padres, sin la protección y el cariño a los que todo niño tiene derecho. Y sin embargo, siguió adelante. Muchas veces la mejor manera de enfrentarse a las cosas malas —dijo buscando a tientas el lápiz— es darles la vuelta, utilizarlas como fortaleza, negarte a que te caractericen. Luchar contra ellas.

El modo en que lo dijo, como una guerrera, preocupó a Madeline.

—¿A ti te han pasado cosas malas en la vida, mamá? —acertó a preguntar—. Aparte de la muerte de papá.

Pero el experimento con el vapor ya estaba en su apogeo, y la pregunta de Mad se desvaneció entre el abrigo de la máscara y el timbre del teléfono.

—Dime, Walter —contestó Elizabeth al momento.

—Espero no interrumpir nada...

—Nada en absoluto —respondió ella, pese al murmullo extraño que se oía de fondo—. ¿En qué puedo ayudarte?

—Bueno, te llamaba por dos motivos. Primero, el asunto del árbol genealógico. Me pregunto si...

—Sí —corroboró Elizabeth—. Nos hemos metido en un buen lío.

—Y nosotros —dijo él abatido—. Parece que Mudford se ha dado cuenta de que los nombres que puse en las ramas eran todos inventados. ¿Vosotros habéis hecho lo mismo?

—No. Mad se equivocó con un cálculo —dijo Elizabeth.

Walter hizo una pausa, sin comprender.

—He quedado con Mudford mañana —prosiguió Elizabeth—. Por cierto, no sé si te habrás enterado, pero tanto a tu hija como a la mía les vuelve a tocar con ella el próximo curso. Ahora pasará a enseñar en primaria, y cuando hablo de «enseñar» lo digo con sorna, como puedes imaginar. Ya me he quejado formalmente a la dirección.

—Ay, Señor. —Él suspiró.

—¿Qué era lo segundo, Walter?

—Phil. No, mmm... no está... contento.

—Ni yo tampoco —repuso ella—. ¿Cómo es posible que ese tipo haya llegado a productor ejecutivo? No tiene visión de futuro, ni capacidad de liderazgo ni modales. Además, trata a sus empleadas de un modo despreciable.

—Bueno —dijo Walter, recordando que, al discutir el tema de Elizabeth unas semanas antes, Lebensmal incluso había llegado a escupirle—. Coincido en que el hombre tiene bastante carácter.

—Eso no es tener carácter, Walter. Eso es humillar. Pienso quejarme formalmente ante el consejo directivo.

Walter negó con la cabeza. «Otra vez con las quejas.»

—Elizabeth, Phil forma parte de ese consejo.

—Pues habrá que informar a alguien de su conducta.

—No me cabe duda de que a estas alturas —repuso Walter con un suspiro— ya debes de saber que el mundo está lleno de Phils. Lo mejor que podemos hacer es intentar llevarnos bien. Sacarle partido a lo malo. ¿Por qué no te conformas con eso?

Elizabeth trató de pensar en una buena razón para sacarle partido a Phil Lebensmal. No; no se le ocurría absolutamente nada.

—Mira, tengo una idea —prosiguió Walter—. Phil está intentando ganarse a un posible patrocinador, un fabricante de sopas. Quiere que utilices su producto en el programa, que prepares algún plato con su sopa. Hazle propaganda, atrae a un patrocinador importante, y creo que aflojará un poco las riendas.

—¿Un fabricante de sopas? Yo sólo trabajo con ingredientes frescos.

—¿No puedes intentar transigir un poco al menos? —suplicó—. Es una sopa enlatada. Piensa en los demás, en todos los que colaboran en tu programa. Todos tenemos una familia que alimentar, Elizabeth; todos tenemos que mantener nuestros puestos de trabajo.

Al otro lado del auricular se hizo el silencio, como si Elizabeth estuviera sopesando sus palabras.

—Me gustaría hablar cara a cara con Phil. Para aclarar las cosas.

—¡No! Eso nunca. Ni pensarlo —exclamó Walter tajante.

Elizabeth soltó un bufido.

—Está bien. Hoy es lunes. Tráeme esa lata de sopa el jueves. Ya veré qué puedo hacer.

Pero la semana fue de mal en peor. Al día siguiente, martes, se revelaron los resultados del árbol genealógico que la señorita Mudford les había pedido a los niños y en el colegio no se hablaba de otra cosa: Madeline era hija de madre soltera; la madre de Amanda estaba desaparecida y el padre de Tommy Dixon era alcohólico. A los niños esa información les traía sin cuidado, pero la señorita Mudford, con sus malévolos ojos empañados de malsana satisfacción, devoró esos datos con la voracidad de un virus y luego los transmitió a las demás madres, desde cuyas bocas se propalaron como las llamas por todo el colegio.

El miércoles, una mano anónima deslizó por debajo de la puerta de Elizabeth una lista con la retribución salarial de todos y cada uno de los empleados de la KCTV. Elizabeth estudió con atención aquellas cifras. ¿Ganaba una tercera parte que el presentador deportivo? ¿Un tipo que estaba en antena menos de tres minutos al día y cuya única función consistía en leer los resultados de los partidos? Por si fuera poco, al parecer la KCTV había puesto en marcha un plan de «participación en los beneficios», del que sólo los empleados varones estaban invitados a formar parte.

Pero la gota que colmó el vaso fue el aspecto de Harriet al presentarse en su casa el jueves a primera hora de la mañana.

Elizabeth acababa de encajar una notita en la fiambrera de Madeline («La materia ni se crea ni se destruye, solamente se transforma. O sea que no te sientes al lado de Tommy Dixon»), cuando Harriet se sentó a la mesa con las gafas de sol puestas, pese a que todavía estaba oscuro.

—¿Harriet? —dijo Elizabeth, alarmada.

Con una voz que procuraba por todos los medios quitarle hierro al asunto, Harriet le contó que la noche anterior el señor Sloane había estado un poco mohíno. Harriet le había tirado a la basura unas revistas porno, los Dodgers habían perdido el partido y le disgustaba que Elizabeth hubiera animado a aquella mujer a ser cardiocirujana. Resultó que le había arrojado una botella de cerveza vacía y Harriet se había caído de espaldas al suelo, como un blanco en un campo de tiro.

—Ahora mismo llamo a la policía —dijo Elizabeth abalanzándose hacia el teléfono.

—No. —Harriet la detuvo apoyando la mano en su brazo—. No harán nada y me niego a darle esa satisfacción al señor Sloane. Además, le pegué un zurriagazo con el bolso.

—Ahora mismo voy para allí. Tiene que entender que ese comportamiento es intolerable. —Elizabeth se puso en pie—. Me llevo el bate de béisbol.

—No. Si lo agredes, la policía la emprenderá contra ti, no contra él.

Elizabeth recapacitó. Harriet tenía razón. Se le tensó la mandíbula y la asaltó la misma rabia que cuando había topado con la policía años atrás. «Entonces no hay declaración de arrepentimiento, ¿no?» Echó el brazo hacia atrás y buscó a tientas su lápiz.

—Sé cuidar de mí misma. No le tengo miedo, Elizabeth; me repugna, que no es lo mismo.

Elizabeth conocía ese sentimiento a la perfección. Se agachó y abrazó a Harriet. A pesar de la amistad que las unía, Elizabeth y Harriet apenas se tocaban.

—Haría cualquier cosa por ti —dijo Elizabeth estrechándola entre sus brazos—. Lo sabes, ¿verdad?

Harriet, sorprendida, levantó la mirada hacia Elizabeth con los ojos empañados.

—Pues lo mismo te digo. Ídem de ídem. —Luego, Harriet se deshizo del abrazo y, enjugándose las lágrimas, la tranquilizó—: No te preocupes. Déjalo correr.

Elizabeth, sin embargo, no era el tipo de persona que dejaba correr las cosas. Cinco minutos después, nada más salir de casa y arrancar el coche, ya tenía urdido un plan.

—Buenas tardes, queridas telespectadoras —dijo tres horas más tarde—. Bienvenidas de nuevo. ¿Ven esto que tengo aquí? —Levantó una lata de sopa y la acercó a la cámara—. Esto nos permite ahorrar muchísimo tiempo.

Desde su silla de director, Walter, agradecido, sofocó una exclamación. ¡Le estaba dando publicidad a la sopa!

—¿Y por qué? Pues porque esto está lleno de aditivos químicos —dijo arrojando la lata a un cubo de basura que tenía cerca, donde cayó produciendo un estruendo metálico—. Si se acostumbran a alimentar a sus seres queridos con sopa de lata acabarán matándolos, y puesto que ya no tendrán que alimentarlos, ahorrarán infinidad de tiempo.

El cámara, desconcertado, se volvió para mirar a Walter. Éste echó una ojeada al reloj, como si hubiera olvidado una cita importante, y luego se levantó de su silla, abandonó el plató, se fue directo hacia el aparcamiento, se metió en el coche y se marchó a casa.

—Afortunadamente, existen métodos mucho más rápidos para acabar con sus seres queridos —prosiguió Elizabeth yendo hacia el caballete, que mostraba una selección de

ilustraciones de setas—, y las setas son un punto de partida excelente. Yo que ustedes optaría por la *Amanita phalloides* —dijo dando unos golpecitos sobre uno de los dibujos— o cicuta verde, como se la conoce vulgarmente. No sólo porque su veneno resiste altas temperaturas, factor que hace de ella un ingrediente idóneo para cualquier guiso de aspecto inofensivo, sino porque guarda una gran similitud con su prima, la seta de arroz, que es un hongo comestible. Así pues, en caso de que se produjera un fallecimiento y hubiese una investigación policial, usted podría fácilmente hacerse pasar por la típica ama de casa incauta y alegar una confusión fúngica.

Phil Lebensmal levantó la vista de su escritorio y miró hacia una de las muchas pantallas desperdigadas por su despacho. ¿Qué había dicho?

—La gran ventaja de las setas venenosas —prosiguió Elizabeth— es la facilidad con que se adaptan a diferentes formas de elaboración. Se pueden preparar guisadas, pero también, por qué no, rellenas. Y luego compartirlas con ese vecino que le hace la vida imposible a su mujer. Si el tipo ya tiene un pie en la tumba, ¿por qué no ayudarlo a meter el otro?

En ese punto alguien del público, de forma inesperada, soltó una risotada y aplaudió. Entretanto, la cámara captó varias manos que apuntaban con esmero en sus libretas: «*Amanita phalloides*.»

—Evidentemente, esto de envenenar a sus seres queridos es sólo una broma —aclaró Elizabeth—. Estoy segura de que sus maridos e hijos son todos seres humanos maravillosos que siempre se desviven por demostrarles lo mucho que agradecen sus desvelos. O, en el improbable caso de que sean mujeres que trabajan fuera de casa, seguro que su jefe, como persona justa que es, procura que cobren el mismo sueldo que sus homólogos del sexo opuesto. —El comentario suscitó otra oleada de risas y aplausos, que se sucedieron mientras Elizabeth regresaba a la encimera—. Esta noche prepararemos un plato de setas con brócoli —dijo levantando una cesta de... ¿setas de arroz tal vez?—. Manos a la obra.

Es probable que en California nadie tocara la cena esa noche.

—Zott —dijo Rosa, la maquilladora, ya a punto de salir del estudio—. Lebensmal quiere verla a las siete.

—¿A las siete? —Elizabeth palideció—. Es evidente que ese hombre no tiene hijos. Por cierto, ¿has visto a Walter? Creo que está enfadado conmigo.

—Se fue antes de hora. Oiga, creo que no debería acudir al despacho de Lebensmal sola. Yo la acompaño —dijo Rosa.

—No te preocupes, Rosa.

—Quizá debería avisar a Walter. Él nunca nos deja vernos a solas con Lebensmal.

—Lo sé. No te preocupes —dijo Elizabeth.

Rosa dudó, mirando el reloj

—Vete a casa. No será para tanto.

—Al menos llame a Walter primero. Infórmelo. —Se volvió para recoger sus cosas—. Por cierto, me ha encantado el programa de hoy. Ha sido muy divertido.

—¿Divertido? —dijo Elizabeth enarcando las cejas.

Unos minutos antes de las siete, después de haber tomado sus notas para el programa del día siguiente, Elizabeth se cargó al hombro el pesado bolso y discurrió por los pasillos vacíos de la KCTV en dirección al despacho de Lebensmal. Llamó dos veces a la puerta y luego entró.

—¿Querías verme, Phil?

Lebensmal estaba sentado a un escritorio enorme cubierto de pilas de papeles y restos de comida; lo rodeaban cuatro pantallas descomunales que emitían, a todo volumen, reposiciones de programas en un blanco y negro fantasmal y el aire viciado del humo de tabaco. En una pantalla se retransmitía una telenovela; en otra, el programa de Jack La-Lanne; en otra, un programa infantil; y en la cuarta, *Cena a las*

seis. Elizabeth nunca había visto su propio programa, nunca se había oído a través de un altavoz. Y le horrorizó.

—A buena hora —dijo Lebensmal exasperado, apagando un cigarrillo en el interior de un cuenco decorativo de cristal tallado.

Le señaló una silla para que tomara asiento y luego fue hacia la puerta de mal talante y echó la llave.

—Me han dicho que viniera a las siete —repuso Elizabeth.

—¿Le he dado permiso para hablar? —saltó Lebensmal de malos modos.

Por la pantalla de la izquierda, Elizabeth se oyó explicando la interacción calor-fructosa. Inclinó la cabeza hacia la pantalla. ¿Había dado bien el pH? Sí, correcto.

—¿Usted sabe quién soy yo? —le espetó Lebensmal desde el otro lado del despacho.

Pero el estruendo de los televisores trastocó sus palabras.

—¿Que si se oyó qué?

—He dicho —repitió él alzando la voz mientras volvía a su escritorio— que si sabe quién soy yo.

—Pues Phil LEBENSMAL —dijo en voz alta Elizabeth—. ¿Te importa si apago los televisores? Te oigo fatal.

—¡No me venga con insolencias! Cuando le pregunto si sabe quién soy, quiero decir si sabe quién soy.

Elizabeth se quedó perpleja un momento.

—Pues eso, Phil Lebensmal. Pero si quieres le echamos un vistazo a tu carnet para comprobarlo.

Lebensmal le dirigió una mirada asesina.

—¡Doblen la cintura! —ordenaba Jack LaLanne.

—¡A bailar! —exclamaba jovial un payaso.

—Nunca te he querido —confesaba una enfermera.

—Niveles de pH ácidos —se oyó decir Elizabeth.

—Soy el SEÑOR Lebensmal, productor ejecutivo de...

—Lo siento, Phil, pero de verdad que no consigo... —dijo Elizabeth, torciendo el gesto en dirección al altavoz que tenía más cerca y acercando la mano al control de volumen.

—¡NO SE LE OCURRA TOCAR MIS PANTALLAS! —bramó.

Luego se levantó, agarró una pila de carpetas y en dos zancadas se plantó ante ella con las piernas abiertas como un trípode.

—¿Sabe lo que tengo aquí? —dijo agitando las carpetas delante de la cara de Elizabeth.

—Carpetas.

—No se haga la listilla. Son respuestas de la audiencia a los sondeos sobre *Cena a las seis*. Cifras de la recaudación publicitaria. El índice Nielsen.

—¿Ah, sí? Me encantaría echar...

Pero antes de que pudiera echarles una ojeada, Lebensmal las retiró bruscamente de su alcance.

—Ni que estuviera capacitada para interpretar esos datos —espetó Lebensmal—. Ni que tuviera idea de lo que significa nada de esto. —Sacudió las carpetas contra el muslo y regresó de mal talante a su escritorio—. Llevo demasiado tiempo tolerando este absurdo. Walter no ha conseguido meterla en vereda, pero ya lo haré yo. Si quiere mantener su puesto de trabajo, vestirá como yo le diga, preparará los cócteles que yo quiera y explicará esas cenas usando palabras normales. También estará obligada a...

Lebensmal se interrumpió en mitad de la frase, ofuscado por la reacción de Elizabeth, o mejor dicho, por su falta de reacción. Por el aplomo de su porte. Como una madre a la espera de que al niño se le pasara la rabieta.

—Pensándolo bien —saltó impulsivamente—, ¡queda usted despedida! —Al ver que seguía sin reaccionar, Lebensmal se levantó, fue de mal talante hacia los cuatro televisores y los apagó uno tras otro, rompiendo dos mandos durante el proceso—. ¡TODO EL MUNDO QUEDA DESPEDIDO! Usted, Pine, y todos y cada uno de los que la han instigado y ayudado, por poco que sea, a perpetrar este engendro suyo que veníamos emitiendo. ¡A LA CALLE TODOS!

Bufando furioso, volvió a su escritorio y se dejó caer en la silla esperando suscitar en Zott las dos únicas reacciones que concebía: el llanto o la súplica; a ser posible, ambas.

Elizabeth asintió con la cabeza en el despacho ya silencioso mientras se alisaba con la mano la delantera de los pantalones.

—Me estás despidiendo por el episodio de esta noche con las setas venenosas. A mí y a todos los que han colaborado en el programa.

—Exactamente —afirmó categórico, sin poder ocultar la sorpresa por la impasibilidad con que Elizabeth había recibido su amenaza—. Todos a la calle por su culpa. Al paro. Todo por su culpa. Se acabó.

Se reclinó en la silla y esperó a que Zott se humillara.

—A ver si lo he entendido. Me despides porque no estoy dispuesta a vestirme como tú quieres ni a sonreír a la cámara, pero también, y corrígeme si me equivoco, porque no sé «quién eres». Y para que quede bien clara tu postura, despides a todo el personal relacionado con *Cena a las seis*, a pesar de que esas personas colaboran en otros cuatro o cinco programas de la cadena, que de repente se verán obligados a abandonar. Lo que redundará también en detrimento de todos esos otros programas hasta el punto de que no podrán emitirse —dijo Elizabeth.

Frustrado por la lógica aplastante de su argumento, Phil se puso tenso.

—Puedo cubrir esas vacantes en veinticuatro horas —repuso haciendo crujir las articulaciones de los dedos—. Puede que menos.

—Y a pesar del éxito del programa, es una decisión irrevocable.

—En efecto, es una decisión irrevocable. Pero no, el programa no es un éxito, ése es el problema. —Lebensmal agarró de nuevo las carpetas y las agitó en al aire—. Nos llueven quejas a diario: contra usted, contra sus opiniones... su «ciencia». Los patrocinadores amenazan con retirarse. Y es muy probable que ese fabricante de sopa nos demande.

—Los patrocinadores —repitió Elizabeth; juntó las manos y se dio unos golpecitos en las yemas de los dedos como alegrándose de que se lo recordara—. Hace ya días que quería comentártelo. ¿Pastillas contra la acidez? ¿Aspirinas? Si anunciamos productos así, damos a entender que nuestras cenas son indigestas.

—Es que lo son —replicó bruscamente Phil.

En las dos últimas horas ya había triturado entre los dientes más de diez pastillas antiácido, y aun así seguía con el estómago destrozado.

—En cuanto a las quejas, alguna ha habido —reconoció Elizabeth—, pero nada destacable comparado con el número de cartas de apoyo. Que no me esperaba, por cierto. Nunca he encajado muy bien en ningún sitio, Phil, pero empiezo a pensar que el programa funciona por ese mismo motivo.

—Es que el programa no funciona. ¡Es un auténtico desastre! —insistió él.

¿Qué estaba pasando? ¿Por qué esa mujer se empeñaba en hablar como si no estuviera despedida?

—Sentir que no encajas es tremendo —prosiguió Elizabeth imperturbable—. Los seres humanos, por naturaleza, quieren encajar; forma parte de nuestra biología. Pero la sociedad nos hace sentir que nunca estamos a la altura. ¿Entiendes por dónde voy, Phil? Todas esas varas de medir con las que determinamos nuestra valía (sexo, raza, religión, política, estudios), son inútiles. Incluso el peso y la altura...

—¿Qué?

—*Cena a las seis*, por el contrario, se basa en lo que tenemos en común, en nuestra química. De manera que, aunque nuestras telespectadoras puedan verse atrapadas en un comportamiento social adquirido (ahí tenemos, por ejemplo, clichés del tipo «los hombres son así, las mujeres son asá»), este programa las impulsa a superar esos simplismos culturales. A pensar de una manera razonable. Como haría una científica.

Phil, poco acostumbrado a la sensación de derrota, se recostó en la silla con un bufido.

—Por eso quieres despedirme. Porque quieres un programa que reafirme la norma social. Que limite las capacidades del individuo. Te entiendo perfectamente.

A Phil le empezó a palpitar la sien. Cogió el paquete de Marlboro con manos temblorosas, extrajo un cigarrillo dando unos golpecitos y lo encendió. El silencio se impuso por un momento, mientras Phil daba una honda calada y la brasa incandescente del cigarrillo emitía un levísimo chisporroteo, como un fuego crepitando en un campamento de juguete. Mientras exhalaba el humo, observó el rostro de Elizabeth. Luego se levantó bruscamente, con el cuerpo temblando de frustración, y se abalanzó hacia un aparador repleto de botellas de aspecto ostentoso que contenían ambarinos whiskies y bourbons. Cogió una y vertió su contenido en una copa de cristal grueso hasta que el líquido amenazó con derramarse por sus bordes. Vació la copa de un trago, se sirvió otra y luego se dio la vuelta para dirigirse a Elizabeth.

—Aquí hay una jerarquía —afirmó—. Y ya va siendo hora de que aprenda cómo funcionan las cosas.

Elizabeth lo miró sin inmutarse.

—Quiero dejar constancia de que Walter Pine ha procurado por todos los medios que hiciera caso de tus sugerencias. A pesar de que también él opina que el programa no sólo podría, sino que debería, aspirar a más. Sería injusto castigarlo por mi comportamiento. Es una buena persona, un empleado leal.

Al oír mencionar a Walter, Lebensmal posó la copa y dio otra calada al cigarrillo. No soportaba que cuestionaran su autoridad, y si ese cuestionamiento partía de una mujer, no podía ni debía tolerarlo. Con su traje mil rayas de dos piezas, clavó la mirada en Elizabeth y se dispuso a desabrocharse el cinturón.

—Creo que debería haber hecho esto al principio —dijo haciendo serpentear el cinturón entre las trabillas—. Para sentar las reglas del juego. Pero, en su caso, consideremos que esto forma parte de su entrevista de despido.

Elizabeth presionó los antebrazos contra la silla y le advirtió con voz firme:

—Yo que tú no me acercaría más, Phil.

Lebensmal le dirigió una mirada aviesa.

—Es evidente que no parece haber entendido quién manda aquí, ¿no? Ahora lo entenderá. —Luego miró hacia abajo, se desabrochó el botón del pantalón y se bajó la cremallera. Se acercó tambaleante hacia ella con los genitales fuera, botando flácidos a unos centímetros de la cara de Elizabeth.

Elizabeth movía la cabeza de un lado a otro sin dar crédito. No entendía por qué los hombres daban en creer que sus genitales impresionaban o asustaban a las mujeres. Se inclinó hacia un lado y metió la mano en el bolso.

—¡Sé muy bien quién soy! —exclamó Lebensmal agresivamente y se abalanzó sobre ella—. La cuestión es ¿quién demonios se cree usted que es?

—Yo soy Elizabeth Zott —respondió ella con toda calma, y sacó un cuchillo de cocina recién afilado, con una hoja de treinta y cinco centímetros. Pero no estaba segura de que Lebensmal la hubiera oído. Se había caído redondo al instante.

31

La tarjeta

Lebensmal había sufrido un infarto. No fatal, pero en 1960 casi nadie sobrevivía ni siquiera a los infartos leves. Tenía suerte de haber salido con vida. Los médicos le dijeron que debía permanecer ingresado en el hospital tres semanas, seguidas de un estricto reposo en cama durante al menos un año. La vuelta al trabajo ni se contemplaba.

—¿Fuiste tú quien llamó a la ambulancia? —dijo Walter estupefacto—. Pero ¿estabas allí?

Era al día siguiente y Walter acababa de enterarse de la noticia.

—Efectivamente —dijo Elizabeth.

—¿Y cómo te... cómo te lo encontraste? ¿En el suelo? ¿Apretándose el pecho? ¿Asfixiándose?

—Pues no del todo.

—Entonces, ¿cómo? —quiso saber Walter, y abrió los brazos en ademán de frustración, mientras Elizabeth y la maquilladora se miraban con complicidad—. ¿Qué pasó?

—Mejor vuelvo luego —dijo Rosa recogiendo rápidamente su maletín. Antes de salir, le apretó el hombro a Elizabeth con un gesto cariñoso—. Siempre es un honor, Zott. Todo un honor.

Walter observó el intercambio entre ambas y arqueó las cejas alarmado.

—Le salvaste la vida a Phil —dijo nervioso cuando oyó que se cerraba la puerta—. Hasta ahí todo claro. Pero ¿qué sucedió exactamente? Cuéntamelo todo desde el principio, dime para empezar qué hacías a esas horas en su despacho, si ya pasaban de las siete de la tarde. No entiendo nada. Cuéntamelo todo. No escatimes los detalles.

Elizabeth hizo girar la silla y miró de frente a Walter. Se quitó el lápiz que le sujetaba el moño, se lo encajó detrás de la oreja izquierda y luego cogió la taza de café y dio un sorbo.

—Me citó en su despacho. Dijo que era un asunto que no podía esperar.

—¡En su despacho! —exclamó Walter horrorizado—. Pero te tengo dicho... ya sabes... lo hemos hablado. Terminantemente prohibido verse a solas con Phil. No es que no te crea capaz de desenvolverte, es que soy tu productor y creo que siempre es mejor que... —Sacó un pañuelo y se lo llevó a la frente—. Elizabeth —dijo bajando la voz—, entre tú y yo, Phil Lebensmal no es buena gente... ¿sabes por dónde voy? No es una persona de fiar. Tiene un modo de enfrentarse a los problemas que...

—Me ha despedido.

Walter palideció.

—Y a ti también.

—¡Cómo demonios...!

—Ha despedido a todos los que trabajan en el programa.

—¡No!

—Dijo que no habías conseguido meterme en vereda.

El rostro de Walter se tornó de un gris ceniciento.

—Tienes que comprender... —dijo apretando el pañuelo en el puño—. Ya sabes lo que opino de Phil; sabes que no estoy de acuerdo con él en todo. ¿Yo meterte en vereda a ti? No me hagas reír. ¿Te he obligado yo a ponerte esos atuendos ridículos? Jamás. ¿Te he suplicado que leas esas joviales tarjetas apuntadoras? Bueno, vale, eso sí, pero sólo porque las escribí yo. —Puso las manos en alto—. Mira, Phil me dio dos semanas; dos semanas para tratar de encontrar el modo de demostrarle que tus excentricidades en realidad funcionan, de que recibes más cartas de admiradores y más llamadas que nadie, de que hay más gente haciendo cola para participar como público en tu programa que en todo el resto de los programas juntos, y ya sólo por esos motivos deberías seguir en antena. Pero tú sabes que no puedo entrar tan campante en ese despacho y soltarle: «Phil, te equivocas; es ella la que tiene razón.» Sería un suicidio. No. Para tratar con Phil hay que adularle el ego, tener mano izquierda, decirle lo que quiere oír. Sabes muy bien a qué me refiero. Cuando mostraste aquella lata de sopa a los televidentes, pensé que ya teníamos el asunto resuelto. Hasta que anunciaste ante todo bicho viviente que era veneno.

—Porque lo es.

—Mira, yo vivo en el mundo real, y en ese mundo decimos y hacemos cosas para no quedarnos sin nuestro estúpido trabajo —repuso Walter—. No tienes idea de la cantidad de mierda que he tenido que aguantar en lo que va de año. Además, no sé si te habrás enterado, pero los patrocinadores del programa están a punto de echarse atrás.

—Eso te lo dijo Phil, ¿no?

—Sí, y para tu información, por muchas cartas zalameras que recibas, si los patrocinadores dicen que detestan a Zott, se acabó lo que se daba. Y a juzgar por los sondeos que ha encargado Phil, te detestan. —Walter embutió de nuevo el pañuelo en el bolsillo y luego se levantó, cogió un vasito de porexpán y aguardó al borboteo del agua en el dispensador, un sonido desagradable que siempre le recordaba su úlcera; luego, con la mano en el vientre, añadió—: Mejor que esto no salga de aquí hasta que decida cómo resolver el asunto. ¿Quién está al corriente? Sólo tú y yo, ¿no?

—Se lo he contado a todo el equipo del programa.

—¡No!

—Creo que, a estas alturas, me atrevería a decir que todo el mundo está al corriente.

—¡No! —exclamó Walter de nuevo dándose un palmetazo en la frente—. Maldita sea, Elizabeth, ¿cómo se te ha ocurrido? ¿No conoces el procedimiento en caso de despido?

Paso número uno: nunca ir contando por ahí la verdad, sino afirmar que te ha tocado la lotería, que has heredado un rancho en Wyoming, que te han hecho una oferta increíble en Nueva York o cualquier cosa por el estilo. Paso número dos: darle a la bebida mientras decides por dónde tirar. Joder. ¡Como si no conocieras las costumbres tribales del mundillo televisivo!

Elizabeth dio otro sorbo del café.

—¿Quieres saber lo que pasó o no?

—Ah, pero ¿hay más? —dijo nervioso—. ¿Qué? ¿Nos va a confiscar el coche también?

Elizabeth lo miró a los ojos, su frente normalmente lisa ahora un tanto fruncida, y Walter al instante se olvidó de sí mismo para prestarle atención. Estaba inquieto. Había obviado por completo lo fundamental del encuentro entre Elizabeth y Phil: se había visto a solas con él.

—Cuéntame —dijo, con la sensación de que iba a vomitar—. Cuenta, por favor.

¿La mayoría de los hombres eran como Phil? En opinión de Walter, no. Pero ¿solía la mayoría, incluido él, hacer algo respecto a los hombres que sí eran como Phil? No. Tal vez pareciera una vergüenza o una cobardía, desde luego, pero, francamente, ¿qué se podía hacer en realidad? Con los hombres como Phil no podías meterte. Para evitar encontronazos, te limitabas a cumplir órdenes y punto. Todo el mundo lo sabía y eso era lo que hacía todo el mundo. Pero Elizabeth no era todo el mundo. Walter se llevó una mano temblorosa a la frente, odiándose con todas sus fuerzas por su pusilanimidad.

—¿Intentó propasarse? ¿Tuviste que quitártelo de encima? —murmuró.

Elizabeth se irguió en la silla, su aura de fortaleza potenciada por la luz del espejo del camerino. Walter contempló su rostro con el alma en vilo, pensando que ésa debía de ser la imagen que ofrecía Juana de Arco momentos antes de que prendieran la mecha.

—Lo intentó.

—¡Dios mío! —exclamó Walter en voz alta, estrujando el vasito de porexpán en la mano—. ¡No, por Dios!

—Walter, cálmate. Le salió mal la jugada.

Walter se quedó pensativo.

—Por el infarto —dijo aliviado—. ¡Claro! Qué oportuno. El infarto. ¡Gracias a Dios!

Elizabeth lo miró con aire burlón y luego metió la mano en su voluminoso bolso, el mismo con el que había entrado en el despacho de Phil la noche anterior.

—Yo no le daría las gracias a Dios —repuso Elizabeth sacando el mismo cuchillo de cocina con sus treinta y cinco centímetros de hoja.

Walter sofocó una exclamación. Como casi todos los cocineros, Elizabeth insistía en utilizar sus propios cuchillos. Llegaba al plató con ellos cada mañana y cada noche se los llevaba de vuelta a casa. Todos lo sabían. Todos, menos Phil.

—No lo toqué siquiera —dijo—. Se desplomó en el acto.

—Santo cielo... —susurró Walter.

—Llamé a una ambulancia, pero ya sabes cómo está el tráfico a esas horas. Tardaron siglos en llegar. Así que, mientras esperaba, aproveché el tiempo. Échale una ojeada a esto. —Le tendió las carpetas que Lebensmal había blandido ante ella el día anterior—. Propuestas para emitir el programa en la televisión estatal —dijo Elizabeth mientras Walter observaba aquellos papeles con evidente sorpresa—. ¿Tú sabías que *Cena a las seis* lleva tres meses emitiéndose en el estado de Nueva York? No sólo eso, también hay ofertas interesantes de nuevos patrocinadores. Pese a lo que Phil te dijo, parece que los patrocinadores se dan tortas por participar en el programa. Mira ésta, por ejemplo —dijo dando unos golpecitos con la yema del dedo sobre un anuncio para la empresa de radiodifusión RCA Victor.

Walter no apartaba la vista de la pila que tenía ante sí. Le indicó a Elizabeth con un gesto que le pasara la taza de café y se la bebió de un trago.

—Lo siento —acertó a decir finalmente—. Es que entre unas cosas y otras estoy abrumado.

Elizabeth echó una ojeada impaciente al reloj que había en la pared.

—No me puedo creer que nos hayan despedido —prosiguió él—. No lo entiendo, tenemos en las manos un programa que es un éxito rotundo ¿y nos despiden?

Elizabeth lo miró preocupada.

—No, Walter. No nos han despedido. Nos hemos hecho con las riendas —dijo lentamente.

Cuatro días después Walter estaba sentado al antiguo escritorio de Phil, el despacho ya limpio de ceniceros, la alfombra persa desaparecida, los botones del teléfono destellando sin cesar con llamadas importantes.

—Walter, limítate a hacer los cambios que sabes que son necesarios —le aconsejó Elizabeth, recordándole que era el productor ejecutivo en funciones. Y al mostrarse él reacio a asumir esa responsabilidad, Elizabeth simplificó la descripción del puesto—. Limítate a hacer lo que consideras pertinente, Walter. Tampoco es tan difícil, ¿no? Luego les pides a los demás que hagan lo mismo.

No era tan sencillo como Elizabeth pretendía hacérselo ver; el único modelo directivo que Walter conocía se basaba en la intimidación y la manipulación; así lo habían dirigido a él siempre. Pero Elizabeth parecía creer —qué ingenua era, Dios Santo— que los empleados eran más productivos cuando se sentían respetados.

—Deja de marear la perdiz, Walter —le dijo ante las puertas de Woody Elementary, mientras esperaban a la enésima reunión con la señorita Mudford—. Ponte al timón. Gobierna la nave. Y en caso de duda, finges.

Fingir. De eso sí se sentía capaz. A los pocos días ya había firmado varios contratos con canales de ámbito nacional para que *Cena a las seis* se transmitiera de costa a costa. Luego negoció nuevos acuerdos de colaboración con distintos patrocinadores que podrían duplicar los beneficios de la KCTV. Por último, antes de que pudiera echarse atrás, convocó una reunión general con el personal de la cadena para informarles sobre la afección cardiovascular de Phil, y aprovechó para hacerles saber que Elizabeth le había salvado la vida y para comunicarles que, pese al «incidente», él deseaba de corazón que todos siguieran disfrutando de la estupenda labor que desempeñaban en la KCTV. De entre todos los puntos que se trataron en la reunión, el infarto de Phil cosechó el aplauso más clamoroso.

—Le encargué a nuestro diseñador gráfico que nos hiciera esta tarjeta para desearle una pronta mejoría —dijo levantando en alto un tarjetón gigantesco ilustrado con una caricatura de Phil cruzando la línea de gol del equipo adversario, sólo que, en lugar de llevar un balón de fútbol americano normal, sostenía su propio corazón, un detalle tal vez no demasiado apropiado, pensó Walter en ese momento—. Les ruego que la firmen y, si lo desean, añadan algo de su cosecha.

A la caída de la tarde, cuando le entregaron el tarjetón para que lo firmara a su vez, Walter echó un vistazo a las dedicatorias de los demás empleados. La mayoría había recurrido al habitual «¡Que se mejore!», pero había algunos mensajes algo más oscuros.

«Jódete, Lebensmal.»

«Yo no habría llamado a la ambulancia.»

«Muérete de una vez.»

Walter reconoció la letra de esa última dedicatoria: la firmaba una de las secretarias de Phil.

Aunque Walter sabía muy bien que no era el único que odiaba al jefe, ignoraba por completo que formara parte de un club tan numeroso. Eso legitimaba su posición, qué duda cabe, pero también lo angustiaba, ya que, como productor, formaba parte del equipo directivo de Phil y eso conllevaba promover los designios de su jefe aun a costa de obviar los de quienes pagaban el pato a fin de cuentas. Walter cogió un bolígrafo y, por cuarta vez en el día, siguió los consejos de Elizabeth: hacer lo que considerase pertinente.

OJALÁ NO TE RECUPERES NUNCA, escribió al través en el medio de la tarjeta, con grandes letras mayúsculas. Luego la metió en un sobre enorme, la dejó en la bandeja de trámites resueltos y se hizo una promesa solemne. Las cosas tenían que cambiar, y empezaría por él mismo.

32

Poco hecho

¿Lo sabe mamá? —le preguntó Mad a Harriet cuando ésta la metió atribulada en su Chrysler.

El siguiente curso escolar ya había empezado y, conforme a lo previsto, Mad volvía a tener de maestra a la señorita Mudford. Harriet pensó, por tanto, que la niña bien podía saltarse un día de clase. O veinte.

—¡Cielos, no! ¿Tú crees que si lo supiera estaríamos haciendo esto? —le respondió Harriet mientras ajustaba el espejo retrovisor.

—Pero ¿no se enfadará?

—Sólo si se entera.

—Te ha salido muy bien la firma. Menos la E y la Z —dijo Mad mientras observaba la nota que Harriet había escrito justificando la ausencia de Mad en el colegio aquel día.

—Bueno, menos mal que el colegio no contrata a calígrafos expertos en peritaje judicial —dijo Harriet picada.

—Ni que lo digas —convino Mad.

—Te cuento el plan —dijo Harriet sin hacerle caso—: hacemos cola como todo quisqui y, una vez dentro, nos vamos derechas a la última fila. Ahí nunca se quiere sentar nadie. Pero nosotras sí, porque si fallara algo, estaremos al ladito de la salida de emergencia.

—Pero la salida de emergencia sólo se usa para emergencias —replicó Mad.

—Ya, bueno, pero si tu madre nos pilla, será una emergencia en toda regla.

—Pero esas puertas tienen alarmas.

—Ya, mejor que mejor. En caso de tener que salir de estampida, el ruido la distraerá.

—¿Tú estás segura de que hacemos bien, Harriet? Mi madre siempre dice que los estudios de televisión no son lugares seguros.

—Tonterías.

—Dice que son...

—Mad, tranquila. Es un entorno destinado a la enseñanza. Tu madre da clases de cocina en televisión, ¿no es cierto?

—Clases de química —la corrigió Madeline.

—¿Qué peligro podría haber entonces?

Madeline miró por la ventanilla del coche.

—Un exceso de radiactividad —respondió.

Harriet exhaló ruidosamente. La niña cada día se parecía más a su madre. Por lo general esas cosas sucedían más adelante, pero Mad era una cría muy avanzada para su edad. Pensó en lo madura que era. «Te lo he dicho mil veces, los mecheros Bunsen se deben vigilar en todo momento», la imaginó amonestando a su propia hija.

—¡Ya hemos llegado! ¡La KCTV! ¡Yupi! —exclamó Mad ilusionada al ver ante sí el aparcamiento del estudio. Y luego mudó el semblante—. ¡Pero mira qué cola, Harriet!

—Maldita sea —soltó Harriet al reparar en el gentío que serpenteaba en torno al aparcamiento.

Había cientos de personas, en su mayoría mujeres con bolsos que colgaban de sus antebrazos sudorosos, pero también un puñado de hombres con la chaqueta del traje sujeta entre dos dedos. Unos y otros abanicándose con cualquier cosa: planos, sombreros, periódicos.

—¿Están aquí para el programa de mamá? —preguntó Madeline con estupor.

—No, cariño, aquí se graban otros muchos programas.

—Disculpe, señora —le dijo a Harriet el empleado del aparcamiento, dándole el alto. Se asomó por el lado de la ventanilla de Madeline—, pero ¿no ha visto el letrero? El aparcamiento está completo.

—Muy bien, pero entonces ¿dónde aparco?

—¿Vienen para *Cena a las seis*?

—Sí.

—Entonces lamento decirle que no entrarán —dijo señalando la larga cola—. Toda esta gente está ahí esperando en balde. La cola empieza a formarse a las cuatro de la mañana. La mayoría del público en directo ya ha sido seleccionado.

—¿Cómo? ¡No tenía ni idea! —exclamó Harriet.

—Es un programa muy popular —aseguró el hombre.

Harriet se quedó dudando.

—Pero es que he sacado a la niña de clase especialmente para la ocasión.

—Lo siento, abuela —le dijo. Luego se inclinó hacia el interior del coche—. Y lo siento por ti también, bonita. Tengo que rechazar a gente a diario. No es plato de gusto, se lo aseguro. Siempre me están dando gritos.

—A mi madre no le gustaría nada que le gritaran a nadie.

—Buena gente tu madre. Pero si no les importa, ya pueden ir dándose la vuelta. Tengo a mucha más gente que echar —dijo el hombre.

—Vale, pero ¿me puede hacer un favor rapidito? —dijo Mad—. ¿Me anota su nombre en este cuaderno? Le contaré a mi madre lo mal que lo pasa aquí fuera.

—Mad —la reprendió Harriet.

—¿Quieres que te firme un autógrafo? —El hombre se echó a reír—. Vaya, es la primera vez que me lo piden.

Antes de que Harriet pudiera detenerlo, el hombre cogió la libreta de Mad y escribió «Seymour Browne», procurando no salirse de las pautas marcadas en el cuaderno escolar de Mad, que indicaban lo grandes que debían ser las mayúsculas y lo pequeñas que debían ser las minúsculas. Luego cerró el cuaderno y, al ver las dos palabras escritas en la tapa, dio un respingo como si hubiera recibido una descarga eléctrica.

—¿Madeline *Zott*? —leyó sin dar crédito.

● ● ●

El estudio era un espacio oscuro y frío, con gruesos cables que iban de un extremo a otro y cámaras enormes a ambos lados, dispuestas para girar sobre sí mismas y filmar lo que iluminaban los focos desde lo alto.

—Aquí los tienen. Los mejores asientos de la casa —dijo la secretaria de Walter Pine, acompañando a Madeline y Harriet hasta un par de butacas en primera fila, vacías de pronto.

—La verdad es que, si no le importa, nos hacía ilusión sentarnos detrás —dijo Harriet.

—Uy, no, ni pensarlo —repuso la chica—. El señor Pine me mataría.

—Yo sé de otra a la que matarían —masculló Harriet para sus adentros.

—A mí me gustan estas butacas —señaló Madeline sentándose.

—Ver un programa en directo es muy distinto que verlo en casa —les explicó la secretaria de Pine—. No sólo lo ves, sino que formas parte del espectáculo. Y los focos... los focos lo cambian todo. Les aseguro que éste es el mejor sitio donde sentarse.

—Es que no queremos distraer a Elizabeth Zott —insistió Harriet—. No queremos ponerla nerviosa.

—¿Nerviosa Zott? —La secretaria se echó a reír—. Tiene gracia. De todos modos, ella no puede ver al público, puesto que la iluminación del plató es tan potente que deslumbra.

—¿Está segura? —dijo Harriet.

—Tan segura como que todos hemos de morir algún día y todos hemos de pagar impuestos.

—Morir nos moriremos todos, pero no todo el mundo paga impuestos —puntualizó Mad.

—Uy, qué precoz la niña —dijo la secretaria con cierta irritación en la voz.

Pero antes de que Madeline pudiera aportar estadísticas en materia de evasión fiscal, el cuarteto arrancó con la melodía de *Cena a las seis* y la secretaria se esfumó por arte de magia. Madeline vio aparecer a Walter Pine por la izquierda y acomodarse en una silla con respaldo de tela. Tras hacer un asentimiento con la cabeza, una cámara sobre ruedas se instaló en el lugar señalado y un hombre con unos cascos en las orejas levantó el pulgar indicando que empezaban a filmar. Cuando ya sonaban los acordes finales de la canción, una figura familiar entró con paso firme en el plató, como un presidente dirigiéndose al estrado; la cabeza alta, el porte erguido y el pelo brillando bajo la potente iluminación de los focos.

Madeline había visto a su madre en miles de situaciones distintas: recién levantada por la mañana, justo antes de acostarse, apartándose del calor de un mechero Bunsen, mirando por un microscopio, encarándose con la señorita Mudford, frunciendo el ceño al aplicarse los polvos de maquillaje, saliendo de la ducha, estrechándola entre sus brazos... pero nunca la había visto así; nunca jamás. «¡Mamá! ¡Mami!», pensó con el corazón henchido de orgullo.

—Hola. Me llamo Elizabeth Zott y esto es *Cena a las seis* —saludó Elizabeth a los televidentes.

La secretaria tenía razón. La iluminación de los focos era especial, mostraba aspectos que la imagen granulosa del televisor en blanco y negro no reflejaba.

—Hoy tenemos bistec —anunció Elizabeth—, por lo que estudiaremos la composición química de la carne y nos centraremos en la diferencia entre el «agua ligada» y el «agua libre», ya que, y quizá esta información les sorprenda —dijo agarrando un gran pedazo de solomillo—, la carne contiene un setenta y dos por ciento de agua.

—Como la lechuga —murmuró Harriet.

—No como la lechuga, está claro —puntualizó Elizabeth—, cuyo contenido es superior, del orden de un noventa y seis por ciento. ¿Y por qué es tan importante el agua? Pues porque es la molécula más abundante en nuestro cuerpo:

conforma el sesenta por ciento de éste. Nuestro cuerpo puede pasar sin comida hasta tres semanas, mientras que sin agua, en tres días ya habríamos muerto. Quizá cuatro a lo sumo.

Un murmullo de desasosiego se elevó desde el público.

—Razón por la cual —prosiguió Elizabeth—, si el propósito es nutrir el cuerpo, lo primero que deben tener en cuenta es el agua. Pero volvamos a la carne.

Elizabeth cogió un voluminoso cuchillo de aspecto profesional y, mientras demostraba cómo se efectuaba el corte mariposa en un pedazo de carne, abordó la explicación del contenido vitamínico de la ternera, precisando no sólo el modo en que el cuerpo aprovechaba su aporte de hierro, zinc y vitaminas del grupo B, sino el papel fundamental que desempeñaba la proteína para nuestro crecimiento. Luego pasó a especificar qué porcentaje del agua que conforma el tejido muscular existía en forma de moléculas libres, para concluir con la definición del agua libre y el agua ligada, que ella, a todas luces, encontraba fascinante.

El público presente en el estudio atendió absorto durante el transcurso de la explicación: nadie tosió, ni murmuró ni cruzó o descruzó las piernas. Sólo se oía el rasgueo ocasional del bolígrafo sobre el papel mientras tomaban notas.

—Ha llegado el momento de la pausa para la identificación de la cadena —señaló Elizabeth reparando en la indicación del cámara—. No se retiren, por favor.

Dejó entonces el cuchillo sobre la encimera y abandonó el plató con paso firme, deteniéndose brevemente para que la encargada de maquillaje le pasara una esponjita por la frente y le atusara unos pelos sueltos.

Madeline se volvió para observar al público. Estaban nerviosos, impacientes por que Elizabeth reapareciera. Sintió una pequeña punzada de celos. De pronto había caído en la cuenta de que tenía que compartir a su madre con otras muchas personas, y no le hacía ninguna gracia.

· · ·

—Tras haber frotado la carne con un diente de ajo fresco cortado en dos —dijo Elizabeth al cabo de unos minutos—, aderécenla por ambos lados con cloruro sódico y piperina. Luego verán que la mantequilla empieza a hacer espuma. —Señaló hacia una sartén de hierro fundido calentándose sobre el fogón—. Entonces echen la carne en la sartén. Asegúrense de que la mantequilla espumee. Eso indica que su contenido en agua se ha evaporado. Es fundamental que eso suceda, porque así la carne se freirá en sus lípidos en lugar de absorber H_2O.

Mientras la carne chisporroteaba en la sartén, sacó un sobre del bolsillo del delantal.

—Entretanto, quería leerles una carta que me envía Nanette Harrison desde Long Beach. Dice así: «Estimada señora Zott: Soy vegetariana. No es por motivos religiosos, es sólo que no me parece bien alimentarse de seres vivos. Mi marido dice que son tonterías mías, que nuestro cuerpo necesita carne, pero es que me parece horrible que un animal haya dado su vida por mí. Lo mismo hizo Jesucristo y fíjese cómo terminó. Atentamente, Sra. Nanette Harrison, Long Beach, California.»

»Una cuestión muy interesante la que aquí planteas, Nanette. Nuestra alimentación tiene consecuencias para otros seres vivos. Sin embargo, las plantas también son seres vivos, y aun así rara vez pensamos que siguen vivas mientras las cortamos en pedazos, las trituramos con las muelas, las empujamos esófago abajo y luego las digerimos gracias al ácido clorhídrico de nuestro estómago. En suma, aplaudo tu postura, Nanette. Porque reflexionas antes de llevarte un alimento a la boca. Ahora bien, no te quepa la menor duda de que estás quitándole la vida a un organismo viviente para preservar la tuya. Es inevitable. En cuanto a Jesucristo, me abstendré de hacer comentarios. —Se volvió, pinchó el solomillo para sacarlo de la sartén y, con sus sanguinolentos jugos goteando, miró directamente a la cámara—. Y ahora cedo la palabra al patrocinador de *Cena a las seis*.

Harriet y Madeline se miraron asombradas.

—A veces me pregunto por qué será tan popular este programa —le susurró Harriet.

—Disculpen, señoritas. —La secretaria estaba de regreso—. El señor Pine quiere saber si podría hablar un momento con ustedes. —En realidad, era una pregunta retórica—. Si son tan amables de seguirme —añadió y, en un abrir y cerrar de ojos, las sacó de la sala y las condujo pasillo adelante hasta un despacho donde aguardaba Walter Pine, paseando nervioso. De la pared colgaban cuatro pantallas de televisión, una al lado de la otra, todas transmitiendo *Cena a las seis*.

—Hola, Madeline. Me alegra verte, pero a la vez me sorprende. ¿No deberías estar en el colegio?

Mad ladeó la cabeza.

—Hola, señor Pine. —Señaló a Harriet—. Le presento a Harriet. La idea ha sido suya. Falsificó el justificante.

Harriet la fulminó con la mirada.

—Walter Pine —se presentó él dándole la mano a Harriet—. Por fin. Encantado de conocerla, Harriet... Sloane, ¿verdad? Me han hablado maravillas de usted. Pero —añadió bajando la voz— ¿cómo se le ha ocurrido? Si su madre se entera de que están aquí...

—Lo sé. Que conste que pedimos que nos sentaran en la parte de atrás —dijo Harriet.

—A Amanda también le apetecía venir, pero Harriet no quiso agravar el delito. Falsificar una firma es una infracción seria, pero secuestrar a... —dijo Mad.

—Muy considerado por su parte, señora Sloane —interrumpió Walter—. Aunque sepan que si por mí fuera, serían siempre bien recibidas. Pero no está en mis manos. Tu madre —dijo dirigiéndose a Madeline— sólo pretende protegerte.

—¿De la radiactividad?

Walter dudó un momento.

—Eres una niña muy lista, Madeline, de modo que si te digo que tu madre intenta protegerte de la fama, seguro que entenderás a qué me refiero.

—Pues no.

—Me refiero a que intenta proteger tu vida privada. Protegerte de todo lo que la gente dice y piensa sobre las personas que se exponen a la mirada del público. Sobre los famosos.

—¿Mi madre es muy famosa?

—Desde que el programa se emite a nivel nacional —respondió Walter tocándose la frente con las yemas de los dedos— se ha hecho un poco más conocida, porque ahora a tu mamá también la pueden ver desde Chicago, Boston, Denver y otras ciudades.

—Corten el romero con el cuchillo más afilado del que dispongan. Así se minimiza el daño a la planta y se evita una fuga electrolítica excesiva —se oyó la voz amortiguada de Elizabeth.

—¿Por qué es malo ser famoso? —preguntó Madeline.

—Yo no diría que es malo, sólo que conlleva ciertas sorpresas y no todas buenas. A veces la gente da en creer que conoce personalmente a los famosos como tu madre. Los hace sentirse importantes. Pero para eso tienen que inventarse historias sobre ella, y no todas son buenas. Tu madre sólo quiere asegurarse de que nadie se invente nada sobre ti —respondió Walter.

—¿Están inventando historias sobre mi madre? —preguntó Mad alarmada.

Seguro que se debía a esos focos que la hacían parecer invencible. Eso era lo que el público necesitaba ver: a una mujer que imponía respeto y a la vez era respetada; aunque su madre tenía problemas como todo el mundo. Mad pensó que era como cuando ella fingía no saber leer muy bien. Se hacía lo que se podía para seguir adelante.

—No te preocupes —le dijo Walter poniendo una mano sobre el huesudo hombro de la niña—. Si hay alguien que sabe desenvolverse en la vida, ésa es tu madre. Poca gente se atrevería a meterse con Elizabeth Zott. Su única intención es que no traten de aprovecharse de ti. ¿Entiendes? Y eso la afecta a usted también, señora Sloane —dijo dirigiéndose a Harriet—. Usted pasa más tiempo que nadie con Elizabeth;

seguro que sus amistades estarán deseando saberlo todo sobre ella.

—Yo no tengo muchas amistades. Y aunque las tuviera, conozco el percal.

—Una mujer lista. Yo tampoco tengo muchas amistades —dijo Walter.

En realidad, pensó, sólo tenía una: Elizabeth Zott. Y no era una amiga cualquiera, sino su mejor amiga. Nunca se lo había hecho saber, pero así era. Claro que mucha gente diría que un hombre y una mujer no pueden ser amigos de verdad. Pero se equivocaban. Elizabeth y él hablaban de todo, de intimidades, de la muerte, de sexo, de hijos. Además, se protegían el uno al otro como buenos amigos, incluso se reían juntos como buenos amigos. Aunque Elizabeth no era muy risueña, cierto. En cualquier caso, a pesar de la creciente popularidad del programa, parecía más deprimida que nunca.

—En fin, ¿qué tal si os sacamos de aquí antes de que tu madre nos vea y los ácidos estomacales nos pulvericen las entrañas? —dijo Walter.

—Pero ¿por qué cree que mi madre es tan popular? —preguntó Madeline, pensando todavía en que ojalá no tuviera que compartirla con los demás.

—Porque dice lo que piensa, y eso no es muy frecuente. Pero también porque cocina de maravilla. Y porque, según parece, todo el mundo quiere aprender de química, curiosamente —respondió Walter.

—Pero ¿por qué no es frecuente decir lo que uno piensa?

—Porque trae consecuencias —respondió Harriet.

—Enormes consecuencias —convino Walter.

Desde un televisor situado en el rincón, Elizabeth dijo:

—Parece que hoy tenemos tiempo de atender a una pregunta de nuestro público en la sala. Sí, usted, la del vestido lila.

Una mujer se levantó de su asiento muy sonriente.

—Sí, hola, me llamo Edna Flattistein y resido en China Lake. Sólo quería decir que me encanta el programa, y sobre todo lo que dijo de dar las gracias por nuestros alimentos; también quería saber si tiene alguna oración favorita para bendecir la mesa, para darle las gracias al Señor Nuestro Salvador por todos los bienes que nos concede. ¡Me encantaría oírla! ¡Gracias!

Elizabeth hizo visera con la mano sobre los ojos, como para ver mejor a Edna.

—Hola, Edna. Gracias por tu pregunta. La respuesta es no; no tengo una oración favorita para bendecir la mesa. De hecho, no la bendigo.

De pie en el despacho, tanto Walter como Harriet palidecieron.

—Por favor. No lo digas —murmuró Walter.

—Porque soy atea —añadió Elizabeth como si tal cosa.

—¡Ya estamos! —exclamó Harriet.

—Es decir, que no creo en Dios —continuó Elizabeth, y el público ahogó un murmullo.

—Un momento. ¿Eso no es frecuente? ¿No creer en Dios tampoco es frecuente? —saltó Madeline.

—Pero sí que creo en quienes hacen posible que los alimentos lleguen a nuestra mesa —prosiguió Elizabeth—. Los granjeros, recolectores, camioneros y reponedores de nuestros supermercados. Pero sobre todo creo en ti, Edna. Porque tú has sido quien ha preparado esa comida que alimenta a tu familia. Gracias a ti sale adelante una generación nueva. Otros viven gracias a ti.

Elizabeth se interrumpió para consultar el reloj y luego se volvió directamente a la cámara.

—Ya no nos queda tiempo. Espero que regresen mañana para explorar juntas el mundo fascinante de la temperatura y la manera en que ésta afecta al sabor. —Luego ladeó un poco la cabeza hacia la izquierda, casi como planteándose si se había excedido o no había llegado del todo—. Y ahora, niños, a poner la mesa, que vuestra madre necesita un descanso —dijo con especial resolución.

A los pocos segundos el teléfono de Walter empezó a sonar incesantemente.

33

Fe

En la década de 1960, no podías salir en televisión afirmando que no creías en Dios y continuar mucho tiempo en el medio. Prueba de ello es que el teléfono de Walter no tardó en inundarse de llamadas con amenazas de patrocinadores y espectadores exigiendo que despidieran, encarcelaran y/o lapidaran a Elizabeth. La última de esas llamadas provino de unos sedicentes hijos de Dios, el mismo Dios que predicaba la tolerancia y el perdón.

—Maldita sea, Elizabeth, ¡hay cosas que es mejor no decir! —exclamó Walter, después de haber sacado a Harriet y Madeline del estudio por la puerta lateral diez minutos antes. Estaban sentados en el camerino de Elizabeth, ella todavía con el delantal de cuadros amarillos ceñido a su cinturilla de avispa—. Estás en tu derecho a creer lo que quieras, pero no deberías imponer tus creencias a los demás, y menos a través de una cadena de televisión nacional.

—¿De qué manera he impuesto yo mis creencias? —preguntó ella, sorprendida.

—Sabes a lo que me refiero.

—Edna Flattistein me ha hecho una pregunta directa, y se la he respondido. Me alegro de que esa mujer se sienta libre de expresar su fe en Dios, y acepto gustosamente que tenga derecho a hacerlo, pero yo merezco la misma gentileza. Hay mucha gente que no cree en Dios. Hay quienes creen en la astrología o las cartas del tarot. Harriet cree que soplar los dados le trae suerte en el juego.

—Creo que ambos sabemos que Dios y los juegos de azar no son exactamente lo mismo —replicó Walter entre dientes.

—Cierto. Los juegos de azar son divertidos —dijo Elizabeth.

—Pagaremos caro tu comentario —le advirtió Walter.

—Vamos, Walter, ten un poco de fe.

La fe, ésa era supuestamente la especialidad del reverendo Wakely, pero ese día le estaba costando encontrarla. Después de muchas horas de intentar consolar a un feligrés quejumbroso que culpaba a todo el mundo de todo, había regresado a su despacho anhelando un rato de soledad. Pero no pudo ser, porque allí estaba la señorita Frask, la mecanógrafa que tenía contratada a tiempo parcial, sentada al escritorio del reverendo y usando su máquina de escribir, sin apartar la vista de la pantalla de su televisor, tecleando a un ritmo lento de treinta palabras por minuto.

—Observen con atención este tomate —oyó decir en la pantalla a una mujer cuya voz le sonaba de algo; se fijó en el lápiz que le asomaba por detrás de la cabeza—. Quizá piensen que no tienen nada en común con este fruto, pero lo tienen: el ADN. Hasta un sesenta por ciento. Ahora vuélvanse para mirar a la persona que tienen justo al lado. ¿Les resulta familiar? Tal vez sí o tal vez no, pero en cualquier caso, la coincidencia es mayor aún: esa persona y usted comparten el noventa y nueve coma nueve por ciento del ADN, como con los demás seres humanos del planeta. —Elizabeth dejó el tomate sobre la encimera y levantó una fotografía de Rosa Parks—. Y por ese motivo, apoyo a nuestros líderes del movimiento por los derechos civiles, y en particular a la arrojada Rosa Parks. Discriminar a otro ser humano por el color de su piel no es sólo absurdo desde el punto de vista científico, sino también indicativo de una profunda ignorancia.

—¿Señorita Frask? —dijo Wakely.

—Un momento, reverendo —dijo ella levantando un dedo—. Ya está casi terminando el programa. Aquí tiene su sermón. —Sacó bruscamente una hoja de papel de la máquina de escribir.

—Lo lógico sería que los ignorantes se extinguieran antes —prosiguió Elizabeth—, pero Darwin no tuvo en cuenta que los ignorantes rara vez se olvidan de comer.

—Pero ¿qué es esto?

—*Cena a las seis*. ¿No ha oído hablar de *Cena a las seis*?

—Tengo tiempo para responder a una pregunta. Sí, usted, la de... —decía Elizabeth.

—Hola, ¡me llamo Francine Luftson, y vivo en San Diego! Sólo quería decir que me encanta su programa, ¡aunque no sea usted creyente! He pensado que a lo mejor podría recomendarme alguna dieta de algún tipo. Sé que debo perder peso, pero es que no tengo ningunas ganas de pasar hambre. Lo que sí hago, diariamente, es tomar pastillas para adelgazar. ¡Gracias!

—Gracias a ti, Francine, pero salta a la vista que no tienes ningún problema de sobrepeso. Deduzco, pues, que te has dejado influenciar por las implacables imágenes de esas mujeres en extremo delgadas que ahora abundan en las revistas, destrozando la moral de una y hundiendo su autoestima. En lugar de dietas y pastillas para adelgazar... —Elizabeth hizo una pausa—. ¿Me permiten una pregunta? ¿Cuántas personas del público toman pastillas para adelgazar?

Se alzaron unas cuantas manos nerviosas.

Elizabeth aguardó.

Casi todas las demás levantaron la mano.

—Dejen de tomar esas pastillas —ordenó—. Son anfetaminas. Pueden provocar psicosis.

—Es que no me gusta hacer ejercicio —repuso Francine.

—A lo mejor porque no ha encontrado el adecuado.

—Sigo el programa de Jack LaLanne.

Al oír el nombre de Jack, Elizabeth entornó los ojos.

—¿Y el remo? —dijo de pronto, cansada.

—¿El remo?

—El remo, sí —repitió Elizabeth abriendo los ojos—. Es un pasatiempo extremo, concebido para poner a prueba todos los músculos del cuerpo y de la mente. Se practica antes del amanecer, muchas veces bajo la lluvia. Provoca callosidades. Agranda los brazos, el pecho y los muslos. Causa rotura de costillas, ampollas en las manos. Los aficionados al remo a veces se preguntan: «¿Quién me mandaría hacer esto?»

—Caramba, ¡suena a tortura! —exclamó Francine preocupada.

Elizabeth parecía confundida.

—Lo que pretendo decir es que remando no se precisa de dietas ni de pastillas. Además, es bueno para el espíritu.

—Pero tenía entendido que usted no creía en los espíritus.

Elizabeth suspiró y cerró los ojos de nuevo. Calvin. «¿Insinúas acaso que las mujeres no pueden remar?»

—Antes trabajaba con ella —dijo Frask apagando el televisor—. En Hastings, hasta que nos despidieron a las dos. ¿De verdad que nunca ha oído hablar de Elizabeth Zott? Es un programa nacional.

—¿Ella también rema? —dijo Wakely con asombro.

—¿Cómo que también? —replicó Frask—. ¿Conoce a más gente que reme?

—Mad, ¿por qué no me contaste que tu madre salía en televisión? —preguntó Wakely fijándose en el enorme perro que Madeline había llevado al parque.

—Pensé que lo sabía. Todo el mundo lo sabe. Sobre todo ahora que no cree en Dios.

—No pasa nada por no creer en Dios —repuso Wakely—. Ésa es una de las cosas a las que nos referimos cuando decimos que éste es un país libre. La gente tiene derecho a creer en lo que quiera mientras sus creencias no perjudiquen al prójimo. Además, me parece a mí que la ciencia es una forma de religión.

Madeline arqueó una ceja.

—¿Y éste quién es, por cierto? —preguntó Wakely acercando la mano al perro para que se la olisqueara.

—Seisymedia —respondió la niña; en ese momento dos señoras pasaron junto a ellos charlando en voz alta.

—Corrígeme si me equivoco, Sheila —decía una de ellas—, pero ¿no mencionó que el hierro fundido requiere la aplicación de una energía calórica de 0,11 para aumentar la temperatura de un solo gramo de masa atómica en un grado Celsius?

—Eso dijo, Elaine. Así que voy a comprarme una sartén nueva —respondió la otra.

—Ahora lo recuerdo —prosiguió Wakely cuando las dos señoras pasaron de largo—. Lo vi en tu foto de familia. Un perro muy bonito.

Seisymedia hundió el hocico en la palma de la mano de Wakely. «Así se habla.»

—En fin, seguro que, con la de tiempo que ha pasado, creías que ya me había olvidado del All Saints, pero que sepas que al final hice indagaciones. La verdad es que llamé varias veces al orfanato después de nuestra conversación, pero no conseguí localizar al obispo. Sin embargo, hoy mismo he hablado con su secretaria y me ha dicho que no hay constancia de ningún Calvin Evans en sus archivos. Parece que nos hemos equivocado de orfanato.

—No. Es ése. Estoy segurísima —dijo Madeline.

—Mad, dudo que la secretaria de un centro religioso mienta.

—Wakely, todo el mundo miente —repuso la niña.

34

All Saints

¿Cómo dice que se llama? ¿All Saints? —repitió el obispo con estupor.

Corría 1933, y aunque su ilustrísima había confiado en que lo destinaran a una nueva y pudiente diócesis en la que trasegar whisky a discreción, al final le había tocado un orfanato destartalado perdido en medio de Iowa, donde un centenar de muchachos de diversas edades, camino de labrarse un futuro en la delincuencia, le recordarían día tras día que la próxima vez que se burlara de un arzobispo procurase no hacerlo en su cara.

—All Saints. El centro requiere disciplina. Igual que usted —le había dicho el arzobispo.

—La verdad es que no se me dan muy bien los niños. En cambio con viudas y prostitutas... en ese terreno me manejo estupendamente. ¿No podrían destinarme a Chicago?

—Además de disciplina —añadió el arzobispo haciendo caso omiso de su súplica—, el centro necesita fondos. Parte de su labor allí consistirá en asegurar una financiación a largo plazo para el centro. Aplíquese, y quizá le encuentre algo mejor en el futuro.

Pero el futuro nunca parecía llegar. Transcurrido 1937, el obispo todavía no había resuelto las dificultades financieras del centro. ¿Había hecho algo productivo? Pues únicamente resumir su furibunda lista de diez páginas con las «Razones por las que odio este lugar» en cinco problemas fundamentales: curas de tres al cuarto, rancho infecto, moho, pedófilos y un goteo constante de muchachos demasiado rebeldes o hambrientos como para formar parte de una familia normal. Muchachos que nadie quería, lo que el obispo comprendía a la perfección, ya que tampoco él los quería.

El centro había ido renqueando gracias a los recursos católicos de costumbre: ventas de jerez, marcapáginas bíblicos, dádivas y lisonjas. Pero lo que verdaderamente necesitaban era justo lo que el arzobispo había sugerido: una donación. El problema era que los ricos solían donar cosas que no tenían cabida en un orfanato. Cátedras. Becas. Memoriales. Por mucho que intentara venderles la idea de la donación, los posibles benefactores detectaban al instante los defectos de base. «¿Becas?», se burlaban. El orfanato no era un lugar de enseñanza, como tampoco una prisión era lugar donde rehabilitarse; nadie entraba en un orfanato por su propio pie. ¿Financiar una cátedra? Lo mismo: el orfanato carecía de departamentos, y no digamos de cátedras departamentales. ¿Fondos en memoria de antiguos hospicianos? Sus asilados eran demasiado jóvenes para morir y, de todos modos, ¿quién quería recordar a unos niños que todo el mundo procuraba olvidar?

Así que, cuatro años más tarde, el obispo seguía olvidado de la mano de Dios entre los maizales con aquella caterva de desharrapados. Parecía evidente que por muchas plegarias que elevara al cielo, la situación no iba a cambiar. Para matar el tiempo, a veces se entretenía clasificando a los hospicianos más díscolos, pero vana tarea esa también, puesto que la lista siempre la encabezaba el mismo niño: Calvin Evans.

—Ese pastor protestante de California ha llamado otra vez preguntando por Calvin Evans —le comunicó la secretaria al obispo, ahora ya envejecido y canoso, dejando caer unas carpetas sobre su escritorio—. Antes ya había seguido sus indicaciones: le dije que había revisado nuestros archivos y que no teníamos constancia de que nadie con ese nombre hubiera pasado nunca por aquí.

—Dios bendito. ¿Por qué no nos dejan en paz? ¡Estos protestantes! ¡Siempre erre que erre! —se lamentó el obispo apartando las carpetas.

—Por cierto, ¿quién era ese tal Calvin Evans? ¿Un cura? —le preguntó la secretaria con curiosidad.

—No —respondió el obispo mientras acudía a su mente la imagen del culpable de que él siguiese arrinconado en Iowa tantas décadas después—. Una maldición.

Cuando la secretaria se marchó, el obispo negó con la cabeza recordando las muchas ocasiones en que Calvin había tenido que acudir a aquel mismo despacho, culpable de la enésima infracción: romper una ventana, robar un libro, ponerle el ojo morado a un cura que sólo pretendía ofrecerle afecto. De vez en cuando llegaban al orfanato parejas bienintencionadas que pretendían adoptar a algún muchacho, pero ninguna se había interesado nunca por Calvin. Y no era de extrañar.

Hasta que un buen día aquel señor, Wilson, había aparecido como caído del cielo. Dijo que venía en nombre de la Parker Foundation, una institución benéfica podrida de dinero perteneciente a la Iglesia católica. Cuando llegó a oídos del obispo que alguien de dicha fundación rondaba por el edificio, supo al instante que por fin su barco había llegado a puerto. El corazón se le aceleró al imaginar la cuantía de la donación que el tal Wilson pudiera proponerle. Atendería a su oferta y luego, con toda dignidad, le sonsacaría un aumento.

—Buenas, obispo, vengo buscando a un muchacho de diez años, tal vez alto y con el pelo tirando a rubio —dijo el señor Wilson, como si no tuviera tiempo que perder.

Luego le explicó que el niño se había quedado huérfano cuatro años antes, tras una serie de trágicos accidentes. Tenía motivos para pensar que estaba allí acogido, en All Saints. El muchacho todavía tenía familiares vivos, que se habían enterado de su existencia recientemente y deseaban recuperarlo.

—Se llama Calvin Evans —añadió el hombre, y echó una ojeada al reloj como si tuviera otra cita a la que acudir—. Si tienen acogido a algún niño con esas características, me gustaría conocerlo. De hecho, mi intención es salir de aquí con él.

El obispo, decepcionado, se quedó mirando a Wilson con la boca abierta. En el tiempo transcurrido entre enterarse de que el acaudalado caballero se encontraba en el edificio y estrecharle la mano, ya había pergeñado su discurso aceptando la donación.

—¿Se encuentra bien? —preguntó el señor Wilson—. Lamento el apremio, pero tengo que tomar un vuelo dentro de dos horas.

Ni una sola mención al dinero. El obispo sintió entonces que Chicago se le escurría entre los dedos. Observó con detenimiento al señor Wilson. Era alto y arrogante. Igual que Calvin.

—Quizá podría salir y dar una vuelta entre los muchachos. A ver si lo reconozco por mi cuenta.

El obispo se volvió hacia la ventana. Aquella misma mañana había pillado a Calvin lavándose las manos en la pila bautismal. «Esta agua no tiene nada de bendita, es del grifo», le había informado Calvin.

Pero por mucho que ansiara deshacerse de aquel muchacho, su problema fundamental, el dinero, seguía sin resolverse. Fijó la mirada en el puñado de lápidas deterioradas desperdigadas por el patio. «En memoria de...», rezaban sus inscripciones.

—¿Obispo? —Wilson estaba de pie, con el maletín ya en la mano.

El obispo no contestó. No le gustaba aquel hombre, ni su elegante vestimenta ni su imprevista aparición. Qué diantre,

estaba hablando con su ilustrísima, le debía un respeto. Carraspeó, haciendo tiempo mientras contemplaba las lápidas
de todos los obispos maltratados que lo habían precedido. No
podía permitir que la Parker Foundation y la cuantiosa donación que pudiera salir de ella se le escaparan de las manos.

—Tengo una trágica noticia que comunicarle —dijo por
fin el obispo volviéndose hacia Wilson—. Calvin Evans está
muerto.

—Por cierto, si el pesado del pastor protestante vuelve a
llamar otra vez —prosiguió el envejecido obispo, dándole
instrucciones a su secretaria mientras ella le retiraba la taza
de café—, dígale que me he ido al otro barrio. O no, mejor
dígale —se corrigió juntando las yemas de las manos— que
se ha enterado de que hubo cierto Calvin Evans en otro
orfanato, un hospicio de... no sé, ¿Poughkeepsie? Pero que el
edificio se incendió y se perdieron todos los archivos.

—¿Quiere que falte a la verdad? —preguntó la secretaria
preocupada.

—No sería faltar a la verdad. De hecho, se incendian edi-
ficios a todas horas. Casi nadie se toma en serio las normas
de protección antiincendios —repuso él.

—Pero...

—Usted haga lo que le digo —dijo el obispo zanjando
la discusión—. Ese hombre nos está haciendo perder el
tiempo. Nuestra labor es buscar financiación, ¿recuerda?
Fondos para nuestros hospicianos, para niños que viven y res-
piran. Si llaman ofreciendo dinero, seré todo oídos, pero esta
tontería de Calvin Evans no lleva a ninguna parte.

Wilson lo miró como si no lo hubiera oído bien.

—¿Qué...? ¿Cómo ha dicho?

—Calvin falleció recientemente, de una neumonía —respondió el obispo sin rodeos—. Una tragedia. Era un niño
muy querido en este orfanato.

Se inventó la historia sobre la marcha, destacando los buenos modales de Calvin, su papel ejemplar en las clases de catecismo, su pasión por el maíz. Cuantos más detalles añadía, más rígido se ponía Wilson. Impulsado por el efecto que estaba teniendo su historia, fue hacia el archivador para extraer una foto.

—Estamos utilizando ésta para el fondo destinado a su memoria —dijo el obispo señalando una foto en blanco y negro de Calvin, con las manos en la cintura, el torso echado hacia delante y la boca abierta como reprendiendo a alguien—. Me encanta esa foto. Lo retrata a la perfección.

Observó a Wilson, que contemplaba la foto en silencio. Supuso que seguiría indagando y exigiendo pruebas, pero no fue así. Parecía atónito, consternado incluso.

El obispo pensó de pronto que quizá el tal señor Wilson fuera algún familiar al que se le hubiera perdido la pista tiempo atrás. La altura coincidía, desde luego. ¿Y si Calvin era sobrino suyo? ¿O puede que su hijo incluso? Dios bendito. En caso de ser así, ese hombre no sabía el tremendo apuro del que lo sacaba. El obispo carraspeó y dejó transcurrir unos minutos para que asimilara la triste noticia.

—Lógicamente, contribuiremos a ese fondo en su memoria —dijo Wilson por fin con la voz quebrada—. La Parker Foundation querrá honrar la memoria de ese muchacho.

Dejó escapar un suspiro que pareció ahondar su abatimiento y luego bajó la mano hacia el maletín y sacó un talonario.

—Lógicamente —repitió el obispo, afectando comprensión—. El Fondo a la memoria de Calvin Evans. Un tributo especial para un niño especial.

—Me pondré en contacto con usted más adelante para concretar cómo gestionamos los plazos de nuestra aportación —le dijo Wilson sacando fuerzas de flaqueza—, pero entretanto le ruego que acepte este talón en nombre de la Parker Foundation. Le agradecemos todo lo que... ha hecho.

El obispo se obligó a aceptar el cheque sin mirarlo, pero en cuanto Wilson hubo salido por la puerta lo extendió so-

bre el escritorio: un buen pellizco. Y más que habrían de llegar, gracias a su idea de crear un fondo a la memoria de alguien que seguía vivito y coleando. Se recostó en su butaca y enlazó los dedos sobre el pecho. Si alguien necesitaba otra prueba de la existencia de Dios, allí la tenía. All Saints: el lugar donde Dios en verdad ayudaba a quienes se ayudaban a sí mismos.

Después de dejar a Madeline en el parque, Wakely había regresado a su despacho y se había puesto al teléfono a regañadientes. Si llamaba de nuevo a All Saints era sólo para demostrarle a Mad que estaba equivocada. No todo el mundo mentía. Paradójicamente, sin embargo, él habría de ser el primero que lo hiciera.

—Buenas tardes —saludó con falso acento británico al reconocer la voz de la secretaria al otro lado—. Quisiera hablar con su departamento de donaciones. Estoy interesado en hacer una aportación considerable.

—¡Oh! Le pongo inmediatamente con nuestro obispo —exclamó ilusionada la secretaria.

—Tengo entendido que desea hacer una donación —le dijo el viejo obispo a Wakely instantes después.

—Así es —mintió Wakely—. Mi labor consiste en ayudar a... los niños. Huérfanos, en particular —dijo imaginándose la cara larga de Mad.

«Pero ¿acaso Calvin Evans había sido huérfano?», pensó Wakely para sus adentros. En su correspondencia, había dejado bien claro que tenía padre, desde luego, y que éste vivía. ODIO A MI PADRE. OJALÁ ESTÉ MUERTO. Wakely todavía recordaba aquellas mayúsculas en una de sus cartas.

—Y más en particular, busco el lugar donde Calvin Evans se crió.

—¿Calvin Evans? Lo siento, pero ese nombre no me dice nada.

Al otro lado del auricular se produjo un silencio: el obispo mentía. Wakely lo sabía, se pasaba el día escuchando a mentirosos. Aunque ya era casualidad que dos miembros del clero se mintieran al mismo tiempo.

—Vaya, qué lástima —repuso Wakely con prudencia—. Porque mi donación está reservada para el orfanato donde Calvin Evans pasó su juventud. Seguro que su centro realiza un trabajo encomiable, pero ya sabe cómo son a veces estos benefactores. Se empecinan en algo...

Al otro lado del auricular, el obispo llevó las yemas de los dedos a los párpados. Sí, sabía muy bien cómo eran esos benefactores. La Parker Foundation le había hecho la vida imposible; primero con los libros de ciencia y el absurdo del remo, y luego con su reacción desproporcionada al descubrir que su donación honraba la memoria de alguien que no estaba estrictamente, en fin, muerto. ¿Y cómo se habían enterado? Porque el bueno de Calvin se las había ingeniado para resucitar de entre los falsos muertos y aparecer en la portada de una revista de pacotilla llamada *Chemistry Today*. Al cabo de dos segundos ya tenían al teléfono a una tal Avery Parker amenazando con interponer un centenar de denuncias contra él.

¿Quién era Avery Parker? La presidenta de la fundación de dicho nombre.

El obispo nunca había hablado con ella; siempre había tratado exclusivamente con Wilson, que por lo que ahora deducía debía de ser su albacea y abogado. Aunque de pronto le vino a la memoria una firma garabateada junto al nombre de Wilson en todos y cada uno de los contratos de donación sellados en los últimos quince años.

—¡¿Ha mentido a la Parker Foundation?! —le había gritado la señora Parker al teléfono—. ¿Nos hizo creer que Calvin Evans había fallecido de una neumonía cuando tenía diez años sólo con el fin de procurarse una donación?

Y el obispo pensó: «Señora, no tiene usted idea de lo que es Iowa.»

—Señora Parker, entiendo que esté molesta, pero le juro que el Calvin Evans que tuvimos aquí acogido está definitivamente muerto y más que muerto. Quienquiera que saliera en la portada de esa revista se llama igual, pero nada más. Es un nombre muy común —le había contestado él de buenas maneras.

—No. Era Calvin. Lo reconocí de inmediato —insistió ella.

—Entonces, ¿ya conocía usted a Calvin?

Avery Parker dudó.

—Bueno. No.

—Ya —repuso el obispo empleando un tono que transmitió eficazmente el sinsentido de aquella suposición.

La señora Parker canceló su donación cinco segundos más tarde.

—Arduo trabajo el nuestro, ¿verdad, reverendo Wakely? Estos benefactores son gente caprichosa. Pero si he de serle sincero, nos vendría muy bien ese dinero. Aunque ese Calvin Evans no haya estado aquí, nuestro orfanato acoge a otros muchos niños que también lo merecen —dijo el obispo.

—No me cabe duda, pero la decisión no me corresponde a mí. Sólo estoy facultado para... (¿he mencionado que son cincuenta mil dólares?) donar ese dinero a la memoria de Calvin Evans... —convino Wakely.

—Un momento —lo interrumpió el obispo, con el corazón acelerado al oír esa cuantiosa suma—. Le ruego que trate de comprender, es una cuestión de privacidad. No divulgamos información sobre nuestros hospicianos. Aunque ese muchacho hubiera estado aquí, no tenemos permitido decirlo.

—Entiendo. Aun así... —dijo Wakely.

El obispo echó una ojeada al reloj de la pared. Estaba a punto de empezar su programa favorito: *Cena a las seis*.

—No, espere un momento —gruñó; no quería quedarse sin donación ni sin programa—. La verdad es que me ha puesto usted contra la pared. Que no salga de aquí, pero, sí, efectivamente, Calvin Evans pasó su adolescencia en este orfanato.

—¿Ah, sí? —dijo Wakely irguiendo el cuerpo—. ¿Tiene pruebas para demostrarlo?

—Por supuesto. ¿Cree que tendríamos un fondo a la memoria de Calvin Evans si no hubiera estado acogido aquí? —dijo el obispo haciéndose el ofendido, y se masajeó con la punta de los dedos las muchas arrugas que habían ido surcando su rostro por culpa de Calvin a lo largo de los años.

Wakely se sorprendió.

—¿Cómo ha dicho?

—El Fondo a la memoria de Calvin Evans. Lo creamos hace ya años en honor a aquel estimado muchacho que luego habría de convertirse en un químico portentoso. En cualquier biblioteca como es debido encontrará la documentación fiscal que acredita su existencia. Pero la Parker Foundation, que fue quien proporcionó la dotación, insistió en que nunca se le diera publicidad, y supongo que adivinará el porqué. No podían permitirse financiar a todo orfanato que hubiera perdido a uno de sus niños.

—¿Niños? Pero si Evans ya era un adulto cuando murió —replicó Wakely.

—Mmm, sí. Correcto. Pero es que aquí seguimos tratando de niños a nuestros antiguos asilados —farfulló el obispo—. Porque en esa etapa era cuando mejor los conocíamos, en la niñez. Además, Calvin Evans era un crío maravilloso. Listo como el hambre. Muy alto. Pero volviendo a su donación...

Unos días después Wakely se vio de nuevo con Madeline en el parque.

—Traigo buenas noticias y malas noticias. Tenías razón. Tu padre estuvo en All Saints. —Le contó entonces lo que le había dicho el obispo: que Calvin era un «crío maravilloso», «listo como el hambre»—. Incluso tienen un fondo en su memoria. Lo comprobé en la biblioteca. Lo estuvo financiando una entidad llamada Parker Foundation durante casi quince años.

Madeline frunció el entrecejo.

—¿Estuvo?

—Retiraron la dotación hace un tiempo. Suele suceder. Cambian de prioridades.

—Pero, Wakely, mi padre murió hace seis años.

—¿Y?

—¿Por qué iba la Parker Foundation a financiar un fondo en su memoria durante quince años si en esos primeros nueve años todavía estaba vivo? —dijo Mad calculando con los dedos.

—Ah, bueno, en el momento quizá sólo tuvo carácter honorífico, el obispo mencionó que se había creado en «honor» a tu padre —dijo Wakely sonrojándose; no había reparado en la discrepancia de fechas.

—Y si existe ese fondo, ¿por qué no te lo mencionaron la primera vez que llamaste?

—Cuestiones de privacidad —respondió él repitiendo las palabras del obispo. Al menos eso era comprensible—. En fin, ahora viene lo bueno. He recabado información sobre la Parker Foundation y resulta que la dirige un tal señor Wilson. Reside en Boston. —La miró expectante—. Wilson, ahí tienes a tu hada madrina para la bellota.

Se recostó en el banco, esperando una reacción ilusionada por parte de Mad, pero, al ver que no decía nada, añadió Wakely:

—Wilson suena muy aristocrático.

—Lo que suena es mal informado —replicó Mad mientras se examinaba una costra—. Parece que no ha leído *Oliver Twist*.

La niña tenía razón. Aun así, Wakely había invertido mucho tiempo haciendo indagaciones y esperaba un poco más de entusiasmo por su parte. O de gratitud al menos. Aunque, ¿por qué pensaba así? Nadie expresaba nunca gratitud por su labor. Se pasaba el día batallando para consolar a la gente, atendiendo a sus diversos problemas y tribulaciones, y lo único que recibía a cambio era la ya manida respuesta: «¿Por qué Dios me castiga así?» ¿Y él qué diantres iba a saber?

—En fin —dijo Wakely procurando no sonar abatido—. Ésa es la historia.

Madeline se cruzó de brazos decepcionada.

—Wakely, ¿se supone que ésa era la buena noticia o la mala?

—La buena, cuál va a ser —respondió dolido; tenía poca experiencia en tratar con niños y empezaba a pensar que ni falta le hacía—. La única mala noticia es que la dirección de Wilson en la Parker Foundation es sólo un apartado postal.

—¿Y qué tiene eso de malo?

—Los ricos utilizan apartados postales para protegerse de la correspondencia no deseada. Vienen a ser algo así como cubos de basura para el correo.

Bajó la mano a la cartera que había dejado en el suelo y, tras hurgar en su interior, sacó un papel que le entregó diciendo:

—Aquí lo tienes, el número del apartado. Pero, te lo pido por favor, Mad, no te hagas muchas ilusiones.

—No me hago ilusiones —aclaró Mad observando la dirección—. Pero tengo fe.

Wakely la miró sorprendido.

—Vaya, curiosa palabra viniendo de ti.

—¿Por qué dices eso?

—Porque, bueno, ya sabes. La religión se basa en la fe —respondió Wakely.

—Pero ya sabes tú también —respondió Mad con delicadeza, como si no quisiera avergonzarlo más aún— que la fe no se basa en la religión, ¿no?

35

El olor del fracaso

El lunes, a las cuatro y media de la mañana como de costumbre, Elizabeth salió bien abrigada de casa cuando todavía era de noche, camino del club de remo. Sin embargo, al acceder al aparcamiento, por lo general desierto a esas horas, se fijó en que casi no quedaban espacios libres donde dejar el coche. También reparó en otra cosa: había mujeres, muchas mujeres, que se dirigían con paso cansino hacia el edificio en la oscuridad.

—Ay, Dios —masculló.

Se tapó la cabeza con la capucha para pasar inadvertida entre la pequeña aglomeración; confiaba en encontrar a tiempo al doctor Mason y aclarar las cosas. Pero ya era demasiado tarde. Estaba sentado a una larga mesa repartiendo formularios de inscripción. El doctor levantó la vista hacia ella, pero no le sonrió.

—Zott.

—Se preguntará a qué se debe todo esto —dijo Elizabeth en voz baja.

—Pues no, la verdad.

—Creo que lo que ha ocurrido es que una de mis telespectadoras me pidió que le recomendara una dieta, y yo le sugerí que hiciera ejercicio. Puede que le mencionara el remo.

—Puede.

—Es posible.

Una de las mujeres que hacían cola se volvió hacia su amiga.

—Lo que me gusta del remo, así de entrada —dijo señalando una foto de un bote tripulado por ocho hombres—, es que no tienes que moverte del asiento.

—A ver si esto te refresca la memoria —le dijo Mason a Elizabeth tendiéndole un bolígrafo a la siguiente en la cola—. Primero describiste el remo como la peor de las torturas, y luego les sugeriste a todas las mujeres del país que probaran a ver qué tal.

—Bueno, no creo que dijera eso exactamente...

—Eso dijiste exactamente. Lo sé porque estaba viendo tu programa mientras esperaba a que una paciente dilatara. Y mi mujer conmigo. No se lo pierde nunca.

—Lo siento, Mason, de verdad. No imaginé que...

—¿Ah, no? Porque hace dos semanas una de mis pacientes se negó a empujar hasta que terminaste de explicar la reacción de Maillard —contestó secamente.

Elizabeth levantó la vista sorprendida y luego se quedó pensando.

—Bueno, es que es una reacción de verdad muy complicada.

—Llevo intentando ponerme en contacto contigo para hablarlo desde el viernes —repuso de mal talante.

Elizabeth dio un respingo. Era cierto. Mason había telefoneado tanto al estudio como a su casa, pero estaba tan agobiada con mil cosas que había olvidado devolverle la llamada.

—Lo siento. Es que he estado muy ocupada.

—Me habría venido muy bien una ayudita para organizar todo esto.

—Sí.

—Es evidente que hoy ya no saldremos a remar.

—Lo siento, insisto.

—¿Sabes lo que me fastidia? —dijo el doctor señalando con un gesto a una mujer que hacía saltos estrella a modo de calentamiento—. Llevo años intentando convencer a mi mujer para que reme. Como ya sabes, estoy convencido de que las mujeres tienen un umbral de dolor superior. Pero, nada, ni caso, no había forma de convencerla. En cambio, una palabra de Elizabeth Zott...

La mujer que hacía saltos estrella interrumpió el ejercicio y levantó el pulgar en dirección a Elizabeth.

—... y le ha faltado tiempo para venir a apuntarse.

—Ah, entiendo —dijo Elizabeth lentamente, devolviéndole el saludo a la mujer con un asentimiento—. O sea que, en el fondo, te alegras.

—Yo...

—O sea que lo que intentas decir es «Gracias, Elizabeth».

—No.

—Muchas de nada, doctor Mason.

—No.

Elizabeth volvió la vista hacia la señora Mason.

—Tu mujer se está montando en el ergómetro.

—Ay, Dios. ¡Betsy, eso no! —gritó Mason.

Algo parecido sucedió en otros clubs de remo de todo el país. Las mujeres acudieron en masa, y en algunos se las animó a apuntarse. Eso no quiere decir que todos hicieran lo mismo. Ni tampoco que a todo el que veía el programa de Elizabeth le hubiera agradado su contenido.

¡ATEA IRREVERENTE!, rezaba una pancarta garabateada a toda prisa que una señora de aspecto adusto enarbolaba frente a los Estudios KCTV.

Era el segundo aparcamiento al que Elizabeth accedía esa mañana y, al igual que el primero, estaba más lleno que de costumbre.

—Manifestantes —dijo Walter acercándose a ella—. Ése es el motivo que nos lleva a omitir ciertas cosas ante las cámaras, Elizabeth. Ése es el motivo por el que nos reservamos nuestra opinión.

—Walter, una protesta pacífica es una forma perfectamente válida de expresarse —repuso Elizabeth.

—¿A esto lo llamas tú «expresarse»? —replicó Walter mientras alguien gritaba: ¡PÚDRETE EN EL INFIERNO!

—Es gente que busca atención —dijo ella, como si hablara por experiencia personal—. Se acabarán yendo a otra parte.

Walter, sin embargo, estaba preocupado. Elizabeth había empezado a recibir amenazas de muerte. Él había informado a la policía y al personal de seguridad de la KCTV; incluso había llamado a Harriet Sloane para ponerla sobre aviso. Pero a Elizabeth no le había mencionado nada, porque sabía que tomaría cartas en el asunto. Además, la policía les había restado importancia a esas amenazas. «Majaretas inofensivos», declararon.

Al otro lado de la ciudad, horas más tarde en la sala de estar de Elizabeth, Seisymedia también estaba preocupado. El viernes anterior le había llamado la atención que al final del programa de Elizabeth nadie hubiera aplaudido. Y ese día, lo mismo. Ni un solo aplauso.

Aguardó hasta que la criatura y Harriet estuvieran trajinando en el laboratorio y se escabulló por la puerta trasera; tomó hacia el sur a todo trote, y cuatro manzanas más allá, giró al oeste y atravesó otras dos más, hasta llegar a la vía de acceso a la autopista. Al ver que una camioneta con la trasera descubierta se disponía a sumarse al carril de aceleración, trepó a ella de un salto.

Seisymedia conocía el camino hasta la KCTV, como es natural. Cualquiera que hubiera leído *The Incredible Journey* entendería que un perro es capaz de encontrar prácticamente cualquier cosa; no era ninguna proeza. Elizabeth le había leído en una ocasión la historia de la aguja en el pajar, pero Seisymedia no entendía qué había de especial en encontrar una aguja en un pajar. El olor a filamento de acero de alto carbono era inconfundible.

En suma, que llegar a la KCTV no resultó difícil. Lo difícil fue entrar.

Deambuló por el aparcamiento, serpenteando entre vehículos cuyos alerones y adornos en la carrocería destellaban bajo el sol, inusualmente ardiente para la estación, y buscó por dónde acceder al edificio.

—Hola, perrito —le dijo un hombre vestido de uniforme azul oscuro. Estaba de pie ante una puerta de aspecto majestuoso—. ¿Adónde crees que vas?

Seisymedia quiso contestar que «adentro», porque, al igual que ese hombre uniformado de azul, él también era un vigilante. Pero, como no podía hablar, optó por transmitírselo con el lenguaje propio del mundo televisivo: actuando.

—¡Ay, Dios! ¡Un momento, voy a por ayuda! —exclamó el hombre al ver que Seisymedia caía desplomado como un fardo.

El vigilante aporreó la puerta hasta que alguien abrió y luego cargó en brazos a Seisymedia y entró con él en el refrigerado edificio. Un minuto después Seisymedia bebía agua a lametazos de un cuenco; precisamente uno de los que Elizabeth utilizaba para mezclar sus ingredientes.

Dijeran lo que dijesen acerca de la raza humana, había que reconocer que su capacidad de bondad, en opinión de Seisymedia, los colocaba a la cabeza en lo que a especies se refería.

—¿Seisymedia?

«¡Elizabeth!»

Ningún perro aquejado de una insolación habría podido correr del modo que hizo Seisymedia en ese momento.

—Pero qué demo... —empezó a decir el hombre del uniforme azul advirtiendo la milagrosa recuperación de aquel animal.

—¿Cómo has entrado, Seisymedia? —le preguntó Elizabeth abrazándose a él—. ¿Cómo me has encontrado? Es mi perro, Seymour. Seisymedia —le dijo al vigilante.

—No, señorita, son las cinco y media, pero ahí fuera sigue haciendo un calor sofocante. La cosa es que el perro se ha desplomado delante de la puerta, así que lo he metido dentro.

—Gracias, Seymour —dijo Elizabeth con efusividad—. Te debo una. Apuesto a que ha venido corriendo todo el camino. Son catorce kilómetros —añadió sin dar crédito.

—O a lo mejor lo ha traído su hija. Y la abuelita del Chrysler. Igual que hicieron hace un par de meses, ¿no? —sugirió Seymour.

—Un momento —dijo Elizabeth alzando la mirada hacia él—. ¿Cómo ha dicho?

—Déjame que te explique —le pidió Walter levantando las manos como para detener la posible embestida.

Elizabeth había dejado muy claro desde hacía tiempo que Madeline no podía entrar en el estudio. Walter ignoraba el motivo; Amanda iba a menudo por allí. Pero siempre que Elizabeth sacaba a colación el tema, él asentía como si entendiera y se mostraba de acuerdo, aunque no tuviera idea del porqué ni le importara lo más mínimo.

—Vino por un trabajo escolar. «Vive en directo la jornada laboral de tus padres», se titulaba. —Sin saber por qué, Walter sintió de pronto la necesidad de inventarse un pretexto que disculpara a Harriet Sloane; le pareció lo más justo—. Se te habrá olvidado, supongo.

Elizabeth dio un respingo. Tal vez sí. ¿Acaso Mason no le había echado en cara exactamente lo mismo esa mañana sin ir más lejos?

—Es que no quiero que mi hija me vea como un personaje televisivo —aclaró subiéndose una manga—. No quiero que piense que estoy... ya sabes, actuando.

De repente le asaltó la imagen de su padre, y su rostro se endureció.

—Descuida. Dudo que alguien interprete lo tuyo como una actuación —dijo Walter con sorna.

Elizabeth se inclinó hacia delante.

—Gracias —dijo con toda seriedad.

La secretaria de Walter entró en el despacho, cargada con una gran pila de correspondencia.

—He colocado en lo alto lo que precisa atención inmediata, señor Pine. Ah, y no sé si se sabrá, pero hay un perro enorme en el pasillo.

—¿Un qué...?

—Es mío —intervino Elizabeth rápidamente—. Es Seisymedia. Por él me he enterado de que Mad vino al estudio por cierto trabajo escolar sobre la jornada laboral de sus padres. Seymour me ha dicho...

Nada más oír su nombre, Seisymedia se había levantado y entrado en el despacho olfateando el aire. «Walter Pine. Problemas de autoestima.»

Walter se echó contra el respaldo de la silla con un respingo, los ojos desmesuradamente abiertos. Era un perro enorme. Hizo una breve inspiración y luego desvió la atención hacia la pila de correo mientras oía la voz de fondo de Elizabeth parloteando sobre las maravillas que sabía hacer el chucho cuando se le daban órdenes; sentarse, quedarse quieto, recoger cosas o Dios sabe qué. Los que tenían perro nunca se cansaban de alardear, ridículamente ufanos por el más mínimo logro de su mascota. Pero la perorata incesante de Elizabeth le permitió tomarse el tiempo necesario para reflexionar y decidir que debía ponerse en contacto con Harriet Sloane cuanto antes para ponerla al corriente de la mentira y que pudiera secundar su historia.

—¿Qué te parece? Querías introducir novedades, ¿no? ¿Crees que funcionaría? —decía Elizabeth.

—¿Por qué no? —respondió él con cordialidad, sin tener la menor idea de lo que acababa de aceptar.

—Fantástico —dijo Elizabeth—. ¿Empezamos mañana entonces?

—¡Perfecto! —afirmó Walter.

• • •

—Hola, soy Elizabeth Zott y esto es *Cena a las seis*. Me gustaría presentarles a mi perro, Seisymedia. Saluda a todos, Seisymedia —dijo Elizabeth al día siguiente.

El perro ladeó la cabeza y el público prorrumpió en risas y aplausos, mientras Walter, a quien habían informado apenas diez minutos antes no sólo de que el perro merodeaba de nuevo por el edificio, sino de que la peluquera le había recortado el flequillo para que luciera bien en el primer plano, se hundía en su silla de director y se juraba a sí mismo no volver a contar otra mentira.

Cuando Seisymedia llevaba un mes participando en el programa, casi parecía inconcebible que no lo hubiera hecho desde el primer momento. Todo el mundo lo adoraba. Incluso había empezado a recibir cartas de admiradoras, como su dueña.

La única persona que todavía no parecía entusiasmada con su presencia era Walter. Tal vez, supuso él, porque no era muy «amante» de los perros; un concepto que se le hacía difícil de comprender.

—Faltan treinta segundos para que se abran las puertas, Zott —oyó Seisymedia decir al cámara mientras se colocaba a la derecha del escenario, pensando en nuevas ideas con las que conquistar a Walter.

La semana anterior había dejado caer una pelota a sus pies, invitándolo a jugar. No es que recoger pelotas fuera de su agrado, le parecía un entretenimiento absurdo; y al final resultó que a Walter también.

—¡Adelante, que pasen! —exclamó alguien.

Las puertas se abrieron y el público, agradecido, ocupó sus asientos entre exclamaciones de admiración y sorpresa; algunos señalaban al enorme reloj de pared, con las manecillas permanentemente fijas en las seis de la tarde, como si fueran turistas ante el espectáculo del Monte Rushmore.

—Ahí está. Ahí está el reloj —decían.

—¡Y ahí está el perro! —exclamaba la mayoría.

—¡Mirad, es Seisymedia!

Seisymedia no entendía por qué a Elizabeth le desagradaba ser una estrella televisiva. A él le encantaba.

—La piel de la patata se compone de células suberizadas que conforman el exterior de la peridermis del tubérculo. Constituyen la estrategia protectora de la patata... —afirmaba Elizabeth diez minutos más tarde.

Seisymedia estaba apostado junto a ella como un agente del Servicio Secreto, vigilando a la concurrencia.

—Lo que demuestra que incluso los tubérculos saben que la mejor defensa es un buen ataque.

El público estaba absorto, facilitando, pues, la catalogación de los rostros.

—La piel de la patata está repleta de glicoalcaloides, unas toxinas indestructibles que sobreviven fácilmente a la cocción y la fritura. Yo la utilizo a pesar de eso; no sólo porque es rica en fibra, sino porque me sirve como recordatorio diario de que, tanto en las patatas como en la vida, el peligro acecha por todas partes. La mejor estrategia es no temer al peligro, sino respetarlo. Y luego enfrentarte a él —añadió agarrando un cuchillo.

La cámara cambió rápidamente a un plano general para mostrar cómo Elizabeth extirpaba el grillo de una patata germinada.

—Siempre hay que eliminar los grillos y las partes verdes de la patata —dijo instruyendo a sus telespectadoras a la vez que agujereaba diestramente otra patata—. Es donde se esconde la mayor concentración de glicoalcaloides.

Seisymedia observó al público buscando un rostro en particular. Ah, allí estaba: la mujer que no aplaudía.

Elizabeth anunció que había llegado el momento de la pausa para la identificación de la cadena. Seisymedia solía abandonar el escenario con ella, pero ese día bajó hacia el público, suscitando aplausos entusiasmados y exclamaciones de gente diciendo: «¡Aquí, perrito!» Walter había insistido en que no lo hiciera, por si había alguien entre la concurrencia que tenía miedo a los perros o era alérgico, pero Seisymedia desoyó sus instrucciones porque sabía lo importante que era ganarse al público, y también porque quería acercarse a la señora que no aplaudía.

La mujer estaba sentada al final de la fila cuatro, con los labios apretados y gesto adusto. Seisymedia conocía a ese tipo de personas. Mientras otros miembros del público sentados en la misma fila alargaban la mano para acariciarlo, escudriñó a la mujer como una máquina de rayos X. Su porte era severo, implacable. A decir verdad, le inspiraba algo de lástima. Sólo se podía ser tan mezquino si antes se había sido víctima de la misma mezquindad.

La señora de los labios prietos se volvió hacia él y lo miró con cara de pocos amigos. Metió la mano cautelosamente en su voluminoso bolso, sacó un cigarrillo y le dio unos golpecitos contra el muslo.

Fumadora. Cómo no. Era bien sabido que los seres humanos se consideraban la especie más inteligente del planeta, y sin embargo eran los únicos animales que inhalaban sustancias carcinógenas por voluntad propia. Seisymedia iba a darse la vuelta cuando de pronto captó un olor mezclado entre el de la nicotina que lo hizo detenerse. Apenas era un rastro, pero le resultaba familiar. Olisqueó el aire de nuevo mientras el cuarteto de *Cena a las seis* tocaba las primeras notas de su cancioncilla. «¡Ya está de vuelta!» Seisymedia se fijó de nuevo en la señora que no aplaudía. Dejó otra vez el bolso en el suelo, junto al pasillo lateral, y al llevarse el cigarro a los labios le tembló la mano.

Seisymedia levantó el hocico. «¿Nitroglicerina? Imposible.»

—Llenen una olla bien grande con H_2O y luego cojan las patatas... —decía Elizabeth, de vuelta en el plató.

Seisymedia olfateó el aire de nuevo. «Nitroglicerina. Mal manipulada, hacía un ruido tremendo, como un petardo o un tubo de escape»; tragó saliva al acordarse de Calvin.

—... y pónganlas a hervir en la olla a fuego vivo.

«Encuéntrala, maldita sea. ¡Encuentra la puta bomba!», oía a su adiestrador de Camp Pendleton, gritándole con insistencia.

—El almidón de la patata, un hidrato de carbono complejo compuesto de las moléculas amilosa y amilopectina...

«Nitroglicerina: el olor del fracaso.»

—... y cuando el almidón empieza a descomponerse...

«El olor viene del bolso de la señora que no aplaude.»

En Camp Pendleton, los perros sólo tenían como misión localizar la bomba, no retirarla; de eso se ocupaba el adiestrador. Pero, de vez en cuando, algunos chulitos (los pastores alemanes) se encargaban incluso de esa parte.

A pesar de que el estudio estaba climatizado, Seisymedia empezó a jadear. Intentó avanzar, pero las patas no le respondían. Se detuvo. Lo único que tenía que hacer, se dijo, era jugar a lo que menos le gustaba (recoger cosas) a la vez que retiraba el olor que más detestaba: la nitroglicerina. Sólo de pensarlo le entraron náuseas.

—¿Qué demonios es esto? Alguna estará tirándose de los pelos por ahí —dijo Seymour Browne nada más entrar en su garita y reparar en un bolso de señora, con el asa húmeda, que alguien había dejado sobre la mesa.

Desabrochó el cierre del bolso para buscar alguna documentación que la identificara, pero al abrir el bolso del todo, inspiró hondo y enseguida echó mano del teléfono.

—Ahora crúcese de brazos y ponga cara de duro, como si el autor del delito hubiera tenido que vérselas con quien no esperaba —le indicaba un periodista a Seymour mientras colocaba una nueva bombilla de *flash* en la cámara.

Por increíble que parezca, era el mismo reportero, el del cementerio. Su afán de medrar lo había llevado a instalarse recientemente un receptor ilegal de radio para escuchar las comunicaciones policiales, y ese día por fin le había sacado provecho: en los estudios de la KCTV se había encontrado un pequeño artefacto explosivo dentro del bolso de una señora.

El periodista tomaba notas mientras Seymour explicaba que el bolso había aparecido sobre su mesa como caído del cielo; no tenía ni idea de cómo había podido llegar hasta allí. Al abrirlo para buscar algún documento de identidad, se había encontrado un puñado de octavillas en las que se tildaba a Elizabeth Zott de comunista atea y dos cartuchos de dinamita atados con unos alambres tan finos que el artilugio parecía un juguete roto.

—Pero ¿por qué razón iba a querer nadie poner una bomba en la KCTV? ¿No se dedican a la programación de sobremesa principalmente, a telenovelas, payasos y cosas por el estilo? —preguntó el periodista.

—Aquí se filman programas de todo tipo. Pero desde que una de nuestras presentadoras dijo en público que no creía en Dios, hemos tenido algo de jaleo —repuso Seymour pasándose una mano temblorosa por la coronilla.

—¿Qué? ¿Quién no cree en Dios? ¿De qué tipo de programa estamos hablando? —dijo el reportero sin dar crédito.

—Seymour, ¡Seymour! —lo llamó Walter Pine abriéndose camino junto con otro policía entre el pequeño tumulto de empleados nerviosos—. Seymour, gracias a Dios que estás bien. Después de lo que has hecho... ¡Has arriesgado la vida!

—Estoy bien, señor Pine. Pero yo no he hecho nada, la verdad.

—No, señor Browne —dijo el policía consultando sus notas—, sí ha hecho algo. Hace ya tiempo que veníamos siguiéndole la pista a esa mujer. Es una macartista furibunda, una psicópata de mucho cuidado. Ha declarado que llevaba meses enviando amenazas de muerte. —El policía cerró su libreta—. Supongo que se hartó de que nadie le hiciera caso.

—¡¿Amenazas de muerte?! —exclamó el periodista animándose—. Entonces es un programa... ¿Qué clase de programa es? ¿Informativo? ¿De política? ¿De debate?

—Dijeron que no estaban interesados en entrevistar a una que tiene un programa de cocina en la tele.

Elizabeth se levantó de la mesa y salió de la habitación.

—Ayúdame, Harriet —suplicó Walter cuando salieron los dos a sentarse en el tranco de la puerta trasera después de cenar.

—No deberías haberla descrito como una cocinera televisiva.

—Ya lo sé, ya lo sé. Pero ella tampoco debería ir diciendo por ahí que no cree en Dios. No nos lo perdonarán nunca.

La puerta mosquitera se abrió.

—¿Harriet? —interrumpió Amanda—. Ven a jugar.

—Enseguida —respondió Harriet pasándole el brazo por la cintura—. ¿Por qué no montas un fuerte con Mad? Luego voy.

—Amanda te aprecia mucho, Harriet —dijo Walter en voz baja cuando su hija entró corriendo.

Se contuvo para no añadir: «Y yo también.» En los últimos meses se habían visto muy a menudo en casa de Zott. Y sin motivo aparente después de aquellas visitas Walter no dejaba de pensar en Harriet durante horas. Estaba casada, aunque por lo que Elizabeth decía, no era muy feliz en su matrimonio; pero eso daba igual, porque, en cualquier caso, Harriet no había mostrado demasiado interés en él, y no era de extrañar. Ya tenía cincuenta y cinco años, cada día estaba más calvo, en el trabajo no daba pie con bola y tenía una niña pequeña que, técnicamente, ni siquiera era suya. De existir un manual titulado *Los rasgos menos atractivos de un hombre*, él podría haber salido en la cubierta.

—¿Ah, sí? —dijo Harriet, con el cuello rojo como la grana por el cumplido mientras jugueteaba con el vestido, que se estiró hasta los calcetines—. Hablaré con Elizabeth. Pero antes deberías hablar con ese periodista. Dile que evite hacerle preguntas personales. Sobre todo, nada que tenga que ver con Calvin Evans. Que se centre en Elizabeth, en lo que ella ha conseguido.

La entrevista se programó para la semana siguiente. La llevaría a cabo Franklin Roth, un periodista que había recibido diversos premios y cuya habilidad para ganarse la confianza incluso de las estrellas más reacias era bien conocida. Cuando el señor Roth se acomodó discretamente entre el público para ver en directo *Cena a las seis*, Elizabeth ya estaba en escena troceando una pila de verduras.

—Muchos piensan que la proteína procede de la carne, los huevos y el pescado —decía—, pero en realidad tiene su origen en las plantas, y los animales más grandes y fuertes del planeta no se alimentan, sino de plantas.

Elizabeth levantó un ejemplar de la revista *National Geographic* en el que figuraba un extenso reportaje sobre los elefantes; luego procedió a explicar, con todo lujo de detalles, el proceso metabólico del animal terrestre más grande del mundo y le pidió al cámara que acercara el objetivo para mostrar una fotografía de las heces del paquidermo.

—Como verán, se aprecia incluso la fibra —dijo dando unos golpecitos sobre la foto.

Roth había visto alguna que otra vez el programa y lo había encontrado extrañamente interesante, pero ese día, sentado entre el público (compuesto en un noventa y ocho por ciento de mujeres), descubrió que esas personas que lo rodeaban formaban una parte tan integral de la historia como la propia Zott. Todas parecían haber llegado armadas con libreta y lápiz; algunas con libros de texto de química. Todas prestaban la misma atención escrupulosa que debería reinar en un aula universitaria o una iglesia, aunque se dé rara vez.

Durante el transcurso de una pausa para la publicidad, Roth se volvió hacia la mujer que tenía sentada al lado.

—Quería hacerle una pregunta, si no le importa —la abordó educadamente, mostrándole su acreditación de periodista—: ¿qué es lo que le gusta del programa?

—Que me tomen en serio.

—¿No son las recetas?

La mujer lo miró sin dar crédito.

—A veces pienso que si un hombre tuviera que hacer de mujer una jornada completa no pasaría de las doce del mediodía —dijo con lentitud reflexiva.

La mujer que estaba al otro lado le dio unos golpecitos en la rodilla.

—Prepárese para una rebelión.

Al término del programa Roth se dirigió hacia la parte posterior del plató, donde Zott le estrechó la mano y su perro, Seisymedia, lo olisqueó como un policía efectuando un cacheo. Tras las breves presentaciones de rigor, Elizabeth invitó a su camerino al periodista y al fotógrafo que lo acompañaba, donde les habló del programa, o más bien de los aspectos químicos que había tratado durante su transcurso. Roth la escuchó cortésmente y luego hizo un comentario sobre los pantalones que Elizabeth lucía aquel día, calificándolos de «apuesta atrevida». Ella lo miró con sorpresa y luego lo felicitó por el atrevimiento de su propia apuesta. Había cierto retintín en su tono.

Mientras su compañero sacaba calladamente unas fotos, Roth hizo otro comentario, esta vez sobre su peinado. Elizabeth lo observó con frialdad.

El fotógrafo miró a Roth con preocupación. Tenía encargado sacar al menos una fotografía en la que Elizabeth Zott sonriera. «Haz algo. Di algo gracioso», le indicó por gestos a Roth.

—¿Me permite que le pregunte por ese lápiz que lleva en el pelo? —probó Roth de nuevo.

—Por supuesto. Es un lápiz del número 2. El número indica la dureza de su mina, pero en realidad están hechos de grafito, que es un alótropo del carbono.

—No, me refería a por qué un...

—¿Un lápiz en lugar de un bolígrafo? Porque a diferencia de la tinta el grafito se puede borrar. Todos cometemos errores, señor Roth. El lápiz nos permite corregirlos y seguir adelante. Los científicos damos por sentado que el error existe, razón por la cual aceptamos el fracaso.

Elizabeth observó con desagrado el bolígrafo de Roth.

El fotógrafo miró al techo con gesto exasperado.

—Mire —dijo Roth cerrando su bloc de notas—. Tenía entendido que estaba usted conforme con esta entrevista, pero ya veo que le ha sido impuesta. Yo nunca entrevisto a nadie en contra de su voluntad; lamento sinceramente nuestra intrusión.

Luego se volvió hacia el fotógrafo e inclinó la cabeza hacia la puerta. Cuando iban por la mitad del aparcamiento, Seymour Browne los detuvo.

—Zott dice que esperen aquí.

Cinco minutos después Roth iba sentado en el viejo Plymouth azul de Elizabeth; con ella al volante, y el perro y el fotógrafo relegados a la parte trasera.

—No morderá, ¿no? —preguntó el fotógrafo arrimándose a la ventanilla.

—Todo perro es capaz de morder —respondió Elizabeth sin volverse para mirarlo—. Como todo ser humano es capaz de hacer daño. La cuestión es comportarse de manera sensata para que ese daño resulte innecesario.

—¿Eso quiere decir que sí? —preguntó Roth, pero al entrar en la autopista el coche aceleró y su pregunta se perdió entre el ruido del motor.

—¿Adónde vamos? —quiso saber Roth.

—A mi laboratorio.

Pero al detenerse ante una humilde casita de una sola planta, en un barrio un tanto castigado pero de aspecto limpio, Roth pensó que quizá lo había entendido mal.

—Me temo que ahora soy yo quien le debe una disculpa —le dijo Elizabeth a Roth al hacerlos pasar—. Se me ha estropeado el centrifugador. Pero puedo prepararles un café de todos modos.

Elizabeth puso manos a la obra mientras el fotógrafo tomaba fotos y Roth observaba boquiabierto lo que a buen seguro debía de haber sido una cocina en otro tiempo. Parecía un cruce entre un quirófano y un centro de alto riesgo biológico.

—Se estropeó por un desequilibrio en la carga —explicó Elizabeth y añadió no sé qué de la densidad y cómo ésta afectaba a la separación de fluidos mientras señalaba un voluminoso artilugio plateado.

¿Centrifugador? Sin saber de qué le hablaba, Roth volvió a abrir su bloc de notas. Elizabeth le puso un plato de galletas delante.

—Son cinamaldehído —explicó.

El periodista se volvió y se encontró con la mirada del perro fija en él.

—Seisymedia no es un nombre muy común para un perro. ¿Qué significa?

«¿Significa?» Elizabeth se volvió hacia él mientras encendía un mechero Bunsen con el ceño fruncido, como si, una vez más, no comprendiera por qué aquel hombre se empeñaba en hacer preguntas tan básicas. Luego se extendió en una explicación detallada sobre los babilonios, que se valían de un sistema de numeración sexagesimal —basado en el número sesenta, aclaró— tanto para las matemáticas como para la astronomía.

—Espero haber arrojado un poco de luz al respecto —concluyó Elizabeth.

El fotógrafo, al que Elizabeth había invitado a echar un vistazo por la casa entretanto, quiso saber qué era aquel artilugio que se alzaba en medio de la sala de estar.

—¿El ergómetro? —preguntó Elizabeth—. Es una máquina de remo. Me gusta remar. Como a otras muchas mujeres.

Roth dejó el bloc de notas sobre la mesa del laboratorio y los siguió a la habitación contigua, donde Elizabeth hizo una demostración de cómo se utilizaba.

—Un erg es una unidad de energía —explicó moviendo los brazos adelante y atrás de modo un tanto tedioso; el fotógrafo mientras tanto la captaba desde diversos ángulos—. Remar precisa muchos ergs.

Luego Elizabeth se levantó, el fotógrafo le sacó varias tomas de las callosidades que tenía en la mano y regresaron los tres al laboratorio, donde Roth descubrió que el perro le estaba pringando de babas su bloc de notas.

La entrevista no podía estar resultando más anodina. Roth siguió haciéndole preguntas, a las que ella respondía de manera cortés, diligente y científica. Es decir, que no estaba logrando sonsacarle nada sustancial en lo que basar su artículo.

Elizabeth le sirvió una taza de café. Roth no era muy amante del café, demasiado amargo para su gusto, pero la mujer se había tomado tantas molestias para preparárselo, con todo aquel despliegue de matraces, tubos, pipetas y vapores, que dio un sorbo por cortesía. Y luego otro.

—¿De verdad que esto es café? —preguntó admirado.

—Quizá podría interesarle ver cómo Seisymedia me ayuda en el laboratorio —propuso.

Seguidamente le ató unas gafas protectoras al perro y luego le explicó que su materia de investigación era algo llamado «abiogénesis», y tras deletrearla, «a-b-i-o...», Elizabeth le quitó el bloc de notas y se la apuntó en mayúsculas.

Entretanto el fotógrafo no dejaba de sacarle fotos al perro mientras éste pulsaba un botón que hacía que el extractor de humos subiera y bajara.

—He querido traerlo aquí porque quiero que sus lectores comprendan que en realidad no soy la presentadora de un programa televisivo de cocina. Soy química. Durante una época me dediqué a intentar descifrar uno de los grandes misterios químicos de nuestro tiempo —le dijo Elizabeth a Roth.

Luego le explicó en qué consistía la abiogénesis y, visiblemente ilusionada, le ofreció una descripción precisa para que pudiera hacerse una idea global de la teoría. Se explicaba muy bien, observó Roth, tenía habilidad para hacer que hasta los conceptos más abstrusos parecieran entretenidos. El periodista tomó buena nota de todo mientras Elizabeth agitaba las manos y señalaba distintas partes del laboratorio, informándolo ocasionalmente acerca de los resultados de ciertas pruebas y sus interpretaciones; luego se disculpó una vez más por la avería del centrifugador y añadió que la idea del ciclotrón doméstico ni siquiera podía planteársela, dando a entender que la actual normativa urbanística municipal le había impedido instalar cierto artilugio radiactivo en su domicilio particular.

—Los políticos no facilitan las cosas, ¿verdad? En cualquier caso, eso era lo que yo perseguía: el origen de la vida.

—Pero ¿ya no? —preguntó el periodista.

—Ya no —dijo Elizabeth.

Roth se revolvió en el taburete. A él nunca le había interesado lo más mínimo la ciencia; su terreno era la gente. No obstante, con Elizabeth Zott le estaba resultando imposible dejar de lado el terreno profesional y pasar a lo personal. Intuyó que había un modo de abordarlo, pero Walter Pine le había advertido expresamente que no fuera por ese camino, que si lo hacía, la entrevista se iría al traste. A pesar de todo, decidió arriesgarse.

—Hábleme de Calvin Evans.

Tan pronto como mencionó el nombre de Calvin, Elizabeth se volvió en redondo hacia él, con visible decepción. Le sostuvo la mirada, como se suele hacer ante quien ha roto una promesa.

—Así que le interesa más el trabajo de Calvin —afirmó rotunda.

El fotógrafo movió la cabeza en dirección a Roth y suspiró como diciendo «Genial, te has lucido, amigo». Luego colocó la tapa en el objetivo, rindiéndose a la evidencia.

—Te espero fuera —dijo disgustado.

—Lo que me interesa no es el trabajo de Evans, sino la relación que mantuvo con él —repuso Roth.

—¿Acaso es de su incumbencia?

Roth percibió de nuevo el peso de la mirada del perro fija en él.

«Tengo localizada y memorizada la ubicación de tu carótida.»

—Es que corren muchas habladurías sobre lo que hubo entre los dos.

—Habladurías.

—Tengo entendido que venía de una familia adinerada, que remó en el equipo de la Universidad de Cambridge, y que usted —consultó sus notas— hizo cursos de doctorado en UCLA, aunque no se licenció en esa universidad. ¿Dónde cursó la carrera? Me he enterado también de que la expulsaron de Hastings.

—Ha indagado sobre mi trayectoria.

—Forma parte de mi trabajo.

—Entonces también habrá indagado sobre la de Calvin.

—Bueno, no, la verdad es que no ha sido necesario. Era tan famoso que...

Elizabeth ladeó la cabeza de un modo preocupante a juicio de Roth.

—Señorita Zott, usted también es bastante famosa...

—A mí no me interesa la fama.

—No permita que el público hable de su vida por usted, señorita Zott. Tienen tendencia a tergiversar la verdad —le advirtió Roth.

—También los periodistas —replicó Elizabeth, y tomó asiento en un taburete a su lado.

Por un instante parecía que iba a prestarse a colaborar, pero luego recapacitó y dirigió la atención a la pared.

Permanecieron así sentados largo rato, tan largo como para que el café se enfriara e incluso el tictac del reloj de Elizabeth pareciera perder su entusiasmo. En la calle sonó un claxon y se oyó a una mujer que gritaba: «¡¿Cuántas veces tengo que repetírtelo?!»

Si hay una verdad incontestable en el periodismo es que sólo cuando el entrevistador deja de hacer preguntas, el entrevistado empieza a soltarse. Roth conocía esa sentencia, pero en ese momento su silencio no se debía a ella, sino más bien al autodesprecio. Le habían advertido que no traspasara ese límite y no había hecho caso. Se había ganado la confianza de su entrevistada y luego había terminado pisoteándola. Quería disculparse, pero como escritor que era sabía que sus palabras no servirían de nada. Si las disculpas son sinceras, rara vez sirven.

De pronto una sirena aulló al pasar, y Elizabeth se sobresaltó como un cervatillo.

Se inclinó hacia él, le arrebató el bloc de notas y se lo volvió a abrir.

—¿Quiere que le hable de mi relación con Calvin? —dijo con sequedad.

Y a continuación le contó eso que nadie debería contarle nunca a un periodista: la verdad pura y dura. Pero Roth apenas supo qué hacer con ella.

37

Agotada

«Elizabeth Zott es, sin género de duda, la persona más inteligente e influyente en la televisión actual», escribió Roth desde el asiento 21C del avión que lo llevaba de regreso a Nueva York. Hizo una pausa y luego pidió otro whisky con agua y contempló el vacío que se extendía al otro lado de la ventanilla. Era un buen escritor y un buen periodista, dos capacidades que combinadas y mezcladas con una buena dosis de alcohol resultarían en un buen artículo, o al menos eso esperaba. La historia de Elizabeth Zott no tenía un final feliz, y en el campo en el que él se movía eso solía dar su provecho. Pero en ese caso, y con esa mujer...

Tamborileó con los dedos sobre la bandeja del avión. Como norma, los periodistas persiguen situarse siempre en un término medio, y mostrarse imparciales, inmunes a la emoción. Pero allí estaba él, consciente de su desplazamiento hacia un lado; más concretamente, hacia el lado de Elizabeth, negándose por completo a ver la historia desde ningún otro ángulo. Se rebulló en el asiento y despachó la copa de un solo trago.

Maldita sea. Ya había entrevistado a otras muchas personas de su entorno: Walter Pine, Harriet Sloane, algunos empleados de Hastings, el equipo al completo de *Cena a las seis*. Incluso había tenido acceso a la niña, Madeline, que había aparecido de pronto en el laboratorio leyendo (¿de verdad era *El ruido y la furia*?). Aunque al final no le había preguntado nada porque le había parecido improcedente, pero también porque el perro había intervenido. Mientras Elizabeth le curaba un pequeño corte que la niña se había hecho en la pierna, Seismedia se había vuelto hacia él enseñándole los dientes.

Pero poco importaba lo que hubieran declarado los demás, porque lo que nunca lograría olvidar mientras viviera serían las palabras de Elizabeth.

—Calvin y yo éramos almas gemelas —empezó diciendo Elizabeth.

Luego describió sus sentimientos hacia aquel hombre difícil y temperamental con una intensidad tal que lo dejó desolado.

—No es preciso que entienda de química avanzada para apreciar lo insólito de nuestra situación. Lo nuestro más que una conexión instantánea fue un impacto. Literalmente, a decir verdad, porque Calvin y yo chocamos en el vestíbulo de un teatro. Me vomitó encima. Conoce la teoría del *big bang*, ¿verdad?

A continuación le describió su historia de amor empleando términos como «expansión», «densidad», «calor», y recalcó que la pasión que los unía se basaba en el respeto mutuo por sus respectivas capacidades.

—¿Sabe usted lo raro que es eso? ¿Que un hombre otorgue tanto valor al trabajo de la mujer a la que ama como al suyo propio?

Roth inspiró hondo.

—Es evidente, señor Roth, que soy química, lo que a primera vista podría explicar el interés de Calvin por mi investigación. Pero he trabajado con muchos químicos y ni uno solo de ellos me ha considerado nunca como una más. Salvo Calvin y otro. —Frunció el ceño—. Ese otro fue el doctor Donatti, director de Química en Hastings, quien no sólo me consideraba una más, sino que sabía que tenía entre manos algo importante. Lo cierto es que se apropió de mis investigaciones. Las publicó y firmó con su nombre.

Roth abrió desmesuradamente los ojos.

—Dejé mi puesto de trabajo aquel mismo día.

—¿Por qué no informó a la publicación? ¿Por qué no exigió que se reconociera su autoría?

Elizabeth miró a Roth como si procediera de otro planeta.

—Supongo que lo dirá en broma.

Roth sintió un repentino rubor. Claro. ¿Quién iba a aceptar que la palabra de una mujer prevaleciera sobre la de un hombre que estaba al frente de todo un departamento? A decir verdad, ni siquiera estaba seguro de que él mismo lo hubiera aceptado.

—Me enamoré de Calvin —siguió diciendo Elizabeth— por su inteligencia y su bondad, pero también porque era el primer hombre que me tomaba en serio. ¿Se imagina que todos los hombres tomaran en serio a las mujeres? Cambiaría la enseñanza. Revolucionaría el mundo laboral. Los consejeros matrimoniales se irían al paro. ¿Entiende por dónde voy?

Roth lo entendía, pero en realidad no quería entenderlo. Su mujer lo había dejado poco tiempo atrás, aduciendo que no respetaba su trabajo como ama de casa ni como madre. Aunque ser ama de casa y madre no podía considerarse un trabajo en toda regla, ¿no? Más bien era un papel. En fin, su mujer ya no estaba a su lado.

—Por eso quise utilizar *Cena a las seis* para enseñar química. Porque cuando las mujeres entienden de química, empiezan a entender cómo funcionan las cosas.

Roth parecía confundido.

—Me refiero a átomos y moléculas, Roth. A las verdaderas reglas que gobiernan el mundo material —aclaró—. Cuando las mujeres entienden esos conceptos básicos, pueden empezar a entender la falsedad de los límites que se les han impuesto.

—Que les han impuesto los hombres, quiere decir.

—Quiero decir que hay políticas culturales y religiosas artificiales que colocan al hombre en el papel completamente antinatural de líder supremo. Un conocimiento rudimentario de la química basta para revelar el peligro de un enfoque tan sesgado.

—Bueno. Estoy de acuerdo en que la sociedad deja mucho que desear, pero en lo que respecta a la religión, me inclino a pensar que nos enseña humildad, nos coloca en nuestro lugar —dijo Roth cayendo en la cuenta de que nunca se lo había planteado de esa manera.

—¿En serio? —dijo ella sorprendida—. Yo creo que la religión nos saca las castañas del fuego. Creo que nos enseña a pensar que en realidad no tenemos culpa de nada; que hay algo o alguien que tira de las cuerdas; que, al fin y al cabo, no tenemos la culpa de cómo son las cosas; que para mejorarlas basta con rezar. Pero lo cierto es que sí somos responsables, y mucho, de todo lo malo que sucede en el mundo. Y en nuestras manos está arreglarlo.

—Pero no pretenderá insinuar que los seres humanos pueden arreglar el universo.

—Yo hablo de arreglarnos a nosotros mismos, señor Roth, de corregir nuestros errores. La naturaleza funciona en un plano intelectual superior. Somos capaces de aprender más, de llegar más lejos, pero para ello es preciso que abramos las puertas de par en par. Se ha cerrado el paso a demasiadas mentes brillantes que no pueden dedicarse a la investigación científica por culpa de sesgos ignorantes como el sexo y la raza. Me indigna que sea así, y a usted también debería indignarle. La ciencia tiene grandes problemas que resolver: el hambre, la enfermedad, la extinción. Y quienes se proponen cerrar la puerta a otros valiéndose de ideas culturales trasnochadas e interesadas no sólo carecen de honradez, sino que son unos zánganos a sabiendas. El Instituto de Investigación Hastings está repleto de gente así.

Roth dejó de escribir. Eso le sonaba. Él trabajaba para una publicación prestigiosa, pero su nuevo redactor jefe procedía de *Hollywood Reporter*, una revista de tres al cuarto, y ahora él, Roth, pese a su Pulitzer, recibía órdenes de un jefe que calificaba las noticias de «cotilleos» e insistía en que «los trapos sucios» formaban una parte fundamental de toda historia. «¡El periodismo es un negocio con afán de lucro! ¡La gente quiere morbo!», le recordaba constantemente a Roth.

—Yo soy atea, señor Roth —dijo Elizabeth, y lanzó un hondo suspiro—. De hecho, soy humanista. Pero debo reconocer que hay días en que la especie humana me repugna.

Elizabeth se levantó, recogió las tazas y las colocó cerca de la zona identificada con el letrero de lavaojos. Roth tuvo la viva impresión de que la entrevista había concluido, pero de pronto Elizabeth se volvió de nuevo hacia él.

—En cuanto a mi licenciatura —añadió—, no hubo tal, nunca he afirmado que la hubiera. Si accedí al programa de posgrado de Meyers fue sólo como autodidacta. Hablando de Meyers —dijo con voz áspera mientras se sacaba el lápiz del pelo—, hay algo que debería saber.

Le relató entonces toda la historia y le explicó que había tenido que abandonar UCLA porque cuando los hombres violan a las mujeres, prefieren que éstas no vayan contándolo por ahí.

Roth tragó saliva.

—En cuanto a mis orígenes, me crió mi hermano. Él me enseñó a leer, me descubrió las maravillas de una biblioteca e intentó protegerme de la devoción que el dinero inspiraba en mis padres. El día que encontramos a John colgando de las vigas del cobertizo, mi padre ni siquiera esperó a que acudiera la policía. No quiso llegar tarde a una función.

Su padre, le explicó, daba espectáculos predicando el fin del mundo y en la actualidad cumplía veinticinco años de condena por haber matado a tres personas durante la representación de un milagro, aunque el verdadero milagro fue que no matara a más. En cuanto a su madre, hacía más de doce años que no la veía. Estaba desaparecida en Brasil, con una familia nueva. Al parecer, evadir impuestos era una dedicación de por vida.

—Pero creo que la infancia de Calvin se lleva la palma.

Elizabeth le habló entonces sobre la trágica muerte primero de sus padres y luego de su tía, que habían derivado en su ingreso en un orfanato católico para chicos, donde sufrió abusos a manos de los curas hasta que tuvo edad de pararles los pies. Elizabeth había encontrado su antiguo diario en el fondo de las cajas que Frask y ella habían robado de Hastings. Pese a que la caligrafía infantil de Calvin a veces resultaba ilegible, su pesar clamaba a voz en grito.

Lo que Elizabeth no le contó a Roth fue que entre las páginas de ese diario había descubierto el origen del rencor que había reconcomido a Calvin durante toda su vida. «Estoy aquí, aunque no debería —había escrito, como dando a entender que había existido otra alternativa—. Y nunca jamás perdonaré a ése, al hombre ese. Nunca. En toda mi vida.» Tras leer su correspondencia con Wakely, Elizabeth había deducido que «ése» era el padre que Calvin deseaba ver muerto. El padre al que había prometido odiar hasta el último día de su vida. Y había cumplido su promesa.

Roth bajó la vista. Él había recibido una educación normal; había contado con un padre y una madre, no había vivido ningún suicidio, ningún asesinato, ni siquiera una caricia caprichosa de su párroco. Y aun así, siempre encontraba razones sobradas para lamentarse. ¿Qué demonios le pasaba? La gente no sólo acostumbra a restarles importancia a los problemas y las desgracias de los demás, sino también a no apreciar lo que tiene. O tenía. Echaba de menos a su mujer.

—En cuanto a la muerte de Calvin, la responsabilidad es toda mía —afirmó Elizabeth.

Roth palideció al oír el relato que Elizabeth le hizo del accidente y la correa y las sirenas, y de cómo a raíz de aquella tragedia decidió que nunca en la vida volvería a retener a alguien, en ningún sentido. Elizabeth creía que la muerte de Calvin había desencadenado otra serie de fracasos: engañada por Donatti y su plagio, había cometido el error de abandonar sus investigaciones; decidida a conseguir que su hija encajara, la había matriculado en un colegio donde no encajaba; encima, se había convertido justo en quien menos deseaba ser: una persona dedicada al espectáculo, como su padre. Ah, y por si fuera poco, le había provocado un infarto a Phil Lebensmal.

—Aunque, si le soy sincera, eso último no lo considero un fracaso —añadió.

—¿De qué hablabais ahí dentro? ¿Me he perdido algo? —le preguntó el fotógrafo cuando ya iban de camino al aeropuerto.

—De nada en absoluto —mintió Roth.

Antes de subirse al taxi, Roth ya había decidido que no revelaría la información que se le había brindado. Escribiría el artículo en el plazo señalado, y según lo especificado, pero ni una palabra más. Se extendería lo que fuera preciso, pero sin llegar a decir nada. Hablaría de ella, pero sin meterse en interioridades. En suma, entregaría en plazo, lo que en periodismo es casi la única ley.

«A pesar de lo que diga Elizabeth Zott, *Cena a las seis* no nos ofrece una simple introducción a la química —escribió aquel día en el avión—. Son treinta minutos, cinco días a la semana, de lecciones de vida. Pero no sobre lo que somos o sobre la materia de la que estamos hechos, sino sobre nuestra capacidad para transformarnos.»

En lugar de divulgar información personal, compuso una redacción de dos mil palabras sobre la abiogénesis, seguida de una sección de quinientas palabras sobre el modo en que los elefantes metabolizan los alimentos.

—¡Esto no es una historia! ¿Dónde están los trapos sucios sobre Zott? —le recriminó el nuevo jefe de redacción tras leer el primer borrador del artículo.

—No encontré nada —le contestó Roth.

Justo dos meses después allí estaba Elizabeth, en la portada de la revista *Life*, con los brazos cruzados sobre el pecho y el semblante adusto, flanqueada por un titular que rezaba: «Por qué estamos dispuestos a comernos todo lo que ella nos sirva.» El reportaje, que tenía una extensión de seis páginas, incluía quince fotografías de Elizabeth en acción: en el plató, en la máquina de remo, en la sala de maquillaje, acariciando a Seisymedia, parlamentando con Walter Pine, atusándose el pelo. El artículo se abría con la frase en la que Roth afirmaba que Elizabeth era la persona más inteligente en la televisión actual, sólo que el redactor jefe había sustituido el calificativo de «inteligente» por el de «atractiva». A continuación se ofrecía una breve descripción de los momentos estelares de su programa: el episodio con el extintor de incendios, el de las setas venenosas, el de su ateísmo y otros muchos, para concluir con la observación de que el programa *Cena a las seis* daba lecciones de vida. Pero ¿qué decía el resto del reportaje?

—Esa chica es el ángel exterminador —había declarado el padre de Zott ante un periodista novato y ansioso por medrar, en la sala de visitas de la cárcel de Sing Sing—. La semilla del diablo. Y además es una arrogante.

El periodista novato también había obtenido una declaración del doctor Meyers, de UCLA, que describió a Zott como «una estudiante mediocre, más interesada en los hombres que en las moléculas», a lo que añadió que no era ni mucho menos tan guapa en persona como en televisión.

—¿Quién? ¿Zott? Ah, ya, ¿se refiere a la Lujuriosa Lizzie? —le había preguntado Donatti cuando el joven reportero sacó a relucir el historial laboral de Zott—. Así la llamábamos todos, aunque ella protestaba, pero como suelen hacer las mujeres cuando en el fondo no están protestando.

Donatti sonrió y, para demostrar su argumento, le enseñó la antigua bata de laboratorio de Elizabeth, que aún lucía sus iniciales, E. Z.

—La Lujuriosa era una gran técnico de laboratorio; ese puesto lo reservamos para aspirantes a científicos que carecen de la inteligencia suficiente.

La última declaración que citaba el joven periodista se la había proporcionado la señorita Mudford. «Las mujeres deben quedarse en casa, ése es su lugar, y la ausencia de Elizabeth Zott ha tenido un efecto perjudicial en el bienestar de su hija. Ella solía exagerar las capacidades de la niña, lo que de entrada es sintomático de una madre consciente de su estatus. Naturalmente, mientras la niña fue pupila mía procuré por todos los medios contrarrestar ese efecto.» Para más inri, la declaración de la maestra iba acompañada de una fotocopia del árbol genealógico de la familia de Madeline. «¡Mentiras! ¡Ven a hablar conmigo!», había escrito Mudford al través en la parte de arriba.

Lo que más daño causó de todo el artículo fue el árbol genealógico, puesto que en él Madeline no sólo hacía figurar a Walter como familiar suyo (por lo que los lectores dieron por supuesto que Elizabeth se acostaba con su productor), sino que también incluía un dibujito de un abuelo con el uniforme a rayas de un presidiario, una abuela que comía pamoñas en Brasil, un gran perro que leía la novela *Fiel amigo*, una bellota con la etiqueta «Hada madrina», una señora llamada Harriet que envenenaba a su marido, la lápida de un padre difunto, un chico con una soga al cuello y ciertos vínculos tenues con Nefertiti, Sojourner Truth y Amelia Earhart.

La revista *Life* se agotó en menos de veinticuatro horas.

38

Brownies

Julio de 1961

Hay quienes dicen que la mala publicidad no existe, y en este caso habría que darles la razón. La popularidad de *Cena a las seis* creció exponencialmente.

—Sé que estás molesta por el artículo —le dijo Walter a Elizabeth, sentada en su despacho con cara de póquer—; todos lo estamos. Pero mirémoslo por el lado positivo: nos ha llegado una avalancha de anunciantes que nunca habían trabajado con nosotros. Varios fabricantes están ansiosos por crear líneas de productos completamente nuevas que quieren bautizar con tu nombre. Cacerolas, cuchillos, ¡todo tipo de cosas!

Por el modo en que Elizabeth frunció los labios, Walter comprendió que se avecinaba una tormenta.

—Mattel incluso ha enviado las especificaciones para un juego de química para niñas...

—¿Un juego de química? —dijo Elizabeth animándose un poco.

—Ten en cuenta que sólo son las especificaciones del producto —repuso con cautela al tenderle una propuesta—. Seguro que habrá cosas que se...

—«¡Niñas! —leyó Elizabeth en voz alta—. Cread vuestro propio perfume... ¡valiéndoos de la ciencia!» ¡Dios santo, Walter! ¿Y encima la caja es rosa? Llama a esa gente de inmediato, ¡quiero decirles que se metan ese frasquito de plástico donde les quepa!

—Elizabeth, no hace falta que digamos que sí a todo, pero esto podría proporcionarnos una estabilidad económica para toda la vida —repuso Walter intentando calmarla—. No sólo a nosotros, sino a nuestras hijas. Hay que pensar en los demás.

—Esto no se llama pensar, Walter, se llama marketing.

—Señor Pine, tiene una llamada del señor Roth por la línea dos —anunció una secretaria.

—Ni se te ocurra ponerte al teléfono —le advirtió Elizabeth, con el rostro todavía dolido por el modo en que había sido engañada.

—Hola, me llamo Elizabeth Zott y esto es *Cena a las seis* —saludó Elizabeth a su público al cabo de varias semanas.

Delante tenía una tabla de cortar y un surtido de verduras dispuestas en una deslumbrante pila de color.

—La cena de hoy tendrá como ingrediente principal la berenjena —dijo agarrando una pieza morada de tamaño importante—. La berenjena posee un gran valor nutritivo, pero sus compuestos fenólicos hacen que a veces sepa amarga. Para eliminar ese amargor... —Se interrumpió bruscamente, dándole vueltas a la berenjena en las manos, como si no estuviera satisfecha—. Permítanme que lo exprese de otra manera. Para prevenir esa tendencia de la berenjena al amargor...

Se interrumpió de nuevo y exhaló un sonoro suspiro. Luego apartó la pieza.

—Olvídenlo. La vida ya es bastante amarga de por sí. —Se volvió, abrió un armario a su espalda y extrajo un surtido distinto de ingredientes—. Cambio de planes. Prepararemos unos *brownies*.

Madeline estaba tumbada boca abajo delante del televisor, con las piernas cruzadas en el aire.

—Parece que esta noche toca *brownies* otra vez, Harriet. Ya van cinco días seguidos.

—Cuando tengo un mal día, preparo *brownies* —confesó Elizabeth—. No voy a engañarlas diciendo que la sacarosa es un ingrediente esencial para la salud, pero yo me siento mejor cuando me como un *brownie*. Así que ¡manos a la obra!

—Mad, tengo que salir un momento, ¿eh? —dijo Harriet, con la voz de Elizabeth de fondo, mientras se pintaba los labios y se acicalaba el pelo—. No le abras la puerta a nadie ni cojas el teléfono. Y no salgas de casa. Estaré de vuelta antes de que llegue tu madre. ¿Entendido? ¿Mad? ¿Me oyes?

—¿Qué?

—Hasta ahora.

La puerta se cerró tras ella.

—Los *brownies* quedan mejor si se preparan o bien con cacao en polvo de buena calidad o bien con chocolate negro fundido sin edulcorar. Yo prefiero el cacao holandés. Contiene un nivel elevado de polifenoles que, como saben, son agentes reductores que protegen el cuerpo del daño oxida... —prosiguió Elizabeth.

Madeline observaba la pantalla atentamente mientras su madre mezclaba el polvo de cacao con la mantequilla derretida y el azúcar, agitando la cuchara de madera en el cuenco con tanto vigor que daba la impresión de que iba a romperlo. Cuando la revista *Life* salió a la venta, se había sentido muy orgullosa. ¡Era su madre, y en la portada! Pero antes de que pudiera leerla, Elizabeth embutió todos sus ejemplares (también los de Harriet) en una bolsa de basura y lanzó la pesada bolsa a la acera. «No se te ocurra leer esa sarta de mentiras. ¿Entendido? Bajo ninguna circunstancia», le dijo a Madeline.

Madeline asintió. Pero al día siguiente se fue directa a la biblioteca y leyó el reportaje de un tirón, con el dedo guiando la vista por las columnas. «No, no, no», exclamó desconsolada. Las lágrimas cayeron sobre una fotografía en la que su madre le estaba retocando el pelo, como si ésa fuera su única ocupación en todo el día. «Mi madre es científica. Es química.»

Madeline devolvió la atención al televisor, donde Elizabeth estaba partiendo unas nueces en trocitos.

—Las nueces contienen una cantidad inusualmente elevada de vitamina E en forma de gamma-tocoferol, y se ha demostrado que protegen el corazón.

Pero, por el modo en que continuó troceándolas, parecía evidente que las nueces no iban a paliar el daño infligido a su corazón.

De pronto sonó el timbre de la puerta y Mad dio un respingo. Harriet nunca la dejaba salir a abrir, pero Harriet no estaba en casa. Miró por la ventana, suponiendo que sería algún extraño, pero al otro lado vio a Wakely.

—Mad, me tenías muy preocupado —le dijo el reverendo cuando le abrió la puerta.

Entretanto, Elizabeth explicaba en televisión que el aire circulaba por las superficies rugosas de los cristales de azúcar y luego, al recubrirse de una película de grasa, creaba espuma.

—Cuando agregue los huevos, su proteína evitará que las burbujas de aire cubiertas de grasa se desintegren con la aplicación de calor. —Elizabeth dejó el cuenco sobre la encimera—. Ahora haremos una pausa para la identificación de la cadena y enseguida volvemos con ustedes.

—Espero no ser inoportuno con mi visita. Supuse que te encontraría en casa viendo el programa de tu madre. ¿De verdad está preparando *brownies* para cenar? —dijo Wakely.

—Tiene un mal día.

—Ese artículo de *Life*... me hago cargo. ¿Y tu niñera dónde está?

—Harriet volverá dentro de un rato. —Madeline dudó un momento, consciente de que el ofrecimiento quizá no procedía—. Wakely, ¿quieres quedarte a cenar?

El reverendo se quedó pensativo. Si los días malos dictaran el menú, él tendría que pasarse la vida comiendo *brownies* para desayunar, comer y cenar.

—No se me ocurriría importunar así, Mad. De verdad que sólo pretendía cerciorarme de que estabas bien. Lamento mucho no haber podido ayudarte un poco más con ese árbol genealógico, aunque estoy orgulloso de tu trabajo. Has representado a tu familia con pinceladas amplias y sinceras. Una familia es mucho más que un puñado de datos biológicos.

—Lo sé.

Wakely echó un vistazo a la pequeña habitación atestada de libros y su mirada se posó en el ergómetro.

—Ahí está —dijo maravillado—. La máquina de remo. La vi en la revista. Tu padre era muy habilidoso.

—La habilidosa es mi madre. Ha transformado la cocina en un...

Antes de que Mad pudiera enseñarle el laboratorio, Elizabeth ya estaba anunciando su regreso por la pantalla.

—Lo que me gusta de la cocina, entre otras cosas —dijo mientras agregaba la harina a la mezcla—, es su utilidad intrínseca. Cuando preparamos un plato, no sólo estamos creando algo bueno que comer, sino algo que proporciona energía a nuestras células, que nos mantiene vivos. Nada que ver con lo que crean otros. —Se interrumpió un momento y miró directamente a la cámara, entornando los ojos—. Por ejemplo, las revistas.

—Tu pobre madre... —dijo Wakely moviendo la cabeza.

La puerta trasera se abrió de golpe.

—¿Harriet? —dijo Mad.

—No, cariño, soy yo. —Era una voz cansada—. Llego pronto.

Wakely se quedó paralizado.

—¿Tu madre?

El reverendo no estaba preparado para conocer a Elizabeth Zott. Bastante tenía con hallarse en la casa donde Calvin Evans había vivido como para encima encontrarse de improviso a la mujer que no había sabido consolar en el entierro de Evans. La famosa atea que presentaba ese programa televisivo. La mujer que recientemente había salido en la portada de la revista *Life*. No. Tenía que marcharse de inmediato, en ese mismo instante, antes de que se encontrara a su niña a solas con un hombre mayor en casa. ¡Dios bendito! ¿Cómo se le había ocurrido? ¡Qué impresión se iba a llevar!

—Adiós —le susurró a Mad volviéndose hacia la puerta delantera. Pero antes de que pudiera abrirla, Seismedia se le acercó al trote.

«¡Wakely!»

—¿Mad? ¿Dónde...? —llamó Elizabeth mientras dejaba las bolsas en el laboratorio.

Al entrar en la sala de estar se detuvo en seco.

—Oh —exclamó frunciendo el ceño, sorprendida al ver a un hombre con un alzacuello agarrado al pomo de la puerta de la calle.

—Hola, mami —dijo Madeline, aparentando normalidad—. Te presento a Wakely. Es amigo mío.

—Reverendo Wakely —se presentó él, soltando a su pesar el pomo para tenderle la mano—. De la First Presbyterian. Siento muchísimo la molestia, señora Zott —dijo apresuradamente—. Lo siento muchísimo. Seguro que estará cansada después de la larga jornada. Madeline y yo nos conocimos en la biblioteca hace un tiempo y, como bien dice, nos hemos hecho amigos, nos... bueno, yo ya... ya me iba.

—Wakely me ayudó con el árbol genealógico.

—Un proyecto absurdo. Un completo despropósito. Me opongo rotundamente a esos deberes que pretenden hurgar en la intimidad de la familia; pero no, la verdad es que no la ayudé en absoluto. Ojalá hubiera podido. Calvin Evans tuvo una influencia enorme en mi vida, o mejor dicho, su trabajo; en fin, tal vez le extrañe dada mi profesión, pero yo era admirador suyo, fan incluso; de hecho, Evans y yo fuimos... —Se interrumpió—. Le reitero mi más sincero pésame; seguro que habrá pasado...

Wakely era consciente de que discurría como un río desbordado. Cuanto más parloteaba, más temible era la mirada que le dirigía Elizabeth Zott.

—¿Dónde está Harriet? —preguntó Elizabeth volviéndose hacia Madeline.

—Haciendo recados.

En la pantalla, Elizabeth Zott decía:

—Tengo tiempo para responder a un par de preguntas.

—Pero ¿usted es científica o no? —le preguntaba alguien—. Porque la revista *Life* decía que...

—Sí, lo soy —gruñó ella—. ¿Alguien tiene una pregunta de verdad?

En la sala de estar, Elizabeth puso cara de pánico.

—Apaga eso ahora mismo —ordenó.

Pero antes de que Mad llegara al botón, una mujer de entre el público ya había lanzado al aire la insidiosa pregunta.

—¿Es cierto que su hija es ilegítima?

Wakely se adelantó a la niña y, en dos zancadas, se plantó ante el televisor y lo desenchufó bruscamente.

—Ni caso, Mad. El mundo está repleto de ignorantes. —Luego miró a su alrededor como para cerciorarse de que no se dejaba nada y añadió—: Siento mucho la molestia.

Pero cuando ya agarraba de nuevo el pomo de la puerta, Elizabeth lo retuvo posando la mano en su manga.

—Reverendo Wakely. Usted y yo nos conocemos —le dijo con la voz más triste que había oído en su vida.

—Nunca me lo habías contado. ¿Por qué no me contaste que estabas en el entierro de mi padre? —dijo Madeline alcanzando otro *brownie*.

—Porque yo no pintaba nada allí, era un simple figurante. Fui un gran admirador de tu padre, pero eso no significa que lo conociera. Mi intención era ayudar, encontrar las palabras adecuadas con las que consolar a tu madre por su fallecimiento, pero no supe qué decir. Tu padre y yo nunca llegamos a conocernos en persona, imagínate... pero tenía la impresión de que lo entendía. Quizá eso suene presuntuoso —dijo volviéndose a Elizabeth—. Lo siento.

Durante la cena Elizabeth apenas había abierto la boca, pero la confesión de Wakely parecía haberla tocado hondo. Elizabeth asintió con la cabeza.

—Mad, que seas hija ilegítima quiere decir que naciste de unos padres no unidos en matrimonio. Que tu padre y yo no estábamos casados.

—Sé lo que quiere decir. Lo que no entiendo es por qué se le da tanta importancia —dijo Mad.

—Sólo los muy ignorantes le dan esa importancia —terció Wakely—. Trato con tontos a diario, sé de lo que hablo. Como ministro de la Iglesia, confiaba en aportar mi granito de arena para corregir esa clase de tonterías, para hacerle ver a la gente el daño tan innecesario que sus actos... en fin, tu madre tenía toda la razón cuando dijo en ese artículo que nuestra sociedad se basa fundamentalmente en mitos, que tanto la cultura, como la religión y la política tergiversan la verdad. La ilegitimidad no es más que uno de esos mitos. No tomes en consideración esa palabra ni a nadie que haga uso de ella.

Elizabeth levantó la vista sorprendida.

—Eso no salía en el artículo de *Life*.

—¿El qué?

—Eso que ha dicho del mito. De la tergiversación de la verdad.

El sorprendido en ese momento fue Wakely.

—Cierto, en *Life* no, pero sí en el nuevo artículo de Roth... —Wakely se interrumpió y miró a Mad, como si de repente hubiera caído en la cuenta del motivo de su visita—. Ay, Dios mío.

Se agachó, sacó de la cartera un sobre de papel marrón sin sellar y lo puso delante de Elizabeth. El frente del sobre rezaba: «Elizabeth Zott. CONFIDENCIAL.»

—Mamá —dijo Mad rápidamente—, el señor Roth vino a casa hace unos días. No le abrí la puerta, porque no me dejáis que le abra a nadie, pero también porque era él;

Harriet dice que Roth es el enemigo público número uno. —Se interrumpió un momento, con la cabeza ladeada—. Leí el artículo que le publicaron en *Life* —confesó—. Sé que me dijiste que no lo hiciera, pero lo leí, y era horrible. Además, no sé de dónde sacó mi árbol genealógico, de algún si-tio lo sacaría, pero ha sido culpa mía y...

Las lágrimas le resbalaban por las mejillas.

—Cariño —intervino Elizabeth, bajando la voz mientras acercaba a la niña a su regazo—, qué va, cómo va a ser culpa tuya; nada de todo esto es culpa tuya. Tú no has hecho nada malo.

—Sí he hecho algo malo —repuso Mad con la voz en-trecortada mientras su madre le acariciaba el pelo—. Eso, eso es de Roth —dijo señalando el sobre que Wakely había dejado sobre la mesa—. Lo dejó delante de la puerta el día que vino a casa y lo abrí. Y aunque ponía que era confiden-cial, lo leí. Y luego se lo llevé a Wakely.

—Pero, Mad, ¿por qué se te ocurrió...? —Elizabeth se interrumpió y miró a Wakely alarmada—. Un momento. ¿Usted también lo ha leído?

—No estaba en el despacho el día que Mad vino a verme —aclaró Wakely—, pero mi secretaria me dijo que Mad había pasado por allí y que estaba muy alterada. Así que con-fieso que... que yo también leí el artículo. De hecho, tam-bién lo leyó mi secretaria... es muy...

—¡Dios! —explotó Elizabeth—. ¿Se puede saber qué demonios le pasa a la gente? ¿Es que la palabra «confiden-cial» ya no significa nada para nadie?

Y agarró de malos modos el sobre que estaba sobre la mesa.

—Pero, Mad, ¿por qué te alteró tanto? Al menos el señor Roth está tratando de hacer justicia. Al menos contaba la verdad —dijo Wakely, sin hacer caso de la ira de Elizabeth.

—¿Cómo que la verdad? Ese hombre no tiene idea de lo... —Pero al sacar el contenido del sobre, Elizabeth se in-terrumpió—. «Mentes valiosas» rezaba el titular del nuevo artículo.

Era la maqueta del reportaje, todavía sin publicar. Bajo el titular se veía una foto de Elizabeth en su laboratorio doméstico, con Seismedia al lado luciendo unas gafas protectoras. La foto de Elizabeth estaba orlada por las imágenes de otras mujeres científicas de todo el mundo, captadas en sus laboratorios. «La parcialidad de la ciencia y lo que estas mujeres están haciendo al respecto», ponía el subtítulo.

En la parte de arriba, había una nota enganchada con un clip.

Lo siento, Zott. Me he despedido de *Life*. Sigo intentando sacar a la luz la verdad, aunque nadie quiera saberla. Hasta la fecha, diez publicaciones científicas me han rechazado el reportaje. Parto hacia un lugar llamado Vietnam, para cubrir un conflicto incipiente. Atentamente, FR.

Elizabeth leyó el reportaje con la respiración contenida. Todo estaba allí: sus objetivos, sus experimentos. Y todas aquellas otras mujeres científicas con sus trabajos respectivos; Elizabeth se sintió fortalecida por su lucha, inspirada por sus progresos.

Madeline, sin embargo, lloraba.

—Cariño, no lo entiendo. ¿Por qué te ha alterado tanto esto? El señor Roth ha hecho un buen trabajo. Es un buen artículo. No estoy enfadada contigo; me alegro de que lo leyeras. Ofrece un retrato veraz tanto de mí como de esas otras mujeres; ojalá salga a la luz. Donde sea —dijo Elizabeth.

Miró la nota de Roth de nuevo. Diez publicaciones científicas lo habían rechazado. ¿Cómo era posible?

—Ya lo sé —dijo Madeline limpiándose la nariz—, pero por eso estoy triste, mamá. Porque tú tienes que estar en un laboratorio, y no preparando cenas en televisión y... y... y todo por mi culpa.

—No. No es cierto —repuso Elizabeth con ternura—. Cuando se tiene un hijo, hay que ganarse la vida. En eso consiste en parte ser adulto.

—Pero si no estás en un laboratorio de verdad es por mí...

—Eso tampoco es cierto...

—Sí lo es. Me lo dijo la secretaria de Wakely.

Elizabeth se quedó boquiabierta.

—¡Dios santo! —exclamó Wakely tapándose la cara con las manos.

—¿Cómo? ¿Quién es esa secretaria?

—Creo que es posible que usted la conozca —respondió Wakely.

—Escúchame, Mad. Escúchame atentamente. No he dejado de ser química. Sólo que ahora soy una química que sale en televisión —dijo Elizabeth.

—No. No lo eres —dijo Mad con tristeza.

39

Estimados señores

Dos días antes la señorita Frask tecleaba a toda velocidad en su despacho. Por lo general podía escribir alrededor de ciento cuarenta y cinco palabras por minuto, un ritmo rápido para cualquiera, pero el récord mundial estaba en doscientas dieciséis, y ese día Frask, que se había tomado tres pastillas para adelgazar con el café, tuvo la impresión de que podría superar el récord. Sin embargo, justo cuando enfilaba la recta final, mientras aporreaba las teclas con el cronómetro marcando el tiempo a su lado, oyó una palabra inesperada.

—Disculpe.

—¡Jesús, María y José! —gritó apartándose del escritorio como un resorte.

Se volvió en redondo hacia la izquierda y vio a una niña flacucha con un sobre de papel marrón en la mano.

—Hola —dijo la niña.

—¡Qué demonios...! —exclamó Frask con voz entrecortada.

—Qué rápida es, señorita.

Frask se llevó la mano al corazón como para que no se le saliera del pecho.

—Gra... gracias —acertó a decir.

—Tiene las pupilas dilatadas.

—¿Pe... perdona?

—¿Está Wakely?

Frask se recostó en la silla, con el corazón fibrilando, mientras la niña se inclinaba sobre la máquina de escribir para husmear en lo que estaba escribiendo.

—¡Oye, bonita! —exclamó Frask.

—Estoy calculando —pretextó la niña. Luego se retiró admirada—. Guau. Pisándole los talones a Stella Pajunas.

—Pe... pero ¿tú cómo sabes quién es Stella Pajunas?

—La mecanógrafa más rápida del mundo. Doscientas dieciséis palabras por...

Frask arqueó las cejas.

—... pero la he interrumpido, así que tendrá que tenerlo en cuenta en el cál...

—¿Se puede saber quién eres? —insistió Frask.

—Está sudando, señorita.

La mano de Frask voló hacia su frente empapada.

—Calculo que andará en ciento ochenta palabras por minuto. Redondeando.

—¿Cómo te llamas?

—Mad —respondió la niña.

Frask observó los labios carnosos y violáceos de la niña, sus extremidades desgarbadas.

—¿Evans? —añadió sin pensar.

Las dos se miraron con idéntico asombro.

—Tus padres y yo trabajamos juntos durante un tiempo —le explicó Frask a Mad mientras le ofrecía un plato de galletas dietéticas—. En Hastings. Yo estaba en el departamento de Recursos Humanos y tus padres en el de Química. Tu padre era todo un personaje... aunque seguro que eso ya lo sabes. Y ahora también lo es tu madre.

—Por el artículo de *Life* —dijo la niña ladeando la cabeza.

—No. A pesar de él —repuso Frask con firmeza.

—¿Cómo era mi padre? —preguntó Mad dando un bocadito a una galleta.

—Pues... —Frask dudó. Cayó en la cuenta de que ignoraba por completo cómo era Calvin Evans—. Estaba perdidamente enamorado de tu madre.

A Madeline se le iluminó la cara.

—¿De verdad?

—Y tu madre de él —añadió, por primera vez sin asomo de envidia.

—¿Qué más? —preguntó Mad, ansiosa por saber.

—Eran muy felices juntos. Tan felices que tu padre le dejó un regalito a tu madre antes de morir. ¿Sabes qué regalito era ése? —Inclinó la cabeza hacia Mad—. Tú.

Madeline la miró con un leve gesto de exasperación. Era el tipo de comentario que solían hacer los adultos cuando querían ocultar algo desagradable. En una ocasión había oído a Wakely decirle a la bibliotecaria que aunque su prima, Joyce, hubiera muerto —un infarto fulminante en medio del supermercado—, no había sufrido. ¿Ah, no? ¿Y alguien le había preguntado a Joyce?

—¿Y luego qué pasó?

«¿Qué pasó? Pues que yo me dediqué a difundir rumores maliciosos sobre tu madre que culminaron en su despido, lo que la condujo directamente a la miseria, y en consecuencia a regresar a Hastings y en consecuencia a reprenderme a voz en grito en los servicios de señoras, donde descubrimos que ambas habíamos sido víctimas de agresiones sexuales que nos habían impedido terminar de sacarnos el doctorado y obligado a aceptar puestos de trabajo por debajo de nuestras capacidades en una empresa dirigida por un puñado de cretinos incompetentes. Eso fue lo que pasó», pensó Frask.

Pero su respuesta no fue ésa.

—Bueno, tu madre decidió que sería más divertido quedarse en casa y cuidar de ti.

Madeline dejó la galleta en la mesa. Otra vez igual. Los adultos siempre con sus medias verdades.

—No veo qué podía tener eso de divertido —repuso Mad.

—¿A qué te refieres?

—¿No estaba triste?

Frask desvió la mirada.

—Yo, cuando estoy triste, no quiero quedarme sola.

—¿Una galleta? —le ofreció Frask sin demasiado entusiasmo.

—Sola en casa. Sin papá. Sin trabajo. Sin amigos.

Frask de pronto desvió la atención hacia una revista que llevaba por título *Nuestro pan de cada día*.

—¿Qué pasó en realidad? —insistió Mad.

—Que la despidieron —respondió Frask, sin pensar en el posible efecto que pudieran tener sus palabras—. La despidieron porque estaba embarazada de ti.

Madeline se encogió como si acabaran de dispararle por la espalda.

—Insisto, no fue culpa tuya —decía Frask tratando de tranquilizar a la niña, que llevaba ya diez minutos sollozando—. De verdad. No te puedes imaginar lo cerril que era esa gente de Hastings. Unos cretinos de tomo y lomo.

Frask, recordando que ella figuraba entre esos cretinos, dio cuenta del resto de las galletas, mientras Mad, entre hipidos, señalaba que las galletas contenían tartrazina, un colorante artificial que se había asociado con disfunciones de hígado y riñón.

—En fin, estás tergiversando las cosas. Tu madre no dejó Hastings por ti, sino gracias a ti. Aunque luego cometió el error de volver, pero ésa es otra historia —continuó Frask.

Madeline lanzó un suspiro.

—Me tengo que ir —dijo, y se sonó la nariz a la vez que echaba un vistazo al reloj—. Perdone que le haya estropeado la prueba de mecanografía. ¿Podría darle esto a Wakely?

Le tendió el sobre sin sellar dirigido a Elizabeth Zott y marcado como CONFIDENCIAL.

—Descuida —prometió Frask abrazándola.

Pero tan pronto como Madeline cerró la puerta, desobedeció las instrucciones de la niña y abrió el sobre.

—¡Qué demonios...! ¡Esta Zott es la leche! —exclamó rabiosa al leer el último reportaje de Roth.

«Estimados señores. He leído su absurdo reportaje sobre Elizabeth Zott y creo que deberían despedir al encargado de cotejar datos. Conozco personalmente a Elizabeth Zott, hemos sido compañeras de trabajo, y sé, sin género de duda, que este artículo es una patraña de cabo a rabo. Yo también he trabajado con el doctor Donatti. Sé lo que hizo en Hastings y puedo documentarlo», tecleaba Frask con furia a los treinta segundos, dirigiéndose a la redacción de la revista *Life*.

A continuación enumeraba los logros de Elizabeth como química, que Frask había descubierto en gran parte sólo tras leer el nuevo reportaje de Roth, y destacaba también las injusticias a las que Zott había tenido que hacer frente en Hastings.

«Donatti se apropió de la financiación destinada a su proyecto y luego la despidió sin motivo. Lo sé porque contribuí a ese despido, un pecado que ahora trato de expiar tecleando sermones religiosos para ganarme la vida», reconocía.

Luego explicaba que posteriormente Donatti no sólo le había robado a Zott su proyecto de investigación, sino que también había mentido a importantes patrocinadores. Y concluía afirmando que a pesar de saber que *Life* nunca tendría las agallas de publicar su carta, se sentía en la obligación de escribirla.

Esa carta se publicó justo en la siguiente edición de la revista.

—¡Elizabeth, lee esto! —exclamó Harriet entusiasmada, con el último ejemplar de *Life* en las manos—. Hay cartas de mujeres de todo el país que han escrito a la revista en señal de protesta. Es una rebelión, todo el mundo te apoya. Incluso hay una de alguien que asegura haber trabajado contigo en Hastings.

—No me interesa.

Elizabeth, que había terminado de redactar sus notas diarias para la fiambrera de Madeline, cerró la tapa y luego fingió trastear con un mechero Bunsen. En las últimas semanas había hecho todo lo posible por mantener la cabeza alta: «No hagas caso de ese artículo —se decía—. Sigue adelante.» Ésa era la estrategia que le había permitido sobrellevar el suicidio de su hermano, la agresión sexual, las mentiras, los plagios y la trágica muerte de Calvin; y le serviría de nuevo. Pero no había sido así. En esta ocasión, por mucho que intentara levantar la cabeza, las falsedades que *Life* había publicado sobre su persona volvían a hundirla una y otra vez. El daño parecía permanente, como una marca a fuego. Nunca lo superaría.

Harriet le leyó unos fragmentos de las cartas enviadas a la revista.

—«De no ser por Elizabeth Zott...»

—Harriet, te he dicho que no me interesa —saltó bruscamente.

¿Qué sentido tenía? Su vida se había acabado.

—Pero ¿y este reportaje de Roth que todavía no se ha publicado? —repuso Harriet haciendo caso omiso del tono de Elizabeth—. El que habla un poco de ciencia. No tenía ni idea de que hubiera otras mujeres científicas, aparte de ti y de madame Curie, quiero decir. Me lo he leído dos veces de cabo a rabo. Me ha parecido fascinante, lo que no es poco mérito teniendo en cuenta que, bueno, que habla de ciencia.

—Pues ya se lo han rechazado diez publicaciones científicas —replicó Elizabeth con la voz apagada—. El papel de la mujer en la ciencia no es un tema que interese a nadie. —Cogió las llaves del coche—. Voy a darle un beso a Madeline y me voy.

—Hazme un favor, anda. Intenta no despertarla esta vez.

—Harriet, ¿acaso la he despertado alguna vez?

• • •

Cuando Harriet oyó que el Plymouth de Elizabeth reculaba por la salida del garaje, abrió por curiosidad la fiambrera de Madeline para ver qué perlas de sabiduría le había dejado escritas su madre ese día. «No son imaginaciones tuyas: la mayoría de la gente es horrible», ponía la primera nota.

Harriet, preocupada, se presionó las sienes con las yemas de los dedos. Deambuló silenciosa por el laboratorio y, mientras limpiaba las encimeras, percibió como nunca antes el peso evidente de la depresión de Elizabeth. La pila de cuadernos vacíos en los que solía anotar sus investigaciones, el material de laboratorio intacto, los lápices romos. Maldita *Life*, pensó. Era curioso que llevara ese nombre por título, «Vida», cuando a Elizabeth no había hecho sino robársela, destrozársela, y en gran parte por culpa de las declaraciones falsas de gente como Donatti y Meyers.

—Oh, cariño, ¿te ha despertado tu madre? —dijo Harriet al ver aparecer a Mad en el umbral.

—Otro día más.

Se sentaron a la mesa juntas y picotearon con desgana las madalenas que Elizabeth había preparado esa misma mañana.

—Estoy muy preocupada, Harriet. Por mamá.

—Bueno, está muy deprimida, Mad. Pero enseguida se repondrá. Ya lo verás.

—¿Estás segura?

Harriet apartó la mirada. No, no estaba segura. Nunca había estado menos segura de algo en su vida. Todo el mundo tiene un límite; y le preocupaba que Elizabeth hubiera traspasado el suyo finalmente.

Se fijó en el último ejemplar de la *Ladies' Home Journal*. «¿Confías en tu peluquera?», se preguntaba un titular. «El año de la blusa elegante», informaba otro. Suspirando, Harriet alargó la mano para coger otra madalena. Había persuadido a Elizabeth de que le convenía aceptar la entrevista con *Life*. Si alguien tenía la culpa, era ella.

Se quedaron en silencio, Mad retirando el papel de la madalena pedacito a pedacito mientras Harriet repetía para sus adentros lo que había dicho Elizabeth de que el papel de la mujer en la ciencia no le interesaba a nadie. Llevaba algo de razón. ¿O no?

Inclinó la cabeza hacia un lado.

—Espera un momento, Mad —dijo lentamente, asaltada de repente por una idea—. Sólo un momentito, maldita sea.

40

Normal

—Pienso mucho en la muerte —le confesó Elizabeth a Wakely una fría noche de noviembre.

—Yo también —dijo el reverendo.

Estaban sentados en el peldaño trasero de la casa, hablando en voz baja. Madeline se había quedado dentro, viendo la televisión.

—No creo que eso sea normal.

—Puede que no —convino él—. Pero no estoy seguro de lo que debe considerarse normal. ¿La ciencia admite la normalidad? ¿Cómo definirías la normalidad?

—Bueno, supongo que es un poco como la media —respondió Elizabeth.

—No estoy muy convencido. No estamos hablando de meteorología; la normalidad no se puede prever. Ni siquiera se puede provocar. Por lo que sé, es posible que la normalidad no exista.

Elizabeth lo miró de refilón.

—Qué raro oír eso en boca de alguien que considera normal la Biblia.

—Ni mucho menos. Puedo afirmar con seguridad que en la Biblia no hay ni un solo suceso normal. Quizá a eso deba su popularidad. ¿Quién quiere creer que la vida es exactamente lo que parece? —replicó él.

Elizabeth lo miró con extrañeza.

—Pero tú crees en esas historias. Las predicas.

—Creo en algunas cosas —la corrigió Wakely—. Sobre todo las que enseñan a no perder la esperanza, a no ceder a las tinieblas. Pero yo no diría que las «predico», sino más bien que las «relato». De todos modos, lo que yo crea es irrelevante. Lo que pienso es que te sientes muerta, y por eso crees estar muerta. Pero no lo estás. Estás pero que muy viva. Y eso te coloca en una difícil tesitura.

—¿De qué hablas?

—Sabes muy bien de lo que hablo.

—Eres un ministro de la Iglesia muy raro.

—No, raro no, lo que soy es un ministro pésimo —puntualizó.

Elizabeth dudó un momento antes de hablar.

—Tengo algo que confesarte, Wakely. He leído vuestra correspondencia. Las cartas que tú y Calvin os escribíais. Seguro que eran confidenciales, pero estaban entre sus pertenencias y las leí. Hace años ya.

Wakely se volvió para mirarla.

—¿Evans guardaba mis cartas?

De pronto echó de menos a su viejo amigo.

—No sé si lo sabías, pero aceptó el puesto en Hastings por ti.

—¿Cómo?

—Le dijiste que en Commons hacía un tiempo estupendo.

—¿Yo dije eso?

—Ya sabes la importancia que Calvin le daba al clima. Habría podido aceptar un millón de ofertas de trabajo en otros lugares y ganar dinero a espuertas, pero decidió venir aquí, a Commons. «El mejor clima del mundo», creo que fueron tus palabras textuales.

Wakely sintió el peso de aquel comentario suyo hecho a la ligera. A consecuencia de sus palabras, Evans se había trasladado a Commons y encontrado la muerte en Commons.

—Pero sólo hace buen tiempo a medida que avanza el día —aclaró, como si fuera necesaria esa explicación—.

Cuando la bruma matutina se ha disipado. No me puedo creer que se viniera a vivir aquí para remar al sol. Si no hace sol, al menos a la hora que se suele remar.

—¿A mí me lo vas a decir?

—Yo soy el responsable. Ha sido todo por mi culpa —dijo horrorizado de pronto, reconociendo plenamente la función que había desempeñado en la muerte prematura de Calvin.

—No, qué va. —Elizabeth suspiró—. Fui yo quien compró la correa.

Se quedaron los dos sentados escuchando a Madeline cantar la melodía del programa televisivo *Mr. Ed*, que sonaba de fondo: «*A horse is a horse, of course, of course, and no one can talk to a horse of course, that is, of course, unless the horse is the famous Mister Ed!*»

A Wakely el caballo parlante protagonista de aquel programa le hizo pensar en Seismedia y, sobresaltado, recordó el secreto que Madeline le había susurrado al oído aquel día en la biblioteca: «Mi perro sabe 981 palabras.» Le había sorprendido que dijera eso. ¿Por qué una niña como Madeline, obsesionada con la verdad, le habría contado una mentira tan flagrante?

¿Y su secreto qué? El más inconfesable de todos: «No creo en Dios.»

Elizabeth cerró los ojos un instante y luego carraspeó.

—Yo tenía un hermano, Wakely —dijo Elizabeth, como quien confiesa un pecado—. Y también murió.

Wakely frunció el entrecejo.

—¿Un hermano? Lo siento mucho. ¿Cuándo ocurrió? ¿Qué le pasó?

—Fue hace ya mucho tiempo. Yo tenía diez años entonces. Se colgó.

—¡Dios santo! —exclamó Wakely con voz temblorosa.

De pronto se acordó del árbol genealógico de Madeline. En la parte inferior, Madeline había dibujado a un niño con una soga rodeándole el cuello.

—Y yo también estuve a punto de morir una vez —añadió Elizabeth—. Salté a una cantera llena de agua. No sabía nadar. Sigo sin saber.

—¿Cómo?

—Mi hermano saltó justo detrás de mí. Y no sé cómo, pero consiguió arrastrarme hasta la orilla.

—Entiendo. Como tu hermano te salvó... crees que tú deberías haberlo salvado a él, ¿no es eso? —dijo Wakely, desentrañando poco a poco su sentimiento de culpa.

Elizabeth se volvió para mirarlo con la cara desencajada.

—Pero tú no sabías nadar, Elizabeth, por eso saltó detrás de ti. El suicidio es otra cosa, tienes que entenderlo. Es algo mucho más complicado.

—Wakely, es que él tampoco sabía nadar —dijo Elizabeth.

Se quedaron en silencio; Wakely angustiado porque no sabía qué decir, Elizabeth deprimida porque no sabía qué hacer. Seisymedia abrió la puerta mosquitera de un empujón y se arrimó a Elizabeth.

—Nunca te lo has perdonado —dijo finalmente Wakely—. Pero es a él a quien debes perdonar. Lo que debes hacer es aceptarlo.

Elizabeth emitió un sonido triste, como un neumático desinflándose lentamente.

—Eres científica. Tu trabajo es cuestionar las cosas, buscar respuestas. Pero a veces, lo sé por experiencia, el problema es que no hay ninguna respuesta. ¿Conoces esa oración que empieza diciendo «Señor, concédeme serenidad para aceptar todo aquello que no puedo cambiar»?

Elizabeth frunció el ceño.

—No va contigo en absoluto.

Elizabeth ladeó la cabeza.

—La química es cambio y el cambio es el eje de tu sistema de creencias. Eso es bueno, porque es lo que más necesitamos que abunde... personas que se nieguen a aceptar el statu quo, que no teman enfrentarse a lo inaceptable. Pero a veces lo inaceptable (el suicidio de tu hermano, la muerte de Calvin), es permanente, Elizabeth. Son cosas que suceden. Cosas inevitables.

—A veces entiendo por qué mi hermano nos dejó —reconoció calladamente—. Después de todo lo que ha ocurrido, a veces también yo tengo ganas de irme.

—Te comprendo —dijo Wakely pensando en el enorme daño que había causado el artículo de *Life*—. Créeme. Pero en realidad tu problema no es ése. El problema no es que quieras irte.

Elizabeth lo miró confundida.

—El problema es que quieres volver.

41

Entregarse de nuevo

—Hola, me llamo Elizabeth Zott, y esto es *Cena a las seis* —saludó Elizabeth a los televidentes.

Sentado en su silla de director, Walter Pine cerró los ojos y recordó el día en que se habían conocido.

Elizabeth irrumpió en su despacho sorteando a la secretaria, con la bata blanca del laboratorio, el pelo peinado hacia atrás y la voz clara. Walter recordó el impacto que le había causado. Su atractivo era indiscutible, pero ahora comprendía que aquella impresión no se debía en realidad a su aspecto físico. No, era la confianza en sí misma que emanaba, la certeza de saber quién era. Una cualidad que Elizabeth sembraba como simiente hasta que arraigaba en otros.

—Hoy abro el programa con un anuncio importante. Me despido de *Cena a las seis*, desde este mismo instante.

El público presente en el estudio emitió una exclamación de incredulidad. «¿Cómo? ¿Qué ha dicho?», se preguntaban unos a otros.

—Éste será mi último programa —confirmó Elizabeth.

En un rancho de Riverside, a una mujer se le cayó un paquete de huevos al suelo.

—¡No hablará en serio! —gritó alguien desde la tercera fila.

—Yo siempre hablo en serio —repuso Elizabeth.

Una oleada de abatimiento se extendió por el estudio.

Sorprendida, Elizabeth se volvió y miró a Walter. Él le dirigió un asentimiento con la cabeza, infundiéndole ánimos. No fue capaz de más, por temor a desmoronarse.

La noche anterior Elizabeth había cogido el coche y se había presentado en su casa de improviso. Walter estuvo en un tris de no abrir la puerta; estaba ocupado. Pero al verla por la mirilla allí de pie, y a Mad dormida en el coche aparcado en la acera, con Seisymedia encajonado detrás del volante como un conductor dándose a la fuga, le abrió la puerta alarmado.

—Elizabeth, ¿qué pasa? ¿Qué ha ocurrido? —dijo con el corazón en un puño.

—¿Es Elizabeth? Virgen santa, ¿qué pasa? ¿Es Mad? ¿Se ha hecho daño? —dijo alguien con preocupación detrás de él.

—¿Harriet? —exclamó Elizabeth dando un respingo de sorpresa.

Los tres se quedaron en silencio un momento, como actores en una función teatral que han olvidado lo que les toca decir a continuación.

—Queríamos mantenerlo en secreto durante un tiempo —acertó a decir Walter finalmente.

—Hasta que me den el divorcio —intervino Harriet.

Walter fue a cogerle la mano y la exclamación de sorpresa que provocó en Elizabeth sobresaltó a Seisymedia, que apretó sin querer la bocina, repetidas veces, despertando sucesivamente a Madeline, luego a Amanda y luego a algún que otro vecino que había cometido el error de irse a la cama temprano aquel día.

Elizabeth se quedó como un pasmarote delante de la puerta.

—No tenía ni idea —repetía una y otra vez—. ¿Cómo es posible que no me haya dado cuenta? ¿Tan ciega estoy?

Harriet y Walter se miraron como confirmando que, bueno, sí.

—Ya te lo contaremos todo con detalle. Pero ¿qué te trae por aquí? Son las nueve de la noche —dijo Walter; Elizabeth se había presentado sin mediar invitación, algo inhabitual en ella—. ¿Qué ha pasado?

—No ha pasado nada. Pero de pronto no me parece oportuno venir aquí con esto, cuando vosotros tenéis tan buenas noticias...

—¿Venir con qué? ¿Qué es «esto»?

—La verdad —dijo corrigiéndose sobre la marcha— es que la mía también es una buena noticia.

Walter agitó las manos con impaciencia, como apremiándola.

—He... he decidido dejar el programa.

—¡¿Qué?! —exclamó Walter.

—Mañana —añadió.

—¡No! —exclamó Harriet.

—Me despido —repitió.

El tono de su voz indicaba claramente que, pese a lo repentino de su decisión, no habría vuelta atrás. Walter comprendió que sería inútil negociar con ella; no serviría de nada aducir menudencias como el contrato, su posible enriquecimiento o con qué se cubriría el hueco en la programación tras su marcha. Era una decisión en firme, y consciente de ello, Walter rompió a llorar.

También Harriet detectó el tono y, con el orgullo que fingiría una madre cuya hija anunciara su intención de dedicar su vida a una profesión mal remunerada, rompió a llorar también. Luego atrajo a Walter y Elizabeth hacia sí y los abrazó.

—Ha sido un placer presentar *Cena a las seis* durante todo este tiempo —prosiguió Elizabeth, con la mirada fija en la cámara—, pero he decidido regresar al mundo de la investigación científica. Quiero aprovechar esta oportunidad para darles las gracias no sólo por seguir mi programa —dijo subiendo la voz para hacerse oír entre el alboroto—, sino por su amistad. Hemos logrado muchas cosas juntas en los últimos dos años. Hemos preparado centenares de cenas, aunque no se lo crean. Pero no sólo hemos hecho la cena, queridas espectadoras. También hemos hecho historia.

Elizabeth dio un paso atrás, asombrada al ver que el público se ponía en pie y aplaudía con fervor sus palabras.

—ANTES DE DESPEDIRME —dijo a voces—, HE PENSADO QUE LES GUSTARÍA SABER... —Levantó las manos para acallar al público—. ¿Alguien recuerda a la señora de George Fillis, la mujer que tuvo la audacia de comunicarnos que quería ser cirujana cardiovascular? —Elizabeth metió la mano en el bolsillo del delantal y sacó una carta—. La señora Fillis me ha puesto al día. Al parecer, no sólo ha terminado los estudios de acceso a la universidad en un tiempo récord, sino que además ha sido aceptada en la facultad de Medicina. Enhorabuena, señora de George Fillis... No, perdón, señora Marjorie Fillis. En ningún momento hemos dudado de usted.

Al oír la noticia, el público al instante recobró su fervor, y Elizabeth, pese a su natural serio, imaginó a la doctora Fillis desinfectándose las manos en el quirófano y, sin poder evitarlo, sonrió.

—Pero apuesto a que Marjorie convendría —añadió Elizabeth elevando la voz de nuevo— en que lo difícil no ha sido volver a estudiar, sino tener el arrojo de hacerlo.

Avanzó con resolución hacia el caballete con un rotulador en la mano. LA QUÍMICA ES CAMBIO, escribió.

—Cuando pierdan la confianza en sí mismas —dijo volviéndose de nuevo al público—, cuando sientan miedo, recuerden que la valentía es la raíz del cambio, y que los seres humanos estamos diseñados químicamente para el cambio. Así que cuando se levanten mañana, háganse esa promesa. Basta de contenerse. Basta de suscribir opiniones ajenas sobre lo que pueden o no pueden lograr. Y basta de aceptar encasillamientos en categorías inútiles de sexo, raza, estatus económico o religión. No dejen que su talento permanezca latente, queridas espectadoras. Creen su propio futuro. Cuando regresen a casa hoy, pregúntense qué van a cambiar. Y luego pongan manos a la obra.

A todo lo ancho y largo del país, las mujeres saltaron de sus sofás y aporrearon las mesas de sus cocinas, clamando con una mezcla de fervor ante su arenga y congoja por su marcha.

—Antes de IRME —gritó Elizabeth procurando hacerse oír entre el barullo—, quisiera darle las gracias a una AMIGA muy especial. Se llama HARRIET SLOANE.

En la sala de estar de Elizabeth, Harriet se quedó boquiabierta.

—Harriet, ¡eres famosa! —exclamó Mad.

—Como sabéis —prosiguió Elizabeth, de nuevo acallando al público con las manos—, siempre he puesto punto final a mis programas pidiéndoles a los niños que pongan la mesa para que ustedes puedan disfrutar de un momento de descanso. «Tómate un descanso», ése fue el consejo que me dio Harriet Sloane el día que la conocí, y ése ha sido el consejo que ha provocado mi decisión de dejar *Cena a las seis*. Harriet fue quien me animó a emplear ese momento para reconectar con mis propias necesidades, para descubrir mi verdadera dirección en la vida, para entregarme de nuevo. Y gracias a Harriet, eso he hecho finalmente.

—Virgen María Santísima —dijo Harriet palideciendo.

—Uy, uy, Pine te va a matar —dijo Mad.

—Gracias, Harriet. Gracias a todas ustedes —dijo Elizabeth con un asentimiento de cabeza en dirección al público—. Así que, por última vez, quisiera pedirles a sus hijos que pongan la mesa. Y luego pedirles a ustedes que se tomen un momento y se entreguen de nuevo. Desafíense a sí mismas, queridas telespectadoras. Válganse de las leyes de la química y cambien el statu quo.

Una vez más, el público se puso en pie y, una vez más, el aplauso fue clamoroso. Pero cuando Elizabeth se volvía para salir del estudio, se hizo evidente que el público no quería marcharse, al menos no sin una última directriz. Dudando de cómo proceder, Elizabeth miró a Walter. El productor hizo un gesto con la mano, como si se le hubiera ocurrido algo, y luego escribió un mensaje a toda prisa en una tarjeta que levantó en alto para que ella la viera. Elizabeth asintió y luego se volvió hacia la cámara.

—Aquí concluye su introducción a la química —anunció—. La clase ha terminado, ya pueden retirarse.

42

Personal

Enero de 1962

Todos habían dado por supuesto —es decir, Harriet, Walter, Wakely, Mason y la propia Elizabeth— que le lloverían ofertas de empleo. Universidades, laboratorios de investigación, incluso tal vez Institutos Nacionales de Salud. Pese a la burla que la revista *Life* había hecho de su vida, Elizabeth había sido todo un personaje, toda una celebridad televisiva.

Pero no fue así. De hecho, no hubo reacción alguna. No sólo no recibió ni una sola llamada, sino que los currículums que envió a empresas del sector de la investigación no fueron objeto de la más mínima atención. Pese a su popularidad televisiva, la comunidad científica seguía albergando considerables dudas respecto a su trayectoria académica. El doctor Meyers y el doctor Donatti, ambos químicos de prestigio, habían declarado en la revista *Life* que Elizabeth Zott no era propiamente una científica. Bastó con eso.

Así fue como Elizabeth descubrió el otro tópico asociado a la fama: su carácter efímero. La única Elizabeth Zott que interesaba era la que había lucido el delantal.

—Siempre podrías volver al programa —le dijo Harriet cuando Elizabeth, cargada con libros de la biblioteca, entró por la puerta acompañada de Seisymedia—. Sabes que Walter te volvería a contratar hoy mismo si quisieras.

—Lo sé —dijo Elizabeth dejando los libros sobre la encimera—, pero no puedo. Al menos las reposiciones están teniendo bastante aceptación. ¿Quieres un café? —le preguntó, encendiendo un mechero Bunsen.

—No tengo tiempo. He quedado con mi abogado. Pero, toma —dijo Harriet sacando unas notitas del bolsillo del delantal—. El doctor Mason quiere hablar contigo sobre los nuevos uniformes para el equipo femenino y, prepárate, han llamado de Hastings. Casi les cuelgo. ¡Hastings! ¡Habrase visto! Tener la desfachatez de llamar a esta casa...

—¿Quién era? —preguntó Elizabeth, tratando de ocultar su preocupación. Llevaba dos años y medio esperando a que Hastings reparara en la desaparición de los archivos de Calvin.

—La jefa de Recursos Humanos. Pero no te preocupes. La he mandado a freír espárragos.

—¿Jefa?

Harriet rebuscó entre los mensajes.

—Aquí está. Una tal señorita Frask.

—Frask no trabaja en Hastings —dijo Elizabeth aliviada—. La despidieron hace años. Ahora se dedica a pasarle a máquina los sermones a Wakely.

—Qué curioso. Pues me ha dicho que era jefa de Recursos Humanos en Hastings —dijo Harriet.

Elizabeth frunció el ceño.

—Le gusta gastar bromitas.

Después de que Harriet se fuera en el coche, Elizabeth se sirvió una taza de café y luego hizo una llamada.

—Oficina de la señorita Frask. La señorita Finch al aparato —contestó una voz.

—¿Oficina de la señorita Frask? —repitió Elizabeth con sorna.

—¿Eh? —contestaron al otro lado.

Elizabeth dudó por un instante.

—Perdone, ¿con quién ha dicho que hablo?

—Eso mismo digo yo. ¿Con quién hablo? —saltó la voz.

—Está bien, está bien. Seguiremos el juego. Soy Elizabeth Zott y quisiera hablar con la señorita Frask.

—Elizabeth Zott —dijo la voz al otro lado del auricular—. ¡Ésa sí que es buena!

—¿Algún problema? —preguntó Elizabeth.

El tono la delató. Su interlocutora lo reconoció de inmediato.

—Uy, es usted de verdad. Lo siento mucho, señorita Zott. Soy una gran admiradora suya. Será un honor pasarle la llamada. No cuelgue, por favor.

—Zott. ¡Jopé, ya era hora! —dijo una voz al cabo de unos segundos.

—Hola, Frask. Conque jefa de Recursos Humanos en Hastings, ¿eh? ¿Wakely está al corriente de tus bromitas telefónicas?

—Tres cosas, Zott —dijo Frask yendo al grano—. Una: me encantó el artículo. Siempre he sabido que volvería a verte en alguna portada, pero ¿en ésa precisamente? Qué golpe. Para llegar al coro, no hay como acudir a la parroquia.

—¿De qué hablas?

—Dos: me encanta esa señora de la limpieza que tienes...

—Harriet no es mi señora de la limpieza...

—Fue decirle que llamaba de Hastings y mandarme a freír espárragos. Qué gusto me dio.

—Frask...

—Tres: necesito que vengas por aquí cuanto antes, o sea hoy, o en una hora si puedes pasarte. ¿Te acuerdas del inversor ricachón? Pues ha vuelto.

—Frask, ya sabes que me gustan las bromas, pero... —Elizabeth suspiró.

Frask se echó a reír.

—¿Las bromas, a ti? ¿Eso qué es, una broma? No, Zott, escúchame bien. He vuelto a Hastings, de hecho estoy en lo alto del escalafón. Aquel inversor tuyo leyó la carta que escribí a *Life* y se puso en contacto conmigo. Luego te cuento con detalle; ahora no tengo tiempo. Estoy poniendo orden. No sabes cómo me gusta poner orden. ¿Puedes venir o no? Ah, y no te lo vas a creer, pero ¿puedes traerte al maldito chucho? El inversor quiere conocerlo.

Harriet entró en el bufete de Hanson & Hanson con las manos temblando. Desde hacía treinta años le confesaba al cura que su marido bebía y blasfemaba y nunca iba a misa, que la trataba como si fuera su esclava, que la insultaba. Y desde hacía treinta años, el cura asentía y luego le explicaba que aunque la posibilidad de un divorcio fuera de todo punto inviable, había otras muchas opciones a su alcance. Por ejemplo, podía rezar para aprender cómo ser mejor esposa, podía reflexionar sobre sus propias carencias, tratar de comprender por qué disgustaba a su marido o cuidar un poquito más de su aspecto físico.

Harriet se había suscrito a todas aquellas revistas femeninas por ese motivo, porque en lo tocante a mejora personal eran como la Biblia y pensó que encontraría en ellas modelos de conducta. Sin embargo, por muchos consejos que siguiera, las cosas entre ella y el señor Sloane no mejoraron. Lo que es peor, a veces esos consejos se volvieron en su contra, como cuando se hizo la permanente con la idea de «despertarlo y hacer que se fijara en ella», como aseguraba la revista, y al final sólo consiguió que no dejara de lamentarse por el pestazo que le echaba el pelo. Hasta que Elizabeth Zott entró en su vida, y Harriet finalmente comprendió que quizá lo que necesitaba no eran modelitos nuevos ni peinados distintos. A lo mejor lo que necesitaba era labrarse una carrera. Trabajando para una revista.

¿Acaso existía alguien en el mundo que supiera más que ella de esas revistas? Imposible. Para demostrar que estaba en lo cierto, Harriet supo enseguida por dónde empezar. Por aquel artículo de Roth que todavía no había visto la luz.

En su opinión, Roth había cometido el clásico error a la hora de intentar colocar un reportaje: dar por sentado que el papel de las mujeres en la ciencia sólo podría ser de interés para las revistas científicas. Harriet sabía que estaba equivocado. Llamó a Roth por teléfono, dispuesta a esgrimir su argumento, pero el contestador automático le comunicó que Roth seguía en... ¿dónde era? Vietnam. Así que envió el artículo sin su autorización. ¿Por qué no? Si se lo aceptaban, Roth le estaría agradecido, y si no, no perdería nada.

Llevó el paquete a la oficina de correos para que se lo pesaran, adjuntó un sobre franqueado con su dirección para asegurarse una pronta respuesta y luego rezó tres avemarías, se persignó dos veces, inspiró hondo y lo dejó caer por la ranura del buzón.

Transcurridas dos semanas sin haber recibido respuesta, Harriet empezó a notar el gusanillo de la preocupación. Transcurridos cuatro meses, el desengaño del rechazo. Había que enfrentarse a la realidad. Quizá no dominaba el mundo de las revistas tanto como pensaba. Puede que nadie estuviera interesado en ella y su artículo de Roth, del mismo modo que nadie había mostrado ningún interés por Elizabeth y su abiogénesis.

O puede que el señor Sloane, molesto con la redescubierta felicidad de Harriet, hubiera decidido castigarla recurriendo a otro tipo de tácticas. Puede que se deshiciera de su correspondencia.

—Señorita Zott —la saludó encandilada la recepcionista en cuanto Elizabeth entró en el vestíbulo de Hastings—. Ahora mismo informo a la señorita Frask de su llegada.

Enchufó un cable en el conmutador de la centralita.

—¡Ya está aquí! —dijo entre dientes por el auricular—. ¿Le importaría? —añadió tendiéndole a Elizabeth un ejemplar de *El viaje del Beagle*—. Me acabo de apuntar a unas clases nocturnas.

—Será un placer —dijo Elizabeth, y le firmó el libro—. La felicito.

—A usted se lo debo, señorita Zott —dijo la joven de todo corazón—. Ah, y si no es mucho pedir, ¿me podría firmar también una revista?

—No. No quiero saber nada de *Life* —respondió Elizabeth.

—Ah, perdón. No, si yo no leo *Life*. Me refería al último artículo que ha salido sobre usted —dijo la joven tendiéndole una publicación bastante gruesa de aspecto elegante y atractivo.

Elizabeth bajó la vista y se asombró al encontrarse ante su rostro mirándola de frente: «Mentes valiosas», rezaba la portada de *Vogue*.

Mientras discurrían por el pasillo, el agudo taconeo de sus respectivos zapatos contrastando vivamente con el zumbido sordo de los generadores y ventiladores proveniente de otros laboratorios, Frask informó a Elizabeth de que habían quedado en reunirse en el antiguo laboratorio de Calvin.

—¿Por qué ahí precisamente? —quiso saber Elizabeth.

—Por insistencia del pez gordo.

—Encantado, señorita Zott —dijo Wilson desenroscando sus largas extremidades del taburete.

Alargó la mano hacia Elizabeth, que lo miró de arriba abajo: pelo canoso y pulcramente cortado, ojos verde salvia, traje mil rayas de lana. Seisymedia también lo olfateó a conciencia antes de volverse hacia Elizabeth y dar su visto bueno.

—Llevo mucho tiempo deseando conocerla. Le agradecemos que se haya mostrado dispuesta a acudir, pese a haber avisado con tan poca antelación.

—¿Agradecemos? —preguntó Elizabeth sorprendida.

—Me incluye a mí —dijo una señora de unos cincuenta años, saliendo del gabinete donde se guardaba el material de laboratorio con una tablilla sujetapapeles en la mano.

Era rubia, pero su pelo ya empezaba a acusar el paso del tiempo. Al igual que Wilson, también vestía traje, pero el suyo de color azul brillante y, aunque de buena factura, algo más desenfadado gracias al tosco broche en forma de margarita que llevaba prendido en la solapa.

—Avery Parker. Encantada —se presentó nerviosa, estrechando la mano de Elizabeth.

Concluido el repaso a Wilson, Seisymedia procedió a examinar a Parker. Le olisqueó la pierna.

—Hola, Seisymedia —dijo la señora Parker.

Se inclinó y le acercó la cabeza al muslo. El perro la olfateó y luego retiró la cabeza sorprendido.

—Debe de haber olido a mi perro —dijo atrayéndolo hacia sí y bajando la mirada hacia Seisymedia—. Bingo es un gran admirador tuyo. Le encantaba tu papel en el programa.

«Qué ser humano tan inteligente.»

—Necesitaremos un inventario completo de todos los laboratorios —anunció la señora Parker, volviéndose hacia Frask—. Y también un listado con todo el material que precise, señorita Zott —añadió con cierta deferencia—, para su investigación. Su investigación en Hastings, me refiero.

—Para que continúe su trabajo sobre la abiogénesis —intervino Wilson—. En el último programa anunció que quería retomar sus investigaciones. ¿Y qué mejor lugar que éste?

Elizabeth ladeó la cabeza.

—Se me ocurren unos cuantos.

La última vez que Elizabeth había estado en aquella sala, Frask se encontraba presente, aunque en aquel momento para informarla de que los enseres de Calvin habían desaparecido, que Seisymedia no podía entrar en el centro y que Madeline estaba en camino. Elizabeth se fijó en la deprimente pizarra, llena de anotaciones de otra persona, y luego volvió a mirar al señor Wilson. Su cuerpo colgaba del viejo taburete de Calvin como un rollo de tela.

—No quisiera hacerles perder el tiempo, pero no me veo volviendo a Hastings. Por motivos personales —dijo Elizabeth.

—Es comprensible —dijo Avery Parker—. Con todo lo que ha salido a la luz, no es de extrañar. Aun así, quisiera que me concediera la oportunidad de hacerla cambiar de opinión.

Elizabeth recorrió el laboratorio con la mirada, y sus ojos se posaron en uno de los antiguos letreros de Calvin. PROHIBIDO EL PASO, advertía.

—Lo siento. Sería malgastar saliva —dijo.

Avery Parker miró a Wilson y éste se volvió hacia Frask.

—¿Y si nos tomamos un café? —propuso Frask saltando como un resorte—. Ahora mismo lo preparo. Y mientras esperamos a que se haga, la Parker Foundation puede ponerla al corriente sobre ciertos planes que tienen.

Sin embargo, antes de que hubiera cruzado la habitación, la puerta del laboratorio se abrió bruscamente.

—¡Wilson! —exclamó Donatti como si saludara a un viejo amigo—. Acabo de enterarme de que estaba en la ciudad. —Se acercó apresuradamente hacia él, tendiéndole la mano como un vendedor ansioso—. Lo he dejado todo y he venido de inmediato. En teoría aún estoy de vacaciones, pero...

Se interrumpió de pronto, extrañado de ver un rostro conocido.

—¿Señorita Frask? ¿Qué hace usted...?

Luego volvió la cabeza hacia una señora con un sujetapapeles en la mano que lo miraba con gesto hosco. Y justo detrás de ella... «pero qué demonios»... Elizabeth Zott.

—Hola, señor Donatti —dijo Avery tendiéndole la mano al tiempo que él dejaba caer la suya—. Es agradable ponerle cara a un nombre por fin.

—Disculpe, pero ¿usted es...? —preguntó con aire condescendiente, a la vez que intentaba evitar mirar a Zott como quien intenta evitar un eclipse solar.

—Soy Avery Parker —se presentó retirando la mano. Y al ver que Donatti continuaba perplejo, añadió—. Parker. De la Parker Foundation.

A Donatti se le desencajó la mandíbula.

—Lamento saber que hemos interrumpido sus vacaciones, doctor Donatti, pero no se preocupe porque dentro de nada podrá disfrutar de tiempo libre en abundancia —añadió Avery.

Donatti la miró negando con la cabeza y luego se volvió de nuevo hacia Wilson.

—Como le iba diciendo. De haber sabido que iba usted a venir...

—Pero es que no queríamos que supiera de nuestra visita —le explicó Wilson cordialmente—. Queríamos sorprenderlo. O, para ser exactos, supongo que más bien queríamos engañarlo.

—¿Có... cómo dice?

—Engañarlo —repitió Wilson—. Ya sabe. Del mismo modo que usted nos ha engañado apropiándose indebidamente de los fondos de la Parker Foundation. O del mismo modo que engañó a la señorita Zott, ¿o debería decir «señor Zott»?, cuando se apropió de su trabajo.

En el otro extremo de la habitación, Elizabeth arqueaba las cejas sorprendida.

—Vamos a ver —dijo Donatti apuntando con el dedo hacia donde estaba Zott—, no sé qué le habrá contado esa mujer, pero le aseguro... ¡¿Y qué demonios hace usted aquí?! —exclamó señalando a Frask—. Después de la sarta de embustes absurdos que escribió en su irritante cartita a *Life*. Mis abogados se proponen demandarla. —Se volvió hacia Wilson—. Puede que no esté al corriente, Wilson, pero despedimos a Frask hace años. Nos la tiene guardada.

—En efecto. Y bien guardada —convino Wilson.

—Exacto —exclamó Donatti.

—Lo sé de buena tinta, porque soy su abogado —añadió Wilson.

Donatti lo miró con ojos desorbitados.

—No quisiera resultar grosera, Donatti —intervino Avery Parker mientras hurgaba en una cartera y sacaba una hoja de papel—, pero no disponemos de mucho tiempo. Sólo necesitamos que estampe una firmita aquí y podrá marcharse cuando guste.

Le tendió un documento con el simple encabezamiento: «Carta de despido.»

Donatti enmudeció y bajó la vista hacia el documento mientras Wilson explicaba que, en fechas recientes, la Parker Foundation había adquirido una participación mayoritaria en Hastings. La carta que Frask había enviado a la revista *Life*, dijo Wilson, los había llevado a hacer ciertas pesquisas que, bla, bla, bla, prevaricación, bla, bla, bla, y decidido absorber la totalidad del centro... Donatti apenas prestaba atención. «¿No era aquél el antiguo laboratorio de Evans?» Oía de fondo el sonsonete de Wilson y alguna que otra expresión aislada como «mala gestión», «resultados experimentales falsos», «plagio». Dios, qué ganas de tomarse una copa.

—Estamos haciendo ciertos recortes —dijo Frask.

—¿Cómo que «estamos»? —replicó Donatti con brusquedad.

—Bueno, estoy haciendo ciertos recortes —puntualizó Frask.

—Usted es una secretaria —rezongó Donatti, como si se hubiera hartado de aquella farsa—. La despedimos, ¿recuerda?

—Frask es nuestra nueva jefa de Recursos Humanos —lo informó Wilson—. Le hemos pedido que contrate a un nuevo director para el departamento de Química.

—Pero el director de ese departamento soy yo —le recordó Donatti.

—Hemos decidido ofrecerle el puesto a otra persona —intervino Avery Parker señalando con la cabeza a Elizabeth.

Elizabeth, sorprendida, dio un paso atrás.

—¡Ni soñarlo! —rugió Donatti.

—En realidad no se lo estaba consultando —repuso Avery Parker, con la carta de despido colgando lánguidamente de la mano—. Pero si quiere, podríamos dejar su cargo en manos de alguien que conoce a fondo su trabajo.

Por segunda vez, Avery inclinó la cabeza en dirección a Elizabeth.

Todas las miradas se volvieron hacia ella, pero Elizabeth no pareció advertirlo; la suya estaba clavada en el enfurecido Donatti. Con los brazos en jarras, Elizabeth se inclinó levemente hacia delante y entrecerró los ojos como quien mira por un microscopio. Se quedó en silencio unos instantes. Luego se echó hacia atrás como si ya hubiera visto todo lo que tenía que ver.

—Lo siento, Donatti —dijo tendiéndole un bolígrafo—. Intelectualmente está por encima de sus capacidades.

43

Nacido muerto

—La gente no suele sorprenderme, señora Parker —dijo Elizabeth mientras observaba a Frask acompañando a Donatti a la calle—. Pero usted lo ha conseguido.

—Me alegro. La oferta es sincera. Confiamos en que la acepte. Por cierto, soy señorita, no señora. No estoy casada. De hecho, no lo he estado nunca —añadió Avery Parker con un asentimiento.

—Ni yo tampoco —señaló Elizabeth.

—Sí. Estoy al corriente —convino Avery Parker, bajando la voz una octava.

Elizabeth advirtió el cambio de timbre y sintió una inmediata punzada de irritación. Gracias a *Life*, el mundo entero sabía que Madeline era hija de madre soltera; estaba acostumbrada a percibir ese tono.

—No sé hasta qué punto está familiarizada con el trabajo de la Parker Foundation —empezó diciendo Wilson mientras inspeccionaba el laboratorio; se detuvo brevemente para leer la etiqueta de un archivador.

—Sé que se dedican a la investigación científica —dijo Elizabeth volviéndose hacia él—. Pero que empezaron como una fundación benéfica católica. Iglesias, coros, orfanatos...

Elizabeth se interrumpió de pronto al caer en la cuenta de lo que acababa de decir. Observó a Wilson con más detenimiento.

—En efecto, nuestros fundadores se consagraron a causas católicas; nuestra misión, no obstante, es totalmente laica. Intentamos encontrar a los profesionales más capacitados que trabajen en asuntos candentes de nuestro tiempo. —Dejó a un lado el archivador que tenía en las manos como dando a entender que ése no era uno de ellos—. Hace siete años, cuando financiamos su proyecto, usted estaba enfrascada en uno de esos asuntos precisamente: la abiogénesis. No sé si lo sabrá, señorita Zott, pero usted fue el motivo por el que tomamos contacto con Hastings en primer lugar. Usted y Calvin Evans.

Al oír mencionar a Calvin, a Elizabeth se le encogió el corazón.

—Qué extraño lo de Evans, ¿verdad? —dijo Wilson—. Nadie parece tener idea de lo que se hizo de su trabajo.

El comentario incidental de Wilson la sacudió como un ciclón. Sacó un taburete y tomó asiento, mientras lo veía hurgar por el laboratorio como un arqueólogo, examinando cada rincón por si eso pudiera conducirlo a algún hallazgo más relevante.

—Ya sé que ha manifestado claramente su postura —prosiguió Wilson—, pero he pensado que le interesaría saber que nos proponemos renovar gran parte del equipamiento. —Señaló un estante donde descansaba un alambique anticuado ya en desuso. Al levantar el brazo, por debajo de la manga del traje asomó un brillante gemelo—. Como eso de ahí, por ejemplo. Ese chisme parece no haberse utilizado desde hace años.

Pero Elizabeth no reaccionó. Se había quedado paralizada.

Cuanto tenía diez años, Calvin había dejado escrito en su diario que un señor alto de aspecto adinerado, con unos brillantes gemelos en los puños de la camisa, se había presentado en el orfanato en una sofisticada limusina. Calvin parecía haber entendido que quien donaba al centro aquellos libros de ciencias era ese señor. Pero en lugar de alegrarse por disponer de ese material de lectura, se mostraba desolado. «Estoy aquí aunque no debería. Y nunca, nunca perdonaré a ese hombre. Nunca. En toda mi vida», había garabateado en el papel.

—Señor Wilson, dice que su fundación sólo financia proyectos laicos. ¿Eso incluiría la enseñanza? —preguntó Elizabeth con voz rígida.

—¿La enseñanza? Sí, por supuesto. Colaboramos con varias universidades...

—No, me refería a si alguna vez han donado manuales de texto a algún...

—Alguna vez, pero...

—¿Y a algún orfanato?

Wilson, sorprendido, se quedó callado. Lanzó una mirada a Parker.

Elizabeth vio en su imaginación la carta que Calvin le había enviado a Wakely. ODIO A MI PADRE. OJALÁ ESTÉ MUERTO.

—A un orfanato católico —precisó Elizabeth.

De nuevo, Wilson se volvió hacia Parker.

—De Sioux City, Iowa.

Un silencio denso se adueñó del laboratorio, interrumpido sólo por el zumbido súbito de un extractor.

Elizabeth miró fijamente a Wilson, con cara de pocos amigos.

De pronto le pareció verlo todo claro: la oferta de ese puesto de trabajo era una artimaña. Estaban allí con un único objetivo: apoderarse de las investigaciones de Calvin.

Las cajas. Sabían de su existencia. Puede que Frask se hubiera ido de la lengua; puede que hubieran hecho ciertas conjeturas. En cualquier caso, Wilson y Parker habían adquirido Hastings; legalmente, el trabajo de Calvin les pertenecía. Pretendían embaucarla con halagos y promesas, con la esperanza de que eso bastara para que las cajas aparecieran por arte de magia. Pero si eso no surtía efecto, todavía les quedaba otro as en la manga.

Calvin Evans tenía un familiar consanguíneo.

—Wilson, si no te importa, me gustaría hablar a solas con la señorita Zott —dijo Parker con voz temblorosa.

—¡No! —exclamó Elizabeth bruscamente—. Tengo algunas preguntas; quiero saber la verdad.

Parker miró a Wilson con el desánimo pintado en el rostro.

—No te preocupes, Wilson. Enseguida estoy contigo.

Cuando el pestillo de la puerta se cerró, Elizabeth se volvió hacia Avery Parker.

—Sé lo que están tramando y por qué me han hecho venir hasta aquí.

—La hemos hecho venir para ofrecerle un puesto en la empresa. Ése ha sido nuestro único propósito. Somos grandes admiradores de su trabajo desde hace mucho tiempo —repuso Parker.

Elizabeth escrutó el rostro de su interlocutora buscando señales de engaño.

—Mire, no tengo ningún problema con usted —dijo ya más calmada—. Se trata de Wilson. ¿Cuánto hace que se conocen?

—Llevamos casi treinta años trabajando juntos, así que yo diría que lo conozco bastante bien.

—¿Tiene hijos?

Avery miró a Elizabeth extrañada.

—No creo que eso sea de su incumbencia —respondió—. Pero no.

—Está segura.

—Por supuesto que estoy segura. Es mi abogado, esta fundación es mía, señorita Zott, aunque él sea su cara visible.

—¿Y eso por qué? —siguió indagando Elizabeth.

Avery Parker la miró sin pestañear.

—Me sorprende esa pregunta viniendo de usted. Puede que sea una mujer relativamente acaudalada, pero estoy atada de pies y manos como la mayoría de las mujeres del mundo. Ni siquiera puedo extender un talón a menos que Wilson lo avale con su firma.

—¿Cómo es posible? La fundación lleva su apellido —señaló Elizabeth—. No se llama Wilson Foundation.

Parker soltó un bufido.

—En efecto, pero la heredé con la condición de que todas las decisiones financieras las tomara mi «marido». Dado que en el momento de heredar no estaba casada, la junta de accionistas nombró fideicomisario a Wilson. Y puesto que continúo soltera, Wilson sigue llevando las riendas. No es usted la única que ha librado una batalla perdida, señorita Zott —dijo levantándose, y se tiró bruscamente de la chaqueta del traje—. Aunque he tenido suerte: Wilson es una persona honrada.

Cuando ya se iba, Elizabeth le hizo otra pregunta que Avery Parker no se dignó a contestar. «¿Cómo se le había ocurrido?», pensó Avery. Elizabeth Zott no tenía interés en regresar a Hastings, y a juzgar por la impertinencia de sus preguntas sobre Wilson —por no hablar de los demás asuntos—, sería mejor para todos que no volviera. Distraída, Avery levantó la mano y llevó un dedo a su tosco broche en forma de margarita. Qué ingenua había sido. Comprar Hastings, presentarse allí, citarse con Zott. Sí, siempre le había fascinado Zott y su trabajo como investigadora; en otro tiempo también ella había soñado con ser científica. Pero no, ella había sido educada con un solo y único propósito: ser una persona amable. Lamentablemente, tanto sus padres como la Iglesia católica coincidían en que también en ese aspecto había fracasado.

—Señorita Parker... —insistió Elizabeth.

—Señorita Zott —contestó Avery con el mismo énfasis—, me he equivocado. Usted no tiene ninguna intención de regresar a Hastings, entendido. No pienso suplicarle que vuelva.

Elizabeth hizo una breve inspiración.

—Me he pasado toda la vida suplicando —prosiguió Parker—. Estoy harta.

Elizabeth se apartó de la cara unos pelos díscolos.

—Ni siquiera me quieren a mí. ¿No es cierto? Sólo han venido a por las cajas —dijo Elizabeth rabiosa.

Avery ladeó la cabeza como si no la hubiera oído bien.

—¿Cajas?

—Es comprensible. Ahora Hastings es suyo y las cajas también. Pero esta farsa...

—¿Qué farsa?

—...Quiero saber qué pasó en All Saints. Creo que tengo derecho a saberlo.

—¿Cómo? —repuso Parker—. ¿Que tiene derecho? ¿Me permite que le cuente un secretito? Esos derechos no existen.

—Para los ricos, sí, señorita Parker —insistió Elizabeth—. Hábleme de Wilson. De la relación de Wilson con Calvin.

Avery Parker la miró con perplejidad.

—¿Wilson y Calvin? No, no...

—Insisto, creo que tengo derecho a saber.

Avery presionó con las manos sobre la encimera.

—Hoy no tenía intención de entrar en eso.

—¿Entrar en qué?

—Antes quería conocerla un poco —añadió Avery—. Hablando de derechos, creo que ése es el mío. Saber quién es usted.

Elizabeth se cruzó de brazos.

—¡Será posible!

Avery agarró el borrador de la pizarra.

—Mire, tengo... tengo que contarle una historia.

—No me interesan las historias.

—Ésta trata de una chica que a sus diecisiete años —dijo Avery Parker impertérrita— se enamoró de un chico. Es una

443

historia muy común —añadió con la voz quebrada—: la chica se quedó embarazada y sus padres, que eran gente importante, avergonzados por la promiscuidad de su hija, la enviaron a una casa de maternidad católica. —Avery se volvió hacia Elizabeth—. Tal vez haya oído hablar de esas instituciones, señorita Zott. Se regentan como si fueran cárceles. Están llenas de jovencitas que se encuentran en las mismas circunstancias. Dan a luz a sus bebés, y luego renuncian a ellos. Les exigían firmar un documento oficial, y la mayoría lo firmaba. A las que se negaban las amenazaban: tendrían que enfrentarse al parto sin ningún tipo de ayuda; podrían incluso morir en el intento. A pesar de las advertencias, esa jovencita de diecisiete años se negó a firmar aquel documento. Repetía una y otra vez que ella tenía sus derechos.

Parker se interrumpió un momento y movió la cabeza, como si todavía no diera crédito a semejante ingenuidad.

—Fieles a su palabra, cuando la chica se puso de parto, la dejaron sola en una habitación y echaron la llave. Allí estuvo un día entero, sola, aullando de dolor. Hasta que llegó un momento en que el médico, exasperado por los gritos, decidió por fin que ya estaba harto. Entró en el cuarto y la anestesió. Cuando la joven despertó al cabo de unas horas, le comunicaron la trágica noticia: su bebé había nacido muerto. Conmocionada, la joven pidió que le enseñaran el cadáver, pero el doctor dijo que ya se habían deshecho de él.

»Ahora saltemos diez años en el tiempo —prosiguió Avery Parker, volviéndose de cara a Elizabeth con la mandíbula tensa—. Una enfermera de esa misma casa de maternidad se pone en contacto con la joven, que ahora ya es una mujer de veintisiete años, y le pide dinero a cambio de la verdad. Le confiesa que su hijo no había fallecido en el parto, sino que, al igual que todos los demás bebés, había sido entregado en adopción. Lo inusual de su caso era que los padres adoptivos de la criatura habían fallecido en un trágico accidente, y luego también la tía. El niño fue enviado a un orfanato de Iowa llamado All Saints.

Elizabeth se quedó petrificada.

—Aquel mismo día la joven emprendió la búsqueda de su hijo —dijo Avery Parker, y su voz se tornó triste. Hizo una pausa—. Mi hijo.

Elizabeth dio un respingo, de pronto sin color en el rostro.

—Soy la madre biológica de Calvin Evans —dijo Avery lentamente, los ojos grises anegados en lágrimas—. Y con su permiso, señorita Zott, me gustaría mucho conocer a mi nieta.

44

La bellota

Se diría que habían absorbido todo el aire de la habitación. Elizabeth se había quedado mirando a Avery Parker, sin saber cómo proceder. No podía ser verdad. En el diario de Calvin se decía que su madre biológica había fallecido en el parto.

—Señorita Parker —dijo Elizabeth con cautela, como abriéndose camino entre brasas incandescentes—. Hay mucha gente que ha intentado aprovecharse de Calvin a lo largo de los años. Muchos incluso haciéndose pasar por familiares lejanos. Su historia me... —De pronto se interrumpió. Le vinieron a la memoria todas aquellas cartas que Calvin había conservado. La madre afligida; le había escrito en diversas ocasiones—. Si sabía que Calvin estaba en aquel orfanato, ¿por qué no fue a por él?

—Lo hice —dijo Avery Parker—. Bueno, envié a Wilson en mi lugar. Me avergüenza reconocer que no tuve valor para ir en persona. —Se levantó y avanzó a lo largo de la mesa de trabajo—. Compréndalo, ya tenía asimilado desde tiempo atrás que mi hijo estaba muerto. ¿Y de pronto enterarme de que seguía vivo? Temí hacerme ilusiones. Al igual que Calvin, yo también he sido objeto de infinidad de intentos de estafa, a menudo de personas que se hacían pasar por familiares míos. Así que envié a Wilson —repitió bajando la vista al suelo como si reconsiderara esa decisión por enésima vez—. Lo envié a All Saints justo al día siguiente de enterarme.

La bomba de vacío inició un nuevo ciclo, y un sonido silbante se adueñó del laboratorio.

—Y... —le tiró de la lengua Elizabeth.

—Y el obispo informó a Wilson de que Calvin había... —añadió Avery.

—¿Había qué? ¿Qué? —la apremió Elizabeth.

—Muerto —respondió Avery con el rostro desencajado.

Elizabeth, anonadada, volvió a tomar asiento. El orfanato necesitaba dinero, el obispo vio la ocasión a su alcance, había un fondo a la memoria de Calvin... Avery fue desgranando un torrente de datos, en un tono apagado y monótono.

—¿Usted ha sufrido la muerte de algún familiar? —preguntó de pronto Avery con voz monocorde.

—Mi hermano.

—¿De alguna enfermedad?

—Suicidio.

—Dios mío. Entonces sabe lo que significa sentirse responsable de la muerte de alguien.

El cuerpo de Elizabeth se tensó. Aquellas palabras le encajaban como un guante.

—Pero usted no mató a Calvin —dijo con pesadumbre.

—No —dijo Parker compungida—. Hice algo mucho peor. Lo enterré.

En la zona norte de la habitación, sonó un temporizador, y Elizabeth, temblando, fue a apagarlo. Al volverse contempló a Avery, de pie junto a la pizarra. Su cuerpo se escoraba hacia la derecha. Seismedia se acercó a ella y empujó la cabeza contra su muslo. «Yo sé lo que es fallarle a un ser querido.»

—Mis padres habían financiado casas de maternidad y orfanatos desde tiempo atrás —prosiguió Avery, jugueteando con el borrador de la pizarra—. Creían que eso los hacía mejores personas. Pero gracias a su lealtad ciega a la Iglesia católica, dejaron huérfano a mi hijo. —Se interrumpió—.

Financié el fondo a la memoria de Calvin antes de que muriese, señorita Zott —dijo con la respiración entrecortada—. Lo enterré dos veces.

Elizabeth sintió un repentino ataque de náuseas.

—Cuando Wilson regresó del orfanato —prosiguió Avery—, caí en una fuerte depresión. Nunca había tenido la oportunidad de ver a mi hijo, de sostenerlo en mis brazos, de oír su voz. Pero lo peor era vivir sabiendo que había sufrido. Se quedó sin mí, luego sin sus padres, y para colmo acabó en aquel orfanato inmundo. Desgracias todas ellas selladas con la impronta inequívoca de la Iglesia. —Avery se interrumpió abruptamente, con el rostro encendido—. Usted no cree en Dios por razones científicas, ¿verdad, señorita Zott? —estalló de pronto—. PUES YO NO CREO EN ÉL POR RAZONES PERSONALES.

Elizabeth quería decir algo, pero no le salían las palabras.

—La única decisión que estuvo en mi mano —dijo Avery Parker, tratando de controlar la voz— fue asegurarme de que todos los fondos se destinaran a la enseñanza de la ciencia. Biología. Química. Física. También al deporte. El padre de Calvin, me refiero a su padre biológico, era deportista. Remaba. Por eso a los muchachos de All Saints les enseñaron a remar. Fue un gesto en su honor.

Elizabeth recordó a Calvin remando con ella, el rostro iluminado por la luz del alba. Sonreía, con una mano en el remo y la otra buscando la suya.

—Por eso acabó estudiando en Cambridge —dijo Elizabeth mientras la imagen de Calvin se desvanecía en su imaginación—. Gracias a una beca de remo.

A Avery se le cayó el borrador de la mano.

—No tenía ni la menor idea.

Las cosas se fueron esclareciendo poco a poco, pero una duda seguía asediando a Elizabeth.

—Pero... ¿cómo descubrió finalmente que Calvin...?

—Gracias a *Chemistry Today* —respondió Parker, sentándose en un taburete al lado de Elizabeth—. Cuando salió en la portada. Todavía recuerdo el día... Wilson irrumpió en mi despacho agitando la revista en el aire. «No te lo vas a creer», dijo. Me puse al teléfono de inmediato y llamé al obispo. Él, naturalmente, insistió en que se trataba de una mera coincidencia. «Evans es un apellido muy común», dijo. Yo sabía que mentía y me propuse demandarlo, pero Wilson me convenció de que la publicidad no sólo resultaría ruinosa para la fundación sino penosa para Calvin. —Se inclinó hacia atrás e inspiró hondo antes de continuar—. Cancelé mi contribución de inmediato. Luego escribí a Calvin varias veces. Le expliqué lo sucedido como mejor pude, le pedí que nos viéramos, le dije que quería financiar sus investigaciones. Me figuro lo que pensaría —dijo abatida—. Una mujer que aparecía de la noche a la mañana diciendo ser su madre... O eso supongo, porque nunca me contestó.

Elizabeth dio un respingo. Las cartas de «la madre afligida» surgieron de nuevo ante sus ojos, todas ellas rubricadas con su firma, de pronto irradiando con cruel claridad: «Avery Parker.»

—Pero seguro que si le hubiera propuesto verse. Si hubiera venido en avión desde California y...

Avery mudó el semblante.

—Mire, una cosa es mover cielo y tierra para recuperar a un niño, pero una vez que el niño se ha hecho adulto, la cosa no es tan fácil. Decidí proceder paso a paso. Darle tiempo para asimilar la posibilidad de mi existencia, para indagar sobre mi fundación, para comprender que no tenía motivos para engañarlo. Yo sabía que eso podría llevar años. Me obligué a ser paciente. Pero está claro que, dado lo ocurrido... —Fijó la mirada en una pila de cuadernos—. Fui... demasiado paciente.

—¡Oh, Dios mío! —exclamó Elizabeth hundiendo la cabeza en las manos.

—Ahora bien —prosiguió Parker en tono monocorde—, seguí de cerca su carrera. Pensé que tal vez surgiría alguna oportunidad, algún modo de ayudarlo. Pero al final resultó que no era él quien necesitaba mi ayuda. Era usted.

—Pero ¿cómo averiguó que Calvin y yo éramos...?

—¿Pareja? —dijo Parker, y una sonrisa melancólica le frunció las comisuras de los labios—. Estaba en boca de todos. Desde el momento en que Wilson puso el pie en Hastings, no dejaron de llegarle referencias veladas a Calvin Evans y su escandalosa relación sentimental. Ése fue uno de los motivos por los que, cuando Wilson informó a Donatti de que su intención era financiar la investigación sobre la abiogénesis, Donatti hizo todo lo posible para quitarle esa idea de la cabeza. Lo último que deseaba era que Calvin o cualquiera relacionado con él triunfara. Luego estaba el hecho de que usted fuera una mujer. Donatti supuso, y con motivo, que la mayoría de los benefactores no estarían dispuestos a financiar el trabajo de una mujer.

—¿Y por qué iba usted, precisamente, a tolerar una cosa como ésta?

—Casi me avergüenza reconocer que en parte disfruté colocándolo en esa tesitura. Donatti se desvivía por convencer a Wilson de que usted era un hombre... Aunque Wilson se proponía quedar con usted a espaldas de Donatti. De hecho, ya tenía un vuelo reservado. Pero luego... —dijo con un hilo de voz.

—¿Qué?

—Luego Calvin murió. Y se diría que el trabajo de usted murió con él.

Elizabeth se quedó como si le hubieran dado una bofetada.

—Señorita Parker, Hastings me despidió.

Avery Parker dejó escapar un suspiro.

—Eso lo sé ahora, gracias a la señorita Frask. Pero en aquel momento pensé que quizá su intención era dejar atrás el pasado. Usted y Calvin no estaban casados. Di por sentado que su amor no era recíproco. Se rumoreaba que era un hombre muy difícil, rencoroso. Evidentemente, yo ignoraba por completo que estuviera usted embarazada. En la necrológica de *Los Angeles Times* mencionaban que apenas se co-nocían. —Inspiró hondo—. Por cierto, yo estaba presente aquel día. En el entierro.

Elizabeth la miró con sorpresa.

—Wilson y yo nos quedamos a unas lápidas de distancia. Fui para enterrarlo por última vez, y para hablar con usted. Pero antes de que pudiera armarme de valor, ya se había ido. Se marchó antes de que terminaran las exequias siquiera. —Dejó caer la cabeza en las manos, llorando—. Con las ganas que tenía de creer que alguien había querido a mi hijo...

Al oír esas últimas palabras, los hombros de Elizabeth se desplomaron bajo el peso implacable de todos aquellos malentendidos.

—¡Pero yo quería a su hijo, señorita Parker! —dijo con vehemencia—. Lo quería con toda mi alma. Y sigo queriéndolo. —Levantó la vista hacia el laboratorio donde se habían conocido con el rostro desencajado—. Calvin Evans era lo mejor que me había pasado en la vida —añadió con voz entrecortada—. Era el hombre más brillante del mundo, el más cariñoso; el más bueno, el más interesante. —Se interrumpió—. No sé cómo explicarlo, sólo sabría decirle que había química entre nosotros. Auténtica química. Pero su muerte no se debió a un accidente —dijo con la voz quebrada.

Tal vez fuera el hecho de emplear finalmente el término «accidente» lo que hizo que se viniera abajo, aplastada por el peso de todo lo que había perdido; posó la cabeza en el hombro de Avery Parker y rompió a sollozar como nunca había hecho antes.

45

Cena a las seis

En el interior del laboratorio, el tiempo pareció detenerse. Seisymedia levantó la cabeza y observó a las dos mujeres. La mayor rodeaba a Elizabeth entre sus brazos como si la arropara en un capullo protector, como si conociera de buena tinta su sufrimiento. Aunque Seisymedia nunca sería químico, era perro. Y como tal sabía reconocer cuándo un vínculo era permanente.

—Me he pasado gran parte de mi vida sin saber lo que había sido de mi hijo —dijo Parker estrechando a Elizabeth, que temblaba entre sus brazos—. Ignoro cómo era su familia adoptiva, y si la historia que el obispo le contó a Wilson era falsa de principio a fin o si había cierta verdad en ella. Ni siquiera sé qué lo trajo a Hastings. A decir verdad, todavía sé poco de él. O mejor dicho, sabía poco, hasta que fui a recoger la correspondencia del apartado de correos de la fundación y me encontré con algo inhabitual sepultado bajo meses de papeles y misivas.

Metió la mano en el bolso y extrajo una carta.

Elizabeth reconoció la letra de inmediato: Madeline.

—Su hija le escribió a Wilson y le mencionó su proyecto escolar sobre el árbol genealógico, el que apareció publicado en *Life*. Insistía en que su padre se había criado en un orfanato de Sioux City, y, no sé cómo, pero estaba enterada de que Wilson había sido su benefactor. Quería darle las gracias personalmente y decirle que la Parker Foundation figuraba en su árbol. Pensé que tal vez nos estuvieran gastando una broma, pero aportaba montones de datos. Por norma general, las adopciones están sujetas al anonimato, señorita Zott, una práctica cruel, pero gracias a la información que Madeline nos proporcionaba en su carta, un detective privado consiguió por fin sacar a la luz la verdad. Lo tengo todo aquí. —Volvió a meter la mano en el bolso y extrajo una gran carpeta—. Mire esto —dijo Parker, la voz desafiante al tenderle su propio certificado de defunción falsificado, la venganza de la casa de maternidad por no haberse mostrado dispuesta a cooperar—. Así fue como empezó todo.

Elizabeth cogió el certificado con las dos manos. Madeline le había dicho una vez que según Wakely había cosas que era mejor que se quedaran en el pasado, porque sólo en el pasado tenían sentido. Un consejo que rezumaba sabiduría, como solía ocurrir con todas las observaciones de Wakely. Sin embargo, había una última cosa que le pareció que Calvin hubiera deseado que preguntara.

—Señorita Parker, ¿qué fue del padre biológico de Calvin? —dijo con prudencia.

Avery Parker abrió de nuevo la carpeta y le tendió otro certificado de defunción, esta vez auténtico.

—Murió de tuberculosis. Antes siquiera de que naciese Calvin. Tengo una foto suya.

Abrió la cartera y extrajo una fotografía manoseada.

—¡Pero si es...! —exclamó Elizabeth con asombro al ver al joven que estaba de pie junto a la también joven Avery.

—¿El vivo retrato de Calvin? Lo sé.

Avery sacó un ejemplar de *Chemistry Today* y lo colocó junto a la foto. Sentadas una al lado de la otra, contemplaron las imágenes de Calvin y su padre, incluso más joven que su hijo en aquel entonces, mirándolas desde sus respectivas historias.

—¿Qué clase de persona era?

—Un joven rebelde. Era músico o aspiraba a serlo. Nos conocimos gracias a un accidente. Me atropelló con la bici —dijo Avery.

—¿Se hizo daño?

—Sí. Por suerte. Porque me levantó del suelo, me subió al manillar, me dijo que me agarrara bien y me llevó a un médico a toda prisa. Diez puntos de sutura más tarde —dijo Avery señalándose una vieja cicatriz en el antebrazo—, ya estábamos enamorados. Me regaló este broche —añadió señalando la margarita ladeada que lucía en la solapa—. Sigo poniéndomelo cada día. —Recorrió el laboratorio con la mirada—. Lamento haberla citado aquí. Ahora que lo pienso, debe de haber sido doloroso para usted. Lo siento. Sólo pretendía estar en la habitación donde... —Se interrumpió.

—Lo entiendo. De verdad que lo entiendo. Y me alegro de que estemos aquí juntas las dos. Aquí fue donde Calvin y yo nos conocimos. Justo ahí —dijo Elizabeth apuntando con el dedo—. Necesitaba unos vasos de precipitados y se los robé.

—Una mujer de recursos. Entonces, ¿fue un flechazo? —dijo Avery.

—No del todo —respondió Elizabeth, recordando el desaire de Calvin al exigir que el jefe de ella se pusiera en contacto con él—. Pero al final también nosotros tuvimos un accidente feliz. Algún día se lo contaré.

—Sería un placer. Ojalá hubiera tenido la oportunidad de conocerlo. Quizá pueda, a través de usted. —Inspiró entrecortadamente y luego carraspeó—. Me encantaría formar parte de su familia, señorita Zott. Espero que no lo considere demasiado atrevimiento.

—En absoluto, llámame Elizabeth. Pero ya eres parte de la familia, Avery. Madeline lo supo desde un principio. No incluyó a Wilson en el árbol genealógico, sino a ti.

—No entiendo a qué te refieres.

—La bellota eres tú.

Avery, con los ojos grises empañados, dejó vagar la mirada hacia el otro extremo de la habitación.

—La bellota del hada madrina. Era yo —dijo para sí.

. . .

Oyeron unas pisadas fuera, seguidas de una llamada rápida con los nudillos.

La puerta del laboratorio se abrió de golpe y Wilson entró de nuevo.

—Siento interrumpir, pero quería asegurarme de que todo... —dijo con precaución.

—Todo bien. Todo bien, por fin —dijo Avery Parker.

—Menos mal —dijo llevándose una mano al pecho—. En ese caso, aunque no sea de mi agrado sacar a relucir los negocios, hay muchos asuntos que requieren tu atención antes de nuestra marcha mañana, Avery.

—Enseguida estoy contigo.

—¿Te marchas ya? —preguntó con sorpresa Elizabeth, cuando Wilson salió del laboratorio.

—Me temo que estoy obligada —dijo Avery—. Como te decía antes, la verdad es que no había previsto contarte nada de todo esto, al menos hasta que hubiéramos tenido la oportunidad de conocernos un poco. —Luego añadió ilusionada—: Pero pronto volveremos, lo prometo.

—Entonces despidámonos con una cena a las seis —propuso Elizabeth, que no quería que se fuera—. En mi laboratorio doméstico. Todos: tú, Wilson, Mad, Seisymedia, yo, Harriet, Walter. También tendrás que conocer a Wakely y a Mason algún día. A la familia al completo.

Avery Parker se volvió hacia ella, con una sonrisa que a Elizabeth de pronto le recordó a Calvin, y le estrechó las manos.

—La familia al completo —afirmó.

Cuando se marcharon y cerraron la puerta, Elizabeth se agachó y tomó la cabeza de Seisymedia entre las manos.

—Dime. ¿Desde cuándo lo sabías?

«Desde las dos cuarenta y uno, que es como la llamaré a partir de ahora», quiso contestarle Seisymedia.

Pero lo que hizo fue volverse y subirse de un salto a la encimera, donde agarró con los dientes una libreta sin estrenar. Elizabeth se sacó el lápiz del pelo, tomó la libreta que Seisymedia le tendía y la abrió por la primera página.

—La abiogénesis —afirmó—. Manos a la obra.

ra Garrod, Hana Sparks, Sarah Adams y todo el equipo de ventas. Por último, un especial reconocimiento a Madeline McIntosh. Tu aliento y apoyo me han ayudado muchísimo.

Documentarse sobre química está al alcance de cualquiera, pero hacerlo con rigor no es tarea fácil. En ese sentido, vaya un especial agradecimiento tanto para la doctora Mary Koto, amiga desde hace tiempo, bióloga brillante y experta en Eskimo Pie, como para la doctora Beth Mundy de Seattle, excelente química y lectora, que cotejaron todos los datos con gentileza y meticulosidad.

Quiero transmitir mi enorme afecto y gratitud a todos mis compañeros de remo en Green Lake y Pocock, Seattle, y muy especialmente a Donya Burns, remera también, que en una ocasión insistió en que nuestra agotada tripulación «debía entregarse de nuevo en cada palada». Ese acicate arraigó en mi cerebro y al final devino el consejo que Harriet le da a Elizabeth.

A los escritores que comprenden el esfuerzo que esta tarea conlleva: Joannie Strangeland, extraordinaria poeta; Diane Arieff, la persona más divertida sobre la faz de la tierra; Sue Monshaw, por mantener la fe, y Laura Kasischke, que probablemente no me recuerde pero cuyos consejos sobre el arte de escribir y cuyo aliento me han sido de gran ayuda. Finalmente, un agradecimiento muy especial a Susan Biskeborn, la voz más reconfortante, serena y solidaria en este laberinto de la escritura. Gracias, Susan, por tener la palabra idónea en cada momento.

Gracias a esas personas con las que hubiera deseado compartir esto, pero ya es imposible: mis padres, ávidos lectores, y Helen Martin, mi queridísima amiga de toda la vida. Te echo de menos, 86.

Y a las tres personas que me han acompañado durante todo el trayecto: a Sophie, por el impulso inicial al enviarme aquel enlace a Curtis Brown; decir que estoy en deuda contigo es poco. Gracias también por tu apoyo constante y tu humor soterrado, tu empática comprensión durante los altibajos del proceso creativo, tu perspicacia editorial y tu absoluta disposición para formular y responder a la eterna pregunta: ¿Galletas? ¿O hadas?

A Zoë, gracias por tu amabilidad en los días malos y tu júbilo en los buenos; también por esa intuición sobrenatural tuya que pone los pelos de punta; por esa colección de fotos que tanto me divierte y por ese surtido de memes, tan bien seleccionados que seguramente merecerían estar en un museo. Pese a lo ocupada que estabas, siempre encontraste el momento de pasarte y charlar un rato.

Y a David, gracias es poco, así que lo resalto en mayúsculas: GRACIAS. Por tu disposición constante a leer, por ser mejor cocinero que yo, por plantearme debates continuos y, sobre todo, por fingir despreocupación cuando finalmente descubriste la de veces que hablo sola durante el día. Nunca podría haber imaginado lo divertida que sería la vida contigo, y menos aún que un ser humano poseyera esa capacidad extraordinaria para restar, de siete en siete, desde trescientos hasta muy por debajo del cero y en menos de un minuto. Te quiero y te admiro.

Finalmente, gracias a mi perro, Friday, al que nunca olvidaré pese a que ya no esté con nosotros, como también al siempre estoico 99. Os ruego que me perdonéis por todas las veces que os dije a uno u otro: «Déjame que termine este párrafo, y luego salimos.»

Agradecimientos

Escribir es un empeño solitario, pero un libro necesita de un ejército para salir a la luz, así que quisiera expresar mi agradecimiento a mi batallón particular:

A mis amigos de Zúrich, que leyeron los primeros capítulos: Morgane Ghilardi, cs Wilde, Sherida Deeprose, Sarah Nickerson, Meredith Wadley-Suter, Alison Baillie y John Collette.

A los amigos de Curtis Brown, con los que mantuve correspondencia electrónica: Tracey Stewart, Anna Marie Ball, Morag Hastie, Al Wright, Debbie Richardson, Sarah Lothian, Denise Turner, Jane Lawrence, Erika Rawnsley, Garret Symth y Deborah Gasking.

A los novelistas que a lo largo de tres meses participaron conmigo en el curso de escritura creativa de Curtis Brown, por su increíble apoyo y su talento: Lizzie Mary Cullen, Kausar Turabi, Matthew Cunnigham, Rosie Oram, Elliot Sweeney, Yasmina Hatem, Simon Hardman Lea, Malika Browne, Melanie Stacey, Neil Daws, Michelle Garrett, Ness Lyons, Ian Shaw, Mark Sapwell y a la brillante Charlotte Mendelson, que nos impulsaba a hacerlo cada día mejor.

A Anna Davis, de Curtis Brown, por su gentileza y su orientación; a los incansables Jack Hadley, Katie Smart, y Jennifer Kerslake, por su siempre alegre apoyo; a Lisa Babalis, que leyó generosamente las páginas iniciales y me insufló esperanza; a Sarah Harvey, Katie Harrison, Caoimhe White y Jodi Fabbri, el mejor equipo de gestión de derechos que existe en el mundo; a Rosie Pierce, que cuida con aplomo de cada detalle; a Jennifer Joel, de ICM, una voz segura y tranquilizadora siempre que las cosas se torcían; a Tia Ikemoto por echar una mano; a Luke Speed, agente de derechos cinematográficos de CB, que seguramente forma parte de algún experimento científico para demostrar el tiempo que una persona puede pasar sin dormir; y a Anna Weguelin, que tampoco duerme, estoy convencida.

De hecho, no estoy segura de que alguien duerma en Curtis Brown o ICM.

Otro agradecimiento muy muy especial, para Felicity Blunt, de Curtis Brown. Hace unos años, antes de trasladarme a Londres, mientras recababa información sobre agentes literarios, fui a parar a una entrevista suya, y recuerdo que pensé: «Si pudiera tener una agente...» Y la tuve. Gracias, Felicity, por creer en mí, por tu ojo clínico, tu amabilidad, tu firmeza y tu apoyo inquebrantable. Ahora que el libro está terminado, te ruego que te des el gusto de jugar con tus hijos.

En lo que respecta a la labor editorial, quisiera dar las gracias especialmente a Jane Lawson y Lee Boudreaux, las revisoras más sagaces que un escritor pudiera desear, a Thomas Tebbe *für seine begeisterte Unterstützung*, a Beci Kelly y Emily Mahon por sus atractivas cubiertas, a Maria Carella por el hermoso interior, a Cara Reily por su eficiente diligencia y a Amy Ryan por su excelente corrección de estilo. Gracias también a mis editores, Larry Finlay y Bill Thomas; a mis publicistas, Alison Barrow, Elena Hershey y Michael Goldsmith; a Vicky Palmer, Lauren Weber y Lindsay Mandel por su impresionante labor de marketing y a Todd Doughty, Lilly Cox, Sophie MacVeigh, Kristin Fassler y Erin Merlo por su creatividad. Gracias y mil gracias a Ellen Feldman, paciente experta en producción dotada de una vista de lince, así como a Lorraine Hyland. Y también gracias y mil gracias a Tom Chicken, Laura Richetti, Emily Harvey, Lau-

—De cocina —respondió Walter.

—Si no hubiera localizado ese bolso, señor Browne, el día podría haber tenido un final muy distinto. Por cierto, ¿cómo se hizo con él? ¿Cómo hizo para quitárselo sin que se diera cuenta? —indagó el policía.

—Eso es lo que llevo rato intentando decirle a todo el mundo. No fui yo quien lo encontró —insistió Seymour—. Apareció en mi mesa de pronto.

—No seas tan modesto —repuso Walter dándole unas palmaditas en la espalda.

—Como buen héroe —afirmó el agente de policía.

—El director de mi periódico se va a relamer con esta historia —dijo el periodista.

Desde la distancia, Seisymedia los observaba tumbado en un rincón, exhausto.

—Unas cuantas fotos más y habremos... —Con el rabillo del ojo, el periodista reparó en Seisymedia—. Un momento. Yo conozco a ese perro, ¿no? Claro que lo conozco.

—Todo el mundo lo conoce. Sale en el programa —declaró Seymour.

El periodista miró a Walter, confundido.

—¿No ha dicho que era un programa de cocina?

—Eso he dicho.

—¿Un perro en un programa de cocina? ¿Y qué función tiene exactamente?

Walter dudó.

—Ninguna —reconoció, pero en cuanto esas palabras salieron por su boca le remordió la conciencia.

Desde el otro lado de la habitación, los ojos de Seisymedia intercambiaron una mirada con los suyos. Walter no era amante de los perros, pero incluso él lo advirtió: el chucho se había quedado destrozado.

36

Life y muerte

—¡Noticia bomba! Hoy me han llamado de la revista *Life*. ¡Quieren hacerte un reportaje! —exclamó Walter temblando de ilusión al cabo de una semana, al sentarse a la mesa con Elizabeth, Harriet, Madeline y Amanda.

Las cenas del domingo por la noche en el laboratorio de Elizabeth se habían convertido en una costumbre.

—No me interesa —dijo Elizabeth.

—¡Pero si es la revista *Life*!

—Querrán que les hable de mi vida personal, que les cuente cosas que no incumben a nadie. Conozco bien ese mundillo.

—Venga, mujer, necesitamos ese reportaje. Ya hemos dejado de recibir amenazas de muerte, pero no nos vendría mal un poco de publicidad positiva.

—No.

—Has rechazado a todas las revistas, Elizabeth. No puedes seguir negándote así.

—Si se tratara del *Chemistry Today* no tendría ningún inconveniente en hablar con ellos.

—Ya. Estupendo. No es exactamente nuestro público, pero si te digo la verdad estoy tan desesperado que ya los llamé —dijo Walter con un gesto de exasperación.

—¿Y? —preguntó Elizabeth ansiosa.